刘忆江 著

漢武大帝

第伍册

辽宁人民出版社

七十五

十一月的长安，雨雪纷至沓来，天气分外寒冷。刘彻自雍城回銮后，移住于未央宫温室殿，每日改在该殿的东暖阁议事。暖阁不大，四壁散发出椒泥的香气，两盆王臣的炭火，使室内和暖如春。刘彻聚精会神，听取丞相公孙弘奏报淮南事件的廷议结果。

"赵王彭祖及与议的列侯四十三人都以为，淮南王大逆不道，谋反事实查证明白，应该伏诛。胶西王端尤为激烈。"

"哦，他怎么说？"刘彻感兴趣地问道。

"胶西王以为，刘安背叛宗庙，废法度，行邪僻，妄作妖言，诈为仁义，荧惑百姓，扰乱天下。《春秋》曰：臣毋将，将则诛。[1]刘安罪重于将，其谋逆文书、玺印事实俱在，应当伏法。没有参与逆谋的二百石以上官吏与宗室近幸诸臣，不能及时发现规谏其君，皆当免职，削爵为士伍，不得再为官吏。其他近幸而非为吏者，宜赎死，人金二斤八两，以彰显刘安之罪，使天下人明臣子之道，毋敢再有邪僻背叛之意。"

刘彻心中暗喜，刘彭祖、刘端在诸侯中都是有名的难缠者，此番的表白，含有输诚的意味。看来公议淮南谋逆一事，敲山震虎的作用是起到了。

"中尉司马安、大行李息日前已从淮南回到京师。"

---

[1] 臣毋将，将则诛：将，逆乱也。全句意为：臣子不得谋逆，谋逆则诛。

"衡山的事查实了么？"

"查实了。淮南事发，专使一到，刘孝先行自首，刘赐见大势已去，承认了所有谋逆实情。专使已发兵将宫室围禁，如何处置，请陛下示下。"

刘彻沉吟了片刻："淮南、衡山俱为宗亲，由宗正刘受携朕之符节，当面问罪后赐死，国除为郡。二王之臣属，由吕步舒持节赴二国，以春秋大义决狱，不必事事请示。"

"二王之宗室，如何处置？如刘建、刘孝皆自首告变，按律应赦死罪……"

不待公孙弘说完，张汤就打断了他："刘建、刘孝自首告变，虽可将功抵罪，可谋逆罪可赦，忤逆不孝、淫乱宫闱之罪仍不可赦！"

"张汤说得对。朝廷对淮南王等已仁至义尽，他们怙恶不悛，是自食其果。在这件事情上，要告诉吕步舒，不可姑息养奸，而是要务绝根株。至于刘爽、刘孝、刘建，以子孙举告父祖，为不孝。《孝经》云，五刑之属三千，而罪莫大于不孝。不孝依律该是死罪吧？"

张汤道："是死罪，依律应弃世。"

"就这么办吧。"

张汤道："那些与淮南王书信交通的朝廷大臣，该如何处置，请陛下决断。"

减宣搜检了王宫，在书信文牍中，查到了一些朝廷大臣写给淮南王的书信。不少人向刘安称臣，极尽谄媚之能事，尤其令刘彻心惊的是，他的母舅、已故的丞相田蚡，竟然将他从前为无嗣而苦恼的宫闱秘事透露给淮南王，暗示刘安有机会入承大统，诱发了他的野心。

"假使武安侯不死，他们田家是要灭族的。"刘彻恨声道，眼中有股杀气。

公孙弘顿首道："武安侯虽死，可庄助还活着，与淮南王暗通消息，为恶则一。敢问陛下如何处置？"

庄助是皇帝身边的亲信侍中，每每奉命驳斥三公九卿的奏议，是最令公孙弘等大臣头痛的人物。这回犯到逆案当中，是除去他的好机会，他早与张汤商定，必得置庄助于死地。

"庄助么？"对于自己欣赏的亲信近臣，刘彻心怀不忍，迟疑着下不了决断。

张汤顿首，抗声道："庄助侍中，为陛下心腹之臣，出入禁中，却交通诸侯，接受淮南王的贿赂，泄露朝廷的机密，罪在不赦。这种人不杀，恶例一开，难儆效尤。”

张汤的话打动了刘彻。是呀，此风不刹，任由臣子们交通诸侯，宫廷乃至自己的一举一动，都逃不出那些居心叵测的人的窥视，这简直就是噩梦！他收拢五指，用拳头重重地捶了一下御案，迸出了一个“杀”字。

遗书淮南王，称臣献媚的安平侯鄂但、有利侯刘钉都被处以弃世的死罪。而岸头侯张次公则因与淮南公主刘陵通奸，被罢黜爵位与北军将军之职。在刘陵归案前，先下入了死牢。

散朝前，刘彻忽然有了一个想法，吩咐道：“这件事情不能杀几个人就算了，朝廷也不可不教而诛。丞相与廷尉要拿出个长治久安的办法来，使天下之人都知道警惕，不要再附逆于那些不轨的诸侯。”

不久后，公孙弘与张汤便提议设立左官之律与附益之法。古代中国贵右贱左，所谓“左官”，指所有仕于诸侯之官，寓意着他们的身份低于朝廷命官。左官律的目的在于贬低诸侯国官员的地位，使诸侯难于网罗到英才。官员身名一入“左官”，即不得再仕于朝廷，而朝廷官员则被严禁交通王侯，而王侯间也严禁相互交通依附，犯律者严惩不贷。而附益之法，则是禁止诸侯国在所食租税之外，另立名目，搜刮资财。左官与附益之法，在用人、行政与财用上设置了重重限制，更为削弱了各诸侯国的权力，使之再难拥有与朝廷相抗衡的力量。

刘安与刘赐在宗正抵达前畏罪自杀。吕步舒与减宣则大开杀戒，数月之内，被牵连处死者多达数万人。事后，淮南与衡山两国被废黜，分置为九江、衡山两郡，由朝廷直接治理。

为化解戾气，夏四月，刘彻在立长子刘据为皇太子之际，大赦天下。因迟迟未能捕获刘陵，张次公逃过一死，于大赦中减死一等。刘彻念其有战功，免其髡钳[1]，完为城旦，发往边塞军前效力。

---

① 免其髡钳　髡，剃去头发；钳，佩戴刑具（桎梏）；城旦，秦汉时徒刑之名，即到边塞服戍守修筑长城的劳役。免于髡钳即免于剃发桎梏、服役于边塞。古人认为身体发肤，受之于父母，因而剃发被视为极大的耻辱。

鸡鹿塞是战国古长城内的要塞，位于高阙①之西，河套之外，阴山之南。东南二十里开外，有个大湖名屠申泽，朔方郡的窳浑县城就建在湖畔。一望无垠的草原，由此一直延伸至阴山脚下。时值初夏，莺飞草长，微风徐来，送过阵阵花草的芬芳。

张次公从草丛中爬起身来，望了一眼静静吃草的马群，吐掉嘴中的草茎，百无聊赖地打了个哈欠。朔方自太守苏建兵败赎死后，由太仆公孙贺接任，他见此地牧草繁茂，建议朝廷在此新设了几个马苑。张次公与其从弟公孙敖交好，有了这层交情，公孙贺待他颇为宽厚，指派他牧放马群，免去了筑城的苦役。

张次公摇了摇头，半年来的境遇，判若云泥，恍恍如在梦中。由尊贵的列侯变为死囚，由威风八面的北军将军一落而成戍卒，是他再也想不到的事情。而这飞来横祸，竟是由一个他所深爱的女人带来的。可他却恨她不起来，非独不恨，甚至暗怀思念与同情。她现在哪里？一定是满怀恐惧地东躲西藏，颠沛流离于路上吧？她是躲不掉的，早晚会被捕获，有生之年，不知还能不能见上一面！

马匹躁动起来，不安地喷着响鼻，向一起聚拢。张次公站起身，远远看见数骑人马正从阴山山口缓缓而来。看穿戴是汉人，身背弓箭，马背上驮着猎物，看样子是狩猎归来。元朔年间几次大战，匈奴人被驱逐到阴山北麓，山南的草原已轻易见不到胡人的踪迹了，所以沿边驻军与百姓常常结队出塞狩猎。

前面的两个人在追打笑闹，纵马驰来，女人咯咯的笑声，极富感染力，又是那么熟悉。张次公抹了把眼睛，这两人分明是男子的装束，难道是自己想入非非了？恍惚之间，两骑人马已经到了近前，旁若无人地从张次公身前越了过去。也就是在此刻，张次公认出，前面一人，正是他日思暮想的女人；后面的那人，则是刘陵的侍女阿苗。刘陵虽着男装，可她的影像刻骨铭心，张次公是无论如何不会认错的。

---

① 鸡鹿塞与高阙塞都是战国时赵国长城沿线的著名要塞，也是控扼穿越阴山山口的孔道。

想着她竟然就出现了，机缘真是太巧了！张次公满面惊讶，漫至得一时无语。看到丽人走远，方如梦初醒，大喊道："翁主！翁主留步，是我呀！"

两人勒转马头，款款而来。张次公一身戍卒装束，刘陵虽觉得面熟，一时却也不敢相认。

"是我呀，张次公！翁主不记得了么？"

"张次公？你……怎的在这里？"

"还不是淮南王谋反的事，我受牵连下狱。本以为难逃一死，赶上皇帝立太子，大赦天下，我也被发配为城旦，来此戍边。"

"你倒是为我受苦了！"刘陵赧然一笑，随即急切地问道，"将军有我父王的消息么？"

"淮南王么，怎么你不知道？朝廷遣使问罪，你父王不愿受辱，就自杀了。"

刘陵面色一下子变得惨白。"自杀了？！那我娘，我兄长呢？"

"谋逆大罪，淮南宗室没人能逃过此劫，无一例外均被减宣诛杀于市，枭首示众。听说处死了几万人，血流成河，淮水亦为之变色呢！"

刘陵大恸，长号一声，猛地从马上栽下来，牙关紧闭，浑身不停抽搐，人昏厥了过去。阿苗跳下马来，用力掐住刘陵的人中，恨恨地扫了张次公一眼。

"这些事我们一直瞒着翁主，这下好了，翁主若有不测，我不会放过你的！"

"这事已经过去好几个月了，众口喧腾，无人不知，无人不晓。我怎么晓得翁主她不晓得……"话没说完，却被后面跟上来的人打断了。

"张将军，别来无恙？"

张次公回首，一眼认出，这个表情冷峻的瘦子，正是当年的东方大侠朱安世。他看了眼昏厥的刘陵，吩咐道："阿苗，扶她上马。"

"你是朱……"

"没错，张将军好记性。故人相见不易，何况是在这种地方！张将军到舍下聚聚，一起喝一杯怎样？"不容他问完，朱安世便打断了他，嘴角隐隐似有笑意。

"聚聚当然好，这个鬼地方难得见到熟人。可是……"张次公兀自地望

1103

了望吃草的马群。

"这个好办。钟三，你在这里看会儿马，张将军与我是故人，一起回去叙叙话。"跟在他身后的一个剽悍的中年汉子答应着，很利索地跳下马，将缰绳交到张次公手里。

一行人策马疾行，走了十多里，来到一个小村落，此地距县城不过数里，远远地可以看得到窳浑的城墙。

"这是刚才那位兄弟的家，钟三是本地的猎户，也是位朋友。"朱安世拍了拍张次公的肩头，将他让入一座小院。

院内收拾得很干净，墙上晾着几张狼皮。两边的厢房，分别是朱安世与刘陵等人的住室。一名妇人迎出来，帮着把刘陵扶进正房，朱安世与张次公也跟了进去。

刘陵已经醒过来，倚在炕上默默地流泪。朱安世吩咐了几句，那妇人自去厨下预备酒食，阿苗陪在刘陵身旁，想劝慰她，可又不知说什么好。

朱安世道："她想哭，就让她哭，你莫劝，哭过了她心里才会好受。"

刘陵擦了把泪，忽然说："我要去长安。"

"去长安？做甚，送死么？"朱安世的声音很低，很冷。

"我要杀了减宣，为我爷娘报仇！阿苗，为我收拾行装！"刘陵的面色毅然决然，起身下炕。

"你给我站住！"朱安世沉下脸，低声呵斥道，"就凭你们两个女流，能杀得了减宣？"他用手指了指自己的脑袋，"报大仇靠的是忍，靠的是计谋，不是匹夫之勇。暴虎冯河，成不了大事！"

刘陵站下，呆呆地看着朱安世，泪水又夺眶而出。

"你要忍，忍得住才能报得了仇。现在咱们要做的不是去自投罗网，而是要消失。"

"消失？"刘陵、阿苗与张次公望着朱安世，不明白他在说什么。

"对，消失，消失得无影无踪。只有躲过朝廷的缉捕，留得人在，早晚会有报仇的一日。只有消失，仇人才会淡忘你，才会放松戒备，你才能够接近他，窥测他，出其不意地猝然一击，致其死命。"

朱安世说得对，父王临别时的那番话，也是这个意思。"你走，是为淮南存留下一线血脉"。"淮南几世的冤仇，只有靠你来报了。阿爷就如公孙卉臼，阿陵你却如孤婴，要艰难地活下去，成就我们几世的复仇夙愿"。回想起临别时的情景，刘陵又禁不住潸然泪下了。

妇人端上一盆热气腾腾的炖羊骨，又切了一盘腌萝卜丝。众人围着炕桌坐下，妇人为每人斟满酒，就又到厨下忙活去了。

"故人不期而遇，是难得的机缘。来，咱们为张将军干一杯。"朱安世首先举杯祝酒。碰杯之后，两个男人一饮而尽，刘陵只啜了一小口，坐在炕头上，默默地想心事。

朱安世细细询问了张次公入狱判刑的经过，不停地为他夹菜劝酒，很快，张次公便面红耳热，醺醺然了。

朱安世呷了口酒，问道："张将军的好友义纵，是皇帝面前的红人。张将军有难，他也不予援手么？"

"身在朝廷的人，由不得自己，况且他是个认死理的人，认准了事情会一做到底。我罹此大祸，他就是有心，也无能为力。"张次公饮下杯中的残酒，起身揖手道，"谢过大侠与翁主的款待，在下告辞了。"

朱安世伸手拦住了他的去路："且慢，咱们还有话说。你放心，钟三这爻马，绝出不了差错。"

"可若苑监来巡视，发觉我私自外出，罚我苦役而外，还会牵连那位姓钟的朋友。大侠有话说就是了，在下实在不敢再多耽搁了。"

"将军方才讲，身在朝廷之人由不得自己，眼下丢了官爵，该是自由之身了？"

朱安世话里有话，张次公一怔，心生警惕："在下已是一刑徒，谈何自由，大侠莫拿我开心。"

"将军是刑徒，我等是逃犯，彼此彼此。敢问将军可愿加入我门，共图大事？"

"加入你们，做甚？"

"报仇！"

"报仇，报甚仇？"张次公吃惊地睁大了眼睛。

朱安世双目灼灼，看定张次公，恨声道："义纵诛杀了我众多兄弟，端了我在定襄的窝。朝廷派减宣诛灭了阿陵的全家，你由列侯一跌为刑徒，这些都是仇，血海深仇，不共戴天，不报，大丈夫何以自立于人世。"

"这……你是说谋反？"

刘陵双颊泛红，逼视着张次公："是报仇。我们不想夺汉室江山，可杀人偿命，欠债还钱，难道不是天经地义的么？血债要用血来还！"

"就凭你们几个？"张次公摇摇头，揖手道，"各位在逃，自身尚且难保，又何能报复朝廷？还是好自为之，在下实在得告辞了。"言毕，抬脚欲走，却被朱安世的利剑挡住了。

"你得知了吾等的秘密，就这样一走了之？你以为走得出去么！"朱安世话音不高，却含着一股令人不寒而栗的杀气。

张次公浑身燥热，额头却冒出了冷汗："大侠误会了，次公身在缧绁之中，实在帮不上忙。可我敢对天立誓，绝不会告发各位。阿陵，巫蛊之狱时，朝廷欲拘捕你们，是我送你们出的长安，你可为我作证！"

刘陵正欲开口，朱安世用手势止住了她："你既然放过朝廷的要犯，泄露出去，也不免一死，而且会死得很难看。与我们合作，纵使失败，你也不失为英雄，况且报仇是以后的事情，我方才说过，当务之急是销声匿迹，让仇人淡忘我们。"

在众人殷切的注视下，张次公沉吟良久，终于点了头："好，我跟你们干，不过有一条，加害义纵的事我不能干。"

朱安世颔首道："各人的仇各人报，义纵的事我不勉强你，可阿陵的事，你得帮她。"

张次公冲刘陵笑笑："我能帮你做甚？请吩咐。"

"你自管牧你的马，时候到了，我们自然会找你。大家在此隐姓埋名地住着，一旦有警，转瞬即可以出塞。我们就在这里住下去，朝廷那帮恶狗嗅不到踪迹，早晚会懈怠的。"

七十六

淮南、衡山之狱未决，却又牵连出江都王刘建种种恶逆之事。吕步舒以《春秋》大义决狱，将刘建所为归结为九项大罪，件件令人触目惊心，每一项以法论之，都不免于死罪。读着吕步舒的奏报，刘彻气得双手颤抖，骂道："自作孽，不可活！"

起首一件，名为禽兽行。江都王刘非薨逝，尚未下葬，刘建即在守灵之服舍，逼奸其父王所宠幸的淖姬等十名美人。

再就是乱伦。盖侯王信之儿媳刘征臣，乃刘建之女弟，回江都奔丧，经刘建逼诱，竟兄妹通奸，秽声四扬。

大丧过后，刘建数度遣使赴长安迎征臣回国。其伯母乃鲁恭王太后，得知后，遗书征臣，告诫其勿返江都，遗羞于祖宗。又传话给刘建，要他自谨，莫步燕齐之后尘。刘建非但不听，反而怒骂长辈，痛责使者。是为不孝。

草菅人命。刘建承袭王位后，游章台宫，令四宫女乘小艇，而以足蹈之，艇翻覆，溺死二人。后又游雷陂，遇大风，令郎官二人乘小船下水，浪大倾覆，二人溺死，刘建却以此为乐。

残虐不道。宫人姬妾微有小过，辄罚以裸身击鼓，或置于树上，最长者三十日乃得穿衣。不从者笞击或以狼犬啮杀，刘建则坐观取乐。还有禁闭不予饮食而活活饿死者，如此死于非命者，多达三十五人。

刘建自知罪无可逭，内心恐惧，乃与王后胡成光密使女巫下神，祝诅天子。他还与内臣怨望朝廷，声言朝廷若追究下来，宁可鱼死网破，大逆不道。

私造兵器，居心叵测。刘建颇闻淮南、衡山之阴谋，非但不向朝廷告变，反而私造兵器，刻铸皇帝玺印与将军、都尉等金银印，又私自制作汉使符节，搜集天下舆地①与军阵之图。封其后父胡应为将军，中大夫冯疾为灵武君，与越繇王闽侯交通，互赠礼品，约为攻守同盟。

淮南事发，朝廷穷治其党羽，内中颇有牵连刘建者。刘建使人携重金贿赂狱吏，杀人灭口以消踪灭迹。

平时，刘建时时佩戴先帝赐予其父王的将军印绶，私制黄屋②，载天子旌旗出行，僭越不轨，大逆不道。

江都王刘非是刘彻同父异母的兄长，刘建论起来还是他的侄儿。他是有心宽待这些近支亲王的，可恨这刘建忒不争气，其为恶不悛，昭昭在人耳目，远过于燕王与齐王，若不依律处置，大臣、诸侯们会怎么看？天下人又会怎么看？

他沉思了一会儿，下了决心："江都之事，吕步舒既已查证属实，就交有司核议，然后交付廷议定罪，不可姑息迁就。"

公孙弘顿首奉诏。心里想，这下，又一个诸侯国要被收为大汉的郡县了。

"淮南漏网的要犯，还没有线索么？刘安的那个女儿呢？"

张汤道："减宣遍搜寿春内外，迄无踪迹。有人报告说，封禁王宫那天夜里，曾见到她向淮水方向去了，可渡口有缇骑把守，并未见到她。也有人揣度她是投水自尽了。臣已命减宣，加紧缉查，活要见人，死要见尸，决不可纵其漏网。"

皇帝满脸阴云，看得出心绪被江都王的事搞得很糟。公孙弘再拜顿首道："请陛下放宽心，天网恢恢，疏而不漏，逆犯总归难逃法网的。那个宁成，被刘安派到济北策反，却被济北王执送中尉，还是难逃一死。"

"哦，宁成，抓到了？"

张汤道："抓到了。据济北中尉奏报，已审决处斩，枭首示众了。"

---

① 舆地，即地理。
② 黄屋，皇帝车驾上竖立的黄色伞盖，黄屋左纛，是天子车驾才能使用的器物。

"看来，济北王还算是个忠臣，朕倒是错疑了他。"

"济北王还上了道表章，说为了便利天子封禅，愿将泰山及其正旁的乡邑献与朝廷，陛下没有见到么？"见到刘彻心情转好，公孙弘借机进言。他曾在济北为官，与济北王有旧。济北王担心淮南、衡山之事牵连济北，已几次遗书求他代为缓颊。

"这刘胡倒是个识大义的人！"刘彻面上有了喜色，为将来封禅计。他早想将泰山收归朝廷所有，可又不愿给人以势攘夺的印象。难得济北王善察人意，倒不能亏待了他。

"他的好意朕领了。可朝廷当然也不会占他的便宜。丞相可与太常议一议，从平原郡划出几个县给济北国，还要发一道公告，表彰他想朝廷之所想，大义奉公之举。"

退朝后，刘彻令郭彤将近日递进的奏章找来，果然有济北王刘胡王表章。他浏览了一遍，心里却又为王夫人的病焦虑起来。

"郭彤，王夫人这寒，有起色了么？"

王夫人的病起得很急，不过受了点风寒，隔日就浑身发热，卧床不起了。皇帝为此茶饭不思，神不守舍，已几日没有心思看奏章。皇帝在王夫人身上用情很深，可却觉察不出这女人的心病。郭彤踌躇着要不要对皇帝道出真相，嘴上自然嗫嚅难言。

"夫人的病……看上去是一日重似一日了。"

"到底是甚病，太医们怎么说？"

刘彻几次差遣郭彤视诊，他私下请教过会诊的太医们，都说是凶兆已极，命在旦夕了。郭彤镇定了一下情绪，顿首道："太医说，夫人病于七情郁结，又为寒邪所客，外邪借内伤深入脏腑，造成了虚寒之症。寒盛使气血凝滞，气机郁闭，症见恶寒肢冷身痛，是气血衰急所致。眼下已见损脉，情形很不好……"

刘彻的心一下子提了起来，连声追问："甚是损脉？怎么不好？"

"损脉就是尺部无脉。太医说夫人多日饮食不进，胃气衰微，至连肾气亦衰。昨日察脉，沉取至骨，也难以按到尺脉。奴才问尺脉是怎么回事，太医说，以三指搭在寸、关、尺三处，可候心、肝、肾之脉象，尺部无脉，是寒邪已深入内里，肾气已衰之象，针、药怕都无济于事了。"

刘彻呆呆地坐着，脑中一片空白，泪水夺眶而出。半晌才恨恨地说了一句：
"甚太医，都是些不中用的东西！"

郭彤偷看了一眼皇帝，当年得知大萍被送走时，皇帝也是这副模样。皇帝雄才大略，冷酷无情，可在自己喜爱的女人身上，还是不免为情所困。

"其实，太医的意思，王夫人所患，是心病，所以说是七情郁结。心病，针药是医不好的。"

"心病，甚心病？"刘彻注意地看了郭彤一眼，问道。

"夫人自知母子无皇后、太子之望，但仍有陛下的一份宠爱。自李夫人进宫，陛下的宠爱又被分去了大半，故郁郁寡欢，怏怏成病，已经很久了。"

"是呀，是朕对不住她。"刘彻叹了口气，站起身道，"起驾去鸾鸳殿，朕要看看她。"

王夫人连日食药不进，人已经瘦得不成样子，几个时辰以来，一直处在谵妄之中，连前来探视的皇帝也认不得了。刘彻坐在她的病榻旁，寸心如捣。她就要去了，就要去了！或许是即将失去的缘故，王夫人的种种好处，一时都浮现了出来。只有在王夫人那里，他才能真正放松自己，体验到民间那种夫妻相对时的感觉。女人娴静，恬淡，总是静静地听他讲话，微笑着看着他与儿子嬉戏。

为王夫人拭汗的侍女，忽然叫道："夫人醒过来了！"刘彻凑到近前，王夫人果然大睁开双眼，口中喃喃呼唤着："闳儿，闳儿呢？带他……来，来！"

另一名女侍赶忙将等在寝室外的刘闳领到卧榻旁，刘闳见到骨肉支离的母亲，害怕地后退了一步。刘彻拉起儿子的手，放到王夫人的手中。她长久地注视着儿子，极力想要握住儿子的手，可只有抚摸几下的气力。她认出了儿子身后的皇帝，苦笑道：

"臣妾不能够再陪伴陛下了。闳儿还这么小，臣妾走了，真是放不下心……"

她泪如泉涌，大口喘息了一阵，嘴唇翕动着，却发不出声音。

刘彻强忍住悲哀，握住王夫人的手说道："夫人，夫人放心，朕会像应许过的，赐封闳儿为齐王。"

王夫人望着他，双眸似乎亮了一下，头一歪，又陷入谵妄。刘彻紧握着王夫人又瘦又凉的手，生怕一撒手，女人会一瞑不视。王夫人再也没有清醒过来，在午夜时分死去了。

父皇的死，太皇太后的死，母后的死……与至亲亲人的诀别，刘彻已经历过多次，可哪一次也不如王夫人之死给他的刺激大。人总是要死王，这个念头挥之不去，死死缠住了他。人死万事皆空，即使贵为帝王，荣华富贵亦会转瞬成空。若不能留生命的脚步，他所拥有的一切，权力、事功、富贵，后宫的无数佳丽，究竟有何意义？活着，难道就为的是一年年地老去，最终化为一具枯骨！

薤上露，何易晞！晞晞明朝更复落，人死一去何时归？
薤上露，何易晞！晞晞明朝更复落，人死一去何时归！

远远传过来催夜守灵的宫人们的歌声。歌名《薤露》，是专关王公贵人守灵送丧时吟唱的挽歌。歌词感叹人生的短暂，生命脆弱得犹如薤叶上的露水，转瞬即逝。歌声一唱三叹，哀伤悱恻，搅得刘彻辗转反侧，难以入眠。为了方便守灵，他宿在了鸾鸾殿的侧殿，既然睡不着，他索性坐起来想心事。

他想到李少君，当年为求子嗣，曾按他的方祠竈，后来还真得了儿子，看来不是徒有虚名。李少君自称在人世间活了千年以上，最后尸蜕成仙，刘彻对此半信半疑。李少君死后，他曾派人启墓开棺，里面除去他的一双鞋，什么也没有，竟真是升仙了的样子。

太祝史宽舒曾受命从学李少君，学习祠竈与黄白之术的秘方，可惜当时见不及此，没有兼学长生不老的秘方。悔之晚矣！刘彻摇摇头，叹息不置。好在自己尚在而立之年，还有的是时间去寻仙求药，哪怕能活到百岁也好啊。亡羊补牢，时犹未晚，他兴奋起来，在侧殿中来回踱步，恨不能马上派人到齐鲁一带访求仙人。

阴山北麓的单于大帐中，灯火通明。伊稚斜正在与左右贤王集重们议事。连年的大旱，使得牲畜的数量大减，而汉军的不断进击，也使匈奴丢失了大片土地。阴山以南，胡人已不敢牧马，而每次南下，都有汉军严阵以待，无从下手。而且汉军常常主动出击，深入草原腹地，几次交战，匈奴都损兵折将，占不到便宜。

"现在情形已与从前大为不同，攻守易势，我们得换个方式与汉人周旋了。"说话的人个子不高，脸颊瘦削，面目精悍。正是降而复叛，现任匈奴自次王的赵信。赵信原来就是伊稚斜的亲信，此番叛归，成为胡人中的中国通，极为单于所倚信，伊稚斜甚至把自己的姐姐嫁给了他。

"甚方式？你但言不妨。"伊稚斜以鼓励的目光注视着赵信。

赵信看了看众人，说道："现在汉军已经装备了足够的马匹，我军与之相比，已不再有速度上的优势。阴山南北，汉军骑兵二日内可到，而且屯田边郡，粮草转输远较从前容易。在数量上，我们没有优势，在速度上也没有了优势，这就是近几次作战不利的原因。所以，今后不宜在漠南与汉军角逐。"

左贤王不满地斜睨着赵信，问道："不在漠南在哪里，难道要到长城以南不成？"

"当然不是。是漠北。"

"漠北？！"众人惊呼道，连伊稚斜也吃了一惊。

"对，是漠北。"

右贤王瞪大了眼睛，满腹狐疑地盯着赵信："难道漠南之地拱手送与汉人？这阴山祖地，这单于廷也不要了！"

"在下没有这个意思。不打垮汉军，漠南难有一日之安。这几年，我们的牲畜被汉军掳走何止百万只！春夏之交，汉军趁我转场，各部分散放牧之机，频频出击，以优势军力各个击破。待我集中军力，也往往救援不及，人畜损失惨重。而秋高马肥之际，汉军则缩回边塞之内，坚壁清野，严阵以待我南下大军。近几次南下，杀掳不过区区千余人，得不偿失。汉人既针对我之长处，精心制定了对策，我们若想战而胜之，在下以为，必得反其道而行之。"

伊稚斜道："何谓反其道而行之？"

"我们将人畜转移到漠北。漠南与漠北之间，隔着千里大漠。汉军虽然有了马匹，可长途作战，不可能携带大量粮草，况且跨越千里戈壁沙碛，人困马乏，粮草亦难于持久。如此敌之优势不再，我军则可以避其锋锐，击其惰归，这在兵法上是上上之策。"

伊稚斜连连颔首道："有道理，说下去。"

"汉军千里赍粮，深入敌后，外无救兵，内乏粮草，在兵法上这是绝地，只利于速战速决。而我们偏偏不同他速决，而是引着他们兜圈子，在最有利于我们的时候与其决战，予以致命一击。只要有几次这样的大战，汉军精锐当损失殆尽。那时我军挥师南下，漠南兵不血刃可入我掌握。汉军残余，只会龟缩于塞内，再难与我较力，届时汉廷必会再提和亲，大单于陛下也可重振祖上的雄威。"

左贤王摇摇头道："你这全是嘴上的功夫！汉军若不到漠北来作战，难道阴山祖地就白白让汉人占去了不成？"

"汉军一定会到漠北寻求决战。我这么说，是因为汉家的皇帝是个好大喜功的君主，一心想要我匈奴臣服于他。此事即使汉廷的将军们不愿，皇帝也一定会强要他们出击的。况且，我军可以时时南下，突袭其边郡，引诱他们追击。"

伊稚斜一锤定音，击掌道："这件事就这么定了！自次王言之有理，舍不出孩子打不到狼，我们不争一时一地的得失，先让出漠南，引他们到漠北来，聚而歼之。"

可左右贤王与其他名王大都不以为然，不过慑于伊稚斜的凶狠，也没有人敢于公然反对。

"自次王在汉廷多年，探得不少内幕，你给大家说说，特别是那些汉军的将帅，这些人都是你我各位的对手，不可小视。用汉人的话说，知己知彼，方能百战不殆。"

"汉军这些年来确实不比从前，军力已经强大了很多，而且多是骑兵。他们的将领也有了变化，更年轻的人已经顶了上来。李广而外，大将军卫青，也已经是我们的老对手了。此人心思细密，谨慎而又不乏刚猛，确有大将风度。尤其可怕的是，有一年纪不过二十出头的青年将军，名霍去病，尤其骁勇善战，最擅长千里奔袭，给人以猝不及防的一击。汉皇帝封他为骠骑将军，对他的宠信，比卫青有过之而无不及。在下以为，此人乃我匈奴之大患。遇到他，各位务必要加小心。"

右贤王冷笑道："听自次王这么一说，我倒真想会会他了。儿马驹子再烈，也怕碰上狼！这么些年，汉军中让本王佩服的将军，只有李广。"

赵信笑笑，转向左贤王道："那个被俘十几年的汉使张骞逃回了长安，听说向皇帝建议打通河西，联络西域各国与我抗衡。张骞在匈奴十几年，熟悉了胡地的山川路径，我担心他会引汉军偷袭河西，河西是浑邪王与休屠王的驻地，王爷当提醒他们，切不可大意。"

"联络西域抗衡我们？"左贤王不相信地反问了一句，随即狂笑起来，"西域那些弹丸小国，敢与我们作对？我莫不是听错了，大偃女婿？"左贤王是伊稚斜的叔父，故称赵信为偃女婿。

"西域无大国，故对我们确是敢怒而不敢言，可若河西入于汉军之手，形势一定会变，西域诸国会首鼠两端，其中怨恨我们的小国，会投靠汉人。"

左贤王白了他一眼道："河西？照你的说法，汉人的胃口可不小！有种他们就来，我候着他们，人心不足蛇吞象，我怕他消受不了。"

一直没有开过口的姑夕王插言道："我也听说过，那个张骞途经西域去过了大月氏，想与咱们这个仇家立盟，两面夹攻我们。结果呢，月氏人根本没这个胆子！想想他们老王的头骨，做了大单于的酒壶，我敢说月氏王半夜一定会吓尿了裤裆！"

座中诸王纵声大笑起来，伊稚斜也忍俊不禁。不笑的只有赵信，他摇了摇头，用忧郁的目光扫视着众人，心中掠过一丝不祥的预感。

七十七

元狩二年冬十一月，新一轮对匈奴的作战方略得到了皇帝的认可。此番出击，兵分两路，郎中令李广、卫尉张骞任东路主将，霍去病与公孙敖，则为西路主将。自元朔初年以来，李广已经近六年未曾出塞作战，此番重任主将，十分兴奋，遂写信召集散居于各地的旧部，随军出征。

接到李广的书信，韩毋辟连夜赶往长安，夜深时宿在了霸陵亭，次日一早进城，直接到李府报到。

"仲明，来得好快！快进来，我为你引见张将军。"得知韩毋辟到了，李广亲自迎到门前，拉着他的手，大笑着进了中堂。

李广指着一位长脸美髯的男子道："仲明，见过张骞将军。张将军奉使西域，凿空之旅，艰苦卓绝，为朝廷立了大功呢。"

他又指了指韩毋辟："这位是我的护旗校尉，韩仲明韩将军，为人仗义，勇冠三军，是难得的将才！"

韩毋辟与张骞相揖为礼，互道仰慕。李广又指着堂中几个子弟道："李敢你早认识。这两个小甸，一名李陵，是当户的遗腹子；一名李禹，是敢儿之子。你们还不过来与韩叔叔见礼！"

韩毋辟望着李家的子侄，倍感欣慰。"二位公子年纪虽少，可眉宇间均有勃勃英气，不愧将门虎子。日后定能不负老将军所望，成为国家的栋梁之材。"

"栋梁之材不敢说，但愿不会丢我陇西李氏的脸。"李广自谦道，可还是听得出他对这两个孙儿发自内心的喜爱。

子侄们退下后，家人奉茶，宾主重新入座叙话。

韩母辟看着李广，揖手道："敢问将军，可是又有仗要打了么？"

"明知故问，没仗打，我召你回来做甚！"李广看了眼张骞，"子高今日来此，为的也是此事，不妨给仲明透露些消息，他曾出入匈奴腹地，情况熟悉，或能贡献些意见。"

张骞呷了口茶道："也好，我说说朝廷的打算，具体的战法，韩将军娴于军旅，不妨贡献些意见。"

他铺开一幅地图，指着右北平郡的方位："我们是东路，计一万四千骑兵，由右北平出塞。霍去病与公孙敖是西路，计二万骑兵。总的作战方略是声东击西，我们这一路，要牵制住单于与左贤王，如此则西路可以放心深入敌后，进击河西。东路主要是策应，但也不排除遇到战机时，予敌以重创。"

韩母辟思忖了片刻道："眼下是冬季，胡人多集中于冬季牧场，不如春夏时分散易制。一万多骑兵，数量少了些，若深入敌后，一旦被包围，摆脱不易。"

张骞道："我军惯于春季出击，匈奴人对此已有戒备，现在改由冬季出击，为的正是出其不意，攻其不备，此战的精义就在这里。我以为，东路的作用不在于作战，而在于如何虚张声势，吸引住伊稚斜与左贤王，策应西路顺利进兵。"

李广不以为然，连连摆手道："不成！虚张声势不成，得真打。真打，才能使伊稚斜猜不透我军的意图，把他牢牢钉死在东路。"

他搓搓手掌，兴奋地说："不光要真打，还要打得漂亮！子高，你我兵分两路，我带四千骑兵先行，咬住敌军后，你带一万人由后路抄上来，打他个措手不及！"

张骞却并不如他那般乐观："真打？若如韩将军所言，遭遇匈奴大军，寡不敌众怎么办？"

"一万与几万，看似悬殊，可胜负取决于士气，两军相遇勇者胜！李广身经百战，还从没有虚张声势过。吾老矣，来日无多，仗是打一次少一次。子高功成名就，可吾戎马一生，两个儿子捐躯沙场，尚未得封侯，不甘心哪！"言罢，李广长吁一声，眼圈竟也红了。

韩母辟心有所感，很为李广不平，抬眼看到张骞的面色发红，很尴尬的样子，于是岔开了话题：

"敢问张将军，此番堂邑甘父与将军同行么？"

"甘父么？韩将军认识他？"

"岂止认识，我们早年是患难之交呢！"

"哦？我记起来了，甘父好像对我说过当年从中原亡命到上郡之事。韩将军就是当年与他一同出亡的壮士？"

韩毋辟颔首笑笑："正是在下。一晃近二十年了，真想见见他。"

"甘父原本该随我出征，可他原是河西月氏人，人地两熟。此番霍将军出征，指名向皇帝要他作向导。今上已派任他随西路出征。好在大军未开拔，甘父尚在长安。韩将军若想一见，我马上可以差人将他请过来。"

韩毋辟大喜，拱手道："那就烦张将军给他带个话，就说在长安东市的河洛酒家，有故人等他叙旧。"

李广也很为他欢喜，问道："这个甘父可是与你一道陷落于匈奴的那个人么？"

张骞道："不是的，甘父是那人的兄长。"于是将堂邑兄弟如何相会，又如何随他一道逃出匈奴的经历，讲述一过。

韩毋辟喜出望外，问道："候生也同甘父在一起么？"

张骞肯定地点了点头："甘父回来后，皇帝封他为奉使君，兄弟二人一起回梁国祭扫庐墓，就在睢阳置产定居了。若非此番作战征调他们去向导，想要见他们兄弟一面，还真不容易呢。"

于是与张骞约好请堂邑兄弟一聚，韩毋辟告辞出来，直奔东市。他要快点把这个消息告诉给窈娘和昌儿，兄长从军后，妻子一直留在京师，照管河洛酒家的生意。

"爹！"看到韩毋辟进店，韩昌的眼睛一下子亮了，回头叫道："娘，阿爹回来了。"儿子已经是二十出头的青年，面目英俊，个子长得比自己还高。韩毋辟含笑望着儿子，十分欣慰。

窈娘从庖厨中出来，用手巾擦拭着双手，欢喜地望着丈夫。韩孺从军后，为了照管昆吾亭的祖业，丈夫时常住在乡下，一家人聚少离多，一年之中，只有在年节时分可以团聚。

"这次回来，可以多住些日子了吧？"

韩毋辟神色歉然，苦笑着摇了摇头："李将军来信召我，过不了几日，要随大军去右北平。"

窈娘的脸色一下子黯淡下来，张了张口，又忍住了不说。

听说父亲要随军出征，韩昌的心思活动起来，跃跃欲试地说："爹，娘，我也要从军。"

见窈娘脸色难看，韩毋辟没有答应儿子，顾左右而言他："不说这个。今儿可是个大喜的日子，一会儿赶过来的两位稀客，包你们想都想不到！"

韩昌叫道："是大伯父！"

韩毋辟笑着摇了摇头："你大伯官事在身，哪里脱得开身。"

"那一定是郭大伯和黄叔。"郭解与黄轨，已多年未到京师来了。韩昌小时，常随他们到城郊玩耍，极为熟稔。

"好了，你猜不到的，见了面就知道了。快去准备些酒菜吃食，客人说到就到，爹一早还没有用过饭，也饿了。"

韩昌答应了一声，进了庖厨。夫妻相顾无言，窈娘低下头，若有所思。韩毋辟拉起她的手，在掌中摩挲着："这么些年，害你跟着我受苦了！"

窈娘觉得脸有些发热，夫君这少有的温存化解了她心中的不快。"当年结亲时，大嫂说过，你一生漂泊不定，生死难卜。我若图长相厮守，也不会跟了你！"

"李将军父子于我有救命之恩，知恩图报，乃大丈夫所应为。此番出征，多则半载，少则数月，我会平安回来的，你们莫担心。"

韩毋辟用手抚了抚窈娘的头发，发现妻子两鬓已有了几丝白发；面容虽尚称姣好，可眼角又添了皱纹。纵使美貌倾城，也留不住岁月的脚步，妻子正在悄然老去。他一阵心酸，一把将窈娘拥进怀里，慨叹道："是我对不住你。"

"店里有客人，还有昌儿，让人看见，羞煞人的。"窈娘红着脸，轻轻推开他，"你去厨下吃些东西，既是有稀客来，我要去市场买些鱼肉来。"

窈娘提起菜篮，正欲出去，店门被推开了，一个矮壮的汉子大步跨进门来。汉子面色黧黑，虬髯苍苍，见到窈娘，大睁着眼睛叫道："哈，这不是嫂么！"

随后又看到韩毋辟，汉子大张着双臂迎了上去："仲明兄，你想死老弟了！"

"甘父！"

"仲明！"

两人百感交集，对视了片刻，泪眼蒙眬地抱在一处。

"是堂邑君？"窈娘惊喜交集，正欲上前问候，后面进来的男子，也开口叫她嫂子，对她行长揖之礼。细一端详，窈娘喜得将菜篮抛在地下，双手扶住那男子，叫道："这可真是想不到的稀客！仲明，快看看这是谁来了！"

"候生！"韩毋辟放开堂邑甘父，上前与堂邑候生把臂相视，慨然道，"昔年一别，真不敢想我们兄弟还会有相见的一日！"

候生微笑道："我则不然，自离别时起，兄弟我无时不在盼着这一日。"

店中的食客纷纷掉过头来，好奇地望着他们。窈娘拾起菜篮，冲客人们笑道："我家的亲戚，失散多年，相见之下喜不自胜。搅扰了各位，我给各位赔不是了。"

"久别重逢是大喜事，有甚搅扰？吾等向主人家贺喜了！"客人们纷纷揖手致贺，反到让韩毋辟等不好意思起来。

"爹，谁来了？是你说过的稀客么？"韩昌闻声从庖厨中出来，好奇地望着堂邑兄弟。

"这是韩公子了！"堂邑甘父做了个鬼脸，笑道，"好家伙，我走时的那个小不点儿，现在戈了堂堂男子汉。仲明，难怪我们都老啰。"

韩毋辟将儿子推到身前："小儿韩昌。昌儿，见过堂邑叔叔。"

韩昌长揖为礼。眼前这个虬髯汉子，他根本记不起是谁。可另一个却似曾相识。他端详了一会儿，终于记了起来。

"你是铁匠堂邑叔叔，我小时候，娘常带我去你家玩呢。"

"今儿个可真是难得一遇的好日子，仲明陪你们说话，我先去张罗酒食，几十年一见，你们兄弟一定要好好聚聚。"将堂邑兄弟让进雅间，窈娘为他们烹上一壶热茶，自己则赶去市场购物了。

患难与共，生死相依，回顾既往那段经历，三人唏嘘不已。时而高声谈笑，时而又感慨泣下。韩昌伏在一旁，呆呆地听着。惊讶于父辈们曾有过如此惊险的人生，心驰神往，竟忘了为客人们斟茶。

韩毋辟在儿子头上拍了一下，喝道："发甚呆？你堂邑叔叔说得口干舌燥，还不快快斟茶！"

他接过儿子递过来的茶壶，为堂邑兄弟斟满茶水，叹息道："可惜郭翁伯与黄公路不在，不然，今日的聚首可称是圆满了！"

堂邑甘父摇了摇头，叹息道："如今，郭翁伯的日子也不好过了！"

"怎么？"

堂邑甘父呷了一大口茶："我与候生来关中的途中，绕路去了趟河内轵县，本想会会故人，面谢他当年的搭救之恩，不想碰了个空门。"

"翁伯很少离开乡里，他会去哪里呢？"

"听翁伯邻里的少年讲，他是外出避风去了。"

韩毋辟不解，问道："避风？难道是仇家找上门来了不成！"

甘父道："仇家倒没有，说是朝廷要将关东豪强富户迁入茂陵。不知是甚人使坏，竟把翁伯列在了名单上。翁伯的家资，你我都知道，绝够不上富人。可就是被人算计了，他出游，怕也是为了逃避迁居。"

"可若是上了名录，郡县亦难于袒护，避怕是避不开的。"韩毋辟蹙眉道，"不过，翁伯救过大将军的命，很得大将军礼敬。卫仲卿若肯出头缓颊，朝廷或许会免其迁徙。"

郭解竟然与卫青有交情，很令堂邑兄弟好奇。于是韩毋辟又将当年大长公主忌恨卫氏，差人绑架卫青，为郭解所救一事的始末，细细讲了一遍，众人叹息了一番，觉得有卫青这层关系，郭解的困境不难纾解，便都放下了心。

庖厨中烹饪的阵阵香气，勾起了他们的食欲。当窈娘将两道主菜端上时，主客三人都呆住了。一道是鲜鲤脍，将鲜鲤片成极薄的薄片，晶莹剔透，佐以葱姜酱醢，是贵戚豪门家聚饮时必备的名菜。另一道更是民间难得一见的炮豚，制作的方法是将乳猪开膛洗净，用盐、酒、蜂蜜、花椒诸物腌渍半日，然后将腹内塞入葱、姜、花椒，以莲叶包裹，外涂黄泥上火烤制，熟透后去掉黄泥，刷上一层油脂，晾凉后连皮片成肥瘦相间的大片，蘸以韭花与盐、醢捣成的酱，外脆里嫩，极为鲜美。

堂邑甘父道："这可真是拿我们当贵客待了！嫂子，这炮豚可是道费工夫的菜，你？"

窈娘笑笑："这几日心神不定，总觉得会有喜事，鬼使神差就预备下了，偏巧你们就都来了，这也是天意吧。"

她取来一壶烫过的酒，依次为他们斟酒。几个男人再也忍不住，顾不二饮酒，各自耳箸，大快朵颐，脸上是极为享受的神色。窈娘则坐在一旁，微笑着看着他们。

一番大嚼之后，韩母辟才想到祝酒："甘父，候生，我们大难不死，今日再得相见，幸何如之！为这个，咱们尽饮此杯。"

三人一饮而尽。韩昌也想与长辈们同饮，可囿于长幼不同席的规矩，只能到庖厨内进食。韩母辟与堂邑兄弟你来我往，觥筹交错，笑语喧哗。窈娘来去烫酒上菜，还要招呼店里的食客，忙得不亦乐乎。这顿酒一直饮到日晡，散市的钲声响过后，主客依然兴致不减。

堂邑甘父将耳杯在食案上一蹾，叫道："甘旨美味，故友重逢，不可无歌舞！某不才，愿歌一曲为诸君助兴。"言毕起身，以沉郁浑厚的男声，引吭而歌：

漫漫秋长夜，烈烈北风凉，辗转不能寐，披衣起彷徨。
彷徨忽已久，白露沾我裳，俯视清水波，仰看明月光。

候生亦起立拍手，与甘父同舞，两人合唱道：

天汉迥西流，三五正纵横，草虫鸣何悲，孤雁独南翔。
郁郁多悲思，绵绵思故乡，愿飞安得翼，欲济河无梁。

歌声中，十数年来的遭遇，人生之坎坷，命运之无常，化入浓浓的酒意，汇聚于心头。几个大男人眼中都有了泪光，齐声合唱道：

愿飞安得翼，欲齐河无梁，相逢长叹息，断绝我中肠。

韩昌赶过来，拍掌助兴。看着男人们忘情宣泄，想起当年一路逃亡，夫君流落异乡，自己独自抚养昌儿的日子，而今韶华不再，一家人却仍难长相厮守，窈娘亦不由得伤感起来。她为自己斟了杯酒，大口喝了下去，一股热流在体内蔓延开来，她闭上眼睛，人仿佛在云间飘浮。这样的日子，甚时是头哇！

"说起来，嫂子最辛苦，我与候生敬嫂子一杯。"

窈娘睁开眼，堂邑甘父已到近前，斟满了两杯酒。她推说不胜酒力，甘父却奉酒齐眉道："人生聚散匆匆，今日一别，不知何时能再相聚。谢谢嫂夫人的酒菜。暂借杯酒，为夫人上寿，祝愿夫人阖家安好，长乐无极！"

"怎么，你们也要走？"

"朝命在身，吾等几日内就要随骠骑将军出征了。"

"那我倒是不能不饮这杯酒了！"窈娘举起杯，也是一饮而尽。

"堂邑君可有了家室？"

甘父道："当然有了，候生也娶妻生子，堂邑家的人丁又兴旺了呢。"

"好，好。堂邑伯母地下有知，也可以含笑九泉了。可你们这一走，堂邑家的妻儿又不知怎样牵挂呢！"窈娘的两腮泛起了潮红，双眸荧荧似有泪光。

"窈娘！你怎么了？"

"好了，不说了，不扫各位的兴了。难得一聚，我也为诸君歌一曲助兴。"

堂邑兄弟不明就里，韩昌则欢声赞好。韩毋辟想要说些什么，却又不知从何说起。

秋风萧瑟天气凉，草木摇落露为霜，群燕辞归雁南翔。

歌声凄婉，似乎含着凉凉的秋意。

念君客游思断肠，慊慊思归恋故乡，何为淹留寄他方。
贱妾茕茕守空房，忧来思君不敢忘，不觉泪下沾衣裳。

歌词由悲秋一转而为思妇怀人，情深意切，听得几个男人面面相觑，眼睛酸酸的。

援琴鸣弦发清音，短歌微吟不能长，明月皎皎照我床。

星汉西流夜未央，牵牛织女遥相望，尔独何辜限河梁！

　　歌声戛然而止，可余音久久萦绕不去。窈娘平静了下来，男人们默默无语，若有所思。只有韩昌不解母亲的心意，问道："娘，你唱得是甚曲？太悲了！"

七十八

　　汉军声东击西的战略获得了成功。李广与张骞在右北平成功牵制住了匈奴的主力，使霍去病得以顺利西进。霍去病统帅两万骑兵，从陇西出发，越过乌鞘山，横扫匈奴遬濮部后，渡狐奴水，转战六日，过焉支山千余里，与河西匈奴鏖战于皋兰山下，阵斩折兰王、卢侯王，擒获浑邪王子以下众多高官，斩首八千九百多级，获取了休屠王用以祭天用的金人像。伊稚斜单于之子乌维侥幸逃脱。刘彻大喜，将霍去病的封邑增至二千五百户。

　　可之后的作战，则不如预想的那么顺利。先是，河西遭袭证实了赵信的预见，伊稚斜开始实行赵信的战略，以小股突袭边郡，试图将汉军诱至远离边塞的地方进行决战。代郡、雁门一带连连遭袭，为了策应夏季的再次西征，东路开始按照预定战略出塞作战。李广率骑四千先行，张骞率万骑迂回策应。可因为张骞迷路，两军未能如期会合，致使李广被左贤王部四万骑兵包围，苦战数日，汉军死伤殆尽，幸亏张骞大军赶到，左贤王才撤围而去。李广几乎全军覆没，但杀敌过当①，功罪相抵，无赏。张骞则因失期②贻误军机，导致东路军事失利，律当斩首，赎罪为庶人。

　　可令刘彻更为忧心的是西路。为了出敌不意，霍去病选择了迂回进击。

---

　　① 过当，汉代军事用语，指杀伤敌人超过了自身的损失，得失相当的意思。

　　② 失期，也是汉代军事用语，指没有按期抵达战场，若由此造成作战的失利，便是贻误军机的死罪。

他与合骑侯公孙敖，从北地出发，兵分两路，约定于鞮汗山①会合后，由居延海南下，沿弱水②进击河西。

西路遇到了同样的问题，公孙敖部一万骑兵在戈壁中迷了路，赶到鞮汗山时整整迟到了三日。霍去病的大军早已不知去向。孤军深入的汉军随时有被匈奴人发现合围的可能。公孙敖心存胆怯，竟率所部退回到边塞一书等候消息。已经过去了半个月，霍去病的大军仍无消息。

公孙敖以失期、逗留不进的罪名被处死罪，赎为庶人。河西的这次作战，关系到"断匈奴之右臂"的战略能否成功，备受皇帝重视。得不到霍去病的消息，刘彻连日绕室彷徨，寝食不安，人也憔悴了许多。

霍去病作战，身先士卒，惯于携精锐突入敌后，大军往往会落后他许多。若被匈奴人截断联络，首尾不能相顾，会陷入极大的危险之中。一直以来，霍去病如有天幸，从没有遭遇到类似的困境。可侥幸之事能够再三再四地发生么？刘彻忧心如焚，他不敢想象，如果霍去病失利，会造成怎样的后果。他统率的可都是汉军的精华，若全军覆没，大汉必会大伤元气，攻守的态势将会被逆转，整个边塞将重新蒙受匈奴进犯的巨大压力。

巨大的压力使得他心神不安，暴躁易怒，身边的侍从们动辄得咎，成为他发泄怒气的对象。好容易熬过当值的两个时辰，司马迁屏气凝神，悄悄退出了清凉殿。时候还早，他向郎署走去，打算将近几日记录的廷议整理一下。

郎署距前殿咫尺之遥，设在一长排平房里面，为的是皇帝随时传召方便。司马迁路经中堂时，听到有人在里面说话，声音听上去很熟。

"谁？你是说李蔡救了丞相？"

李蔡是李广的从弟。文帝时即在宫中为郎，名声远在李广以下。可官运奇好，先是出任轻车将军，随大将军出征，在突击右贤王之役中，以功封为乐安侯。此后又被拔擢为御史大夫。

"公孙丞相三月前病逝，李蔡身为御史大夫，接任丞相顺理成章。张汤接

---

① 鞮汗山，位于居延海以北，现今蒙古国境内。

② 弱水，流经甘肃河西走廊，即今之黑河。

任了御史大夫。"

"看不出我这个老弟，居然如此出息，广自愧不如哇！"

是李广。李广出征时，以郎中令兼任将军。仗打完了，卸任回朝，还任郎中令。司马迁一喜，推门进去，想要慰问这位出师不利的老将军。

"你为我看看，我的运势怎么总走背字！"李广向司马迁颔颔首，算是打过了招呼，继续与王朔交谈。王朔也是位郎官，兼司望气，善于断人事的吉凶。

李广一脸愤郁不平之气，问道："自朝廷与匈奴开战以来，老夫几乎无役不与。部下的校尉与军吏中，封侯者不下数十人，有人才能不过中人。而我身经百战，论战功绝不亚于他人，可却难得尺寸之封。这是甚道理？难道老夫面相不吉，无封侯之命么？"

王朔沉吟了片刻，反问道："将军想一想，这么多年来，心中可有悔恨之事？"

"悔恨之事？"李广思忖了一会儿，颔首道，"吾为陇西太守时，羌人反叛，我诱降羌人，却将八百多归降者同日斩杀。至今想到这件事，我还是常常悔恨自己所为。"

王朔道："这就是了。祸莫大于杀害已降之人，将军所以不得封侯，恐怕就是报应在这件事上。"

李广攥紧五指，狠狠捶了下几案："可我还是不服！即便不得封侯，有机会我也还是要与胡虏一决胜负，我就不信，晦气总跟着我！"

李广平昔在下属面前，恂恂无语，口讷于言。司马迁还是头一次见到他意气用事。他望着这个鬓发斑白、满面征尘的老人，既崇敬，又同情，想宽慰他，又不知从何说起。良久，方才说道：

"要说运气，谁也不能预料。人言骠骑将军逢战必胜，可此番下落不明，吉凶难卜，皇帝亦为此茶饭不思呢。"

李广注意地看了他一眼，蹙眉道："哦，还没有消息么？"随即向二人揖揖手，径自向前殿去了。

望着他的背影，司马迁看了眼王朔，问道："王君所言，李将军屡战不捷，真的是杀降所致么？"

王朔叹息道："也不尽然。人言君子之泽，五世而斩。陇西李氏世代为将，杀戮既多，戾气亦未免过重，不是件好事情。"

霍去病孤军疾进，此时已越过钧耆水①，到达了小月氏人的居住之地。所谓小月氏，是河西月氏败于匈奴西迁后，残留下来的部分，分布在南山（即今之祁连山）与弱水下游一带。虽然臣服于匈奴人，可仍怀有灭国的仇恨。经堂邑兄弟联络，当地的小月氏部落允准汉军暂驻休整，同时，霍去病派亲兵扮成月氏牧人，随堂邑兄弟四出侦伺匈奴人的动向。

哨探已经派出去数日仍没有消息，霍去病心中隐隐有些焦急，敌军的位置与状况不明，他很难决定下一步的打击方向。孤军悬于敌后，若不能乘敌不备，先发制人，他将陷入极其危险的境地。先发制人，后发制于人，这是作战的铁律。一旦匈奴人有了准备，甚至先发制人，汉军将陷入苦斗。他开始后悔没有多等公孙敖几日，眼下外无救兵，内乏粮秣，搞不好会全军覆没。

内心尽管焦急，脸上却仍是好整以暇的样子。他是全军的主心骨，稍露怯色，军心必定动摇。到目前为止，全军上下还对他这个孤胆将军充满信心，为了昭示镇定，他派士卒平出了一块草场作为鞠城②，用作蹴鞠比赛之用。蹴鞠乃古代一种军事游戏，在一大块平地四周培土为墙，其中一面设有看台，场地两端各设有六个球门，由专人把守。比赛规则简单，双方各六人，争抢皮球（以革为面，内塞麻草）并将球踢入对方球门，多者为胜。期门、羽林卫士常把蹴鞠作为日常训练课目，霍去病任期门卫士时，是个中好手。就是成为上将，他的蹴鞠爱好一如从前，每逢出征扎营时，他都要带着亲兵，来一场比赛。

他瞄着远远飞过来的皮球，摆了个身段，很利索地将皮球停于胯下，随即带球快步向对方球门冲去。他绕过迎面扑过来的壮汉，正欲起脚射门，不防那壮汉回转身来，死死抱住了他。他猛然下蹲，借势托住了汉子的双臂。

---

① 钧耆水，即今甘肃境内的石羊河。

② 鞠城，即球场。中国古代的一种军事体育游戏称作蹴鞠（即现代足球的张本），踢球的场地被称作鞠城。攻防双方手脚并用，既可脚踢，亦可以手搏、摔跤等方式争夺皮球或摆脱对手之纠缠（类似于今日之橄榄球）。最后以进球多寡计胜负。

向前一用力，双脚离地的壮汉大叫一声，从他肩上飞了出去。之后他飞起一脚，皮球箭一般从把门人头上飞入球门。四下观球的士卒们一片欢呼，霍去病抹了把额头的汗水，甩在草地上，洋洋得意地挥了挥手。

一缕白烟从远方升起，这是汉军斥候发出的信号，探哨回来了。霍去病心里一喜，招呼一个亲兵顶替自己，匆匆离开鞠城，向中军大帐走去。

果然是堂邑兄弟赶回来了，他们分为两路，与放牧的月氏人偕行，终于打探清楚了河西匈奴目前的状况。浑邪王与休屠王率领四五万精骑布防于陇西塞外，而河西匈奴的后方空虚，其驻牧大帐设于觻得 ①，即南山 ② 北麓弱水上游的牧场处。河西诸王与家眷都集中在那里，人数虽不少，可并非作战的精锐。

霍去病在大帐内来回踱步，低头沉思。看来，自己迂回的战略是对的，他们现在已绕行到敌军主力的背后。在浑邪王觉察之前，若能以迅雷不及掩耳之势，一举攻下觻得的大营，可以极大地震慑匈奴的军心。即使屯驻于东面的敌军回救，没有三天也绝对赶不到觻得，他可以以逸待劳，予敌军以重创，而后从容回师，自陇西回返关中。

对，就这样打！避实就虚，乃兵法精要所在。反复斟酌后，霍去病终于下了决心，他下令大军立即开拔，对沿途所遇到的匈奴牧人，一律不留活口，以防走漏消息。汉军日夜兼程，仅用了两日，便赶到了觻得。进攻于拂晓时发起，尚在睡梦中的匈奴人猝不及防，根本组织不起有效的抵抗，大多束手就擒。单于阏氏，匈奴单桓王、酋涂王、稽且王以及王母、王子五十九人，相国、将军、当户、都尉以下官员六十三人被擒，二千五百人投降。

之后，霍去病迅速布阵设伏，与闻讯回援的浑邪、休屠二王的骑兵进行了激战。在得知大营被端，亲眷被擒的消息后，匈奴人军心大乱，无心恋战，很快溃不成军。汉军乘势追杀，大获全胜。此役共擒获匈奴名王五人，斩首三万二百级，汉军损失只有三成。这是汉匈开战以来斩获最多的一役。当汉

---

① 觻得，即今甘肃张掖一带，汉占据河西走廊后，在此设张掖郡，郡治设在觻得县。
② 南山，即祁连山，汉代称为南山，匈奴称之为祁连山；北山，即天山。

军大捷，霍去病率军由陇西得胜班师的消息传到长安时，刘彻大喜过望，派使臣就军中拜封立功的校尉赵破奴为从骠侯，高不识为宜冠侯，仆多为辉渠侯。主将霍去病益封五千四百户，没有其他封号，可在刘彻心里，霍去病之勇武善战，已经超过了卫青。他正在思忖，以何种方式，使自己的这员爱将与大将军平起平坐。

河西惨败的消息半个月后方传到单于廷，伊稚斜因重挫李广而来的喜悦与信心，转瞬间消失得无影无踪。

"浑邪与休屠在睡觉么！他娘的在自己的地盘上，让汉人干掉了三万人？"他在大帐内来回踱步，简直不能相信自己的耳朵。春季刚遭到过霍去病的袭击，这才几个月过去，竟又让人抄了后路，前后算起来，河西损失了近五万人，而且王族成员被汉人捉去了上百人，真正是匈奴从未有过的奇耻大辱！

"来人哪，传本大单于的命令，要左右屠耆王带所部人马到龙城会合，老子这回要直捣长安。这个霍去病有甚了不得？我就不信这个邪！"伊稚斜额头青筋暴起，怒眼圆睁，帐内的贵臣们面面相觑，大气也不敢出一声。几名侍卫应声后退，准备去传达伊稚斜的命令。

"且慢。"赵信向前一步，躬身揖手道，"大王息怒，一定要冷静。这件事还是从长计议的好。"

"怎么？"

"现在正是牲口上膘的要紧季节，把男人们召集起来作战，不利于民生。况且我们集结大军南下会战，正中汉军的下怀，一旦失利，颓势难挽。我们匈奴的人口，不过当汉之一大郡，几年打下来，损失已近十万，这样的损失，我们承受不起。大单于千万要冷静，要权衡利弊，就如大单于所言，不与汉人争一时一地之短长，而是坚持诱敌深入，乘隙蹈瑕的战略，方可挽回颓势。李广名将，一旦深入我腹地，不也被重创了么？"

赵信说得对，可伊稚斜还是咽不下这口气，恨声道："可这回河西却让霍去病钻了空子，河西有十万精骑，却被一支孤军杀得丢盔卸甲，我强胡的威名，让他们丢尽了！"

"这也难怪他们，我军剽悍有余，军律松散，利则进，不利则退，虽不乏匹夫之勇，却形同乌合之众，故难当强敌。汉军则不然，行军作战秩序井然。大将失期贻误军机，逗留不进，临阵脱逃，按军律都会处死罪。败者必罚，胜者必奖，有大功者必封侯赏爵，故作战人人奋勇，即使身陷重围，仍可以做到临危不乱，秩序井然，无军令不退。臣在汉军中数年，觉得他们的做法，实在有值得我们效法的地方。"

伊稚斜阴沉着脸道："自次王说得不错，我军胜则争先，败则唯恐逃得不快，不能够再这么下去了！当年冒顿大单于曾立法，临敌'拔刃尺者死'①。此番河西之役，长汉人志气，灭我强胡威风，不能就这么算了。秋季蹛林②大会，浑邪王与休屠王若做不出个像样的交代，我必行祖宗的成法！"

之后，伊稚斜全面接受了赵信的献议，决定秋季之后，将单于廷撤到漠北，另留数支骑兵，以长途奔袭的方式与汉军周旋，打过就跑，诱汉军深入。放弃漠南，尤其是阴山祖地，多数人都不情愿，可慑于伊稚斜之威，却也没有人敢于公然出头反对。

大当户稠雕，乘着单于与众臣议论迁居漠北之事时，悄悄踅出了大帐。他与浑邪王交好，又是儿女亲家，蹛林大会在即，伊稚斜既存了杀心，他不能不尽快告知亲家。他四下观望了一阵，确信没有人注意，跳上马，双腿在马肚上用力一夹，马如离弦之箭，飞奔入草原，很快隐没在暮色之中。

①"拔刃尺者死"意为临战迟疑，不奋身扑敌者，死罪。

②蹛林，匈奴地名，匈奴人每年秋季在此集会，点验一年来的人畜数字、生计状况，以确定向王廷缴纳贡赋的数额，类似于汉朝每年秋季的上计。

七十九

位于戚里的淮南王京邸，因刘安谋逆被没入充公后，很快又大兴土木。数月之后，里里外外都已装修完毕，粉刷一新。这一日，府邸所在的街巷戒严，缇骑林立，门前则停着几辆华贵的辂车，一望而知，有宫里面的贵人莅临。

"霍将军，感觉怎么样？"里里外外巡视过后，刘彻望着霍去病，笑吟吟地问道。他自即位以来，除自家姻戚，还从未向朝廷大臣赐赠过宅邸。这座金碧辉煌的五进大宅，不单是对功臣的奖赏，更蕴含着自己对这位少年将军的爱重。

"臣家人丁单薄，陛下赏我这么大的宅子做甚？"霍去病的反应却很茫然。

"你年逾二十，是成家的年纪了，娶妻生子后，一大家子人，住处总要宽敞些好。"

霍去病摇摇头，眉宇一扬，脱口而出道："娶妻生子？匈奴未灭，何以家为！"

猛然想到不妥，再拜顿首道："陛下的恩德，天高地厚，去病愧领了。去病不才，唯有多杀胡虏，以报陛下恩德于万一。"

刘彻最赏识的，就是霍去病这种豪迈不羁的气势。他扶起爱将，笑道："男子汉大丈夫，匈奴要灭，家也要立。李将军，是不是这样？"

陪侍在一旁的郎中令李广颔首称是，霍去病连战皆捷，功劳直追卫青。无论缘于勇气还是运气，总归是事实。想到自己逢战不胜，他心中落寞，不甘，却又无可奈何。

正说话间，谒者所忠匆匆赶来，说陇西来了紧急边报，请示圣裁。刘彻吩咐就在这里传见，使者是大行李息麾下的校尉。李息接应霍去病归来后，屯驻于陇西边塞，五日前，有匈奴军将叩关，声言是浑邪王的使者，指名要见霍去病。

霍去病诧异道："败军之将，见我做甚？"

"使者言浑邪王等有意归降，愿与将军面谈。"

浑邪王若降，河西当可兵不血刃，入于大汉掌控，而西域的通路便会就此打通。刘彻心中一喜，一时竟不敢相信会有如此好事。"去病，这件事你以为如何，其中不会有诈吧？"

"真也好，诈也罢，臣马上去一趟河西便知分晓。"

刘彻沉吟了片刻，颔首道："是得与之面谈。不过你要带兵去，作两手预备。"

"是，臣所部正在狄道①休整，加上李息的人马，足够对付浑邪。"霍去病领命，起身欲行。

"慢，急也不在这一刻，朕还有话吩咐。"刘彻在庭中踱了几步，决定尽最大的可能，招降浑邪王，"浑邪王若降，匈奴之左臂就断了！河西入我掌握，去西域的路也通了。这件事，能招降尽量招降，见了浑邪，你要代朕许个大愿，告诉他，凡归降者均有厚赏。王者封侯，跟从者赏爵，所辖诸部不拆散，仍归诸王统领，不迁入内地，在边郡就地安置。"

他拍了拍霍去病的手臂，满怀希望地注视着自己的爱将："该怎么做，你相机行事，朕不为遥制。能说服他归降最好，若不成，你不可冒险犯难，一定要平安回来。"

霍去病日夜兼程，三日后便赶到了狄道，可事情已经起了变化。李息告诉他，河西匈奴对是否归降一事，意见分歧，大有兵戎相见之势。据最新的探报，昨日休屠王所部，忽然包围了浑邪王的大帐，眼下浑邪王生死不明，招降的事情，怕是很难进行下去了。

---

① 狄道，汉代陇西郡治所在，在今甘肃临洮附近。

"休屠王有多少人马？"

"不下八九千。"

"河西匈奴，数浑邪王的兵马最多，怎么会被休屠挟制？"

李息道："浑邪的大军，驻扎在百里之外，他自己带了数千人在河西岸等候将军，不想被休屠围了个措手不及。"

看来事不宜迟，不救出浑邪王，会功亏一篑，打通河西又不知要等到何时了！霍去病当机立断，决定立即率八百亲兵渡河，而由李息调集两万骑兵随后接应。

得知伊稚斜的图谋，浑邪大为恐慌，连夜召集河西诸王会议。都知道伊稚斜心狠手辣，既然动了杀人立威的心，就一定会做得出来。思前想后，多数人觉得只有归附汉军一条路可走。浑邪即派人叩关传话，自己带了二千亲兵，在大河西岸等候霍去病。不料休屠王事后反悔，浑邪猝不及防，竟为休屠王所挟持。

霍去病率所部八百精骑渡河后，伪称议和，以迅雷不及掩耳之势，直入浑邪大帐，斩杀了休屠王。随后渡河的大军，将陷入溃乱的休屠王部八千人包围，斩刈净尽，极大地震慑了河西各部。此后，在汉军监督下，河西余下的数万匈奴人，在浑邪王统领下渡河进入陇西，霍去病要李息调派传乘，先期陪送浑邪与诸王赶赴长安，自己留在陇西，安置归降的胡人。

得知河西匈奴全数归附，浑邪王等即将来长安归降的消息，刘彻大喜过望，一面传诏内史马上筹备接待，一面传召三公与大农入宫，筹议犒赏有功将士事宜。

"此番招降河西匈奴的事，霍去病办得好！办得利落！"刘彻捋着胡须，满面红光，喜色盈人，"朕要大赏出征将士，也包括那些归附大汉的匈奴，此番召诸位入宫，为的正是这件事。"

众臣稽首称贺，余音未落，大殿门前却响起一阵嘈杂声，众人回头望过去，却见右内史汲黯推开拦挡他的宦者，气冲冲地走了进来。

"汲师傅，有事情么？"汲黯顿首行礼后，刘彻有些意外地问。

"敢问陛下，诏令借赁京师百姓车马两万乘，所为何来？"

"河西匈奴扫数归降，这件事汲师傅竟不知道么？"刘彻有些不快，反问道。

"臣听说了，可还是不知道朝廷征调这么多车马何用！"

这是明知故问了，刘彻蹙眉道："浑邪率所部数万人来降，这是有汉以来没有过的盛事，朝廷自要示之以恩德，调集车马，是接他们来长安，见识一下我大汉的昌盛繁荣。"

"几万人都接过来？"

刘彻盯着汲黯，以不容置疑的口吻说道："都接过来！朕欲恩德普施，柔远能迩，借以感召更多的胡虏。"

"陛下用意虽美，可惜官库无钱，百姓把车马都藏匿了起来。长安令很为难，征调两万辆车马的差事，他办不了。"

"办不了？"刘彻沉下脸，恨声道，"办不了是他庸懦无能，该斩！"

众臣见皇帝动了怒，面面相觑，都为汲黯捏了一把汗。

汲黯的脸色却转为平和，顿首再拜道："长安令无罪。臣是他的上司，要斩，可斩汲黯。斩了臣，陛下看看百姓可肯献出马匹！陛下为了数万降虏，竟要杀光京师几十万百姓么！"

"你，你！"刘彻怒视着汲黯，一时语塞，竟不知说什么好。

"浑邪背主降汉，本不是甚光彩之事，来京师陛见，骠骑将军已传令沿途各县供给车马传乘，为何还要征调民间车马，扰动京师三辅的百姓不安呢？难道非要疲弊中国方能讨夷狄的欢心么？望陛下三思！"

御史大夫张汤站起身，抗声道："汲内史，你废格明诏①，还敢顶撞天子，你知罪么？"

汲黯的脸色也变了："为大臣者，职责何在？夙兴夜寐，进贤不懈，日进善道。勉主于礼义，谕主以长策，将顺其美，匡救其恶。你张汤算个甚东西？智足以拒谏，诈足以饰非，从不肯为天下的百姓说话，专门阿顺主上之意，逢君之恶。主上所不欲者，因而毁之；主上所欲，因而誉之。貌似忠厚，内怀奸诈，舞文弄法，令天下人重足而立，侧目而视，难怪天下人都说刀笔

---

① 废格明诏，意指拒不执行皇帝诏命，罪在大不敬，律当弃世。

吏不可以为公卿，果然！你想陷我于罪，我偏不怕你！"

"够了，都给朕住嘴！"刘彻额头青筋暴起，挥起拳头，狠狠擂在御案上。众臣低首敛眉，匍匐不动，殿中静得可以听到呼吸声。

良久，刘彻按奈住了怒气，望着汲黯道："你只知道征调扰民，可招抚河西匈奴，断匈奴之左臂，打通西域而削弱伊稚斜的大账你算过么？朝廷若以大军征战河西，比起征调车马的耗费来，难道不是大得多么？师傅身为内史，凡事为三辅百姓着想，朕不怪你。而朕身为天子，做事要为天下人、为中国着想，值此胡汉相持的关键时刻，一切当从大局着眼，百姓暂时的付出，为的是日后的长治久安，这并无不妥，况且，官府并非白取，日后有钱，自当给付。"

汲黯仍很倔强，埋头不语。刘彻叹了口气道："这件事，事关大局，不单是为了朝廷的脸面，非办不可。你退下后传朕的口谕，命长安令速办，逾期就以废格沮事之罪，杀无赦。"

望着汲黯的背影，张汤揖手道："汲黯当面顶撞陛下，是大不敬，应予薄惩，以肃朝纲。"

刘彻摇摇头，叹息道："汲师傅乃骨鲠之臣，朝廷之上，不能没有他这样敢于直谏的大臣。所谓良药苦口利于病，古人所说的社稷之臣，应该就是汲黯这样的吧。"

随后，话题转到厚赏将士与归降的匈奴上，丞相李蔡、御史大夫张汤、大将军卫青全力附和，唯独大农郑当时沉默不语。

李蔡道："官库由大农当家，这笔开支怎么办，还得请子庄擘划。"

郑当时瞥了一眼李蔡。国库的支绌，作为丞相的李蔡知道得一清二楚，事到临头，却置身事外，一推了之，可恨。可皇帝既要放赏，自己无论如何是躲不过这一关的，巧妇难为无米之炊，万般无奈之下，也只能向皇帝和盘托出了：

"敢问陛下，此番参加河西之役的将士与匈奴降人，可是都予赏赐么？"

"都赏，一个不漏。"

"陛下所言厚赏，是多少，还望给个数目。"

"怎么一个人也不能少于万钱吧，有殊功者另算。"

"匈奴人呢？"

"也比照我军将士放赏，既赏，就不能小气，失了我大汉的气派。"

"如此，则汉军参战者两万，死伤三成，抚恤另算，实有一万四千人。河西降虏据说有十万余众……"

卫青道："那是浑邪虚张声势，去病来信说，实际只有四万余众。"

"就按四万五千人计，则受赏人数也有五万九千人，每人万钱，总计在五万万九千万钱，只少不多。以目前大农官库的存钱，臣实无力负担。"

"怎么？难道官库已支绌到如此地步了么！"每年的上计，大农都会呈递上当年朝廷及各郡国的收支明细，印象中官库已连续多年入不敷出，刘彻虽知道连年征战，耗费巨大，可绝不曾也不愿想到，官库之钱也有近乎枯竭的那一天。在他脑海中，官库还是父皇带他看过的那个样子，钱币山积，满得仿佛要溢出来的样子。

"臣不才，敢为陛下言之。自元光初年对匈奴开战，开拓西南夷，连年河工用度，沧海、朔方筑城，关东各郡救荒及犒赏将士，数十年的积蓄，已用之殆尽。官库虽还有些钱，可水旱救荒，河工水利，在在都要用钱。若全用于赏赐，一旦有事，临时万难筹措。何去何从，还请陛下决断。"

刘彻的脸红了，郑当时的话，印证了汲黯所言。继位以来，他极少过问国库的收支，总以为官库中有取之不竭的钱财。看来，今后要开源节流了。而天子言出法随，他既作了决定，就一定要实行，决不能在臣下面前表现出畏缩。

"为山九仞，功亏一篑。大汉与匈奴相持十几年，眼下我们占了上风，胜负关头，决不可松懈退缩，就有天大的难事，也要挺过去。还是朕方才与汲黯所言，一切以大局为重，暂时的付出，为的是日后的长治久安。故对降胡不是赏不赏，而是一定要赏，而且要厚赏。非如此不能坚定其归附之心。浑邪归附后，不仅能为我所用，而且会给匈奴诸部以极大震撼，转而对我心存畏惧，仅此一端，就不是巨万金钱所能买到的。算大账，这笔钱用得值。"

他扫视着群臣，侃侃而谈："至于官库不敷足用，可以想别的办法。朕可以减膳，可以调用御苑之马，眼下颁赏之钱，可以先从少府取用。总之，财用之道，不外乎开源节流，你们都要想想法子，举荐一些善于理财生财的人出来办事，为朝廷分忧。"

张汤再拜顿首道："臣以为，可以将前秦军功爵之制，向百姓开放，既可以救急，又不失为开源的办法。"

"向百姓开放，怎么开放？"刘彻问道，随即恍然，"你是说，卖官鬻爵？"

"是。前秦设军功爵二十级，只有立功将士可以获得。本朝也有以军功爵位抵罪的先例。臣以为，军功爵于人的吸引在于，既可以优先补用为吏，又可以用来抵罪。若不加限制，由朝廷确定一个基数，每加一级，多收钱若干。如此，富足人家定会趋之若鹜，所入可供朝廷弥补财用之不足，朝廷不用加派赋税，小民也可以乐业安生。以此开源，富者自愿，贫者无忧，是个两全其美的法子。"

刘彻捋髯沉思了片刻，心里还是没数。"这个办法顶用？能搞到多少钱？"

"臣原在廷尉，每岁犯律下狱者何止千万！其中富贵人家子弟居多。即便这些人无意做官，可买些爵位预备着抵罪，他们也会愿意的。譬如每一级爵位作价万钱，增一级可再加若干万，一万人买爵，朝廷可收入巨万，况且有心并有力买爵者，以臣估之，还远远不止此数。"

"哦，这么多！好，富者既肯出钱，朕看基数还可以加高。丞相，大将军此事你们要会同张汤与有司，尽快草拟出实行的办法来。"刘彻脸上有了笑容，这笔钱颁赏有余，他恨不能即时下诏推行到全国。

卫青揖手再拜道："可拼死才能够获得的军功，无尺寸之功的富人凭钱就可以买到，岂不令前方将士寒心！臣以为张大夫的法子不妥。"

"不妥？不妥你倒是拿出个法子看看。董仲舒当年曾对朕言，三皇不同道，五帝不同教，为政者必得审时度势，因地制宜。富人出钱买爵，弥补了朝廷财用的不足，依朕看也可算是一种贡献。况且朝廷历来许可赎死。有力者出力，有钱者出钱，何不妥之有！"

"臣愚陋无知。"卫青红了脸，揖手请罪，可心里并不服气。

"臣老朽愚昧，理财不善，愿避贤路。"郑当时对张汤的献议，也很不以为然。这个口子一开，朝廷敛财，将无所不为，固有的纪纲难于维持。自己不如趁此抽身，不与张汤之流蹚这股浑水。

"怎么，郑师傅，遇到难处，就想要弃朕而去吗？"刘彻直视着郑当时，冷冷地问道。

郑当时凛然，周身仿佛为一股寒气所笼罩，不由得咳嗽起来。"臣，臣实在是老病缠身，也实在是理财乏术，陛……陛下明鉴。"

"大农拿不出颁赏的钱，张汤已想出了法子，你还难为个甚？"看着早年的师傅杌陧不安的样子，刘彻心生恻隐，口气也缓和下来。

"陛下，军功爵岂是可以一下子卖掉的，这笔钱筹起来要多少年？再者，"郑当时侧过身，看了看李蔡与张汤，"朝廷因山东连年水患，小民流离失所，生计无着，前不久才议定向边郡与新秦中移民实边七十余万，这些人初来乍到，安置与口粮种子，在在都要官库出钱，且朝廷免其赋役三年以休养生息，三年之中，仍须持续出资维持。这笔财用耗费巨大，各县官库早已难乎为继，郡县告帮之简牍急如星火。老朽绕室彷徨，实已焦头烂额，这些你们都是知道的啊。"

刘彻不语，扫视着群臣，面色又难看了下来。

"臣请荐用三人，助大农理财。"张汤揖手上前，朗声道。

"什么人？"

"山东齐地的东郭咸阳，南阳孔仅，和现在禁中的郎官桑弘羊。"

刘彻颔首，满意地看着张汤，大臣们若都能像他一样为朝廷分忧解难，国事岂不大有可为。

八十

君臣对坐，郑当时低首敛容，不发一言。看着老师稀疏的白发与满脸的皱纹，刘彻不觉感叹岁月如流，人生短暂。

"郑师傅，莫拘束，我们师生一场，你就如当年授课一般，为朕细细梳理一下，朝廷的财政何以困窘如此，又该当如何纾解。"

"老臣无能，官库缺的是钱，而历年积粟尚多，臣曾令属下以之出粜换钱，无奈有钱者不缺粟，而缺粟者无钱。方才张大夫提议卖爵，若能行当年晁错贵粟之义，以入粟换爵赎罪，官库之积粟当可大销，卖得的钱财，亦可缓朝廷一时的急用。"

刘彻略思，摇摇头道："出售军功爵既可直接得钱，用就是了，何苦还要费事倒腾官库的粮食。晁错的法子用于百姓可，用于官库不可，一进一出之间，损耗太大，不可行。"

"那么朝廷要想财用宽裕，只有一条路好走了。"

刘彻双目灼灼，满是期盼地问道："哪一条路？师傅请讲。"

"民谚有'用贫求富，农不如工，工不如商，刺绣纹不如倚市门'之说。朝廷若做大事而无匮于财用，自然要在商字上用力。"

想来是他与张汤于朝堂上提议收山泽之利那件事，刘彻颔首示意他说下去。

"先朝弛山海之禁，藏富于民，而今朝廷财用不足，可重施此禁，实行盐铁专卖。然与民争利，有失祖宗的德意，且臣愚陋，做不来这件事情。"

刘彻沉吟不语。见到皇帝未置可否，郑当时顿首再拜，鼓勇道："在潜邸时，老臣与汲黯均以黄老学授读东宫，所授皆清静无为，与民休息之道，这陛下是知道的。现今陛下是大有为之君，而臣等愧未与时俱进，措置无能，还望陛下允准老臣致仕，以避贤路，让内行的人办此事业。"

"郑师傅看来真是想卸肩了，你说的内行人是谁？"刘彻面色沉了下来，口气颇为不耐。

"当然是做过盐铁贩鬻的行家里手。如老臣者，为官的多不谙个中门道，搞不好赚不到钱，反而赔进去公帑……会误了朝廷的大事。"郑当时原想坦白尝试盐铁买卖被骗之事，可见皇帝面色难看，遂噤口不言。

刘彻沉吟良久，面色渐渐平和下来。郑当时若能找到替手，他不做这个大农也罢，但在朝廷财用艰窘时刻求退，是种失职，也不能轻轻松松地放他走。

"行家里手？就是张汤在朝堂上举荐的那三个人吗？他们有何本事，你说给朕听听。"

"山东的东郭咸阳以贩盐，南阳孔仅以冶铁而成巨富，富埒王侯，这两姓都是几世经营，个中门道没有人能比他们更精通，臣以为可擢二人以大农丞，且允其自行招募下属，分别主持推行盐、铁之专卖，不数年，朝廷之财政当可大为改观。"

"既然富埒王侯，他们会愿意到朝廷做官？"

"臣在大农，时时会与此等人物打交道，他们巴不得做官，本朝政令自高祖起，即以重农贱商为旨，商人再有钱，在官场上也还是位列下贱，抬不起头来。而身为朝廷命官，在地方上可以一呼百应，做到名利双收。"

"用商人做官，百官百姓们会怎么看？"做官可以抬高身份，可弄一帮子商人做官，会不会有辱朝廷的声光？刘彻面有难色。

"陛下曾下诏求人才，说办非常之事须非常之人。今办盐铁，在官者皆外行，如臣之失，故非行家里手难以成事。陛下要的是能成事之人，又何必拘泥于身份呢？"

刘彻面色发红，捋髯道："你说得对。可大农一职，关系朝廷财用，非商贾可任，你求退，可有靠得住的替手吗？"

见皇帝松了口，郑当时也松了口气，揖手道："朝廷财用浩繁，自需熟手，臣以为颜异可任此职。"

"颜异，"刘彻想了想，颔首道，"你是说现任的大农丞？"

"正是。颜异任职大农十余年，从百石小吏一步步做上来，多年主持上计，对朝廷的收支、财用了若指掌，且为人廉直不阿。由他主持大农，陛下当可放心。"

颜异多年主持上计，刘彻知道这是个可以放得下心的人，但郑当时在这个当口弃职求去，还是令他心里不快。

"郑师傅求去，是觉得朕行事铺张，不好伺候，是吗？"刘彻斜睨着他，似有笑意，但郑当时仍感觉到了一股寒意。他摇摇头，苦笑着，一脸愧赧之色。

"臣自潜邸时即侍奉陛下，二十年来，除任职郡国那七八年，一直在陛下身旁侍候，知我者，陛下也。臣年逾七十，实在是老了，且臣所学者黄老，主持财政实在是力有不逮，如此尸位素餐下去，真是怕会耽误了陛下的大事，还望陛下明鉴。"

"哈哈，郑师傅言不由衷。你民间朋友多，道听途说的消息也多，说说看，百姓如何看朕？是如汲黯所言，朕内多欲而外施仁义，做不成尧舜之君吗？"

汲黯为人耿直，好面折廷争，直言极谏。皇帝初即位时，大招文学儒者，欲兴三代盛事，一日，皇帝与诸儒议论应兴应革事宜时，汲黯抗声道："陛下内多欲而外施仁义，奈何欲效唐虞之治乎！"[1]郑当时清楚记得，皇帝一愣，当时就变了脸色，像被兜头浇了盆冷水般，瑟瑟发抖，强忍着才没有发作，之后拂袖而去，朝会不欢而散。满朝的大臣都为汲黯捏了一把汗，尤其是作为好友的他。事后他曾劝过汲黯，汲黯却不以为然，认为皇帝任用大臣，为的就是辅弼匡正自己的言行决策，一味顺从甚或阿谀，会陷君上于不义，况且大臣在其位，就得谋其政，否则就是不忠不义。

"陛下……雄才大略，当然，当然是大有为之君。"郑当时虽然羡慕汲黯的风骨，可话到嘴头，期期艾艾地，仍是言不由衷。

---

[1] 此句意为：陛下欲念多多，又怎么可能仿效尧舜而成圣贤仁义之君呢？意即皇帝根本不是做圣君的材料。

刘彻摇摇头道："人言卿总爱把话藏在肚子里，看来不假。汲师傅虽憨直，话都是讲在当面，而卿只知趋承朕意，同样做师傅，你难道就不能像汲黯那样，对朕讲一次真话吗？"

"陛下驱逐匈奴，治河赈灾，迁徙移民到边郡，屯垦戍边，用钱再多，也是安定国家的正事，无可厚非。"郑当时偷觑了一眼皇帝，刘彻颔首，示意他说下去。

"可事有轻重缓急，官库的钱当集中使用，不急之务可缓则缓。"

"你所言的不急之务指甚？"

"老臣当年教授的《尚书·五子之歌》中，大禹对子孙的训诫，陛下可还记得？"

"内作色荒，外作禽荒，甘酒嗜音，峻宇雕墙，有一于此，未或不亡。"师傅们当年传授《尚书》时，着重强调过的文字凸现于脑海之中，这几条他大都犯了。刘彻的脸倏然红了。

"当然。师傅不妨明说，朕犯了哪一条？"

"眼下与匈奴相持的要紧关头，宫室的营建似可稍缓。"

刘彻轻舒了口气，郑当时提出暂缓宫室的营建，而轻轻放过了朝廷这一向征选女色，广求鬼神之事，今日朝会之后，他就要接见前来献方的方士，郑庄显然是避重就轻，免去了他的尴尬。

"宫室的营建用的是少府的钱，与朝廷财用无干。郑师傅既然倦勤，朕也不勉强你。可知会所荐之人到御史台张汤那里报到，朕要听听他们的说法。至于你，朕尚有一事交给你去办，不可推辞。"

郑当时也松了口气，揝手再拜道："老臣谢陛下恩典。不知是什么事情，请陛下示下。"

"关东封堵河堤决口迟迟没有竣工，派你去督办，务必加快河工的进度，此为解民倒悬之大事，朕分身无术，烦师傅代劳了。"

河工是桩苦差事，以七十老翁办苦差，可见皇帝不满自己辞官，有意为难，可事已至此，只能硬着头皮顶下来。郑当时提出请假五日，预备行装。

刘彻笑道："我闻江湖有言，郑庄出行，千里不赍粮，盛名如是，还用得着预备行装吗？"

郑当时唯唯，他知道皇帝很不喜欢江湖人物，认为这些人以武干禁，不尊朝廷法度，更厌恶朝廷大臣与之结交，当年断然处置窦婴、灌夫，即与此有很大关系。

刘彻捋了捋胡须，好整以暇地望着郑当时，问道："师傅近来还与江湖上的人物走动么？朕要跟你打听一个人。"

"臣自任大农，职任繁剧，已很少与这些人来往了。不知陛下想打听的是谁？"

"朱安世，这个人你认识吧。"

郑当时心里一紧，当年他曾听韩嫣讲过，他与刘彻私逛东市遇险，征朱安世搭救，但也被他劫去了一把宝剑。

"臣知道此人，是国初鲁人朱家的后人。孝惠皇帝时举家内迁，后来定居在阳陵。他笼络一伙恶少年，呼卢喝雉，纵横长安街市，后来先帝用于虑治理三辅，据说他逃到关东去了。臣多年前曾在同僚的酒宴上见过他两次，但并无交集，与他不熟，此后他出走关东，老臣再未见到过他了。"

刘彻斜睨着郑当时，满脸的狐疑："是吗？此人这些年没少出入长安，还勾结刘安之女，参与淮南国的谋叛。长安大户人家的车驾，大都换了西域的马匹，多是拜他所赐，师傅的车驾难道不曾换马吗？"

"老臣惭愧，现在用来代步的还是牛车。"

"哦，是这样。"刘彻有些吃惊，也有些不忍。郑当时掌管朝廷财用多年，却仍以牛车代步，可见其廉洁，不必再难为他了。于是吩咐道：

"爱卿去关东督工，要代朕查访姓朱的下落，尽快捉其归案，以消反侧。"

郑当时唯唯称诺，退出暖阁。刘彻偏过头，向在一旁侍候的内侍们问道："少府找来的人到了吗？传他们进来。"

来人身高六尺，眉目清秀，但目光似乎闪烁不定。陪同他进来的吕宽奏称，此人名少翁，也是齐地人氏，与之前仙逝的李少君，乃同门师弟。

"你既与李少君同门，想必也是高寿了？"刘彻好奇地上下打量着他。李少君鹤发童颜，一把雪白的美髯，而此人面相看上去不过四十左右，若是他的同门师弟，年纪也应该不小了。

"臣年寿刚过二百，入门学艺时，少君早已肄业，不过师傅安期生转授给我们的方术是一样的，故称同门。"

"你也能祠竈以通鬼神么？"刘彻精神一振。王夫人死后，他思念不置，而夫人魂魄却从未入梦。李少君曾以祠竈招致神君现形，不知此人可有如此本事。

"小臣最擅长的便是祠竈，不知陛下想见哪路鬼神？"

"朕有一爱姬，前不久亡故，朕欲再见之，你可能招其现形？"

李少翁屏息静思，好一阵子方揖手称是道："可以。但宫中阳气太重，逼仄过甚。若能于空旷处设一帐幕，小臣当可以仙方招致之。不过神鬼之属只可远观，而不可近渎，陛下若能应允，小臣当致夫人魂魄现形。"

刘彻大喜道："你若能致夫人来会，朕必不吝厚赏。如何设置，你尽管吩咐吕宽舒，让少府去办。"

当晚，刘彻带上次子刘闳，一行人出宫直奔少林苑中的礴氏馆，当年李少君就是在这里召神君现形的。礴氏馆外一处空地上，早已搭建起一座大帐，重重帷幕中烛火通明，在夜色中显得格外通透，帐外设一长长的食案，摆放有祭神的酒食。皇帝的御座设在百步之外，与帐幕隔着一座小小的神坛，李少翁将于此作法招神。

一身黑衣的李少翁，举手示意，侍从们熄灭手中的火把，四面都笼罩在淡淡的月色中，众人皆屏息静观，万籁俱寂，只有远处不时传来的虫鸣声，帐幕在月色衬托下呈现为月白色，像是罩着一层荧光，透射出一种神秘的吸引力。

猛然间，神坛上的李少翁，手摇鼗鼓①，边击边舞，鼓声疾徐不一，但节奏感强烈，在暗夜中尤有一种摄人心魄的力量。伴随着愈来愈快的鼓点，李少翁旋转的舞步也愈来愈快，神坛上只见一团疯狂扭动、似癫似狂的黑影。时约一刻，疲累已极的方士大张双臂，嘴中念念有词，仿佛神灵附体般渐渐瘫倒在坛上，与此同时，远观的人们看到，月白色的帐幕中，影影绰绰地出现了两个女人飘移着的身影……

----

① 鼗鼓，拨浪鼓之古称。《周礼·小师》郑注："鼗如鼓而小，持其柄摇之，旁耳还自击。"

刘彻欲起身，一旁侍候的吕宽舒等急忙示意不可，又过了一会儿，大帐的幕帘掀开，一个中年女性的面庞露了出来，在月光下熠熠生辉。

"这是神君，以前李少君招来的就是她。"吕宽舒轻声说。

那神君向帐外望了一眼，举手将帷帘拉开得更大，身后的女人也现形了。女人亦三十上下，蛾眉微蹙，面含悲戚，喃喃自语着什么，远远地望向这边的人群，月光下的那张面容分外清晰，分明就是故去不久的王夫人。"娘，父皇看，那是我娘！"坐在身旁的刘闳叫起来。刘彻再也按捺不住，站起身来，拉着刘闳向着帐幕快步走去。

忽然间，一片浮云遮住了月光，四下一下子暗下来，而帐幕的帷帘亦瞬间落下，待刘彻父子赶到，大帐中空空如也，哪里见得到女人们的踪影。

"陛下阳刚之气太足，鬼神均会避之不及，小臣提醒过陛下，只可远观啊。"面色惨白的李少翁不知何时来到身边，刘彻有些懊悔，转身看着他道："夫人说些什么？"

"夫人感谢陛下驾临看顾她，还说陛下不要忘记对臣妾与闳儿的许诺。"

这李少翁如何得知这临别前的私语，定是王夫人的魂魄来会没错了。刘彻亦喜亦悲，喜的是能重睹爱姬的真容，悲的是天人永隔，相望而不得相即。

"以后还能招夫人来会吗？"

"可以。陛下若想与夫人经常会面，应选一离宫，被服饰配皆应像神，四壁及车饰皆应绘以诸神云气，无此环境，欲鬼神常至，难矣哉。"

刘彻大喜道："若能与夫人常常会面，朕必不吝厚赐，待卿以上宾之礼。"

当晚，车驾留宿在附近的鼎湖宫。翌日，刘彻即于宫内赐少翁以文成将军的封号，又下令整修甘泉宫，起建柏梁台，作为接神之所。尽管耗费巨大，但如张汤所言，作为广土众民的大国，总能找得到开源的办法。念及与师傅的对话，虽然不免愧赧于心，好在斯人已去，已无须面对。普天之下，莫非王土；率土之滨，莫非王臣。作为天子，花费些钱财以求自身之满足，不是理所当然的吗？！

八十一

　　窳浑县周边的新移民村落，多是用黄泥土坯搭建的房屋，屋顶无脊，而是略微前倾的平顶，住户们用以晾晒自家的食粮、杂物。钟三家数年前从关东移民至此，住的也是这种土坯平顶房。

　　朱安世登上屋顶，向县城方向望过去，土路上空空荡荡，渺无人踪。在这里遁迹隐身，不知不觉已近一年，偶尔出塞狩猎之外，平日都是深居简出，尽量避免与人往来，日子过得百无聊赖。自打听说汉军拿下了河西走廊，打通了去往西域的通路，朱安世原本平静的心又开始蠢蠢欲动了。从前走私西域的良马，要穿越匈奴、塞上，兜个大圈子，如今河西路通，贩鬻的成本必会大降，而长安富贵官宦人家对西域马的需求有增无减，如此利市十倍的前景，由不得他不动心，尽管他是通缉亡命的身份，可这个风险值得一冒。为此，他派钟三去往长安联络故旧、朋友，打探消息，希望能再建网络，重操旧业。

　　钟三一去数月，按理早该回来了，边塞僻处一隅，消息十分闭塞，长安目前到底是个什么状况，江湖上的朋友们近况如何，与自己交好的官员贵戚们还有几人在位……所有这些都是他所急于知道的。钟三迟迟不归，使一向沉稳的他亦不免有了几分焦躁，近十几天来，他日日登屋眺望，竟似成了每日必行的功课。

　　他看了看日头，天已偏晌，正待下屋，却见县城方向的官道上扬起一道黄尘，细细看过去，原来是几骑人马，正朝这里驰来。他心生警惕，扶住木梯，一跃而下，推开一间屋门，叫道："阿陵、阿苗，抄家伙。"

刘陵正坐在炕上，与钟三媳妇说话，见状跃起，边从行囊中拔剑，边问道："什么人？是捉我们来的吗？"

"不清楚，但是冲这里来的。"看着慌乱的女人们，他反而冷静下来，放缓口气道，"莫慌，他们人不多，到这里还得会儿。我们准备在先，出其不意，足可收拾的。"他令刘陵与阿苗，分藏于两扇门后，又吩咐钟三媳妇届时开门，自己则掩身于院中的柴朵后面。

约莫半刻工夫，数骑人马已到门前，门被擂得咚咚作响。钟三媳妇拔开门栓，先进来的是个年逾四旬的汉子，留着一口美髯；跟在后面的人年岁相当，面目清朗；最后是钟三，牵马而入。看清楚是自己人，朱安世闪身出来，揖手笑道：

"真真是稀客！樊兄，久违了。"

美髯汉子停住脚步，略作端详后，大步上前，与朱安世把臂相视，随即大笑起来。

"我道是哪个，原来是你！你这个兄弟的嘴可真严。"他指了指钟三，竖起大拇指，又指了指另一个人道，"槐里赵王孙，也是道上的朋友。"

原来，美髯汉子姓樊名无疾，字仲子，也是长安有名的侠者，与朱安世乃相识多年的朋友；而赵王孙原是故相田蚡的门客，田死后重回槐里，从事贩鬻，为人仗义，近些年在江湖上声名鹊起。自河西道路打通，二人均有意经营西域的马匹，但苦于不得门径。有次在河洛酒家小酌，邂逅钟三，听说他老板是精于此道的大驵，遂结伴随钟三而来，不想得遇故人。

将客人让入堂屋，朱安世招呼刘陵等出来见客，称是自己的堂妹。钟三夫妇自去置办酒食，阿苗奉上茶点，互致寒暄后，女人们退下，男人们则倚在土炕上闲话。朱安世问道："吾等避居塞下有年，甚是闭塞，二位自京师来，消息灵通，不知长安这一向如何？"

樊无疾摇摇头，叹息道："朝廷连年对外用兵，民穷财困，酷吏当道，文景当年的好光景，怕是再难见到了。"

"淮南连带衡山的大狱结了吗？"

"大狱是结了，减宣这家伙忒狠，前前后后杀了几万人。不过还是有漏网之鱼……"樊无疾捋捋髯，笑眯眯地觑着朱安世道，"兄台就是其中一条大鱼。"

朱安世淡淡一笑:"找不到我,朝廷其奈我何?一年多了,风头也该过去了吧。"

樊无疾摆摆手道:"哪里!一波未平,一波又起。朝廷把一班酷吏全都调来了长安,义纵、王温舒、减宣、尹齐、杜周,大有横扫江湖,灭此朝食之意。吾等来边塞,一为生意,再就是避避风头。"

"噢,这么厉害吗?"朱安世不觉皱起眉头,盯住樊无疾,"我人不在长安,朝廷如此,不是无的放矢,白费气力吗?"

"哪里是捉你哟,此番抓的是郭解郭翁伯啊。"

"甚?郭翁伯!"朱安世吃了一惊,脸色也变了。

"对,就是翁伯,前后追捕了一年多,现下被捉到大牢里了。"

郭解并未参与淮南一案,朝廷何以戮力抓捕?郭解虽然不是自己一路的人,可其人品,朱安世甚为敬重,内心总有种惺惺相惜的感觉。郭解被抓,他既吃惊,又痛惜。

"翁伯兄为人厚重,早已不干年轻时那些勾当,朝廷抓他,所为何来?"

"详情我也不甚详细。"樊无疾看了看赵王孙,道,"王孙曾参与其中,悉知底里,还是你来说说吧。"

赵王孙盘坐于炕上,因系初识,一直在旁边静听,二人谈及郭解时,他几次欲言又止,至此方侃侃而谈,详叙了事情的始末。

元朔二年,主父偃向皇帝献议"推恩令"以削弱诸侯势力的同时,也建议将郡国豪杰富商徙居茂陵,内实京师,外销奸萌,于是当年朝廷下了一道诏令,将各郡国豪杰及家资三百万以上者徙居于茂陵。郭解世居河内轵县,身家并不富有,本不在迁徙之列。但轵县有家姓杨的,与郭家本无过节,杨家家长名杨季主,有个儿子杨立在县里公干,是名掾吏。轵县少年甚多皆奉郭解为首,平日游手好闲,无所事事,遇事则好勇斗狠,啸聚乡里,官府拿他们没办法;而郭解却偏偏能令他们服服帖帖,由此,他的声威隐隐盖过了官府,但他于县内并不惹是生非,双方相安无事,这种状况,纵令掾吏们不快,却也无可奈何。

徙居茂陵的诏令下达后,河内郡与轵县长官都与郭解交好,都想放他一马,不将其列入移民名单，不想杨立却别生枝节。他认定郭解名满江湖，绝对当得上"豪杰"一流，虽然家资不富，仍应在迁移之列，力争不已。郡县长官害怕担上"废格明诏"的罪名，却也不敢压制，遂将争执上交给朝廷。三公会议，丞相公孙弘认为多格，大将军卫青认为不够格，御史大夫李蔡不置可否，于是提请皇帝决断。

"大将军出头，也救不了郭翁伯吗？"卫青刚发迹时，郭解曾救过也一命，此事江湖上遐迩皆知。郭解有难，卫青自当出面解救，朱安世好奇的是，皇帝是卫青的姐夫，又是皇帝极为倚重的肱骨重臣，只要肯出面缓颊，应该很容易摆平此事。

赵王孙道："是啊，本来都以为大将军出面，皇帝怎么也得给这个面子，不想皇帝一句话，硬生生把大将军噎了回去。"

"什么话？"

"一日朝会，议及茂陵移民之事，大将军出列为郭解求情，说郭家不中訾①，不当徙居。皇帝却冷笑着说：'郭解一介布衣，能让你这个大将军出面说情，仅此而论，郭家就不贫。'大将军满面通红，不敢再说什么。而郭家徙居茂陵，竟成定案。"

"大将军虽为亲贵重臣，但今上绝对是个乾纲独断的雄主，没人左右得了！我听说有时如厕，皇帝亦召大将军议事，简直当奴才对待。满朝大臣，在今上眼中，无非犬马，能得到皇上尊重的，只有汲黯一人。"看到大家似信不信的样子，赵王孙道，"我与田家同乡同里，武安侯死后，我仍常与田家走动，此事我乃自周阳侯田胜处听得，千真万确，绝不会错的。"

"既已定案，翁伯迁居便是，大丈夫四海为家，到哪里不是个活，何以又遭追捕呢？"时运不济，命乖运蹇，郭解那么稳重自敛的人，居然也会面对与自己一样的困境，朱安世叹了口气，问道。

"还不是门下一帮少年惹的祸！翁伯被迫移民，他们岂肯善罢甘休？郭家离开轵县的第二天傍晚，杨立就于县衙的门前被人手刃，下手的就是翁伯

---

① 不中訾，意谓家产不够移民标准。

的侄儿……”

“大侠所言甚是，”樊无疾插言道，“翁伯徙居，轵县官民的赠与就不下千余万，而关中豪贤，知与不知，皆闻风而动，争与结交，去年九月朔，郭家抵达霸陵那日，我与王孙都在现场，光迎迓的车骑，就不下千乘，放眼望去，霸陵原上黑压压一片，车行马嘶，人声鼎沸，煞是壮观。”

朱安世摇摇头道：“动静太大了，肯定遭忌，对郭家不是好事。”

赵王孙颔首道：“就是，据说宫里极为震动，要三辅及茂陵的官衙，监视翁伯的一举一动，随时报上去。翁伯谨言慎行，甚为自重，可轵县那头儿一直消停不下来，那帮人与杨家结了仇。杨立被杀后不到一个月，其父杨季主也被刺杀，杨家报官，可郡县都恨杨家多事，敷衍了事，杨家人于是赴京举报，结果又被刺杀于阙下。事情传到宫里，惊动了皇上，于是诏命抓捕郭解，彻查案子。”

“论逋逃，翁伯乃个中高手，怎么会落在官府之手？”

“三辅毂辇之下，四塞关禁极严，朝廷要抓他，翁伯先一步得知消息，先把老母、兄弟等安置在了夏阳①，自己去了临晋②，我猜他是想先探探路子，由武关直下南阳。可朝廷的海捕文书到了，想要出关是太难了。”

朱安世眼睛一亮：“临夏？籍少公在那里做关掾，可以帮到翁伯的。”

“就是，少公极侠义，虽与翁伯素不相识，可翁伯报上名讳，少公二话没说，亲自送翁伯出城。但武关稽查甚严，翁伯于是辗转去了太原。而官差寻踪而来，追逼翁伯下落，而少公竟自杀绝口，这一下线索断了，翁伯方得以逃脱追捕。”

朱安世早年与籍少公相识，知道他是个极仗义的人，但听到他竟为掩护郭解而死，也不由得佩服得五体投地。

“那翁伯又怎么会被捉呢？”

“后来官府在夏阳抓住了翁伯的老母及兄弟一家，押解到长安，翁伯是

---

① 夏阳，汉之左内史属县，即今之陕西韩城县。

② 临晋，汉之左内史属县，即今之陕西大荔县。

大孝子，听到消息，自己投案自首的。"

朱安世摇摇头，叹了口气道："翁伯既自首，朝廷应当满意了，为何还盯着江湖不放呢？"

樊无疾应道："是呀，弟兄们都想不明白，蛇有蛇路，鼠有鼠路，本来两不相干，长安与地方一众大臣任侠者不在少数，唯独当今这个皇上好像与江湖有种解不开的心结，前些年杀灌夫、窦婴，如今抓郭解，仿佛专同他们过不去。"

皇帝有心结，想必是当年东市夺剑结下的梁子，看来今上是个记仇的人，不化解这个结，自己终究难得施展。可当年我也救过他一难，这段旧怨既然由我而起，免不得还要由我来解。朱安世想起当年的往事，思绪起伏，神游物外。众人见他走神，也都不再言语，场面一时冷了下来。

良久，他有了个主意，决定近期去一趟长安。他呷了口冷茶，问道：

"老弟可知道眼下朝廷谁主政？"

赵王孙略作思忖，道："若说朝政，丞相李蔡不过是个摆设，拿大主意的是张汤，大将军军事而外，很少参言。"

"张汤？是做廷尉那个酷吏吗？"

赵王孙颔首道："正是，不过眼下已升了御史大夫，最得皇帝倚重。我听周阳侯说，皇帝每每于朝会之外单独召张汤议事，自晡至晚，往往兴酣忘食，言听计从，天下大事皆决于此。张汤有病，皇上亲临张家探视，亲信之至厚，一时无二。"

"哦，他有何建树，竟得皇帝如此器重？"朱安世印象中，张汤与朝中其他酷吏并无不同，一刀笔吏而已。皇帝对这种人，只当刀把子使用，用不顺手，随时可弃，如郅都、宁成之属，张汤靠什么得此青睐，很令他好奇。

樊无疾恨声道："还不是为朝廷敛财！年来朝廷推出诸多措置，如造白金、皮币，盐铁官卖，实行五铢钱，算船、算车、算缗等等，专从富人身上盘剥金财，朝野为之侧目。所谓'千夫所指，无疾而死'，我看他的下场好不了！"

"尤其可恨的是，他还提议'告缗'，把个京师、三辅搞得鸡飞狗跳，民不聊生。"赵王孙亦义形于色，插嘴道。

"告缗，怎么回事？"

"一缗千钱，抽一算，合二十文。起先要商贾富豪自占①身家，众人自然少报虚报。于是布告天下，凡隐匿虚报家产者，家产没入官，男人戍边一年，其乡邻知情举报者，可分被举报者没官家产的一半。此令一下，颇有贪鄙小人甚至富豪商贾的仆从出首举报，一时间缇骑四出，长安、三辅人人自危，鸡犬不宁，真是作孽呀！"

朱安世摇摇头道："如此恶政，皇帝居然允其施行，难道就不怕失人心吗？"

"皇上原本想率先垂范，从内廷节用始，还树了个急公好义的河南老儿卜式为表率，希望诸侯、富商等有钱人效仿，急国家之急，向朝廷捐助财用。不想数年来，响应者寥寥，而权贵、富商大贾则钟鼓笙歌，奢靡如旧。天子几年来憋了一肚子的气，那话怎么说来着？……对！'怒从心头起，恶向胆边生'，所以，张汤这些个损招、恶招，皇上竟是言听计从，照单全收，存心要有钱人的好看。"

"朝臣们就没有谏阻的吗？内史汲黯、大农郑当时，都做过皇帝的老师，皇上如此胡来，他们也坐视不管吗？"

"汲黯外放去了淮阳郡做太守，郑当时辞了大农，被皇帝派往关东督理河工。现在京师掌权用事的都是些酷吏，内史换了义纵，中尉换了王温舒，张汤居中总其成。而接替大农的颜异，认为以皮币荐璧，本末不称，被张汤诬告为当面不言，背后腹诽，竟下狱论死，现在正等着秋后勾决。"

"皮币又是怎么回事？"朱安世初次听说，好奇地追问道。

"上林苑中养了不少白鹿，张汤献议恢复古制，将这些鹿的皮制成一尺见方的皮币，规定春秋两季诸侯宗室朝觐聘享必须以皮币荐璧，而一张皮币竟作价四十万钱，而苍璧所值不过数千，所以颜异才会说是本末倒置。

"又以银、锡造所谓白金，分为上、中、下三品。上品重八两，值三千，文龙；中品值五百，文马；下品值三百，文龟。强行向诸侯贵戚摊派，所谓白金，其实就是些不值钱的铜锡合金，又下令废止半两，代之以三铢钱，

---

① 自占，自报之意。

而民间不乐用，竞相盗铸白金，色值错杂，良莠不一，于是商人们囤积居奇，反而造成了物价飞涨，钱不值钱的局面。由此告缗方大行其道，专就是勒逼有钱人家出血。"樊、赵两家均富于家资，自然也面临告缗之威胁，不得不出走避祸，一谈及此事无不切齿痛恨。

朱安世注意地看着赵王孙，问道："那京师何人主持告缗？是义纵吗？"

"不是义纵，是个叫杨可的内监。茂陵巨富袁广汉，朱兄可熟识？"

朱安世颔首道："熟识，怎么？"袁广汉富甲一方，曾多次从朱安世处购入西域良马，是极为熟识的朋友。

"当年修成子仲在袁广汉的西园与人斗犬，败了，得知茂陵杨万年家有名犬，欲购得再战，杨家不肯卖，修成子仲一伙为夺犬竟杀了杨万年父子，杨家通过狗监杨得意告到皇帝那里，将那几个纨绔圈禁了多年。这件案子，朱兄可还记得？"

"当然记得，怎么？"

"皇帝派任主持告缗的杨可就是杨得意的堂弟，杨家旧怨不忘，修成子仲皇亲国戚，他扳不动，可与此案有关的袁家可就成了他报复的对象，老袁一度被捉进牢里，拷打勒赎，家产赔进去了大半，若非义纵为之出头，怕性命难保。"

"哦，那义纵恶名昭著，怎么会代老袁出头？"

"义纵在他的辖地，说一不二，像王温舒那样的恶吏，在三辅抓人都要事先知会他，杨可仗着自己是皇宫大内的人，不打招呼就肆意抓人，直到袁家告官，义纵方知袁广汉被抓，一怒之下，将杨可的人抓了，以之为质，杨可势焰大挫，不得不以老袁交换自己的手下。"

告缗乃皇帝特许，义纵这么做，不啻挑战天子……一念至此，朱安世脑中灵光一现，忽然有了主意。

"说到金仲，他目下如何，有长进了没有？"

"我听他舅舅说，还是不脱纨绔脾气，不过，比起从前，还是收敛了许多。"

朱安世微微一笑，转了话头："钟三告诉我二位想做西域马的买卖，对吗？"

樊无疾笑道："不然吾等到此荒僻小县来做甚？早知道你老兄经营多手，

老马识途，吾与王孙愿追随其后，挣些小钱。"言罢，与赵王孙一起揖手道，"望吾兄提携，指示门径。"

自己的贩鬻网被义纵摧折得七零八落，有此二人加入，当可重起炉灶。朱安世笑容可掬地回礼道："好说，好说……"

他好整以暇地呷了几口茶，蹙眉道："我避地边塞，消息闭塞，不知这行当在京师怎样？西域马只有贵戚豪门、富商大贾买得起，京师若查禁得严，这买卖很难做得起来。"

赵王孙道："前几年是这样，可自敦煌捕得天马后，皇上大悦，又派张骞再使西域，据说就负有探察西域良马的任务。朝廷还鼓励民间饲马，现今京师三辅对马市管得松多了，现下正是做这个生意的好时候。"

"天马？怎么回事？"

"南阳新野有个叫暴利长的人，因罪遣戍敦煌，他们的屯田靠近渥洼水，每天都有很多野马来此饮水，其中有匹马身高腿长，与众不同，但警觉性也极高，有人靠近即飞驰而去。这个姓暴的聪明过人，你猜他想出了个什么法子？"

"什么法子？"朱安世问道。

"他用黄泥烧制了一个手执勒靽①、真人大小的土人，安置在野马饮水之处。起初这些马见到这个异物，皆避之唯恐不及，但久而久之，见其无害，渐渐习惯，遂照常在此饮水。又过了很久，见那些马完全不作防备后，暴氏扮成土人的样子，一动不动地候在水边，趁那马低头饮水，抛出勒靽，一举成擒。暴氏称其为天马，将之献与朝廷。皇帝大悦，赦了暴氏之罪，并亲撰《天马之歌》，交乐府配曲吟唱。上有所好，下必甚焉，眼下京师富商大贾，无人不想做马的买卖，但对西域皆茫然无知，不知从何措手，朱兄于此轻车熟路，这不正是一展长才的时候吗。"

朱安世矜持地笑笑，摇摇头道："我被朝廷追捕，原来的老关系死的死，关的关，重操此业，谈何容易？再有，做这行离不开官府的人照应，不知现

---

① 勒靽，捕马的器物。

在朝廷里谁主持马政？”

赵王孙会心一笑，道："没听说九卿的人事有变，太仆应该还是公孙贺，朱兄贩马多年，应该与他熟识。"

"熟识是熟识，不过如今我是朝廷的钦犯，在官之人怕是会避之唯恐不及吧。"朱安世心中掠过一丝狂喜，但神情依然凝重，蹙眉叹息不止。

钟三夫妇整治好了一桌肴馔，招呼大家入席。朱安世向钟三使了个眼色，于是席上两人频频向来客劝酒，很快樊、赵二人不胜酒力，玉山倾倒，众人将二人扶去睡了。

朱安世拍了拍钟三的肩头，低声道："我要带那俩丫头出趟远门，你看好家。"

"客人咋办？"钟三问道。

"醒过来后，你告诉他我出塞办事去了，少则十日，多则半月就回，让他们等我。闲来无事，你可陪他们去鸡鹿塞走走。"

朱安世走到院子当中，望了眼当空一轮皓月，随即走向刘陵的房间，推开门招呼道：

"阿陵、阿苗，马上收拾下行装，顺路叫上张次公，我们连夜赶去长安。"

"长安？我们是朝廷的要犯，难不成要自投罗网？"

"这叫'灯下黑'，你莫多问，到时候你自然明白。"

八十二

八月的长安，阳光宜人，秋高气爽。义纵出了城，纵马小跑起来，随从的掾吏亦策马跟随，在土路上踏出一溜烟尘。自调任右内史以来，他总是闷闷不乐，京师根本之地，情势复杂，虽位列九卿，可朝廷体制繁复，掣肘颇多，远不如在外郡时顺心快意。他不由得怀念起主政地方的日子，那时候他言出法随，令行禁止，行政效率要高得多。

皇帝调他进京，为的是抓捕郭解，但籍少公自杀后，郭的去向渺无踪迹，耗时一年，全无进展，皇帝不悦，又调来了王温舒，王随即就抓获了郭母等郭氏族人为质，迫使郭解自首投案。他本来也掌握了郭氏族人的落脚处，但迟迟没有行动，一来义姁与郭家有旧，一来他对郭解有好感，觉得不应该祸及郭母。或许就是这种念旧之情化解了原本的铁石心肠，难怪郭解投案后，皇帝冷冷地丢给他一句："原本拿你当把快刀，不想锈钝如此。"

义纵长吁了一口气，自从为官以来，二十余年，为贯彻皇帝的旨意冒险犯难，像狗一般忠实，诛杀了多少人，得罪了多少人，到头来却给了皇帝这样一种印象，他的心一下子灰了，悲凉的情绪久久左右着他，继之而起的则是极度的郁闷和敏感，杨可的人在他的辖区抓人，而没有事先知会他，竟敢无视他的权力与尊严，他怒不可遏，不计后果，断然抓捕了杨可的属下。事后冷静下来，也觉得行事鲁莽，颇觉懊悔。杨可是一定会告到皇帝那里的，他硬着头皮等候那雷霆之怒的到来，但两个多月过去了，上边一点儿消息也没有，他那颗悬着的心也渐渐放了下来。

昨天，他突然收到一封信，拆开一看，原来是多年不见的张次公邀约他在茂陵见面。张次公因牵涉淮南一案，被削爵充军，义纵只知道他在边塞服役，行止应受限制，何以能来茂陵？作为朝廷大员，私下会见人犯是件很犯忌的事情，但自少年时代，两人就是好友，强烈的故人之思还是让他放下了顾虑，赴茂陵一行。为了避人耳目，他摒弃了车驾仪仗，只带了两名亲随出行。

远远望去，茂陵已在近前，五凤山下，寿陵工地上人头攒动，场面壮观。寿陵西面，北邙阪上那片茂密葱郁、五彩缤纷的植被中，楼台亭阁隐约可见，那就是著名的西园了。杨可告缗所抓者，就是此园的主人袁广汉，义纵替他出了头，他感激不尽，多次邀请义纵来此游园，出于避嫌，都被他婉拒了，张次公选择此处为会面处所，想必也与袁某有旧。义纵勒住马，注意观察了一下四周，选择了一条小路，绕过县邑，一行直奔西园而去。

西园深处，竹林掩映的一座平房中，数人正闲坐品茶，主人袁广汉不时望望门前空地上竖立的那座日晷，一副心事重重的样子。得知义纵今日会来此会友后，他的心就一直悬着。几个客人都是旧识，也都是遭朝廷缉捕的要犯，他刚脱出一厄，若被人知道这些人到过他这里，他就完了；可他也绝无胆量拒绝这些个亡命之人，尤其是那个朱安世，旦年间横行于长安街市时，就是个出名的狠角色。

朱安世呷了口茶，好整以暇地望着杌陧不安的主人，笑道："义纵的官衙在夕阴街，出城来比再快也得一个多时辰。况且你有人在园门那里守候，何必着急，敝人还有桩大买卖要借重主人家呢。"

"袁老伯，跟你打听个事儿。"刘陵仍是一身男装，可袁广汉仍然认得出当年那位淮南国的翁主。

"翁主请说，请说。"

"陈皇后现在可好，还是住在长门宫吗？"

"陈皇后？哦，翁主是说废后阿娇，是呀，还住在长门宫，老朽与陈皇后素无往来，只知道她还活着，其他一无所知，请翁主见谅。"

刘陵俯在朱安世耳边说了些什么，朱安世点了点头，刘陵做了个手势，与另一个面色黝黑、也着男装的女子站起身来。袁广汉认得那是刘陵的侍女，当年在赛犬时的表现，给了他很深刻的印象。

袁广汉忙问："翁主这是要出门吗？"

张次公闻言，起身欲同去，可想到要等义纵，又坐了下来。

刘陵点了点头。袁广汉招呼管园，挪开置放茶具的木几，掀开铺着的席子，兀然而现的，是个盖板。他拉起盖板，黑黢黢的洞口有阶梯通往下面的秘密通道。

"翁主由此出园，管园会带你们出去，避开驰道，尽量走小路，会安全得多。"

送走刘陵，主宾重新品茶叙话，朱安世笑道："想不到主人家竟是狡兔三窟呢？"

袁广汉摇摇头，苦笑道："家里有几个钱，招人觊觎，不得不防啊。方才大侠说有大买卖，不知是什么生意？"

朱安世眯起眼睛，似笑非笑地说："明知故问了不是，还不是老行当，目下河西道路打通，正是贩鬻西域良马的好时候。"

他膝行前席，靠近袁广汉，很恳切地握住他的双臂，低声道："我做这行多年，关系多，轻车熟路，这你老是知道的。可恨义纵那厮，在定襄端了我的窝，亡命数年，手头紧得很，故望老袁你入伙，我们合伙来赚大钱，如何？"

袁广汉以前也从朱安世手里买过不少马匹，闻言不觉心里一动，略作思索道："做马的买卖，本钱大，若想通行无阻，朝廷里非得有人罩着不可，谈何容易？谈何容易啊！"

朱安世大睁双眼，目光炯炯，很自负地答道："京师的良马，包括老袁你的，还不是我朱某人搞来的。我朝廷里自有关系，现下缺的就是本钱，你老若信得过我，咱们就合伙；信不过也无所谓，我另寻门路罢了。"

朝廷近几年一直挤压富商大贾，盐铁收归官卖，禁止民间铸币，财路越来越窄，尤其可怕的是告缗，生生是要从富人身上割下一块肉来。朝廷要打匈奴，要移民实边，要防治河患，在在要用钱，钱不够用，还会在富人身上打主意，自己的钱与其被官府勒索去，不如投在贩马的生意上，一念至此，袁广汉豁然开朗，颔首道：

"买卖都是做熟不做生，放在以前，我是不会参与的。可朝廷把盐铁、铸币都收上去了。老本行没办法做了，大侠的买卖本钱是多少？既是合伙，大侠也得拿些钱出来吧？挣了钱，又如何分润？敝人愿闻其详。"

朱安世心中暗喜，袁广汉既有意参与，本钱不足当可弥补，于是推心置腹，侃侃而谈：

"现在西域道路已通，不做则已，要做，就做大的。我眼下只拿得出万金，可我在匈奴、西域都有做这行的朋友，对关津内外的道路、城塞、旅栈和各地的驵侩，也都了若指掌。可以这么说，没有我，你老袁做这行，打通关节，得多花几倍十几倍的钱。况且千里贩鬻，风霜雨雪，冒险犯难，都得亲力亲为，老袁你一把年纪，还能服得下这份辛苦吗？与我合作，一切都是现成的，我来贩鬻，你尽可坐在家里数钱，分润我们一家一半，如何？"

袁广汉故作沉吟，脑中却在飞快地计算，显然合伙比借贷更合算，借贷的利息再高，也不可能高至五成。而合伙虽然划算，但回报时间不确定，要到马卖出去算，也有一定的风险。斟酌之后，他还是认可了合伙。

"我放出去的钱，本利一时半会儿收不回来，眼下只能拿出这个数，怎样？"袁广汉张开十指，问道。

"十万金？"这个数略觉不足，但袁广汉肯拿出这个数，也可以了。

袁广汉点点头："对，十万金。"

朱安世故作踌躇，好一会儿才颔首道："也好，我再找个朋友筹筹看，凑够三十万本金，三人合伙，挣的钱三一三十一。"

"哪位朋友，我认得吗？"

朱安世摇摇头："我朱安世是个什么样的人，信用如何，你老兄应该知道。咱爷们儿做的是刀头子上舔血的勾当，天大的干系我一个人扛着，老兄知道得越少越好……"

见袁广汉一副似信不信的表情，他略作思忖，说道："这么大的数拿出去，你不放心，我懂。这么着，你选派几个最信得过的人跟我走。我是负罪之身，在京师不敢多待，老袁你几时能把你那份筹足？"

袁广汉笑笑，吩咐仆人把儿子找来，介绍给朱安世：

"犬子袁苋，一直帮老夫打理家业，人还算精细，我想让他出去随大侠见见世面，学点儿本事，如何？"

袁苋四十上下，相貌精干，朱安世端详了一阵，赞道："世侄一表人才，一看就知道是个能办事的人，我老朱正缺人手，世侄能来帮我，是求之不得的事儿。"

"至于我那份本钱，倒是现成。"见朱安世允诺带儿子做马匹生意，袁广汉放下了心，唇吻间也有了笑意，"大侠几时动身，头天给我个信儿，我预备好，叫犬子带给你。"

两人击掌为誓，谈成了这笔买卖。

正闲话间，仆人跑来报告义纵就要到了。袁广汉起身去园门亲迎，朱安世附在张次公耳边说了些什么，随手拿起一个布包，进了里间。

袁广汉邀义纵逛逛园子，义纵对随行的掾吏摆摆手道：

"这园子是长安数一数二的私家园林，主人家既有此厚意，你们可随意转转，我与主人家说说话。"

随从走后，义纵沉下脸，问道："姓张的逋客在哪里？你好大的胆子！"

袁广汉低首敛容道："张将军说是大人的老友，要借敝处一用，敝人实在不知道他是戴罪之身。"

"他到此几日？一个人来的吗？"

义纵的冷脸使袁广汉心生警惕，多一事不如少一事，他并不作答，而是摊开手道："大人随我来。"

西园的回廊蜿蜒曲折，周遭茂林修竹，奇花异卉，目不暇给，好一阵子才来到园子深处的那座隐秘的平房。袁广汉指指屋门道："张将军就等在里面，大人请。"

义纵迟疑了一下，有点后悔此行，私会犯人，传出去他无以自明，可事已至此，已容不得他退缩，于是挥手示意袁广汉自便，推开屋门走了进去。

屋子很大，以帷幔间壁，室内铺设有锦缘蒲席，有一髹漆彩绘、铜质兽足的长案，两只竹制的凭几，别无长物，所以显得空荡荡的。长案上有玉制的耳杯，看得出之前有数人曾于此品茗。案旁的炭炉火势正旺，烧得炉上的陶壶沸鸣，水汽袅袅，弥漫着一股茶香。

正瞻顾间，张次公从门后闪出，从身后给义纵来了个熊抱，叫道："阿纵，总算又见面了，别来无恙？"

义纵转过身，端详着老友，张次公面容略显憔悴，两鬓斑白，面色黝黑，唯独目光奕奕，依稀可见当年的风采。

“我还好，次公可是见老喽。”

“咱家被发配到塞上服刑，整日里风吹日晒，怎能不老！”张次公边说，边拉着义纵倚案就座，又提起陶壶向耳杯中斟茶，大笑道，“喝口茶，咱们坐下聊。”

义纵呷了口茶：“你既在塞上服刑，又怎能回来京师？难不成是潜逃亡命吗？”

“塞上的掾吏，不少曾是我当年的属下，我落难，大家为我抱憾，自不会落井下石，所以给我派了个牧马的活儿，我来京师不会久留，托个难友代我看顾几日即可，上面不会发觉的。”

“你冒偌大的风险来京师，有什么要紧的事儿吗？”

“要紧的事儿？”张次公摇了摇头道，“在塞上日日牧马，百无聊赖，来京师看看老朋友，难道不行吗？”

“缺钱了吗？”

“不缺，况且塞上荒僻，有钱也没有地方花。”

义纵蹙眉道：“京师稽查很严，稍有不慎，暴露了亡命身份，那就是罪上加罪，刑罚会很重，不值得。”

张次公放下手中的耳杯：“什么值得不值得！你我几十年的朋友，想你了，就来看看。在穷里那会儿，谁能想到我们会有后来的局面？老子封侯拜将，富贵荣华享受过了，也想开了，人生一世，草木一秋，现今被打回原形，也不过如此……”他仿佛想到了什么，注意地望着义纵，问道，“老弟不是怕我牵累了你吧？”

“怕牵累我就不会来赴约。”义纵以自己多年与人犯打交道的经验，根本不相信他的说辞。他目光炯炯，直视着张次公的眼睛，仿佛要看到他心里去。

“我们自小的朋友，你有啥心思我会看不出来！你若还当我朋友，就直说来意，看看我有什么帮得到你的。”

“来意？就是来会会朋友，老弟你想得太多了。”

义纵站起身，边揖手，边冷笑道：“那好，你不缺钱，朋友也会过了，我公事多，不能久陪，你我就此别过吧。"

见到义纵要走，张次公慌了，红着脸道："无怪乎人家都喊你酷吏，落到你手里真的是想瞒也难。也罢，我就告诉你，我此番来，为的是有位故人想见你一谈，托我引见。"

"哦，故人？"义纵停下脚步，沉吟道，"既是故人，想必是与我相识的了，又何须次公你引见！"

"内史大人错矣！若非次公邀约，吾又何能与义大人在此见面……"话音未落，帷帘起处，走出一个瘦高的男人。男人五十出头，刀条脸，薄嘴唇，一双眯起的眼睛，可盯着人看时，晦暗目光中却有股逼人的力量。

"你是……"义纵一怔，顿觉悚然，"你是朱……"

朱安世揖手笑道："大人好记性，在下正是朝廷想捉而又捉不到的朱安世！暌违多年，大人真是步步高升，三公九卿，有大人一个位子，可喜可贺啊！"

难道竟是个诱我入彀的圈套？义纵站起身，开始后悔自己没有多带些人前来，眼下孤身一人，朱安世功夫了得，稍后或许就要血溅五步，他按住佩剑，慢慢向屋门处退去。

朱安世却坐了下来，皮笑肉不笑地望着义纵："义大人在定襄端了我的窝，杀了我的弟兄，是怕我报复吧？"

他端起杯茶，好整以暇地呷了一口，赞道："好茶！"之后向义纵摆摆手道，"这些个旧怨，纠缠下去没完没了，我是个商人，求的是财，不想冤冤相报，何况你我素日无仇无怨，朝廷诏命抓我，你不过是执行公干，身不由己，对吧？"

义纵冷笑道："你走私马匹，勾结淮南王谋反，干禁犯法，捉你归案乃本官职责，天网恢恢，你能藏多久？识时务还是自首，或可从轻量刑。"

朱安世哈哈大笑起来："义大人不愧是条硬汉！好，我就在这里，你来捉捉看。"

义纵怒目相视，却也不敢近前。良久，朱安世摆了摆手道："义大人何不坐下叙话，我今日来见大人，为的是了结一桩旧怨，请大人代我传个话。"

"什么旧怨？向谁传话？"

"我给你看件东西。"朱安世说着，将一只布包放置于案上，解开包裹，里面是把插在革套中的铜剑。

"这东西你与次公还记得吧？当年在东市剧孟的酒店里，为了这把剑，我与各位还起过冲突。"

他抽出剑，用手指拭了拭锋刃，赞道："好剑！"之后抬起头，淡淡一笑，"这是我师叔田仲的遗物，是件好东西。可再好的东西，也不过是身外之物，生不带来，死不带去，我年逾知命，方才明白了这个道理。当年在东市，谁又能料得到胶东王能成了皇上，我强买了他这把剑，对之不敬，由此结下了梁子。这么些年，皇上一直想逮住我，报当年夺剑之恨，而老夫数十载颠沛流离，去国离乡，居无定所，皆拜此所赐。所以，我想通了，我把此剑还与皇帝，并请大人代呈且代敝人请罪，望皇帝宽宏大量，恕老朽当年有眼无珠，唐突了陛下。"

"你若诚心了结旧怨，何不自赴阙门，背袒请罪？"

朱安世自嘲地笑了笑："当今皇上是个雄主，恩威难测，万一动了杀心，敝人去哪里再去找一颗脑袋？以蝼蚁之贱，尚且贪生，何况安世这样的俗人。"

义纵摇摇头道："你当年让皇帝在一众人前受辱难堪，以为只要还了剑，请个罪，皇上就会宽恕了你，毋乃天真了。这件事，我帮不了你。"

"当然不止于此！敝人愿报效朝廷，戴罪立功。"

"戴罪立功？"

"对，戴罪立功。"

"你一个逃亡的罪人，自顾且不暇，能立什么功？！"

"敢问大人，皇帝可是从敦煌得了匹天马，还为此亲作了《天马之歌》？"

"是啊，怎么？"义纵一怔，这是不久前刚刚发生的事情，不想朱安世一个亡命之徒，消息居然还很灵通。

"所谓天马，其实就是西域那边跑过来的马。大人知道，敝人多年以来，一直做西域良马的买卖，皇帝稀罕西域马，想要以之为种，繁育良马，以壮我大汉骑兵。现今河西道路已通，安世愿自筹本金，亲赴西域，购入良马，报效朝廷，以赎罪行。"

义纵沉吟不语。皇上确实把良马看得很重，要深入大漠，北击强胡，离开骑兵不行，匈奴一人数骑，汉军骑兵的配备相形见绌，若能大量引入西域的骏马，确能弥补这一短处，皇帝也许会因此放他一马。

"你若真能做得到，皇上或能放你一条生路。这样吧，你随我回长安，算作投案自首，我会于朝会时禀明你的请求，由今上权衡，皇帝用人不拘常例，多半会允你戴罪立功。"

看到朱安世似乎心动，义纵遂趁热打铁："还有一事，你必须作个交代。淮南国的公主藏身于何处，你若能提供线索，抓她归案，也是大功一件，获得赦免的把握更大。"

不想朱安世闻此，脸却沉了下来，目光幽幽地盯视着义纵，良久方淡淡一笑道："亏得义大人也曾在江湖上混过，难道不晓得老朽的为人吗？莫说不知道，就是知道，背诺弃义、卖友求荣，老朽还能算是个人吗？！"

他呷了口茶，拍了拍案上的铜剑，道："剑，请大人呈给皇帝，皇帝若准我戴罪立功，安世愿效犬马之劳。老朽还有个不情之请，听说朝廷抓了郭翁伯，翁伯并未犯罪，罹此无妄之灾，想必也是因老朽而迁怒于江湖中人，恳请皇帝网开一面，吾等皆愿为朝廷效力，若逼迫过甚，则南走越，北走胡，孰得孰失，还望天子三思。"

话不投机，朱安世且语含威胁，看来是不肯投案自首了。义纵决定派属下赴茂陵召集人手，抓捕两人归案，于是揖手笑道："这样吧，大侠日后的出处，我们可以从长计议，我与次公暌违已久，难得见一面，该当好好聚一次。我去找主人家安排酒食，去去就回。"

出得门来，义纵一路小跑，找到逛园子的部下，命其速去茂陵搬兵，又命袁广汉安排筵席，尽可能稳住朱安世。

待义纵推开房门，却已是人去屋空，那把铜剑仍在案上，下面压着卷绢帛。他打开绢帛，寥寥十数字赫然在目，墨迹尚未全干：

吾等亡命，不敢叨扰，诸事拜托，不具。

义纵再一次后悔自己没有多带几个人，错失了这难得的抓捕机会。

八十三

仿佛还是在未央宫，一灯如豆，整个大殿暗影幢幢。刘彻猛然醒来，大睁着眼睛，努力适应着黑暗。远处似有人叹息，若隐若无。"谁？谁在那旦？"刘彻心里一紧，大声问道，但无人应答。他起身下床，但觉浑身绵软，头重脚轻，趔趄前行，向着声音传来的方向找去。不知走了多久，一阵强烈的咳嗽声取代了叹息，刘彻停下来，费了好大的气力才站稳，借着窗棂间漏进的月光，努力分辨着自己的所在。良久，他认出这是未央宫的正殿，大殿笼罩在黑暗之中，而叹息与咳嗽声已经不远，好像就在御座方向。他摸索着走去，一阵强风刮开了窗前的帷幔，月光下，赫然而见御座上坐着个男子，正满面怒容地注视着他。再一端详，刘彻怔住了，那男子竟是故去多年的父亲，孝景皇帝刘启。

"父皇？"

"孽子！你知罪吗！"

"罪？儿何罪之有？"

"朕交代与你的话，你丢到脑后去了吗？"

"甚话？"

"朕要你善待家人，你不记得了！你违拗祖母在前，废黜、软禁阿娇在后，背恩负义，你有何话说。"

"父皇息怒，容儿子譬解。太皇太后不悦儒学，于朝政横加干预，诛杀大臣，即便如此，儿子也不敢违拗她老人家。至于阿娇为皇后多年，未能诞育皇嗣，

1165

儿子并未怪她，她却招纳巫医，行厌胜巫蛊之事，依律为大逆不道，罪不容诛，可儿子念及父皇之嘱，且姑舅至亲、夫妻情分，不忍置其于法，而是安置于长门宫，允大姑随时看望，以全亲情。儿子这样做，自认仁至义尽，又何过之有？"

"哼……"刘启语塞，但旋即戟指怒目，声色俱厉地喝道，"朕教你体恤民力，与民休息，你却征发无度，将列祖列宗积攒下的家底挥霍几尽，甚至任用商贾，与民争利，刘家的天下朕怕是要败在你的手里了！"

刘彻鼻酸，强忍着泪水，分辩道：

"父皇委屈儿子了！儿子用钱为的是甚？匈奴七十年来一直是我大汉的心腹大患，父皇曾告诉过儿子，大汉与匈奴，早晚会有一战。从前无马，朝廷没有本钱与他们一较胜负，只好忍辱负重，委曲求全。可当今不同了，我们养的数十万马匹都已长成，是大汉雪耻的时候了！父皇还曾说过，将来国力充实，与匈奴一较长短的担子，会落在儿子的肩上，现今儿子挑起了这副担子，就不可能放下。儿子遣大军出塞，与胡虏战于狼山以北，数次大胜，尽挫凶焰，新秦中、河西均为我有，西域商路已通。行百里而半九十，在敌我较胜的关口，儿子不能松劲儿。可打仗就是打钱，朝廷收山泽之利，用商贾主持盐铁专卖、车船算缗乃至告缗，所为都是筹钱，与胡虏决战漠北，儿子穷竭智计，为的就是这个，又何罪之有！儿子将盐铁收归朝廷专卖、算缗、告缗，实为损有余而补不足，富人依山泽之利，富甲王侯，国家艰困时，却漠不关心，形同路人，悭吝可恨，故不得不行此下策，可对务农的百姓，儿子没有增一文的税负，重农抑商，是朝廷一贯的方略，儿子这样做有错吗？"

而刘启的面色仍不见缓和，摇首道："朕指的不是这个。朕是说你大兴土木，滥建宫室，征发无度！你祖父文皇帝连五十金建个亭子都不肯，你呢？你又建了多少？"

刘彻怔了一下，期期艾艾地说道："宫观……宫观儿子是建了一些，原是想太皇太后、皇后颐养天年有个溜达的去处，况且营建未动公帑，而是由少府出资……"

刘启冷笑了："你倒好意思用你皇祖母、母后搪塞，你皇祖母见到过这些宫室了吗！这不是用钱的事，而是征发无度，滥用民力，耽误农时。你做下了，反倒不敢认了么！朕临别时特别嘱咐过你，不可步朕的后尘，迷信长生丹药，而今你却招神弄鬼，嬉荒国事……"刘启又咳了起来，上气不接下气地指着儿子道，"你、你太令朕失望了，朕、朕真、真是看错了你……"剧烈的咳喘使他气息又属，双目圆睁，月光下的面色愈加惨白，慢慢引了下去。

刘彻见状，欲上前扶掖，双腿却软得迈不开步。一阵狂风吹来，他打了个寒战，再看御座，哪还有父皇的影子。他浑身发抖，冷汗涔涔，眩晕半随着剧烈的头痛猛然袭来，他想大声呼喊侍从，却发不出声音，身子仿佛悬浮着，在无尽的黑暗中急速下沉，在失去知觉前，他脑中闪过了最后的念头：我要死了。

数日之后的长安，暮色渐深，已过了净街的时辰，京师八街九陌已阒无一人。中尉王温舒率一队缇骑依惯例巡街，行至戚里附近，却见自华阳街方向，一辆轺车疾驰而来，后面还跟从着两名骑士。

"停车！"两名缇骑上前，挡住了去路。轺车的驭手抖了下缰绳，吆喝了一声，轺车停了下来。

"天马上黑了，已经过了禁夜时辰，汝等何人，无视禁令，仍在街上驰骋？"一名缇骑策马上前，高声喝问。

轺车的骑从亦绕至车前，扬鞭指斥道："放肆！我家主人要去大将军府，快把路让开！"

"车上所坐何人？干犯大汉律法，不怕诏狱无情吗！"缇骑自觉占理，毫无惧色。王温舒听说是去大将军府，心中一动，策马上前，示意缇骑住口，跳下马，走到轺车旁，和颜悦色地问道：

"请问，车内是哪位大人？"

但见车帘一掀，露出一张年轻英俊的脸庞，似笑非笑地直视着王温舒："王将军，我要去会大将军，行个方便？"

王温舒一怔，随即笑容可掬，频频点头，挥手下令道："把路让开，放大人的车过去！"

缇骑们交头接耳："什么人这么大势派？"王温舒并不作答，仍望着飞驰而去的辎车，陷入了沉思。

　　大将军府位于戚里东街，原为平阳侯曹寿的府邸，曹寿病逝后，平阳公主改嫁于卫青，这里遂成为大将军府。卫青即住在这座五进大宅的第三进中厅。皇帝驻跸鼎湖宫 ①，至今未归。几天来各种小道传闻不胫而走，搞得人心烦意乱，每天的朝会，因皇帝不在，要紧的奏章都以专骑送往鼎湖宫，可奇怪的是，往常皇帝在外时，报送的奏章快则当日，迟则四五日即会批复送回，交由相关衙门执行。可这一次，所有报送的奏章无一返还，朝内反倒无公可办。皇后与太子每隔几日即派人前往请安，见到过皇帝的人都说皇帝神形委顿，很疲惫的样子。近来几次请安则被挡驾，被告知皇帝不适，需静养，不见人。

　　这是刘彻登基以来从未有过的状况，朝政虽如以往按部就班地运行，但京师百官无不惶惑不安，而卫氏一门，尤为忧心忡忡。当霍去病随着门卫进入中厅时，卫青正襟危坐于席上，闭目养神。

　　"二舅，你还有心思在家养神！"

　　卫青睁开眼，示意门卫退出。"已过了禁夜的时辰，去病所为何来？"

　　"都火烧眉毛了，你可真沉得住气。我有个消息，想与你合计个办法。"

　　"消息，什么消息？"

　　"北军一个校尉自上郡回来，说当地一个能通鬼神的巫医被召去了鼎湖宫，看来，皇帝病得不轻。"

　　"哦，怎么见得？"

　　"今上出行，都有太医随驾，有恙自会服药，针药罔效，才会请神下鬼。"

　　卫青沉吟不语。

　　"你倒是说句话呀！我听吾娘说，皇后与太子近来几次派人去鼎湖请安，连皇帝的面都见不着，若非大渐，何能如此？"

　　霍去病心焦气躁，绕室彷徨，卫青摆摆手道："去病少安毋躁，你坐下来，

---

　　① 鼎湖宫，一说在京兆湖县，此从陈直说，在今蓝田县焦岱镇（陈直，《三辅黄图校正》，陕西人民出版社，1980 年版，第 77—78 页），由地望可知鼎湖宫位于上林苑东。

我们从长计议。"

霍去病抓起一个蒲团，与卫青相对而坐，低声道："二舅，先发制人，后发制于人，现下天子生死未明，千钧一发之际，莫如我们先动！"

"先动？"卫青一惊，问道，"怎么动？"

"北军八尉随你我征战有年，足资号令，我们调北军入城实施戒严，拥戴太子登基。"

卫青瞪着霍去病，摇头连连，低声呵斥道："住口！这是大逆，你不要命了？"

霍去病却不以为意，正色道："当断不断，反受其乱。舅舅不怕沙丘之变①再现于今日乎！"

秦始皇三十七年，车驾出游江淮，返程平原津之际，病甚，拟以玺书授太子扶苏，随侍的宦者赵高扣玺书不发，与丞相李斯谋立随行之公子胡亥，诈为始皇帝遗诏于沙丘立胡亥为帝，密不发丧，矫诏赐死扶苏与大将蒙恬，秦亦因此二世而亡。刘彻此番去上林，携次子刘闳同行，若皇帝崩逝于鼎湖，有人拥立刘闳于枢前即位，一切就都晚了。故霍去病以胡亥篡位类比。

卫青内心同样为此焦灼，但其喜怒不形于色，仍沉吟不语。良久，方叹息道："调用兵马，须今上授以符节，无此，北军能否用命，并无把握。域内缇骑听命于中尉，大内禁军掌于卫尉、郎中令，无皇命，王温舒、李广又岂肯放北军进城、进宫？"

霍去病不以为然，争辩道："今上生死未明，难道以太后、太子之命不能号令禁军？退一步说，北军乃我军精锐所在，数倍于禁军、缇骑，一旦发动，无人可当。"

"利害即在于此。今上若仍在，这样做就是谋逆，是诛九族的大罪，而且牵连到皇后、太子，本来可以堂堂正正承继大统，却由此沦为叛逆，身死族灭，图得个甚！"

---

①沙丘，沙丘宫，秦代皇帝出巡时驻跸的离宫，地望在今河北广宗县。秦始皇巡游至此病死，宦者赵高与丞相李斯合谋篡改遗诏，赐死太子扶苏，立随行的皇子胡亥为帝，史称沙丘之变。

"那你说该怎么办？就这么干等着，一旦落了后手，吾等还不是俎上鱼肉，任人宰割！"

"今上春秋正富，向来体格强健，我觉得他能扛过去。若真不讳，也要消息确实后再做打算。太子已立数年，朝廷内外无人不知，刘闳还是个孩子，不足以当国政，况其母已薨，外家无可倚靠，没有了皇帝，论嫡庶，论名分，论人脉，拿什么与太子争！即使有变，名不正，言不顺，其事必不行，届时吾等再为太子出头，胜算可期。"

甥舅二人争辩几近两个时辰，时近人定①，仍旧谁也说服不了谁。卫青目送霍去病悻悻离去，决意翌日进宫觐见皇后，再请遣使鼎湖宫，一定要探明究竟。

一直厕身在戚里东街的拐角处暗影里的一名缇骑，目送霍去病的轺车远去，方才策马驰往城东的中尉府。王温舒一直等在那里，他已得知霍去病午后去了北军，那么这位青年将军夜访大将军府所为何来呢？皇帝车驾在外，京师近日谣传甚多，他不能不留意朝廷重臣的动静，尤其是卫霍一门，两人作为皇亲贵戚、舅甥至亲，又都是朝廷统军重臣，他们会密谋些甚？自己要不要奏报给行在？可无确凿的内容，又能证明什么呢？万一漏风，得罪了这些贵戚，可不是玩的。王温舒绕室彷徨了好一阵，仍旧委决不下，遂决定暂且搁置此事，等等鼎湖宫那里的消息再说。

刘彻自昏睡中醒来，汗湿重衣，口干舌燥，连饮了数杯热茶，问起在旁服侍的郭彤，方知自己这一觉已经睡了九天。

沐浴更衣后，他感觉精神清爽多了。自在上林苑礓氏馆夜会王夫人后不久，刘彻因偶感风寒，竟至大病一场。那日请神后，已是夜半，于是车驾直奔附近的鼎湖宫，打算在那里小憩数日后，取道茂陵去甘泉宫。不想当夜即感不适，数日后寒热交作，时而浑身寒战，时而汗出如洗，时发谵语，如见鬼状。诸内侍病急乱投医，在李少翁指点下，请来了京师附近的各路巫医，作法招魂，

---

① 人定，古代计时单位，相当于亥时（晚九至十一时），其时夜已深，人多入眠，故以是称。

而药石罔效，全无起色。后来有个叫发根的小黄门，从上郡请来了一位巫医，据说能够下神祛病。他连续作法数日，好在吉人天相，皇帝总算挺过来了。

车驾滞留鼎湖宫期间，刘彻一度濒危，诸内侍皆惶惶不可终日，有人提出通报皇后、太子，以备不测。内侍中地位最高的谒者令郭彤，力持不可，严令封锁皇帝病危的消息。他这么做是押上了身家性命，皇帝一旦不讳，则帝后父子未能诀别，天人永隔，绝对是大逆不道之罪，会被诛戮九族。郭彤清楚地知道其中的利害，可他就是有种直觉，感到皇帝不会愿意宫里知道他去上林苑做什么，皇后与太子每隔几日派来问安的使者，都被他敷衍了回去，直到皇帝醒过来，他那颗悬着的心才放了下来。

刘彻倚在卧榻上，闭目养神，熏炉中的燃香袅袅，他的思绪亦随着这淡淡的香气，神游物外。恍然间，一女子一袭黑衣，翩然而至，仔细端详，竟像是在碏氏馆见到过的神君。女子吹气如兰，附在他耳边道："天子母忧，病少愈，与我相会于甘泉。"他猛然睁开眼，室内空无一人，但仍能清楚地记起神君的话语。

"郭彤……郭彤！"

"奴才在……陛下有何吩咐？"郭彤就守在寝宫门口，应声而入。

"吩咐车驾，明日一早去甘泉。"

"甘泉？"郭彤一怔，皇帝龙体初愈，似应先回京师以安定人心。他略一迟疑，奏报道："皇后与太子之使来行在请安，陛下要不要见一下？"

刘彻边欠伸边摆手："不见。你让他告知据儿与皇后，朕身体大好了。"

"去甘泉，可携二皇子同行？"

刘彻略作思忖，摇摇头道："闳儿这次已见过母亲，还是回大内，莫耽误了学业，你吩咐苏文帮闳儿收拾一下，随京里请安的使者一同回宫。"

"是，奴才马上去办。"郭彤领命欲去，又想起什么，回转身问道，"陛下不豫时，京师送过来的奏章甚多，陛下要不要看看？"

卧病近月，朝廷奏报待批的公文山积，但刘彻的心思不在这上面，他吩咐郭彤将公文一并携往甘泉宫，在那里慢慢看。眼下他满脑子都是神君，父皇的指责早已被抛诸脑后，恨不能依李少翁之议，将甘泉宫立时布置成与鬼神交会之场所，若能得神仙导引，长生不老，尘世的荣华又算得了什么！

八十四

　　自长安北出横门，过渭桥，即入咸阳原，又称长平阪，平原宏敞，一马平川，泾水自西北而来，穿原而过，自阳陵汇入渭水。行五十里至池阳，由此下阪，溯泾水上行三十八里则至车厢阪，登阪车道顿窄，萦纡曲折，只容单轨上下。而登阪后则豁然开朗，但见坦原上宫室林立，这里就是汉代帝王避暑离宫之所在——甘泉宫①了。

　　传说这里曾是自黄帝以来祀天之处，秦时建有林光宫，并以此为起点修建直达塞上九原②的直道。刘彻登基后，对这里进行了大规模的扩建，周回十九里，因倚甘泉山而建，故名甘泉宫。刘彻每年五月多会至此避暑，入秋后方返回长安，皇帝驻跸之处统称行在，公事亦随行在走，故朝廷重臣亦会随驾至此，即使地方职任在身的九卿，如内史、中尉等，遇到相关公事，也须招之即来。

　　依李少翁之言，甘泉宫中自春末就开始了大规模的改建，于宫中新建一台室，四面墙壁均绘有大幅壁画，遍及天、地、太一之神，于云蒸霞蔚之中，腾云驾雾，光怪陆离。而室内所饰，帐幔袍服，车驾器物，均绘有云气灵仙，完全由李少翁一手安排。可怪的是，尽管如此，李少翁每每作法下神，却再

---

　　① 甘泉宫之地望在今陕西淳化县铁王乡，其往长安路线参见《汉书·宣帝纪》及史念海《直道和甘泉宫遗址质疑》，《中国历史地理论丛》1988 年第 3 期第 73 页。

　　② 九原，秦郡，汉代改五原郡，今内蒙古包头。

没能招致神君与王夫人现身。问他缘由，则以宫内凡俗人等太多，浊气太重，鬼神嫌之远之。刘彻为此动用了少府存资之半，却全无效用，对李少翁的法力渐渐生疑，脸色也不好看了。

李少翁当然感受到了皇帝的不满，于是自承愿授黄白之术，以纾朝廷财用之急。早先李少君以祠竈化丹砂为黄金，刘彻曾命太常寺的史宽舒、黄锤随之观摩，无奈李少君炼制丹砂，从不假手于人，一到掺入铜、锡的当口，往往故弄玄虚，内侍们搞不清雄黄的配比，没办法独立操作，李少君殁后，他们辛劳累年，仍炼不出哪怕一两黄金。李少翁接手后，果然不同，少府终于在他的指导下，以锡炼成了白金。

"好，好！"刘彻打量着手中的白金，连声赞好。这白金精光闪亮，色泽远较黄金夺目，只是重量比金、铜轻了很多。

"爱卿，你们看看这白金成色，用作诸侯朝觐荐享所用白金如何？"他将白金递给在旁侍候的丞相李蔡、御史大夫张汤。李蔡接过白金，掂量了一下，摇了摇头："颜色是好的，就是比起以前李少君所炼，轻得太多。"

张汤接过白金，连声赞好："这白金精光闪亮，铸印纹饰后，用作荐享用币最好不过。"

"如丞相所说，你们炼的这白金比当年李少君所炼要轻许多，何以会如此？"

黄锤稽首道："所用的材料不同，李少君当年所用为铜，奴才们用的是锡，是以轻重不同。"

"李少翁炼金，用的也是雄黄吗？"刘彻问。

吕宽舒道："正是雄黄，李少翁告诉了吾等雄黄与草灰的配比，故一次成功。"

其时术士点石成金的做法为：先以草灰伏住雄黄，提升其熔点至与铜等金属相等，之后掺入熔解之金属，即会产生颜色上的化合反应，但如不先以草灰伏住雄黄，则其熔点远低于金属，不待金属熔解，雄黄早已挥发殆尽，而草灰与雄黄之配比，往往须经无数次实验方可把握，也是黄白之术的不传之秘。

刘彻颔首道："无李少翁在场，尔等可否独自炼金？"

吕宽舒稽首再拜道："可以。今日所呈之白金，正小臣与黄锤所炼。"

刘彻大喜道："少府多的是银锡，以之炼金，当可纾吾财用之困。李少翁这趟差事办得好，传他进宫，朕要厚赏。"

李蔡道："白金好是好，只是所拟三品①币值甚高，只可用于诸侯朝觐享聘，所入均归少府，而朝廷财用仍不敷足用。"

刘彻不满地瞪了李蔡一眼，转而询问张汤："朝廷数议开源，实行盐铁专卖，售卖军功爵、算缗告缗，何以仍不足用？"

张汤敛容揖手道："东郭咸阳、孔仅已持诏乘传赴各郡国，征收衙门的设立与人事非一日之功，其收效尚须时日，售卖军功爵更是如此，眼下来钱最快者当属算缗告缗，无奈推行不顺，朝廷大臣颇有阻挠者。"

刘彻怒甚，厉声道："朝廷定下的事，废格沮事，汝身为御史大夫，何不依律治罪！"

见到皇帝震怒，张汤伏地稽首："处置朝廷大臣，须由陛下决断，在鼎湖时，臣已将杨可所奏报告行在，迟迟未见陛下批复，臣不敢擅断。"

刘彻想起，卧病鼎湖时，积压章奏甚多，而到甘泉后，心思都在营建神宫上，竟把批复奏章这回事丢到脑后去了。他放缓语气，示意张汤起身，问道：

"杨可的奏章怎么说？"

"有告茂陵富人袁广汉算缗不实者，杨可遣使查办，不想义纵以未经准许在他治内抓人，是乱法扰民，派人抓扣了算缗使。"

"义纵？！"刘彻一怔。朝廷大臣中对算缗，尤其是告缗，抵制者甚多，他是知道的。如汲黯、颜异等，他将颜异下狱、罢黜汲黯，投闲置散，而以义纵为内史，为的就是要在三辅力推算缗，不想他所为更甚，竟敢抓扣告缗使，这其中必有缘由。

他吩咐郭彤将杨可的奏章找出来，又命传召义纵、王温舒来甘泉觐见。他要以大军深入漠北，与匈奴决战，此事在他心中酝酿已久，而骑士、马匹、

---

①《史记·平准书》："又造银锡为白金，以为天用莫如龙，地用莫如马，人用莫如龟，故白金三品：其一曰重八两，圜之，其文龙，名曰'白选'，直三千；二曰以重差小，方之，其文马，直五百；三曰复小，撱之，其文龟，直三百。"

粮秣的征调，辎重、后爰之接济，士卒伤亡之抚恤、立功将士之赏赍，无不都离不开金钱，而欲于短期内凑足军资，最大的指望就在告缗之上，义纵不识轻重，竟敢沮已成之议，坏已之大事，是可忍，孰不可忍。

刘彻在甘泉的寝宫周边栽有修竹万竿，故名竹宫，竹宫殿外有一巨大露台，台周设有勾栏，凭栏远眺，咸阳原可以尽收眼底。刘彻心中烦躁，在露台上踱步，盘算着如何处置义纵。义纵是自潜邸时即跟从他的老人，胆大心细，办案雷厉风行，极为得力，刘彻视其为快刀，二十年来，一直备受信用。但自调任内史以来，义纵之行事，已几次惹他不快。譬如，抓捕郭解，前后近二年，迟迟不能归案，若非改用王温舒，还不知道会拖到甚时候，刘彻一直怀疑义纵有意纵放。又如此番自鼎湖赴甘泉，途经咸阳阪的官道竟全无修整，今夏几场大雨冲刷后，路面坑坑洼洼，颠簸不平，这里是义纵的辖区，废弛如此，可见其公事上的懈怠。此番抓捕告缗使，废格沮事，依律罪无可恕，刘彻考虑的是要不要法外施恩，赦其死罪。

"陛下，李少翁应召候见。"谒者所忠打断了他的沉思。刘彻回到宫中，示意所忠传谕少翁觐见。

"朕功成必赏，有诺必践。李少翁，汝能进献秘方，指导少府炼成白金，是大功一件，朕今赐汝文成将军之号，爵比二千石，开府京师，职任太常，专司祠竈下神，炼金铸钱。你好好干，朕不会亏待你。"

"陛下天恩高厚，小臣愿效犬马，唯愿天子千秋万岁，长乐无极！"李少翁满面喜色，伏地稽颡①，连连顿首。

"丞相，衡山王的京邸还空着吧？朕即赐此宅予李少翁，更名'文成将军府'，你叫长史拟一道诏令，知会朝廷。"

李蔡揖手领命，正寺退下，刘彻想了想又道："你顺带传朕的谕令与太常，告诉他在金坊为文成号间屋子，与史宽舒、黄锤等加紧炼铸白金，所需物料不可短缺。"

之后，刘彻示意文成前席至御座之旁，为他详解淬炼白金的方法与过程

---

① 稽颡，以头触地。

说者绘声绘色，一众听者如醉如痴，不经意间，已近晡时，正待吩咐用膳，却见小黄门苏文满头是汗，神色慌张地走进殿来，看到皇帝身前的李少翁，不由得一怔。

郭彤见状，迎了上去："陛下正忙，你张皇个甚？没规矩！"

刘彻摆了摆手，道："让他过来。"

苏文伏地顿首道："陛下，御苑喂饲的青辇打从早间就不吃食了，叫兽医来看，说是肚肠里有东西梗住了。大夫给它灌了大黄水，上吐下泻，可没用，气力反倒耗尽了，眼下卧在地上捯气儿，眼瞅着要不行了！"

青辇乃西南夷白马国进贡的一只牦牛，通身乌黑，被毛长而光亮，性子温良驯顺，是刘彻的爱物。

"该死！喂牛的是干什么吃的？青辇若有个好歹，朕唯这些奴才是问！"

"青辇？是只黑色的牦牛吗？"一直在旁静听的李少翁忽然开了口。

苏文点点头，偷觑了一眼李少翁，愈发觉得很像昨晚在御苑遇到过的人，只是当时天色太暗，看不清面目，但高矮与身形颇似。"正是，大人见到过这牛吗，昨晚上？"

众人的目光都集中在了李少翁身上，他大睁着眼睛，神情诡谲，嘴中喃喃自语，良久，才回过神来，向苏文点点头道："我今早路过御苑，见到过那只牦牛，哞哞长鸣，躁动不安……"他转向刘彻，揖手道，"小臣其时亦有感应，心跳，脑子也眩晕得厉害。"

"感应？以汝之判断，这青辇是犯了什么病？"刘彻一头雾水。

李少翁连连摇头："非病也，乃天降神物于其腹中，故小臣有所感应。"

"神物？"刘彻越发不解，追问道，"甚神物，何以会降于青辇腹中？"

"青辇乃陛下爱物，天降神物于其腹中，或为谕示陛下，至于何物，取出即可知晓。"

从牛肚取物，势必开膛破肚，则青辇必死。刘彻半信半疑，沉吟良久，好奇压倒了不忍，于是命李少翁、郭彤随苏文前往御苑剖取牦牛肚中之物。

庖人剖开牛腹后，在食道与瘤胃相交处，取出了一团锦帛，原来是这团锦帛塞住了食道，致使青辇不能进食与反刍。锦帛已被胃液浸染得污脏不堪，洗涤后勉强可以辨识出上面书有文字，烘干后，墨色虽褪，数行文字依稀可辨：

> 阉茂沉沉，岁星在戌，天雎色白，女丧惟永。
> 大渊湛湛，岁星在亥，师旅振振，将有四海。

刘彻反复将帛书看了几遍，不得甚解，于是要李少翁譬解。

"戌为九月，岁星喻指天子，阉茂是为太阴之名，又称天雎，色白象征女人，光芒为岁星所掩，是为沉沉。女丧惟永，意指死去了的女人永元不会复生了。"

李少翁蹙额摇头，怅然大悟的样子："这是天降的神谕啊，难怪到了甘泉就再也召不来亡魂了！"

"亥为十月，与岁星相对应的太阴名大渊，师旅振振指大军出征，而天子将囊括四海。"

他看了一眼皇帝，面带喜色，伏地揖手道："这神谕的意思是：逝者长已矣，来者犹可追。陛下即将武功大盛，富有四海。"

"噢，"刘彻眯起眼睛，脑中却突然闪过祖母窦太后的话，"新垣平一类的事儿你要警惕，术士里多的是骗子！"

他示意文成将帛书呈上，重新细细地端详上面的字迹，有种似曾相识的感觉，不觉疑窦丛生。

"既是给朕的神谕 何以会在青犂的腹中？"

李少翁语塞，迟疑了片刻道："想那青犂乃陛下爱物，以之感生，更易为陛下发觉吧。"

新垣平在玉杯上刻字，埋入地下，然后佯称阙下有五彩祥光；陈胜、吴广亦以帛书"陈胜王"塞入鱼腹，以惑戍卒；这帛书会不会也是事先写就，塞入牛腹，以行诈术呢？一念至此，刘彻已经有了主意。

"这神谕朕要反复研读，体会其真意，果若如你所言，朕当大奖掖之！文成既能感应神迹，可在宫里四处走走，找找还有甚祥瑞。"

李少翁兴冲冲领命而去，刘彻望着他的背影，传召史宽舒、黄锤入殿。

"你二人随文成炼金，见过他写的字吗？"

“见过。炼金时，文成将军曾书写物料清单，要小臣等按单备料。”

“那么，文成的笔迹你们是识得的喽？”

“识得。”

“尔等看看这帛书，像不像是文成的字迹？”

刘彻吩咐将帛书交与他二人验看，二人传看后，交换了一个眼色，奏称不敢肯定，但很像是文成的笔迹。

“噢，像在哪里？”

“文成的字，都是隶体，帛书也是隶体；文成的书法，凡有捺这一笔画者，都拖得很长。”史宽舒展开帛书，指着几个字道，“帛书中‘女丧惟永’的‘永’字，‘师旅振振’的‘旅’，‘振’字中的‘捺’，也都拖得很长，是文成特有的书法。”

一直站在郭彤身后的苏文闻此，不觉失声叫道：“这就对了！”

郭彤回过头，狠狠瞪了他一眼，呵斥道：“这是什么所在，竟敢在陛下面前大呼小叫，你知罪么！”

刘彻扬了扬手，示意苏文到御前来。“苏文，你在说甚？”

苏文抢前几步，伏身顿首道：“这帛书上的字体既是李少翁的，那这帛书也一定是他饲喂给青犊的！”

刘彻身子前倾，盯着苏文：“哦，何以见得？”

“奴才昨夜人定时分，去为青犊加料时，看到个人影一闪而过，而青犊的料槽中草料不少，显然是有人喂过了。奴才虽未看到那人的脸，可身高胖瘦都与李少翁相似，刚刚他们说字迹也像，不是他，又能是谁！”

刘彻顿觉心头无名火起，浑身燥热，脸色忽青忽白，额头沁出了细汗。郭彤见状，赶忙递过汗巾，刘彻借着拭汗，强自镇定，可在场的人都能觉察出皇帝的怒气。

不想新垣平又见于今日！该死的李少翁，竟敢装神弄鬼，欺君罔上，想必碾氏馆那次下神也是他预先布置的，难怪到了甘泉他的法术就失灵了。尤其是他拿自己当个傻子在要，而自己竟还予以厚赏，事情揭开，满朝的官员、天下的百姓会怎么看？自己岂不成了众人口中的笑料！一念至此，刘彻矍然而惊，头脑也冷静下来，方才恨不能立时将李少翁抓住明正典刑的暴怒，亦渐渐散去。

　　好在，朝臣们并不在场，目睹自己失态的仅只郭彤等五六个中官。刘彻略作沉吟，看了看众人道："文成是否欺诳，朕会饬中尉府查明，水落石出前，你们都管住自己的嘴，谁走漏了风声，朕唯汝等是问。"

八十五

义纵与王温舒匹马兼程，赶到甘泉宫时，已是黄昏时分。

刘彻先召见了王温舒，待到传义纵进殿时，已近午夜了。他将佩剑交与殿前侍卫，边跟着谒者令进殿，边问道："郭公公，皇帝召我何事？"郭彤低声道："你让杨可告了，皇上很生气，你好自为之。"

御案前烛火通明，义纵伏地请安，刘彻面无表情，视如不见，只是哼了一声，继续看奏章。

自从抓扣告缗使后，义纵就知道会有这一天，是福不是祸，是祸躲不过，天塌下来，也只能扛着了，扛不住，无非一死而已。一念至此，他反而坦然了，俯首屏息，静等着雷霆降临。

良久，刘彻放下竹简，欠伸一过，端详着匍匐在地的义纵。这家伙的倔劲又上来了！刘彻回想起少年时的情景，不觉莞尔。

"义纵，近来在做甚，有甚事要对朕讲吗？"

义纵抬眼，皇帝似乎心情不错，唇吻间似有若隐若现的笑意。他的心一动，顿首道："臣代陛下讨回了当年失去的物件。"

"哦，甚物件？"

义纵转向站在近旁的郭彤："烦公公将我交存于殿前侍卫的那把佩剑呈与陛下。"

可能是摩挲年久，暗棕色的革鞘十分光亮，置于御案，在烛光下熠熠生辉。刘彻第一眼就认出这是当年被夺走的那柄剑，他抽剑出鞘，剑身仍黑湛有光，靠护手处"百炼"二字依稀可见。他拔下一根头发，置于剑刃，轻轻一吹，发丝迎刃而断。

"你抓住朱安世了？"

"没有，这剑是他主动呈还，他还托臣向陛下请罪。"

"哦，怎么说？"

于是义纵将如何在西园遇到朱安世，朱安世如何还剑请罪，如何愿意戴罪立功、报效朝廷，一一缕述。

"西园？是那个袁广汉的园子吧，你去那里做甚？"

"臣去西园，原是想命其主动算缗，以免罪衍。"

"你既遇到朱安世，为何不拿他归案？"

"臣当时未带随从，力不能制，待调了人来，他已踪迹全无。臣以为，这类江湖人物，与其抓与杀，莫如善为利用，譬如我朝马匹不敷足用，朱某愿戴罪立功，急朝廷之所急，赴西域购马报效朝廷，岂不有助于陛下伐胡大计？"

刘彻摇摇头道："朱安世夺剑、走私且不论，他参与淮南谋叛，携刘陵逃匿，是谋逆大罪，罪无可绾。"

义纵语塞。有顷，顿首道："臣愚昧，朱安世罪有应得，臣必缉拿他归案。但臣还有一事不明。"

"甚事？"

义纵知道廷尉即将对郭解处刑，决意尽最后的努力为其缓颊。原来 在轵县又有人因郭解而杀了人。轵县有个儒生，陪郡里的使者闲谈，说起郭解，儒生称郭解以私犯公，根本算不上贤人。消息传出，郭家门下的一个恶少年，手刃了这个儒生，且断舌泄愤。事后缉拿人犯，竟茫然不知其下落。郡县上报到廷尉，廷尉责郭解供出人犯，而郭解坚称不知情，朝议时仅义纵一人主张郭解无罪，于是定了郭解大逆不道罪，依律当族。爰书已报到甘泉，皇帝认可，即会执行。

"郭解成年以后，再无杀人越货的勾当，朝廷以其为通逃渊薮，迁其于茂陵，他也乖乖地来了，他犯的事情，均在赦前。此番轵县逋客杀人，郭解更是身在狱中，全不知情。臣不解朝廷何以必欲除之后快。"

"郭解之门徒布衣任侠，以睚眦之怨而取人性命，无视朝廷律法，郭解虽不知，罪过甚于其亲手杀人。仅茂陵之迁，其门徒就先后滥杀五人，所谓以武干禁，罔顾国法，不除此祸首，天下哪得太平！"

　　"郭解名重江湖，臣恳请陛下赦其死罪，此类江湖人物，相逼过甚，北走胡，南走越，会成朝廷心腹大患的。"

　　没能捉住朱安世，已令刘彻不快，那把剑，不啻重新揭开了他心中的疮疤，及至义纵为郭解缓颊辩解，他终于发作了。

　　"哦，你是代江湖鸣不平吗？朕倒是忘记了，你少时也是江湖中人，难怪与朱安世、郭解之流惺惺相惜。"

　　义纵心里一紧，难过得几乎流下泪来："臣冤枉。臣为陛下犬马逾二十年，诛贪除恶，不惧生死，人所共见……"

　　远远地，他看见皇帝身后的郭彤频频以手指封唇，示意他不要再争辩，但为时已晚，刘彻误会已深。

　　"朕当然知道，所以才把你当作朕的快刀，把你从一个江湖混混拔擢为朝廷大臣，何曾亏待过你！可你内调以来，所为深负朕望。抓个郭解，你拖沓经年；遇到朱安世，你非但放了这个谋逆的要犯，还代他缓颊；朕卧病鼎湖，京师到甘泉的御道，你弛于修治，你是以为朕再也走不了这条道了吗……"

　　刘彻愈说愈怒，不能自已，他自御座起身，走到义纵身前，戟指怒斥道：

　　"尤有甚者，算缗告缗，乃朝廷振兴军国之大计，而汝竟敢勾结奸商，抓扣告缗使，废格沮事，胆大包天！你与朱安世会面，就是这个袁广汉居中牵线吧？难怪这个奸商遭人告缗，你要代他出头，你如此卖力，袁广汉给了你多少好处？！"

　　义纵涨红了脸，昂首抗辩道："臣官俸自给有余，从未妄取过一文，清者自清，浊者自浊，臣之肝胆，敢质天日。"

　　刘彻冷笑道："你是清是浊，要由有司查明定谳，可你藐视朝廷律令，抓扣告缗使，罪无可恕，你还有甚话可说？"

　　义纵头脑一片空白，他深吸了口气，渐渐冷静下来。还是那句话，是福不是祸，是祸躲不过，男子汉大丈夫，宁为玉碎，不为瓦全，一念至此，置生死于度外，心里反倒坦然了。

"陛下欲治臣罪，臣无话可说，但臣不服。飞鸟尽，良弓藏；狡兔死，走狗烹。吾阿姐如此，吾亦如此，早知今日，何必当初！"

"当初怎样？"

"当初就不该掺和宫里头的事，不该做官，踏踏实实做老百姓，至少不会死于非命！"

义纵的负气不屈，颇令刘彻吃惊，他原想将义纵免官罢职，让他赋闲一段时间。而义纵这番话，令他改了主意，衔恨如此，这个人真的不能留了。

他下令将义纵就地罢官，由侍卫押赴廷尉待审，又传谕召王温舒上殿。亢奋而后的他，疲惫、困倦，他用力眨了眨发沉的眼睑，倚在凭几上，气运丹田，试着让自己平静下来。

郭彤将一杯热茶送至案上，轻声道："夜深了，陛下早些将息吧。"

刘彻呷了口茶，问道："朕要置义纵于法，你怎么看？"

郭彤是同情义纵的，既然问到自己，于是赔着小心，代义纵缓颊，希望化解皇帝一时的怒气："义纵是自潜邸就跟从陛下的老人，看在他这么多年为朝廷冒险犯难的分儿上，陛下宽宽手，给他条活路，他一定会感戴陛下的不杀之恩。"

刘彻冷笑道："感恩？你难道没有听到他最后说甚？骂朕是兔死狗烹，鸟尽弓藏！义姁是你去赐死的吧，他一直牢记在心，这样心里藏着恨的人，是个隐患，当然得除去。'

"长姐如母，义纵自小由其姐带大，姐弟情深，一时糊涂，触怒了天子，还望陛下念其愚诚，恕其一死。"

"他们姐弟两个有功于朕吗？当然有，可他们也各有取死之道。义姁管不住自己的嘴，义纵抓扣告缗使，沮坏朝廷大计。以中国之大，何愁没有可用的人才，悉心奖拔而已。可这人才若不与朕同心，不为朕所用者，留之适为祸害，又怎可滥行妇人之仁呢！"

"老臣愚陋，陛下圣明。"郭彤额上沁出了冷汗，心知义纵必死无疑，只得连连称是了。

王温舒应召赶来，他已闻知义纵被收押，心里一则以喜，一则以忧，喜的是这个令他心存忌惮的对头倒掉了，忧的是皇帝喜怒难测，伴君如伴虎，随时有罹祸的可能。

"文成的事情办完了？"刘彻看着这个匍匐在地的小个子，他注意此人多年，从广平都尉到河内太守，王温舒杀伐决断，所治群盗伏匿，路不拾遗，干得很出色。去年调任中尉，就任伊始，即能迫使郭解投案自首，更让刘彻认定，这是个少有的、肯用脑子的能吏。李少翁伪造神谕，欺君罔上，却封爵赐宅，一旦真相大白，喧腾于众口，自己会成为天下人的笑料。只有让他神不知鬼不觉地消失，方可消弭此事于无形，而这正是他重用这个小个子的原因。

"办完了。"

王温舒受命后，即以恭贺为名宴请文成，美味珍馐，觥筹交错，几巡酒下来，文成酩酊大醉，王温舒扶其就寝，即于寝室结果了他的性命，随即深埋于甘泉苑的密林中，整个过程只有他与属下成信在场，没有第三个人知道。

相比于王温舒处置李少翁的经过，刘彻更为关心的是如何对他的失踪做出解释："文成夜宴后，就没了踪影，他的去向，尔等作何交代？"

王温舒早就想妥了说辞，胸有成竹，不慌不忙道："文成酒醉，炫技逞能，食马肝①，毒发而亡。"

刘彻大感兴趣，追问道："活要见人，死要见尸。若有人提出验尸，尔等怎么办？"

王温舒很沉着，揖手道："掘一空棺搪塞。"

"空棺？如何搪塞？"

"或可于空棺中加置文成常服之衣履，就说文成尸解升仙了。"

刘彻莞尔，摇首道："此皆汝等之说辞，又何能取信于人！"

"文成尸解，意味成仙，成仙则仍会时不时现身于人世，寻一貌似者现身于某地，与熟人相遇，消息必将不胫而走，喧腾于众口，即便有人不信，事过境迁，又何能证明那不是文成！"②

---

① 汉代人均认为马肝味美而有剧毒。《史记·武帝本纪》：帝与方士栾大论神仙之术，栾大称方士皆恐步文成后尘，不敢言方术。"上曰：'文成食马肝死耳。子诚能修其方，我何爱乎！'"

②《汉武故事》："文成诛月余，有使者藉货关东还，逢之于漕亭，还见言之。上乃疑，发其棺，无所见，惟有竹简一枚，捕验闲无踪迹也。"参见《史记·武帝本纪》。

刘彻颔首，不由得对王温舒刮目相看，这谎竟被他圆得天衣无缝。"聪明！这番故事也亏汝想得出来。"

"非臣聪明，不过仿建元故事罢了。陛下可还记得李少君？"

刘彻憬然而悟，连连点头。当年李少君死后，他亦派人发其棺木，也是尸骨全无，唯剩衣冠①。

"文成曾称，他与少君同事安期生，所学亦同，小臣由此推论，他死后尸遁升仙，亦应与少君类同，而举朝官员，自不会对此生疑。"

"好，好！"刘彻连声赞好。

夜漏更残，远远传来了鸡鸣声，郭彤又为刘彻换了杯热茶，轻声提醒道："陛下，已是鸡鸣时分，该歇息了。"

刘彻打了个哈欠，摆了摆手，示意郭彤收起案上的铜剑，之后看定王温舒，决定把抓捕朱安世、刘陵这件事交与他。

"王温舒，朕没有看错你，文成的事办得好，朕还有一事，要你去办。"

"臣誓不负陛下所托，请示下。"王温舒昂首应答，声音响亮。

"茂陵有个叫袁广汉的巨富，你可知道？"

王温舒当然知道，实际上，他与袁广汉还很熟，袁在京师放贷生利，他也受过袁的好处。他更知道，杨可的告缗使就是因袁广汉而被义纵抓扣，他乐得坐山观火，果然，义纵被杨可举告，银铛下狱。

"袁广汉吗？三辅上下无远弗届，没人不知道放贷老袁。"

"有人举报他算缗不实，偷漏瞒报，尤其可恶的是，此人胆敢窝藏朝廷要犯朱安世。义纵下了诏狱，朕命你代行其内史职权，赴西园查抄袁广汉的家产，并于三辅、关东访求线索，缉拿朱安世与刘陵归案。你是否堪任朝廷的快刀，要在这件事上做给朕看！"

几乎在同一时间，朱安世也自长安回到了茂陵西园。此番京师一行，他

①《史记·孝武本纪》：《汉书起居》云："李少君将去，武帝梦与共登嵩高山，半道有使乘龙时从云中云：太一请少君。帝谓左右：将舍我去矣。数月而少君病死。又发棺看，唯衣冠在也。"

实现了几乎所有目的，不仅与金仲、陈珏、公孙敖等旧交重续，经由他们，又结识了太仆公孙贺的公子公孙敬声，搭上了当今最有权势的卫家。卫家姊妹三人，长姐卫君孺，二姐卫少儿，三姐卫子夫。卫子夫又有同母兄卫长君，弟卫青、卫步广。阿娇以巫蛊废黜后，卫子夫得刘彻宠幸，生子刘据，元朔元年立为皇后，数年后刘据亦被立为太子。卫家以此贵盛后，一荣俱荣。卫青以军功升任大将军，大姐卫君孺嫁给了太仆公孙贺，二姐卫少儿嫁了詹事陈掌，其私生子霍去病则入宫为郎，后从大将军击匈奴，屡立奇功，不满二十即被拔擢为骠骑将军。敬声乃公孙贺与卫君孺的独子，自小视若拱璧，锦衣玉食，娇惯异常。小姨是当今皇后，舅父位居三公，而太子、骠骑将军论起来都是他的表哥，一门贵盛如此，养成了他骄奢淫逸、为所欲为的纨绔习气。成人后敬声以贵戚子弟入宫为郎，前不久又拔为侍中，成为皇帝身边的侍从之臣，势焰熏灼，朝野侧目。

同为贵游子弟，敬声少时即与金仲、陈珏等相熟，平日架鹰走马，呼朋引类，横行于长安八街九陌①。后来金仲、陈珏被义纵诱捕，因罪圈禁，敬声亦惧而敛迹，每日按时进宫从事；然而金、陈解禁后，敬声故态复萌，时相过从，呼卢喝雉，欢宴聚饮。朱安世进京后寄居于隆虑侯府，以是相识，一来二去，朱安世摸清了敬声的性格与弱点。这个纨绔自幼予取予求，奢靡无度，而其俸禄有限，即便有父母的挹注，也远不足以供其挥霍，而他又极为顾惜脸面，决不肯输给同为贵游子弟的金仲和陈珏。于是呼卢喝雉之际，朱安世每每在他窘迫之时施以援手，两人关系日渐热络，公孙敬声亦如陈珏、金仲一般，拜其为师。朱安世亦每每于酒酣耳热之际，大讲他走南闯北，从贩鬻马匹上获取厚利的故事，引得这帮公子哥啧啧称羡。看到弟子们入彀，他话锋一转，提议有钱大家赚，他们都可以参一股，有钱出钱，有力出力，敬声等自然纷纷响应，不几日就凑够了十万金；尤其令他大喜过望的是，通过敬声，他得以复制太仆衙门用于通关关传的官印，随时可以伪造通关的文传，这是长途贩鬻中的关键，日后出入关津，能否畅通无阻，取决于此。

---

① 《三辅旧事》："长安城中八街九陌。"转引自陈直《三辅黄图校注》。

唯一遗憾的是来时四个人，回朔方的却只有他一人了。刘陵、阿苫不耐塞北苦寒天气，早就想去南方，适逢南越王赵胡薨逝，入质长安的南越国太子婴齐先期奔丧，其妻樛（音就）瑛、王子赵兴随后返国，在长安招雇随从。刘陵、阿苗化名应召，而张次公为了刘陵竟也执意随行。朱安世原想劝阻，可想到日后赴西域购马，路途险阻，女人随行，多有不便，于是为他们备办了丰厚的川资。数载患难与共，至此分道扬镳，朱安世不免心情落寞，好在应办之事都已办完，遂决定早日回返朔方。途经西园，为的是取走袁广汉的那一份股金。

将所有行装打点停当后，天色尚黑，朱安世将事先预备好的关传填好起讫地，押运人员姓名、籍贯与样貌特征后，加盖封泥，交与随从。为了不引人注目，他要马帮先行，自己留在西园等候袁苋收拾停当，一起出发。

及至天光破晓，朱安世与袁广汉话别后，正待启程，园外隐隐约约传来人喊马嘶之声，随即有西园的门人来报，园外有大批缇骑与军卒，正在将园子团团围住。朱安世心旦一沉，看来自己呈剑请罪之事已经上达天听，而皇帝于己衔恨甚深、睚眦必报，必欲得而甘心。

"主人家，事情不妙，与我们一起走吧。"

袁广汉摇摇头："是福不是祸，是祸躲不过，吾老矣，死也要死在自己家里。你带上苋儿走吧。"

园子被围，他们只能自地道出园，马匹、行李只能弃留。在秘道入口，袁广汉望着朱安世，泪眼蒙眬，几次张口，却嗫嚅难言。朱安世淡淡一笑，揖手道："主人家放心，我朱安世已诺必诚，答应下的事情就一定会做到。你多保重，我们后会有期。"

在朱安世印象中，西园秘道约数里之长，出口是园外牧场中一口枯井。借着微弱的烛光，他们磕磕绊绊地走了半个时辰，终于看到了井盖缝隙口漏下的亮光。朱安世吹灭蜡烛，示意袁苋不要出声，将耳朵贴住井壁，约莫过了一刻，朱安世点了点头，抓着井壁上的把手，慢慢爬到井口，推开井盖，探出头去。

"朱大侠，别来无恙，吾等在此恭候多时了！"

朱安世一惊，循声望去，距他十数步的地方，一领草席之上，盘坐着的小个子，正笑眯眯地望着他。身后左右，簇拥着数十名缇骑。

　　小个子看着眼熟，尤其是那双暴睛，可一时竟想不起来是谁。朱安世行走江湖几十年，多次身陷险境，练就了他的沉着冷静，他跃出井沿，揖手道："小的上了年纪，有点糊涂，大人是……"

　　"哈哈，贵人多忘事，敝人也是阳陵人，与大侠还是小同乡呢。"

　　小个子望着他的目光，锐如鹰隼，就在这一刻，他认出了这个人，王温舒。

八十六

朱安世揖手为礼，高声叫道："啊哈，原来是王大人！失敬，失敬！多年不见，久违，久违了！"

这么高的声音，应该足以警示井下的袁苤不要出来。朱安世坐在井沿上，摆弄着膝上的佩剑，斜睨着王温舒，好奇地问道：

"敢问大人怎么会知道这条暗道，又怎知道我会由此出园？"

王温舒嘿嘿一笑，傲然道："大侠行走江湖多年，我王某的手段，难道竟无耳闻？朝廷调我主持京师的治安，我自然要把治下的沟沟坎坎摸清楚，像老袁这号巨富，京师多少豪门贵戚指着他的钱过日子，当然要看住他。狡兔虽有三窟，也跑不出好猎人的手。至于为何于此守株待兔，那西园被围得铁桶一般，你不走秘道，难道还能飞出去不成！"

朱安世当然知道他的手段，他听广平、河内的兄弟说过，王温舒主政时，也是先摸清郡中豪强大户的阴私，然后以一家为鹄的，猝然发难，施以严刑逼供，一旦吐口，则转相牵引，往往百家连坐，毁家破族，财产尽没入公家。其所用属吏，皆勇于任事、严酷嗜杀者，所捕报闻至王温舒处，十有八九皆不免一死。由此，其在任广平、河内时，邻郡之盗贼惧不敢入，阖郡城乡路不拾遗，王温舒也声名鹊起。

"茂陵是内史辖地，王大人越俎代庖，义纵义大人处如何交代呢？"

"义大人？"

王温舒冷笑道："义大人此刻在诏狱中，大侠很快就会在那里与他相会的。"

朱安世心里一紧，不出所料，皇帝是个记仇的人，义纵受此牵累，也算是为被杀的弟兄报了仇，他全无愧疚，令他忧虑的是，自己这辈子都将在追捕逃亡中度过，而眼下就得想办法脱身。

"义纵下狱了？！"

他大睁着眼，惊诧莫名的样子，随即叹息道："看来与皇帝结下的梁子解不开了，义大人受我连累了！"

"你说甚？结下甚梁子，怎么回事？"王温舒骨碌着眼珠，窥人阴私的好奇心油然而生，迫不及待地想要知道内情。

朱安世望望四下的缇骑，摇摇头道："稠人广众，天子的隐私不好说吧。"

王温舒想想也对，狡黠地笑了："你把佩剑丢下，我让缇骑们退后，你到我跟前说给我，怎样？"

朱安世掷剑于地，用脚踢开。王温舒做了个手势，缇骑四下散开，退到二十步开外。朱安世扬起双臂，慢慢向王温舒走去。

"好了，停下。"王温舒跳起身，拔剑指向他，示意他停在一剑之外。

"说吧，你和皇帝是怎么回事？"

"还是孝景皇帝时，今上还是胶东王，有一日私自出宫，与朋友到东市闲逛，买到一把好剑。可那剑是我师叔的爱物，身后流散民间。我得知后，欲出重金买下那把剑，可胶东王年少气盛，说什么也不肯出让，还与我弟兄们动起了手，他们当然不是我的对手，剑被我夺了，由此结下了梁子。"

"哦，那义纵于此何干，又怎么会受你牵累？"

"义纵当时在场啊！谁曾想胶东王日后成了太子，又成了皇上，一直衔恨于我，欲得而甘心。我觉着总这么东躲西藏不是个事儿，就约义大人见了个面，托他将那把剑还给皇上，并代我请罪。皇上若因此将他下了狱，事情由我而起，岂不是罪过……"

原来如此，义纵犯下的错，自己决不能再犯，王温舒一手执剑指着朱安世，一面回首挥臂，示意缇骑们过来，就在他侧过脸去的瞬间，朱安世一个滑步，飞起一脚，正中其腕，剑被震得飞出去老远；他借势把住王温舒一只手臂，用力一别，给王温舒来了个仙人背剑，痛得他弓腰屈背，嗷嗷直叫。朱安世又抖了抖空着的那只胳膊，从袖口滑出把尺把长的匕首，他将刃口轻轻按在王温舒的脖颈上，一抹血丝隐约可见。

"想活命，就叫你的手下退后。"朱安世的动作连贯，一气呵成，缇骑们根本来不及反应，王温舒已成了他的囊中之物。

命悬一线的王温舒乱了方寸，大叫道："我与朱大侠有话商量，你们都给我退远着点儿，快给我退后！"

朱安世牵着王温舒的坐骑，挟持着他返回井口，招呼袁觅上来。

缇骑们在百步之外，交头接耳，踟蹰不前。朱安世招呼袁觅上马，又解下腰带，将王温舒缚在马背上，之后一跃上马，转身向着跃跃欲试的缇骑们喊道："王大人要送吾等一程，你们要是敢追，他就没命了。"

言毕，他双腿夹紧马肚，在马屁股上用力一掌，向着牧场尽头那片林子飞驰而去。

半个时辰之后，追踪而来的缇骑在林中找到了王温舒，他手脚并绑，匍匐在地，样子狼狈不堪。侍从们将他扶上马匹，请示行止，他面色铁青，摆摆手，带着部众返回了西园。

他决意亡羊补牢，重新布一张大网，将朱安世一伙一网打尽。缇骑们将西园搜了个底朝天，但所得不过百金，追问袁广汉，称钱财都放贷于外，索要放贷的账册，答称烧掉了。王温舒将他押回中尉衙门，连日拷问，袁广汉熬刑不过，供出与朱安世同来长安的尚有张次公、刘陵等三人。王温舒调阅廷尉处的案卷，查出张次公早已因罪发配朔方，据此判断，朱安世、刘陵肯定是隐身于张次公服刑的边塞，于是传檄关中所有关津亭驿，严查行人，并专派了一队缇骑赴朔方抓捕诸犯。

把一切安排停当后，王温舒返回甘泉宫，向刘彻呈报案情。他不敢隐瞒几乎抓到朱安世，却因自己的疏忽得而复失之事，但隐去个中缘由。

"朱安世这次来长安，与之同行的有淮南国的逆犯刘陵，还有其奸夫，在朔方服刑的张次公。臣已传檄各关津亭驿，严查行旅，他们逃不了多久就会被抓捕归案。"

刘彻不以为然，他想到了义纵说过的"北走胡，南走越"，人犯若真是藏身于朔方，越境出塞不过指顾间事。

"是吗？义纵没抓住他，你不也一样放跑了他！朱某游走江湖一辈子，到处都有同伙儿，朝廷与地方尚不知有多少官吏与之暗通着款曲，他们若不走官道，不住驿站，你又怎么办？抓捕他谈何容易！"

王温舒悚然，伏地顿首道："臣愚昧，要不重金悬赏，在全国张榜海捕？"

"狮子搏兔，得不偿失，不可行。"

刘彻连连摇头，略作沉吟道："朱某多年以走私马匹为生，朕料其还会重操旧业，你要换个思路，在马匹进出的关传上用心查勘。"

"陛下圣明，臣明白了。"

刘彻指点着御案上的爰书，问道："都说袁广汉富拟王侯，家资仅只百金，怎么可能！"

"他供称钱都贷了出去，追其账册，他推说都已烧掉了。"

刘彻冷笑道："他以为如此就可保住家产？账册烧了，脑子里总还记得，你要查出他把钱都贷给了谁，逐一核对追讨。还有，你回京后马上知会太常 ①与茂陵县，先把他的西园充公！"

在大战将临之际，他不能容忍任何有悖于其意志的言行，决意以霹雳手段震慑朝野。

"你回长安后，传朕谕与丞相、御史大夫、廷尉，郭解既拟以大逆不道罪，即应依律处刑，主犯斩，其家人、同产 ② 无少长皆以弃世论死。颜异腹诽朝政，义纵废格沮事，亦皆以弃世论死。"

袁广汉之富，遐迩闻名，查抄其家产，足以震慑三辅之富商大贾；朱安世亦当世之雄，原想借他的脑袋震慑那些恣意横行、无视朝廷律法的游侠，可惜被他逃脱。郭解名声在朱安世之上，虽罪不至死，可为了震慑不安分的江湖，刘彻仍要将其明正典刑。至于颜异、义纵，处死他们，对那些非议朝政，或口是心非的官吏是个严厉的警告。

---

① 太常，汉代九卿之一，掌管朝廷宗庙礼仪之主官，兼管陵县，西园在茂陵，茂陵为太常所辖陵县之一。

② 郭解被定为"大逆不道"，依汉律，主犯腰斩或斩首，父母妻子同产无少长皆弃世；同产，同胞兄弟姊妹。

几乎是在同时，南越返国奔丧的车队自宣平门出城，过饮马桥、轵道亭，在霸城观小憩后，一行过灞桥，就是霸上了。函谷道、武关道、蒲关道由此一分为三，分别通往关东、荆襄与河东，去南越既可走函谷，出关东行南下，也可越南山由武关而直下荆襄。函谷道好走，但绕行路远，而武关道更为直捷，先樛氏数日启行返国的婴齐，走的就是武关道。

车队正欲自道口南拐，却见函谷道霸陵方向，一骑人马飞驰而来。

"陈荃，你看过来的是不是朱叔？"刘陵掀开车帷，指着那个骑士问。

陈荃是张次公的化名。他一副武弁装扮，手搭凉棚，细细端详了一阵，摇摇头道："不像。朱叔个头比他高，人也瘦一些。"

刘陵失望地叹了口气。得知南越王妃招聘女侍后，她立刻拉阿苗化名豆聘，她化名陈菁，阿苗化名鲁青，而张次公得知此事，亦愿随行，化名陈荃，三人以兄妹相称。汉人安土重迁，没有人愿意背井离乡，几乎无人应征，所以他们三人立刻就被聘用了。朱安世想要从事他的老行当，且与袁广汉有约在先，不赞同他们南行，于是分道扬镳。

几年来窝在塞上那么个荒僻寒凉的地方，无所作为的日子真是过够了。刘陵每每于睡梦中见到父母，父亲容颜惨淡，目光中充满着忧伤、不甘与期望，她深知自己是淮南国硕果仅存的苗裔，父王与祖先的期望全在自己身上。可窝在朔方，她一筹莫展，而南越，是边地仅存的不在朝廷控制之下的藩国，疆域广大，或可作为反汉复仇的凭借。

她偷偷去长门宫会过阿娇。十年不见，阿娇已全然不是她印象中那个仪态万方的皇后，而是个容色暗淡、萎靡嗜酒的老妪了。刘陵向她打听宫里的事儿，阿娇除了诅咒卫子夫而外，就是骂皇帝忘恩负义，再就是要刘陵陪她饮酒，劝告她隐姓埋名，找个男人嫁了。话不投机，刘陵极为失望，告辞出来，四顾茫茫，一时颇有临歧失路，托足无门之悲。

朱安世离去几日后，刘陵觉得心里空落落的。朱安世见多识广，遇事沉着、机敏，几番遇险，都能当机立断，绝处逢生。离开了他，她的安全感大减，原来的自信也打了折扣。希望朱安世能够同行的愿望是如此强烈，致使她每每出现错觉，觉得他随时会回来找她们。

"阿菁！"张次公轻声叫道，突然策马转至车帷的另一侧。

"怎么？"刘陵猛地回过神来，奇怪地看着他。

"这个人我认识，是宫里的大行丞，不能让他认出我。"

来人已至车队近旁，策马跟从着车队，高声叫道："有故人求见王妃殿下，请留步。"

刘陵掀开车帷看去，骑在马上的是个中年男人，身材略胖，双目灼灼，透着一种渴望。

车队停了下来，王妃樛氏也下了车，那人伏地顿首，行礼如仪。

"阿荃，你看，王妃竟同这个人散步！"刘陵轻声叫道。

张次公与阿苗透过车帷的缝隙看去，果然，王妃与那人边漫步边说话，很亲近的样子，十几步之外，一个侍女小心翼翼地跟从在后面。

"这男人与王妃关系非同一般，他是谁？与王妃怎恁熟识？"

"他叫安国少季，我在宫里做郎官时，他也是郎官。据说与王妃自小青梅竹马，还定过娃娃亲，不承想这女子被南越王子看上，求皇帝作伐，女家亦贪恋富贵，竟至劳燕分飞。"

"哦，是这样。"刘陵眼睛一亮，"王后常与他私会吗？"

张次公摇摇头道："王府门禁甚严，除去年节命妇入宫上寿，能远远望上一眼，私会，想也不要想。"

"那王子知道他们这段旧情吗？"

"知道，所以防嫌甚严。若非王子先期奔丧，他断不敢如此。"

说话间，王妃与安国少季又转了回来，走到座车前，王妃登车，安国少季伏地顿首送别。临别前两人依依惜别的神情尽被刘陵看在眼里。她莞尔一笑，用胳膊碰了碰身边的阿苗道：

"鲁青，这下你我在南越可有作为了！"

八十七

卫青于中军大帐后面支起了一座小帐篷，作为休憩之处。他之所以避开幕府僚属，是不愿被属下窥出他内心的焦虑。

他斜靠在卧榻上，闭目假寐，而思绪却如汩汩溪流，缓缓涌动。此番出征，卫青十分谨慎，因为这是汉军第一次跨越大漠，寻找匈奴主力决战。他将斥候放出百里之远，出塞后每日行进五六十里就扎营歇息，等候步兵和辎重跟上，如此则人马皆能得到歇息补充，次日行军，方可保持体力不衰。如此，二千余里的戈壁荒漠，大军足足走了二十天。其间，一次沙尘暴，导致大军与右翼的偏师失去了联络，迄今已近十日。这支偏师计约二万人，主帅是前将军李广与右将军赵食其①。

根据自己的推算，大军距寘颜山②已经不远，安侯河自寘颜山南麓绕山北去，匈奴人近些年建造起来的唯——座木城——赵信城③就坐落于河畔，军事将龙城大会征收上来的粮草辎重都存贮于此，据传伊稚斜单于与其心腹赵信，均长年驻在于此。汉军数年来几次出塞，对漠南之匈奴打击沉重，尤其是河西匈奴战败内附后，匈奴实力大损，已无力进行全面战争。综合各边郡的探

---

① 食其，音易机，汉代人名中常用，如汉初有审食其。

② 寘颜山，今蒙古国之杭爱山南脉，安侯河即今色楞格河之支流鄂尔浑河。

③ 赵信城，其地望在今蒙古国境内杭爱山南麓鄂尔浑河畔，由匈奴自次王、相国赵信所建故名。

报，伊稚斜继任单于以来，渐渐避免与汉军主力作战，而是集中优势兵力，出敌不意，自一点或多点出击，侵扰边关，以杀伤官兵，掳掠人货为目的，得手即撤，等到援军赶到时，胡人早已远飏无踪。显然，之前的不断杀伤胡人，虏获其畜群的消耗战术已经失灵，反而是匈奴人的突袭，在大汉的边塞上一次次撕扯出伤口，虽暂时于国力无损，可胡人的不断袭扰严重影响到了沿边商民的生活，边塞一日数惊，关市萧条，这种旷日持久的骚扰，终将会疲敝大汉的国力。

皇帝与将军们都意识到这个问题，决定以大军出塞远征，寻匈奴主力作战，这意味着汉军在没有边塞作为依托的情况下孤军深入，需要极为有力的粮秣辎重保障。好在几十年的休养生息，大汉国力充裕，尤其是马匹的蕃衍已使汉军具备了深入大漠作战的能力。但连年的战事，导致官库空虚，财用大亏，而皇帝则穷竭智计地设法敛财，算车、算船、算缗、盐铁专卖、统一币制，收铸币权于朝廷，出售军功爵，向诸侯强行摊销皮币白金，等等，为了解决与匈奴决胜的军资，真可以说是罗掘净尽了。

皇帝对此番远征寄望极深，可以说赌上了朝廷几十年累积下来的家底儿。卫青与霍去病各领五万骑兵，仅配备的马匹一项，即将近二十万匹，而跟从的步军及运送粮秣辎重的人员亦不下几十万。还记得拜命出征的前一日，皇帝散朝后单独留下了他与霍去病，殷殷嘱托，要他们一定要分兵协作，力争一战重创乃至歼除匈奴主力，从根本上解除边塞的威胁。

"赵信献策伊稚斜，以为我军难越大漠，我军正可出敌不意，乘隙蹈瑕。二位将军，此番朕以举国之力远征漠北，你们一定要给我捉住伊稚斜，最好要活的，把他押到长安来，将这个'天之骄子'献俘于阙下！"皇帝说到忘情处，扫视着卫青、霍去病，双目灼灼，仿佛看到了他们心里去。

"朕所有失人心、落（读如涝）民怨的事情都做了，为的就是这件事、这一天！仲卿①、去病，汝等可能不负朕之所托？"皇帝连声发问，他们舅甥二人只能跪拜于地，顿首称诺。当时的那种紧张，于今仍时时萦怀在心头。

---

① 卫青，字仲卿。

但在实际上，活捉单于，他全无把握，只是在塞外捕寻匈奴的探子，得知叛将赵信所筑用于储备军资的木城的确定位置后，他一颗悬着的心才真正落了下来。有固定不移的目标就好办。匈奴的战法，利则进，不利则退，很少与汉军缠斗苦战，呼啸而来，风驰而去，飘忽不定，难于捕捉，这是最令他头疼的地方。现在胡人建了固定的据点，单于的主力想必会不离左右，即便不在，只要能够牢牢咬住赵信城，攻敌所必救，匈奴大军定会驰援，也就有了擒获伊稚斜的可能。尤其令他兴奋的是，匈奴探子招供说，匈奴方面也已得知汉军即将大举北进的消息，伊稚斜采纳了赵信的献议：全军集结于漠北，以逸待劳，待汉军千里行军，跨越戈壁沙碛，疲惫不堪之际，再以雷霆万钧之势予以重击，全歼汉军于漠北。总之，疲敝之，重击之，摧垮之，歼灭之，这是伊稚斜的战略。

卫青担心的是匈奴人的运动战，因为敌人一骑数马，以逸待劳，地形熟悉，占尽了速度与地利、人和的优势。但他不怕阵地战，他早已为此作了准备。得知皇帝决心与伊稚斜决胜于漠北后，他就下令打造和调集武刚车，近一年来已装备千余乘。武刚车车身巨大，长两丈，阔一丈四，置有可拆卸组合的木质大盾与长矛，盾与盾间留有射击孔，可供发射连弩。平时卸下装备，可装载辎重军资，随军远征；战时则可将车侧的穿环用铁链结为一体，组成阵列，辅之以长矛连弩，可以有效防止敌人骑兵的冲锋踏阵。"先为不可胜，以待敌之可胜"，就是他此番深入漠北作战的战略，具体战法就是步步为营，以武刚车做成强固的军垒，抵御住匈奴骑兵的冲击；依托车阵，汉军在固守的同时，可以长矛连弩予敌以大量杀伤，重挫胡骑锐气，由此再而衰，三而竭，汉军即可乘隙蹈瑕，后来居上，最终击溃匈奴。他之所以下令每日行军三十里即扎营打尖，为的就是保持大军充盈的精力与士气。

如今即将当敌的关头，两支重要的偏师却没有了音信，尤其是李广那支，是久经战阵、威震匈奴的精锐之师，有它在，能够极大地牵制与震慑对手，可偏偏要用的时候用不到，他摇摇头，长吁了口气，后悔自己不该强行谴走了李广的向导与爱将韩毋辟。

那日朝会的场面，仍历历如绘。

"陛下圣明，老臣总算等到这一天了！"

皇帝宣布北征匈奴的诏令后，李广最先一步出列，揖手陈情，他双臂微颤，已显苍老的脸上泛起红光，内心情感的起伏一览无余。

"臣昧死请战，愿为大军先锋。"

皇帝面无表情，望着李广，良久才答道："将军老矣，冲锋陷阵的事情还是让年轻人去做吧。"

李广交替用手拍打着双臂，抗声道："臣虽老，可臂力仍可开十石的强弩，北军的后生小子们不服，臣愿与之比试大黄连弩……"稍停，见皇帝并无表示，遂顿首再拜道，"臣自结发即与匈奴作战，均在边关塞上，迄今四十余年，从未一当单于。皇上今天发下誓愿擒捉伊稚斜，是天赐良机于李广，使我得当单于，臣愿为先锋，不成功则成仁，效死疆场，决不食言。"

当时，卫青就在李广身侧，清楚地看到了他眼中的泪光。

皇帝显然被触动了，俯身摆手道："爱卿起身说话。"随即站起身，扫视着面前的众臣，将髯笑道，"李将军的誓言掷地有声，真壮吾军行色，朕就成全了你，任你为前将军，若捉住伊稚斜，你就是第一功！"众臣自然纷纷附和，唯唯称贺。

但朝会散后，皇帝留下他与霍去病面授机宜时，却对此不无悔意。

"仲卿，依你看，李广可能当前锋之任？"跟随到寝殿后，皇帝招呼他舅甥二人坐下，挥手屏去侍从，第一句话就是这件事情。

"李将军与胡人打了一辈子的仗，匈奴皆称他为'汉飞将军'，经验、勇气不容置疑，年纪虽长，老当益壮，应该不是问题。"卫青生性谨慎，回答得非常小心。

"朕指的不是他的年龄，而是他的命数。王朔给他算过命，说他命里不得封侯。从他这些年的战绩来看，说其命数奇，不为过。如此，既当单于，他又岂能捉得住伊稚斜？"

李广与匈奴大小数十战，其同僚部属立功封侯者不下数十人，独独他不得尺寸之封，郁闷非常。一次饮宴中，与天官望气者王朔道及此事，请王朔推算因果，语及他在陇西太守任上诱杀叛羌头目八百人之事，王朔称杀降不祥，正是他不得封侯的原因。卫青当然知道这件事，但他从来不在人前论他人是非，皇帝提起，他亦只是唯唯称是。

"去病，你以为呢？"

霍去病平素狂傲张扬，唯独对这个舅舅恭敬非常，皇帝问到，他瞟了眼卫青，答道："陛下明鉴。"

刘彻皱了下眉，意若不快。"再说，李广虽欲争锋效死，可这样勋名卓著的大将，一旦折损，徒长匈奴志气，灭我汉军威风，用他为前锋当敌不妥，可朕已准其为前将军，君无戏言，在使用上，如何行事万全，仲卿你要斟酌。"

之后，皇帝又告诉他们，他们各自进军的路线要调整，霍去病所部自代郡出征，而卫青所部，则改由定襄出塞。自从汉军抓获的胡虏供称单于在东面，卫青就料定两军之进军路线必会互换。此番出征，北军八校①最精锐骁勇的骑兵都划归到霍去病麾下，原定就是以霍去病出定襄，正面以当单于。现今互换，为的也还是这一点。外甥圣眷正隆，他并不嫉恨，但他认为胡人证供不可信，单于未必在东方，如此交换，霍去病很可能扑空，但他并未把自己的判断说出来，暗暗希望抓获单于的大功落在自己头上。皇帝以偏爱作此决策，他又何乐而不为呢？现在，胡探的供词证实了自己的判断，这是运气，也是天命。

皇帝认为李广命数不好，不宜当敌，有了这个授意，他正可移花接木，把前敌的机会交给于己有恩的公孙敖。元光五年，公孙敖被任命为骑将军，与轻车将军公孙贺、骁骑将军李广和当时还是轻车将军的卫青，兵分四路出击匈奴，公孙敖一路自代郡出塞，为匈奴诱击，大败，所部阵亡七千人，被判死罪，赎为庶人，为卫青收揽，渐次升为校尉，元朔五年春，随卫青出征塞外，立功封为合骑侯。两年前，公孙敖再率一军策应霍去病出征西域，却在中途迷路失期，论律当斩，赎死为平民，再次投奔卫青，出任中军校尉。卫青未发达时，与他交好，他又曾救过卫青的性命，其表兄公孙贺更与卫青有姻亲关系，故格外看顾他，视之患难之交，每次穷蹙失路之际，都是自己将他揽于帐下，为他谋求东山再起的机会。汉军将领败战依律均论死罪，然

①北军，西汉长安禁卫军，因驻屯城北故称，武帝时增设，由羽林、屯骑、步兵、越骑、长水、胡骑、射声、期门（后改名虎贲）八校尉分别统带，其中期门、羽林为皇帝直接掌握的皇宫禁军，隶于郎中令；北军则隶于中尉，负责京师三辅的保卫与治安，后中尉改称执金吾，不再统领北军，专责京师治安。北军为当时西汉军队的主力中坚。

而真正处死者极少，皇帝爱惜将才，允许赎死，一旦日后再战立功，即可复职。此番出征，公孙敖若能以前锋作战，擒获单于，拜将封侯不是问题。这是他存的一点私心，但也是贯彻皇帝的旨意。

所以军出塞外后，卫青并未把最新的敌情告知属下，而是召集麾下诸将会议分兵，提出由李广、赵食其两路组成一支偏师，由东路迂回至安侯河，策应主力大军。听到卫青的安排，李广坐不住了。

"大将军，广受命为前将军，且今上已认可敌人为前锋，若须另置一路，也请派任他人。"

卫青面无表情，冷冷地说："老将军当知道兵法有'军无常势'之说，一切皆因敌而变化之，兵分两路，可以相互间有个策应，以破匈奴诱我深入的诡计。将军熟知胡骑战法，统带一路，自可游刃有余。"

李广不为所动，揖手道："末将已在圣上面前立下过誓言，要与伊稚斜阵前一决高下，望大将军斟酌。"

卫青不以为然地笑笑："老将军未免一厢情愿了。单于在哪一路，谁说得准？若在东路，与之决胜的是霍去病。"

"若在东路，那是霍将军的运气，我无话可说……"李广略费踌躇，揖手道，"我听说帐下捉到了匈奴的探子，想必大将军已经得知了伊稚斜的所在吧？"

卫青心中一紧，但未形于色，摇头道："探子并不知单于在哪里，但招供了赵信城的所在，我军可以有的放矢。"

李广并不相信，继续争道："敌人职任前将军，乃今上钦命，请大将军斟酌！"

"皇上既命我为大将军，节制西路各军，我自有便宜行事之权。将军自带一路，偏师挺进，怎见得一定不会遭遇单于？我意已定，将军不必再争，回军布置去吧。"卫青面色凝重，言毕，挥手示意散会，径自掀起帷幕，走进中军大帐去了。

"大将军留步，李广还有话说……大将军！大将军行事如此不公，李广不服……"李广大声呼喊，欲图跟进内帐理论，却被随从的诸将拉住，不由得顿足长叹，愤懑之情，形于颜色。

李广当面抗命，卫青也很生气，于是公事公办，命长史著令简册，下达给李广的幕府僚属，敕令执行。不仅如此，他还另发一封调令，指明要李广所部的护军校尉韩毋辟留在中军，做前锋向导。

行军长史是个刀条脸的瘦子，神色极为倨傲，他将加讨的简册交与李广的随从，皮笑肉不笑地冲李广揖揖手道："李将军，别来无恙？"

李广看了看他，觉得很面熟，肯定在哪里见过，但就是记不起他的名字。

"将军贵人多忘事，敝人成安，在麾下任过军正。"

"哦，是你。"李广记起来了，正是这个成安，当年曾诬告李广、韩安国以私害法，放纵属下，但遭到朝廷的驳斥，自觉颜面过不去，竟自辞职返乡。曾几何时，竟又入了大将军的幕府，更高升为行军长史。

既是故人，李广欲请其先容，单独参谒大将军。成安却把脸一板道："大将军军令已下，将军应该马上奔赴军前，依令行事。"

李广张口欲言，却被成安粗暴打断："军法无情，将军不是要违抗军令吧？！"

成安为人刁钻刻薄，言必条法律令，李广愤愤不平，却也无可奈何。于是拂袖而起，带领幕府一干人扬长而去。望着他们远去的背影，成安阴冷地笑了。

起初，卫青的大军与李广的偏师保持着百里左右的距离，大致一两天，双方的斥候就会相互通报一下各自的位置。但自十天前那场沙尘暴后，李广即再无音讯。几天前，卫青曾遣几路游骑东向打探，但一一回报，了无踪迹，竟似人间蒸发了一般。

寘颜山应该还有两天的行程，接战在即，卫青看似镇定，内心却张皇急。他原想自己的大军正面当敌，而以李广所部迂回到侧翼，奔袭赵信城。匈奴大军得讯，必会张皇，分兵赴救，不战自乱，自己则可乘势一举围歼匈奴，拿获单于。可人算不如天算，关键时刻，他没有了用奇之兵，只能与致正面交手，胜负难以逆料，全看运气在谁一边。他长吁一口气，在卧榻上辗转反侧，思虑着要怎样应付这个局面。

他的思绪似在一片朦胧黑暗中摸索，依稀看到李广即在不远处，他喜出望外，大声招呼着走过去，李广却浑似什么也听不到，只是呆呆地望着他，目光深处的愤懑、失望与无奈令他难以正视。"将军莫要误会我，是皇帝不要你做前锋！"李广并未作答，只是不祥地摇了摇头，飘然远去。他想追，继续在黑暗中摸索，却总也找不到去路，他的身子仿佛飘浮在空中，强烈的愧赧、疲惫与无助的感觉包裹住了他，令他窒息⋯⋯

"大将军，醒醒，快醒醒，前敌斥候的探报来了！"两名内侍卫摇醒了他，他坐起身，擦了把额头的汗水，好一阵子才回过神来。

韩毋辟的探报很简单，他与数名斥候，在前方百里以远遭遇了匈奴的大军，匈奴军营中有大帐，帐外竖有狼头大纛，是单于的标志。眼下，匈奴人正循踪而来，大战在即，请大将军早作准备。

八十八

　　在卫青饬令全军布阵备战之际，伊稚斜的大军已循安侯河谷越过窴颜山口，前进到离汉军约五十里的地方。

　　自从得知汉军欲深入匈奴腹地作战的消息，他听从赵信之策，厚集兵力，以逸待劳，打算将千里行军、疲累不堪的汉军聚歼于漠北。赵信叛归后，已成为伊稚斜最为倚重的重臣，他不仅将自己的一个姐姐嫁给了赵信，而且封其为自次王，继续担任匈奴的相国。赵信降汉那几年，被封为翕侯，曾数次随军出征，对汉军之军力与战法印象深刻，回到匈奴后，即建议仿效汉军战法，修建囤积粮秣军资的城池，放弃长途奔袭的战术，改用诱使汉军深入大漠，日久粮草辎重不继，待其饥疲，围而歼之。几次下来，汉军有生力量会损失惨重，终将一蹶不振。

　　得知汉军出塞，伊稚斜即屯兵窴颜山，已近一月，而汉军迟迟不至，令人焦躁。匈奴作战之长技在机动自如，来去如风，像这样株守一地长时间等待，无所事事，全军上下啧有烦言，伊稚斜也担心长此下去，大军锐气消磨，开始怀疑赵信的战法是否可行。所以一当发现了汉军的斥候，他即下令大军开拔，循踪追赶而来，他就像只饥饿的鹰，终于发现了猎物，恨不能一击中的。

　　窴颜山绵亘千余里，南麓陡峭，是通往漠北的坚固屏障，人马只能穿越山口后，循安侯河谷行进，方能抵达漠北。赵信临行前一再谆嘱他要善用地形，倚山布阵，易守难攻，汉军千里行军，不可能久留，一旦粮秣不继，必然会退兵，此时包抄追打，可期必胜。但一心求战的他早已将此丢诸脑后。倚山自守岂非示弱，让汉军看轻了自己，这在他是绝不能忍受的。在一个完全陌生环境下作战，汉军能有几多胜算呢！汉军要么不敢来，要敢来，必让其有来无回。在自己的地盘上作战，他有绝对的自信。

一个时辰后，前往追踪汉军斥候的探哨来报，汉军正在前方约十里处排兵布阵。伊稚斜策马登上了一座缓坡，远远望去，汉军旗幡林立，军容甚盛。大批士卒蜂屯蚁聚，正在将一辆辆战车从马匹上卸下来，围成营垒，显然，汉军也已得知匈奴大军即将到来，正在搭建车阵，打算以此抵御匈奴骑兵的攻击。汉军的营垒方数里，跨越了一道小河，中军大帐也设在一座缓坡上，这将保证主帅能够居高临下，了解远近战场的态势，即便被围，也不至于被切断水源，显然，敌人有位富于经验的主帅。

"汉军的主帅是谁？"伊稚斜扬起手中的马鞭，指着汉军大帐前竖立着的大纛，问道。

"据哨探报告，帅旗上绣有'卫'字，应该是汉军的大将军卫青。"答话的是前锋、右骨都侯朐黎湖。他年近三十，体魄强健，面目精悍，是伊稚斜的爱将。

"依你看，汉军有多少人？"

朐黎湖扯紧马缰，勒住跃跃欲试的坐骑："二三万吧。大单于，趁其立足未稳，我们杀过去吧。"

伊稚斜有些后悔，不该分兵给左贤王乌维，致使自己的骑兵在临敌时没有足够的优势，但箭在弦上，不得不发，事已至此，已由不得他踌躇不决。

卫青是敌方的大将，匈奴这些年在他手中吃亏不小，若能活捉或杀掉他，必会重挫汉军的士气。时近隅中①，阳光暖暖地照在他的脸上，天空一碧如洗，伊稚斜深深地吸了口气，指点着汉军的营垒道：

"你们看对面小坡上的中军大帐，里面就是汉军的主将卫青，捉住他，汉军就会土崩瓦解。汉军布置车阵，意在阻挡我军冲踏其营垒。朐黎湖，怎

---

① 隅中，将近中午。

么破他的这个阵？"

胸黎湖道："当然是火攻。"

伊稚斜颔首道："对，火攻。胸黎湖，你马上传我的命令，要各部骑士将箭头蘸上松油。"匈奴军中有专人熬制松油，以备夜行火把之用。

过了片刻，胸黎湖返回，将一支蘸满松油的长箭交给了他。伊稚斜将箭平举，侍卫将一小团火绒粘到箭头上，另一名侍卫取出一枚火石，凑近箭头，用火镰轻轻一划，随着一缕青烟，火苗冒起，随即整个箭头熊熊火起，空气中弥漫着浓浓的松香味道。

伊稚斜满意地笑了笑，挥着火箭，指着汉军营垒，大叫道："天地所生的匈奴健儿们，猎物在前，你们各逞其能的机会来了，振起你们雄鹰般的翅膀，扑击他们，抓住他们，杀死他们！有能活捉卫青或取其首级者，我以腾格里起誓，赏牛羊千头，赐封王爵！"

欢呼声应声而起，伊稚斜举起右臂，用力向下挥去。胸黎湖一声呼哨，策马跃下山坡，数千胡骑紧随其后，呼啸着直奔汉军营垒而去。

卫青循声望去，看着对面坡上黑压压一片蜂拥下山的胡骑，忽然想到了什么。不能让胡骑逼近营垒，不然，胡骑一旦火攻，会带来灾难性的后果，营垒一旦陷入火海，军心将不战自乱。他命令中军司马立即传达他的将令，在武刚车上架起绞车连弩，备足弩箭，这种连弩力道足，足以将进攻的胡骑压制在千步之外。匈奴最强的战弓射程亦近千步，但武刚车上的强弩射程更远，当可有效阻止胡骑靠近放箭。

之后，他走回大帐，传令公孙敖来见，并吩咐中军即刻埋锅造饭，以备将士轮换进食。

"末将参见大将军。"公孙敖很快赶来，单膝跪地，揖手拜见。元狩二年，他以骑将军出兵北地，策应骠骑将军经略河西，因未能按期会师，导致霍去病孤军作战，依律死罪，侯爵被夺，赎为庶人。后来靠堂兄公孙贺的关系，再度从军，在卫青军中担任校尉。

卫青挥了挥手，待左右幕僚及侍从均退出大帐后，他走上前去，微笑着扶起公孙敖。

“子劬，此番天佑我军，遇到了伊稚斜，咱们的机会来了。”

“哦，真的是伊稚斜？卑职还以为单于在东路呢。”

“之前捉到的胡探消息不确，这次的斥候是韩毋辟所率，他亲眼见到了伊稚斜的狼头大纛。”

“遭遇单于的大军，这仗怎么打，请大将军示下。”公孙敖目光闪烁，很小心地问道。

“避其锋锐，击其惰归。就我所知，单于所部当有八万骑，于我军有二对一的优势，不过匈奴作战难于持久，我军只要顶住胡骑最初的冲击，适时出击，当有胜算。”

“敢问大将军，末将当作何用？”

“吾受汝堂兄太仆大人所托，会给你一个赎过立功的机会，你可能不负吾望？”卫青的脸色凝重起来，目不转睛地盯着公孙敖，足足有一刻之久。

公孙敖心头撞鹿，屏气凝息了好一会儿，伏地顿首道：“谢大将军看顾，卑职愿为前驱，这一条命就交给大将军了！”

卫青再次扶起公孙敖，蔼然道：“你我乃老友，私下不必拘束。我支走李广，为的就是要你能立此大功。”

“甚大功？大将军所指为何？”

卫青道：“此番出征漠北，今上最想要的就是伊稚斜，我们运气好，遭遇了伊稚斜，我要你做的，就是抓到伊稚斜，无论死活！”

捉住或杀死单于，都将是首功，公孙敖一振，揖手道：“末将领命，该怎么做，请大将军示下。”

“我已安排精骑五千，交你统带。你将他们带到后面，养精蓄锐，用饭待命，等吾之号令。”

“诺。末将定不负大将军所托。”

公孙敖走后，卫青又召见了强弩将军李沮、将军李息与校尉李朔、豆如意、韩毋辟等一干将领，各授机宜，之后走出大帐，观望阵前的形势。胡骑已进至阵前一里左右，角声凄厉，蹄声隆隆，大地仿佛在脚下颤动。胡骑并未一直前冲，而是慢下来，张弓搭箭，缓缓前行。

"不好！大将军，胡人要火攻我军。"站在卫青身后的军司马惊呼道。果然，胡骑正在拉开间距，点燃箭镞，骑阵上空烟火弥漫。

卫青不为所动，传令武刚车上的士卒持满待发，自己拿过军司马手中的令旗，密切注视着胡骑的举动，目测胡骑已进至强弩射程内，他挥动令旗，大喊道："发！"

千矢齐发，如蝗般的箭雨漫天而下，胡骑应声倒掉了一片，失去三人驾驭的马匹惊慌乱窜，致使匈奴的军阵扰乱。朐黎湖调转马头，退出百步开外，重新整理队列，下令对汉营齐射，一支支火箭呼啸而来，很是骇人。但箭雨只能够到汉军营垒的外沿，少数武刚车中箭燃烧，随即就被士卒们扑灭。

站在坡上观战的伊稚斜，见火攻未能奏效，命左大将贺兰英传令左右谷蠡王各率所部，自两翼包抄汉军营垒，使敌备多力分，暴露出自身的软肋，之后乘隙蹈瑕，一举破之。左谷蠡王伊稚訾是伊稚斜的弟弟，伊稚斜夺位自立为单于后，以他接手自己的王位，右谷蠡王则是其亲信庞勒，在争夺单于大位时，两王都是他有力的支持者，最得其信任，所统带的也都是匈奴中战力最强的精骑。

鼓角声震天而起，匈奴的第二波攻势如潮，但见两大股胡骑犹如黑棕色的浊流，自汉军营垒两翼蔓衍而来，蹄声、鸣镝与胡骑的呼号声笼罩在整个营垒上空，摄人心魄，即便是这支久经战阵的汉军，亦不能不为之股栗。卫青明白关键的时刻到了，他骑上马，巡行于大营前后，高声督促、鼓励将士们沉着应战。汉军之防卫以武刚车为依托，前排士卒手执大盾，抵挡匈奴人的箭雨，为后排作掩护；后排士卒手执丈八长戟，胡骑一旦冲阵，则盾牌手退后，长戟手上前，如林般的长戟使得匈奴骑兵难以靠前冲阵，即使有少数胡骑突破一隅，杀入阵中，也会被第三排的短刀手连人带马斫倒。第四排则是持满待发的蹶张射手，在胡骑尚未接近营垒前，千矢齐射，是远距离杀伤胡骑之利器。

卫青的武刚车阵与这四层防卫颇为有效，竟使匈奴骑兵无从施其长技，几番冲击，都难以突破汉军的营垒，阵前陈尸百千，狼藉一片。攻至晡时 ①，胡骑方得以真正接近汉军的营垒，如蝗般的火箭铺天盖地而来，外围之武刚车乃至一部分军帐中箭起火，见到火攻得手，胡骑并不即刻进攻，而是一波接一波地施放火箭，希望汉军自乱阵脚后再一举收功。

卫青见状，下令解开连接武刚车阵的铁链，推开一条通路，李朔、豆如意等按之前的授命，各率五千骑直冲敌阵，与之短兵相接。一时间刀剑铿锵，杀声震天。卫青策马回至坡上，观看两军态势。匈奴的攻势已持续了两个时辰，人困马乏，而汉军据垒坚守，士卒可以轮番进食，正当士马饱腾之际，一进一退，士气之盛衰极为明显，胡骑数量虽多，仍难挽颓势，在汉军逼迫下节节后退。随着胡角频吹，包抄汉军侧翼的胡骑开始回返，显然是试图包围出击的汉军。不一会儿，胡骑即以数倍于我的军力实施了反包围，双方在人马密集的战阵中缠斗，战事胶着下来。

卫青抬头望了望天空，日已西斜，很快就会落山，今日的防御战可说是成功的，营垒无恙，粮秣足用，伤亡虽重，他手里还有近两万精兵，仍可与匈奴相持数日。而以他对匈奴作战方式的了解，利则战，不利则退，数日拿不下对手，匈奴人多半会脱离战场，此时反击，敌人难以实施有组织的抵抗，往往作鸟兽散，而胜利也就可期了。他下令守垒士卒持满待射，控制住入营的通路，准备鸣金收兵，忽然感觉到耳后吹过来一阵轻风，他回转身，但见身后戈壁的地平线上，一抹浓淡不一、黑褐色的尘雾正在冉冉升起，随风弥漫，很快将半个天际染成了黄褐色，风力愈来愈强，夹裹着尘沙的土腥味扑面而来，简直就是十几日前那场沙暴初起时的情景再现，也就是说，不用半个时辰，可怖沙暴就会降临。

好在是在上风头，一念至此，卫青灵明一动，决计就沙暴之势发起进攻。匈奴人当然清楚沙暴的威力，刻下与汉军缠斗在一起，难于脱身。机会千载难逢，稍纵即逝，他策马奔至后营，亲自下令待命的公孙敖即刻率部出击，韩毋辟策应，一左一右，自两翼绕过战阵，趁视觉尚可，直插单于大帐。

---

① 晡时，汉代计时单位，约午后三时前后。

骑兵出营后，卫青回到中军大帐，下令击鼓，号令全军进攻。一时间鼓声隆隆，喊杀声震天，而天色则愈来愈暗，狂风呼啸，碎砾沙尘伴随而来，两军胶着的战场上一片混沌，数武之内，人马难辨，而胡骑身处下风，风沙迷眼，势尤不利，但并无撤军号角，只能缓缓退却，殊死格斗。

伊稚斜早已看到漫天席卷而来的沙暴，己方处于下风头，作战十分不利，而两军缠斗之际，先退的一方，军心势必崩溃。他忧心如焚，但又不肯下令吹角退兵，于是在毡帐前来回踱步，双手握拳，仰面大呼："腾格里①，腾格里！"

"大单于，看！"左大将贺兰英指着坡下，伊稚斜顺其所指看去，昏黄暮色中，但见汉军大股骑兵，正绕过战场，一左一右直奔匈奴大营所在的山坡而来，目的显而易见，包围、擒杀单于。匈奴大军与汉军厮杀在一处，几乎没人注意到外围的情势，大营中只有侍卫二千余人，一旦被合围，坚持不了许久。

伊稚斜默默地看着愈来愈近的汉军，心中五味杂陈，在漠北自己的地盘上，难道要败给汉军？！为什么？为什么！我什么地方得罪了老天，竟以沙暴待我！他想起临行前赵信的嘱咐，开始后悔没有善为利用地势，而是跑到戈壁滩上与汉军对决，原本可期的胜利，却瞬间为一场顶头风所逆转。

一声嘶鸣打破了大帐前的沉闷，伊稚斜回首望去，只见他的亲从侍卫奥勒纮正把他的坐骑黑乌牵过来。黑乌是头公赢（骡），是雄驹骒②与雌驮骎③交配而生，比起一般公马来，它体型更高大，不仅脚程快，而且异常坚忍耐劳，一昼夜可行数百里而不停歇。黑乌也感受到了浓浓的杀气，不时喷鼻踏蹄，焦躁不安。

眼见汉军愈益逼近，再有一刻就会杀到大营，贺兰英心急如焚，单膝跪禀道："大单于，天时于我不利，走为上，我们还是撤吧！"

"撤？伊稚訾、庞勒、胸黎湖他们咋办？！"

"大王们所率全是身经百战的骑士，山川道路均极熟识，听到退兵的号角，

---

① 腾格里，匈奴语：天。

② 驹骒，音陶图，匈奴语，良马。

③ 驮骎，音决提，匈奴语，公马和母驴所生的杂种力畜。

都不难脱身。汉军就要到了，大单于莫再迟疑，请速下令撤军！"

伊稚斜长叹一声，抬眼望着昏暗的天空，强忍着没让泪水流出眼眶，挥挥手道："天不佑我，奈何！贺兰英，传令退兵吧。"

"大单于请换便装，走西北。我引汉军走东北。"贺兰英服侍着伊稚斜，将一件骑士的外套披上，自己则披上了单于的大氅。

"一会儿汉军攻上来，我领大队引开他们，奥勒纮，你带三百骑，护卫大单于自西北溃围。"

公孙敖听到胡角吹起，知道匈奴人要溜，双腿猛夹马肚，一马当先地冲上了高坡。但见单于大帐熊熊火起，约千余名胡骑正拥着狼头大氅向东北方疾驰。不好，伊稚斜要跑。正待率部穷追，不料斜刺里又冲出一股胡骑，直奔汉军而来，短兵相接之际，公孙敖眼看着大股胡骑护着一头戴狼皮帽、身着大氅的人渐行渐远，不由得大叫道："弟兄们不要纠缠！相跟上我，活捉伊稚斜！"汉军闻命，纷纷调转马头，一窝蜂地追了过去。

此时沙暴已经减弱，天近黄昏，听到撤军号角声的胡骑开始纷纷逃窜，仍在缠斗中的胡骑左冲右突，难以脱身，鼓角声中，渐渐被汉军分割包围，在做最后的抵抗。

卫青策马登上高坡，下令侍从点起火把，单于的毡帐已经烧成一片狼藉，余烬仍在冒烟，弥漫着一股毛皮焦煳的味道。

"有公孙将军的消息吗？"卫青跳下马，望着山下的战场，战斗已近尾声，汉军正在打扫战场。

成安道："有人看见他们往东北方向去了，说是去抓单于。"

是呀，抓单于，但愿公孙敖能够不负委任。卫青面色凝重，围着那堆余烬来回踱步。

临近夜半，公孙敖才回到营地，和他一起回来的，还有左路的韩毋辟。

卫青迎出大帐，望着一脸疲惫的公孙敖："怎么样？抓到伊稚斜了？"

公孙敖摇了摇头，面有惭色，将单于的狼头氅与皮大氅扔到地上，指了指韩毋辟押解着的一个人道："让丑虏给骗了，就是这家伙！"

卫青挥了挥手，侍卫们举着火把上前，他就着火光仔细端详着那个俘虏，胡虏四十出头，面目精悍，毫无怯意，嘴角隐含着一丝笑意。

"你是什么人，怎敢冒充单于？"

"末将贺兰英，匈奴左大将。"俘虏直视着卫青，全无惧色。

"你一定知道单于去了哪里，对吧？"

"知道。"

"你告诉我，单于去了哪里，我恕你不死。"

贺兰英扬起头，冷笑道："沙暴一起，大单于就走了，此刻已在数百里外，你们追不到的。"

卫青的内心极为失望，可面色如常，淡淡一笑道："堂堂单于，遇见点儿沙尘，就抛下部下逃命？这不像伊稚斜的为人哪。"

"一点儿沙尘？若无这点儿沙尘，你们早就成了我强胡的刀下之鬼，若非天助，你们一点儿胜算也不会有。"

卫青面色蔼然，笑道："说得好。你的嘴再硬，单于还不是落荒而逃，你还不是我军的阶下囚？"言罢挥挥手，士卒将其押出帐外。

伊稚斜跑掉了，而据军正陈楷的统计，此役汉军死伤亦重，若非那场不期而至的沙暴，或真如这个贺兰英所言。这样一场惨胜，如何向皇帝交代？卫青强忍着内心的焦虑，吩咐公孙敖等下去进食休息，只留下了韩毋辟。

"韩将军，你可熟悉这寘颜山？"卫青取出一张手绘的地图，铺展到案上。

韩毋辟点点头："我在匈奴的那些年，随着放牧的胡人走过几次。"

"安侯河谷走过吗？"

"走过。"

"那就好，我还要偏劳韩将军做一回前锋，溯安侯河而下，直取赵信城。我想那伊稚斜一定会逃到那里与赵信会合。我们连夜尾追，趁其喘息未定，或许还能打他个措手不及。"

韩毋辟面露难色，嗫嚅道："那公孙将军呢，他说大将军把抓获伊稚斜……"

卫青摇摇头道："他试过了，不行。你马上安排你的人用饭，饭后即刻动身，大军会随后开拔，力争天明前赶到赵信城。"

八十九

　　在卫青与伊稚斜接战时，霍去病所部早已深入大漠二千余里，一路连战连捷，所向披靡。霍去病之所以兵行神速，在于他采用了与卫青全然不同的进军方式。他原本也有边塞提供的粮秣军资，与卫青大军同等丰厚，但在得知东路水草丰茂，匈奴牧放种落①甚多后，遂当机立断，抛开辎重，轻装挺进。马匹无须自带草料，而大军则可因粮于敌，他专派了数队骑士，专职房获匈奴人的畜群，每日四出打掠。大军则追随其后，匈奴人一旦来袭，往往成为早有准备的汉军的猎物，一路杀伤房获甚重。战俘，交给后路策应的右北平太守路博德所部押解回边塞；牲畜，则就地宰杀以飨将士。直到行至狼居胥山②下，方遇到匈奴左贤王乌维（右贤王为朐黎湖，乌维之弟，右谷蠡王为詹师庐，乌维之子）的大军。

　　霍去病所部均由北军八校所辖之精骑组成，老成宿将多在卫青一路，却正好使霍去病得以放手用人，北军八校之校尉均被用作独当一面的大将，如李敢、徐自为、高不识及内附的匈奴属国将领仆多、复陆支、伊即軒、安稽等，个个年轻气盛，不甘人后。此番遭遇匈奴大军，虽人马不及对手一半，但论两军气势，汉军士马饱腾，士气极旺，人人求战，摩拳擦掌，立功心切。

---

　　①落，为北方游牧民族如匈奴、鲜卑、突厥等人口统计之基本单位，匈奴一落约为二三穹庐，二十人左右（从日本学者内田吟风之说）。

　　②狼居胥山，即今蒙古国之肯特山，在蒙古国东北部，蒙语称不儿罕山。

霍去病用兵亦不循常法。刘彻曾寄望他深造以孙、吴兵法，他却不以为然，对称："兵无常势，水无常形，贵在因敌顺势，方略得当而已。孙、吴不曾当匈奴，能指授吾骑兵方略乎？！"刘彻大窘，却也无话可说，但皇帝欣赏的就是青年人张扬无忌的个性，所以心里虽然不快，却也并未加罪于他。

匈奴阵中胡角连声，人马穿梭往来，霍去病知道胡骑正在排兵布阵，敌方立足未稳，正是出其不意发起攻击的好时机。时机转瞬即逝，他没时间召集诸将会议，即令身边侍从分别传令诸将，各率所部随中军大旗指向，对匈奴阵地发起冲击，有进无退，后期畏懦者杀无赦。之后，他挥动长殳，大吼一声，一马当先奔向敌阵，掌旗校尉高举帅旗紧随其后，汉军士气大振，个个争先，喊杀声、马蹄奔踏声伴随隆隆的军鼓，合成一股令人血脉贲张的张力，弥漫了整个草原。

面对以排山倒海之势碾压而来的汉军，匈奴未战先怯，阵脚自乱。乌维起初仗着人多，亦派出两大支胡骑左右迂回，试图包抄汉军，而汉军两翼因敌而动，转而抄击其后，反而将机动的胡骑裹入阵中，陷入合围，很快短兵相接，形成了混战。这种局面下，匈奴之长技——弓箭难于施展，而汉军之近身格斗大行其道，在优势敌军面前，非但不落下风，反而大有斩获。

霍去病与各军主将，均深得擒贼擒王的三昧，军旗所指、兵锋所向皆单于、名王、头领之所在。最先落败被俘的是带领单于援军的章渠，汉军逼近时，章渠大惧，率先退涉弓卢水①，在乱军中被挤落马下而被俘。其后匈奴之相国、当户、都尉等数十人亦相继被擒。匈奴各部，均由其种落头人统领，蛇无头不行，一旦失去了指挥，匈奴军心摇动，各自为战，很快陷入混乱，被汉军分割成几块，虽殊死抵抗，但已难于进行有效的反击了。乌维见状，再也沉不住气，下令吹角退兵，随着凄长的号角声，胡骑纷纷调转马头，紧随右贤王的帅纛，自狼居胥山一处山口，突驰而去，而正在缠斗或被围困不得脱身的胡骑，或战死，或被俘，无待天黑，战事已经结束。各军军正上报伤亡与战果，汉军战损逾万，

---

① 弓卢水，即今之蒙古国克鲁伦河，发源于狼居胥山，历史上名称甚多，如臚朐河、饮马河、怯禄连河等。

而匈奴，则被斩杀虏获多达七万余级，是对匈奴开战以来前所未有的大胜。

鸣金收兵后，霍去病先命安置伤员，再命战俘掘坑掩埋尸首，又派出游骑，严施斥候，循左贤王遁去之山口追寻敌踪，并下令烹牛宰羊，祭奠阵亡将士，而后大飨全军，庆贺胜利。望着一堆堆篝火旁血染征尘、欢笑饮宴的将士们，他决定暂不休兵，而是要趁此士气高昂之际，跨越狼居胥，直插传闻中的匈奴北境——瀚海。

休整一日后，放出去的斥候回报，左贤王残部退往西北方向，早已跑得不见踪影。于是霍去病下令军分三路，相互策应，自不同山口越过狼居胥山，于北麓的姑衍山会合。行进中，他策马登临狼居胥峰顶，俯瞰山下，一望无垠的草原，在阳光下泛着青色的光芒，河流如带，蜿蜒北去，拂面的微风，送来草原上花草的馨香。霍去病顿觉心胸如洗，他跳下马，坐到一块岩石上，默默享受这难得的恬静时光。良久，他似乎想到了什么，跳起身，吩咐侍从的亲军到林中搜寻干柴，集中到峰顶一块突兀而出的大青石下。

此番远征虽未能对战单于，但重创了左贤王，肯定也大伤了匈奴之元气，如此大胜，乃天佑大汉，天佑吾皇，不勒石纪功，不足以阐扬大汉天威。但这碑铭又由何人执笔呢？他拍了拍自己的脑袋，懊悔自己一向轻视儒生，军中除了刀笔吏，竟至无人可用。也罢，权以祭天拜地，以纾宏愿。

汉军很快在大青石下垒起一座周回数丈的圆形祭坛，又将收集到的干柴堆积于上，高亦数丈。"将军这是做甚？是……是想要封禅吗？"长史姚少琪忍了好久，然职责所在，不得不问。

"对，是要拜祭天地，你说是封禅也无不可。"霍去病看了一眼姚少琪，吩咐侍从道，"传令下去，要前行的将士在姑衍山照样垒一座祭坛备用。"

"封禅乃天子所行的祀典，将军未得今上的授权，擅行此典，会被人说成是僭越的，望将军三思！"闻言，姚少琪大惊失色，谏言不觉脱口而出。

霍去病冷冷地看着姚少琪，此人乃卫青推荐与他，不承想如此多事。"你怎知道我未得皇帝授权？吾行前面君，今上给了大将军与我塞外作战的全权，尽可便宜行事。我于此祭天，就是代皇帝行事。"

"将军所言，是作战的指挥权；而封禅，乃帝王盛典，不一样的。以陪臣而行此典，有僭越之嫌。麾下职责所在，不得不提醒将军。"不想姚少琪竟是个强项之人，与卫青帐下的成安类似，死抠法理律条，很难通融。

霍去病心知姚少琪是对的，但他颐指气使惯了，岂肯在这么多下属面前退缩。他扬眉睨视着姚少琪，用手中的马鞭指了指脚下，道："你知道这是座甚山？"

姚少琪也冷静下来，敛容道："狼居胥山。"

"错，它可不是座寻常山脉，而是匈奴的圣山！"霍去病用力挥了挥马鞭，打出一声脆响，环视着周围的将士道：

"这山是匈奴人的圣山，吾等于此燔柴祭天，正是扬我大汉天威，令丑虏胆寒心碎之壮举，有何不可！皇帝在与不在，都会赞同这样做，何僭越之有！"

他瞪了一眼姚少琪，警告他莫再开口，又扫视众军士道："我军一路顺风顺水，得此大胜，岂非天助？天佑吾大汉，天佑吾圣君，当然要祭拜天地，以表诚意。你们说是不是？"

"是。天佑大汉，天佑吾皇！"四周军士齐声欢呼，呼声萦回于山谷，仿佛群山作出的呼应。霍去病满意地笑了。他下令以太牢①致祭，吩咐手下屠牛宰羊，没有猪，即以狗替代，一番屠剥割烹之后，祭牲备齐，涂抹味料后，置于祭坛旁的烤架上炙烤。看看天色不早，霍去病双手高举祭祀用酒大声祝祷后，以酒酹地，随后从侍卫手中取过一支火把，用力抛向祭坛，随从军士也纷纷抛出手中的火把，一股浓烟欻然升起，旋即数十条火舌噼啪作响，腾空而起，远在百十里之外，都可以看到狼居胥山上泛起的那条粗灰的烟柱。

翌日，霍去病又在狼居胥北麓的姑衍举行了祭地仪式。之后三军会合，向瀚海行进，沿途扫荡，又抓获了驻牧在这一带的三个匈奴王。时当盛夏，水草丰茂，沿途散居放牧的匈奴种落，畜群甚多，汉军粮秣无忧，也没有遇到过值得一提的抵抗。四五日后，大军终于抵达了瀚海之滨。依照过去与匈奴作战的经验，胡人对深入其境内的汉军，总会发起一轮又一轮的突袭包抄，但自漠北一战，竟难见匈奴大军的踪影，霍去病由此判定，卫青在西路也打了胜仗，胡虏已无余力再取攻势，于是好整以暇，于北海之滨休整三日，烹

---

①太牢，古代天子祭祀所用牺牲，为牛、羊、猪三样；诸侯祭祀所用牺牲称少牢，为羊、猪二样。

宰牛羊，饱飨全军后，振旅还师。

霍去病封狼居胥之时，卫青也率大军，一路追杀溃败的胡骑，兵临赵信城下。赵信城实为以巨木方楞构造而成的一座木城，外周夯筑有四道高达六尺的土墙，辅以四尺深的土沟，作为防御工事，而城内粮秣辎重山积。木城不耐火攻，而败兵溃卒如惊弓之鸟，不堪守御。城内胡人得知单于大败、下落不明的消息，皆惶惶无斗志，见到汉军追来，一哄而散。赵信未曾想到伊稚斜败得如此快，如此惨，而汉军又几乎是追尾而来，猝不及防，甚至连毁掉辎重的时间都没有，他只来得及带上数十亲随，弃城而去，卫青赶到时，进入的是一座空城。

卫青点算过战果，斩虏匈奴一万九千余级，汉军虽胜，伤亡亦不轻，损失逾万。杀伤过当，差强人意，而抓获单于的希望则彻底破灭，被虏获的匈奴人皆不知伊稚斜的去向。这件事极大地困扰着他，后悔不该把捕捉单于的差事交给公孙敖，可事已至此，责罚谁已无济于事，还是得自己扛下来。卫青屏退属下，于大帐中踱步，细思回去如何向皇帝交代。皇帝说李广数奇，示意不让他前敌作战，自己行君上所想，找不出什么毛病，错在自己在选将上，一念之私，派用了公孙敖，这件事他无从推卸。皇帝若由此生了成见，则圣眷堪忧，本已后来居上的霍去病或将替代他，成为皇帝与朝廷最为倚重的柱石之臣。

必须得找个由头卸责，转移因抓不到伊稚斜，皇帝很可能发泄到自己身上的怒气。他仿佛看到皇帝那不快与冷峻的脸色，不由得心里一阵阵发紧。良久，他握拳狠捶了一下臂膀，紧绷着的脸一下子松弛开来。现成的原因自己竟忘在了脑后！李广、赵食其的失期正可以用来卸责。如果军力充足，将匈奴人牢牢围住，伊稚斜又何能成为漏网之鱼？！对，就从战阵兵力单薄上做文章，或可将皇帝的问责消弭于无形。

一念至此，他有了主意。

伊稚斜渺无音讯，无从捕捉，而自己后援不继，孤军深入，随时有可能遭到匈奴人的反噬，所以尽管粮秣足够，卫青仍不敢久事停留。于是下令打开城中仓廪，饱飨三军后，将带不走的食粮连同赵信城一把火烧了个干净。之后下令班师，并允准了韩毋辟先行，寻找失去联系的那支偏师，若这支军队出了什么差池，作为全军统帅的他，也是要承担责任的。

三日后，正在漠南草滩上徘徊不进的李广与赵食其，终于与大军会合了。原来，上一场沙暴后，两军失联，李、赵也曾进入戈壁，但由于没有熟悉漠北的向导，两次行军数百里后，却发现又绕回了原地，人困马乏，水草难觅，粮秣不继，他们不得不退回到漠南休整，这一耽搁，就是十几日。

参拜过主帅后，李广、赵食其返营。卫青吩咐长史成安，调拨一些虏获的粮秣和酒食先行赴偏师劳军，同时将二军失期的原因查明，呈报给他。这本是军正的责任，他之所以要成安去办，是知道成安与李广有夙怨，由他去办，必会一丝不苟，从严苛察，从而为自己的卸责找到使人信服的根据。

他清楚记得元朔六年那次出征。前将军赵信与右将军苏建合军一路，共为前锋，遭遇伊稚斜的大军，赵信是胡人的卧底，阵前投敌，致使苏建大寡势单，被匈奴围攻一昼夜，全军覆没，而苏建只身突围来归。苏建有丧师之罪，卫青问幕僚们如何处置，议郎周霸称，苏建之败，沮丧士气，大将军当于军前处斩之，以申军纪，以立大将军之威。而军正吕闳、长史成安均以为不可，说赵信临阵反戈，苏建当敌数万，不仅没有逃跑，士卒皆无异心，反能力战一日，伤亡殆尽后突围回来，足以激劝各军，不当斩。但汉律贩军之将必为死罪，虽可赎死为庶人，但这样处置，颜面无存，未免令浴血苦战的将士们寒心。

卫青左右为难，沉吟之际，忽然想到苏建出征前职任卫尉，位在九卿，是朝廷的大臣，顿时有了主意，于是叹息道："青幸以肺腑得侍今上，何患无威？周霸劝我杀大将立威，甚失为臣之意。苏建位居九卿，乃朝廷的大臣，其功过奖罚，要由朝廷来定。我虽有生杀大权，但皇帝给我的这份尊宠无非为使诸军号令如一，而生杀予夺的大权属于天子，绝非允吾等专擅，苏建之功罪，还是交给皇帝自己裁决，如此可以风示为人臣不可专擅的道理，这样不好吗？"

卫青所言入情入理，众幕僚自然齐声赞好。果然不出所料，刘彻对其忠顺谨慎大为满意，苏建亦被允准赎死，对他感怀不尽。李广职任郎中令，也位在九卿，出征失期，贻误军机也是死罪，卫青打算效法前事，将失期原因查明，然后上交朝廷，李广的罪如何办，由皇帝决定。如此，他借皇命徇私而放跑了伊稚斜一事，也会由此消弭于无形。

　　但他万万没有想到的是，两天之后，回到大帐的成安，报告给他一个不啻为惊雷般的消息：李广非但不肯担责，反因负气而伏剑身亡了。

九十

李广自杀的消息，传到长安，掀起了一阵不大不小的波澜。百姓知与不知，说到李将军殁了，无论老少，皆为之垂泣。北军八校将吏，多为李广一手培训造就，亦皆为之叹息不平。

李广家住尚冠里，是个三世同堂的大家庭。其遗体到家后，已由家人大殓入棺，安放于正堂，供亲朋好友吊唁。

司马迁吊唁后，随着李家的仆人来到旁厅。吊客们都在这里用饭。进得门来，司马迁第一眼看到的就是坐于食案前的两个壮汉，一个八尺昂藏，长头大鼻，另一个眉目精悍，面色黧黑，显然是大漠骄阳风沙所致。

"那两位是？"司马迁问道。

仆人抬眼看了看，轻声道："韩家兄弟。左边那位是李将军麾下的护旗校尉。大人请坐，我这就催庖厨上酒食。"

李广妻室早死，以侍妾为继室，主持中馈。三个儿子，当户、椒、敢，李敢以校尉从骠骑将军出征未归，当户与李椒均战死于沙场，李广、李敢父子出征后，所余皆女眷与孩童，丧礼由李广堂弟，丞相李蔡出面，方才得以举办。韩孺、韩毋辟兄弟连日在李府协助治丧，疲累不堪，趁吊客较少时退下来进食休息。

司马迁精神一振，很恭敬地前行一步，揖手道："敢问足下可是李广将军麾下的韩将军吗？"久经沙场的名将何以会自杀？司马迁既惋惜，又好奇，得知李广军中将领在此，难得有此机会，他决定留下来，了解整件事情的始末。

正在用餐的韩氏兄弟抬起头，目光齐齐落在司马迁身上。

"在下韩毋辟，敢问公子是？"

"敝人司马迁，在禁中任郎官，李广将军是我们的长官①。"

韩毋辟眼睛一亮，起身揖手道："噢，是司马太史的哲嗣吧？真是闻名不如见面！来，来，公子请过来一起坐。"

彼此见礼后，重新落座。韩毋辟指着韩孺道："这是在下的堂兄，韩孺韩千秋。"

韩孺望着司马迁，揖揖手，笑道："公子真的是一表人才。太史公还好吧？"

"承问，多谢了。家大人近来身体欠佳，故派我代他来此吊唁。"

司马谈官职不高，可道德文章朝野皆知，颇为世人所敬重。

"家大人与李将军同朝为官，对将军十分仰慕，常说李将军铁骨铮铮，为国干城。闻此噩耗，痛惜不置。在下也十分不解，李将军何以出此下策？"

韩毋辟望着司马迁，欲言又止。韩孺却忍不住，拍案叹息道："为何？人活一口气呗！"

韩孺话中有话，内中必有隐情。一名仆役进来，为司马迁奉上酒食，仆役走后，舍内仅剩他们三人。司马迁看定韩毋辟，很恳切地说道：

"家大人说李将军虽木讷少言，若没有大委屈，决不可能自杀。史册昭昭，岂容烈士蒙冤？韩将军跟从老将军十数年，想必深知内情，也一定不忍老将军死得不明不白，在下恳请将军道出真相，还老将军一个清白。"

"令尊是太史，我若说出真相，令尊可能秉笔直书？"韩毋辟目光灼灼，直视着司马迁，语气很沉重。

"当然，家大人虽不比董狐②，可实事求是是一定的。"

"那好，我告诉你，李将军之死，死于大将军徇私。"

---

①李广时任郎中令，统辖宫内郎官，掌守宫禁门户，为汉代九卿之一，后为武帝改名为光禄卿。

②董狐，春秋时晋国太史，晋灵公横征暴敛，大臣赵盾屡谏不听，反欲杀之，赵盾出走至边境时，得知灵公被其族弟赵穿杀死，遂返朝执政。董狐对此记以"赵盾弑其君"。赵氏屡屡质疑施压，董狐坚持"君臣大义"之书法，认为赵盾不惩罚弑君者，即须承担弑君之罪名。孔子称其为"书法不隐"之良史。

司马迁一惊："大将军？你说的是卫青！"

"对。"

"大将军如何徇私？"

"皇帝于朝堂上拜李广为前将军，公子知道吧？"

"知道，那天我轮值，侍从今上，也在朝堂上。"

"前将军顾名思义，就是前锋，李将军六十几的人，与匈奴打了一辈子，与单于决一胜负，这是他最后的机会，所以他向皇帝力争，也争到了。

"原以为单于在东路，皇上以为骠骑将军所部战力更强，便将骠骑换到东路。大将军与李将军自然争无可争，可大将军出塞之后，抓到一个单于派出的探子，得知伊稚斜正当我军一路，大将军秘而不宣，却让老将军与右将军赵食其合编为偏师，走右路，说是可以相互策应，其实是把他们支开，将接战与擒杀伊稚斜的机会留给了自己，李将军不服，争之不得。非但如此，大将军还强把我调到中军做斥候，致使右路无向导，出塞数日即遇沙暴，结果迷途失路，没能按约定会师作战，依军法，失期是死罪。如此，老将军非但没能与单于决死一战，反而落下这么个窝囊的罪名，心中的愤懑可想而知。"

司马迁仍有疑惑，摇摇头道："失期虽是死罪，可朝廷允赎死，如博望侯。李将军从前也曾赎过，何以这次想不开呢？"

"大将军本想独得擒杀单于的大功，不想反被伊稚斜跑脱，于是想以右翼失期卸责。两军在漠南相遇后，大将军派了个长史，以慰劳之名，买了李将军大营。这长史名成安，是个恶吏，与李将军有过节。"

"哦，甚过节？"

"十五年前，我自匈奴逃回，这个成安是李将军麾下的军正，欲加我以髡钳之刑，李将军代我缓颊，成安坚执不可，最后韩安国将军决断吾赎为庶人，戴罪立功。这个成安悻悻而去，不久后就辞了职，不想又混到了大将军麾下，真个不是冤家不聚头！"

"一个四百石的长史，也敢刁难李将军？"

"大将军节制三军，他有大将军的敕令，自可狐假虎威。本来右军无向导，又遇沙暴迷路，军中人所共知，他却明知故问，询问何以失期，老将军自然不屑回答，他回去不知作何媒孽，大将军动了怒，又派他过来，疾言厉色地呵斥幕府，要他们书面呈报失期缘由。李将军看不过，斥责道：'诸校尉有何错？失期责任在我，我自会与大将军交代！'"

"那成安作何反应？"

"见到老将军发怒，他不敢再逼，悻悻而去，临走时撂下句话，说是会在大将军处等着，失期已是死罪，若再违抗军令，其后果自己掂量。"

"老将军呢？"

"平静如常，我们谁也没觉出有何异常，晡时他还一如平日，巡视了军营，将劳军的酒食分享与将士们，不料回到幕府就出事了。"

三人相与叹息，良久，司马迁问道："老将军去时没留下甚话吗？"

"回到幕府，他与吾等饮宴，逐个敬酒，之后举卮致辞，说自己自结发起与匈奴大小七十余战，此番好不容易有个接战单于的机会，不想被大将军支到右路，又遭沙暴迷路，岂非天哉！吾老矣，终不能复对刀笔之吏！言罢竟引刀自刭，众人猝不及防，待反应过来，将军已血流如注，倒地不起了。"

司马迁连连摇头，叹息道：大将军看上去为人厚重，不想徇私诿过如是！"

韩孺道："可他也未能如愿，伊稚斜还是跑掉了，人算不如天算，这也是报应了。"

正说话间，忽听院中人声嘈杂，脚步杂沓，哭声大作。三人正待起身，但见刚才送餐的仆役推门而入，招呼韩家兄弟道："二位将军，李公子回来了。"

李敢是李广的次子，时任北军校尉，随霍去病出征，回到京师，方闻父亲的凶讯，征衣未换，即疾驰回府，进了大门，对着满院子的吊客们揖揖手，披上粗麻孝衣，扑在父亲柩前大恸失声，左右守灵的男女亲眷亦皆垂泣不止，满室的吊客看得心酸，众人一起劝慰了好一阵子，方将李敢扶至后堂休息。

两人站起，韩孺揖手道别："老将军阖家孤寡，丧祭均须吾人张罗，少陪了。"韩毋辟则握住司马迁的双手，低声嘱咐道："司马公子，代问太史公珍重，毋忘汝所言'史册昭昭，岂容烈士蒙冤'！"

刘彻自然是第一时间得知李广自杀的消息，他既吃惊又愤怒。吃惊的是，一代名将竟如此陨落，斫丧士气；愤怒的是，卫青非但没能捉住伊稚斜，还折损大将，令自己颜面大失。更为郁闷的是，他竟无从发泄，只能自吞苦果，因为卫青之所以支开李广，调走向导，使之没有面对单于的机会，正是出于自己的授意。几天来他一直闷闷不乐，直到霍去病东线大捷的军报传来，他紧锁的眉头才舒展开来。

卫青所部杀虏万九千级，自己阵亡万余，亡失单于，若非攻下赵信城，焚其辎重，几乎就是惨胜。霍去病所部也损失过万，可斩杀胡虏七万余级，擒获名王与大头目八九十人，兵锋深入数千里，直达匈奴北境瀚海，这是开国以来，前所未有的大胜。刘彻大喜过望，下诏益封霍去病五千八百户，属下立功将士皆赐爵封侯，而卫青则未益封，属下将士亦无一人封侯。非但如此，他还加封卫青、霍去病二人同为大司马，秩禄相等，虽然霍去病擅自封祥，有僭越之嫌，而刘彻高兴之余，并未深究，反而于诏书中给以褒扬。这样薄此厚彼，引得朝野议论纷纷，都揣测霍去病将会后来居上，取代卫青。不久后，卫青门下的宾客、幕僚纷纷借故告退，不少人转投骠骑将军府，而大将军府的门庭则渐渐冷落了下来。

"大将军，好闲在，病好些了吗？"

大将军府院中有座鱼池，卫青正坐在池台上，一面观鱼，一面信手撒播着鱼饵，竟是副自得其乐的样子。

循声看去，原来是苏建。苏建杜陵人，以校尉从卫青出征匈奴，因功封为平陵侯，后率军版筑朔方城。之后又数次跟从卫青出征。元朔六年，因翕侯赵信临阵叛变，苏建所部孤军苦战一日，全军覆没，唯苏建只身逃出，赎死为庶人，赋闲家居。作为老部属，听说卫青有病，特来看望。

卫青眼睛一亮，笑道："原来是子煦，稀客呀！同住京师，为甚不常来走走呢？"

"我倒是想来，无奈听说大将军府镇日宾客盈门，高朋满座，敝人一个闲人，不好叨扰。"

卫青摊开双手，笑道："宾客盈门？哈哈，子煦看我这里，门可罗雀喽。"

"所以我才敢登贵府的大门哪！"苏建也随之大笑起来，良久，才感叹道，"'一贵一贱，交情乃见'，窦婴当年所言，不想复见于今日。"

"我倒觉得寻常，官场么，人情势利是常态。"卫青淡淡一笑，将手中的余饵撒入池中，拍拍手道："走，子煦，屋里说话。"

主宾坐定后，侍者奉茶，两人闲聊了一阵，说到朝廷近日里的动向，卫青道："我居家这几日，朝廷可有甚事情吗？"

苏建摇摇头道："大将军朝廷重臣，反倒要向我一个赋闲之人讨消息吗？"

卫青赧然："门人均作鸟兽散矣！"然后自嘲道，"也好，都是些吃白饭的家伙，散了也好。"

苏建不解，问道："吃白饭，怎么回事？"

卫青呷了口茶，微笑道："今上求贤若渴，求到了大臣们的家里。赵禹到我府里挑人，敝府舍人①逾百，能入赵禹法眼的居然只有区区二人。"

原来，刘彻欲选批郎官充实宫禁，派少府赵禹到各大臣家中选拔。卫青从府中舍人家境富裕者中选了十数人以供挑选，每人都自备了鞍马、绛衣和玉具剑②。赵禹来后，依次约谈，竟无一当意者。他告诉卫青，皇帝以为将门之中必多才俊，你光找些富家子应付差事，这些人志骄意满，其实或乏智略，或无经验，衣装锦绣，却形同木偶，回去没办法交差。于是卫青将百多名舍人召来，让他逐个拣选，最后只选中田仁、任安两人，而两人贫敝不堪，自陈不能自备鞍马、绛衣，卫青无奈，只能上疏举荐。

苏建莞尔，转而正色道："难怪大将军这么位尊权重之人，举国的士大夫却少有称扬者。愿将军观古名将之所为，甘为伯乐，奖拔人才，勉之哉！"

卫青略作沉吟，摇摇头道："子煦知其一不知其二。"

"怎么？"

"从前魏其侯、武安侯倒是广揽人才，而天子切齿；大臣结交江湖，是朝廷的大忌，魏其因此丧命。吾曾代郭翁伯缓颊，亦遭今上呵斥。招贤黜不肖，亲附士大夫，乃人主之权柄，非臣子所宜为，吾等奉法遵职而已。"

卫青自为郭解缓颊，遭皇帝揶揄后，即自敛锋芒，圆融处世。其实，门下士被赵禹视为纨绔子，他心中窃喜，赵禹会将他的印象奏报上去，皇帝会

---

① 舍人，古代豪门贵戚家中的门客。

② 玉具剑，配有玉饰的剑。

由此减少几分猜忌。而苏建心里则颇不以为然，话不投机，一时冷了场，两人静静地品起了茶。

良久，苏建另起话头，问道："李将军后日出殡归葬，大将军不去送送吗？"

卫青心里一紧，佯作品茶，好一阵才好整以暇地问道："哦，李家现下如何？"

"还好吧，李将军一门英烈，现在只剩下李敢一个顶门立户的男人了。李敢此番随霍将军出征漠北，夺得左贤王的旗鼓，以此得封关内侯，食邑二百户，今上还让他接了李将军的郎中令一职。我昨日去李家吊唁，正逢今上派郭谒令传谕厚恤，赐给李家兵马俑以为丧葬之用。李广戎马一生，最纠结的就是未能封侯，李敢算是遂了他的心愿，老将军地下有知，也可以安心了。"

李广自杀后，卫青一直愧赧于心，皇帝此番厚赏李敢，怕也是有怍于心吧。他沉吟了片刻，对苏建说道："李将军出殡，子煦会去吧？"

苏建颔首，回答得很肯定："嗯，在下与李将军有通家之好，当然要去。"

"那么，后日子煦先来我家，我们搭个伴，一起去李府，送老将军一程，如何？"

苏建喜笑颜开，连声道："好，好！一言为定，大将军能到场，李家必会感荷无任的。"

但是，李广出殡那日，卫青并未随苏建前往吊唁，而是托病不出，要苏建代送的一份祭礼，却被李敢当着送灵的众臣之面，直接丢出了门外。如此一来，两家之交恶，暴露于朝野，各种流言蜚语亦不胫而走。

九十一

元狩四年秋，二年前被派往西域联络乌孙国的汉使张骞回到了长安，随之而返的还有乌孙国使臣十余人，西域良马数十匹。抵达长安的当日，刘彻便召见了他，详细询问此番出使的情形。

元狩二年，霍去病进兵河西，匈奴浑邪王率部内附，而河西空虚，张骞提出联络乌孙，引其众东迁河西，断匈奴右臂之计，刘彻以为然，遂拜其为中郎将，率领三百余人的使团，挟巨资赴西域游说各国内附。张骞到了乌孙，发现其国已一分为三，老王昆莫、其孙太子岑娶、其中子大禄各统万骑，各有份地，政令不一。其地距汉辽远，靠近匈奴，大臣们皆畏惧匈奴，不愿迁徙。张骞游说再三，仍旧意见分歧，莫衷一是，时近一载，竟不得要领。张骞无奈，于是要昆莫配给通事，随副使分别前往大宛、康居、大月氏、安息、身毒、于阗诸国，而昆莫派向导、通译及使节数十人随张骞回国，一来报聘，二来实地窥探汉地的虚实。

"那昆莫既做不了儿孙的主，朕看就不要勉为其难了。河西当然也不能空着，自令居①至盐泽，可以像敦煌一样，设郡立县，安置内地的难民，屯垦戍边，亦可断匈奴之右臂。"刘彻言罢，斜倚在靠枕上，扫视着几位重臣，等待着他们的意见。

---

① 令居，今甘肃庄浪县一带，原为霍去病征河西时所筑边塞，武帝元鼎二年设县。

丞相李蔡沉吟不语，张汤不耐，蹴等陈奏道："陛下圣明，如此则大汉与西域诸国接壤，更便于经营。张将军，是不是这样？"

张骞看了一眼丞相，咳了一声，很小心地说："假以时日，应该可以。"

李蔡颇为恼火，自拜为丞相以来，廷议时，张汤每每先声夺人，六得皇帝的器重。而自己的隐忍，却被视为木讷可欺，一段时间以来，朝野已有丞相因人成事、尸位素餐的传言。他决意不再迁就，要出个难题，杀杀张汤的威风。

"纳河西入我版图，好固然好，但似难一蹴而就。河西原为月氏、匈奴牧马之地，不经开垦，草场难以耕作。迁难民于此，食粮、种子、耕牛皆须仰赖县官，财用浩繁；为防匈奴反噬，障塞、驿站亦须同时营建，如此非巨万投入不可，从何措手，愿听张大夫高见！"

张汤面色发白，他从心里看不起这位丞相，忝居高位，遇事少有建白，处处打退堂鼓，现在居然在皇帝面前发难，要他的难看。

"君侯柄国政，当知算大账不计小数。开疆扩土，耗费是一时的，可若干年后，收获必大。田土人民乃国家的根本，投入大，产出亦大，且源源不断，永续不绝，与之相比，最初之投入，不过九牛一毛而已。"

李蔡冷笑道："张大夫画得好大个饼，还是说说拿什么抵充这无米之炊吧！"

张汤一时语塞，望向刘彻，看到皇帝也正注意地望着他，似在等着听他的答复。

张汤尴尬地笑笑："君侯是说我画饼充饥喽？大汉广土众民，家大业大，一人省一口，也能把事情办了。"

李蔡不再与张汤争论，揖手奏称道："臣以为河西之事可以缓办，目下当务之急，是要抚平民乱，轻徭薄赋，休养生息。"

李蔡所说的"抚平民乱"，指的是近年朝廷推行白金以来，民间兴起的盗铸之风，已经泛滥成灾。朝廷严刑峻法，仍难于阻遏。刘彻很为此苦恼了一阵子。

"丞相所指，是民间盗铸之风吧？有司不是主张废弃三铢，改行五铢，并压制钱郭①，使之难以仿制嘛，朕已诏准，去做就是了。至于赋税，尽管国用浩繁，朕坚执先帝所定三十税一，从未加赋。'轻徭薄赋，休养生息'所指为何？丞相给朕说说。"

见到皇帝脸色难看，李蔡脸色微红，心跳也加快了，但他绝不愿朝中的同事们视他为尸位素餐之人，决心犯颜上谏。

"陛下仁厚爱民，百姓黔首无不感怀于心。老臣近日曾检视各郡国历年上计的简册，有感于心，不敢不陈情于陛下。"

刘彻惊讶于李蔡的一反常态，频频颔首道："当然，兼听为明，佐朕理国，建白本就是丞相的责任，丞相但说无妨。"

"圣朝以农为本，而务农，丰年仅止于温饱；灾年或辗转于沟壑，量入为出，方可久远。本朝开国以来，自高皇帝以下皆以无为而治，与民休息七十余年，渐臻富强。还记得陛下登基之初，国库充盈，非遇水旱之灾，民则家给人足，都市仓廪皆满，府库钱累巨万，太仓之粟陈陈相因，阡陌牛马成群。古语称，衣食足，知荣辱；仓廪实，知礼节。故其时人人自爱而重犯法，无人不称太平盛世矣。陛下少年有为，外事四夷，连年征发无度，兵连祸结，天下疲矣。"

刘彻脑中依稀浮现当年父皇带他视察大农粮仓钱库时的情景，一时走了神。国家富足，不正是天降大任，要他振作有为吗？钱留着做甚，奢靡享受？有道是生于忧患，死于安乐。击退了强敌，开拓了疆土，振作有为，又何错之有！这个李蔡不能与时俱进，反而暗讽自己好大喜功，不好大喜功，难不成好小喜过？真是岂有此理！但他的不快并未形于颜色，自汲黯托病家居以来，朝廷上已经很久没有听到过不同的声音了，他冲李蔡点点头，神色蔼然，示意他接着讲下去。

"陛下所言'轻徭薄赋'，薄赋，不错；可轻徭则未必。先是，西南夷凿山开路千余里，扰动数郡，兵民疲敝，耗费巨万。之后收河南地，筑朔方城，

---

①钱郭，指古代铜钱上压出的圆边与方孔之突起，参见《史记·平准书》："有司言三铢钱轻，易奸诈，乃更请诸郡国铸五铢钱，周郭其下，令不可磨取镕焉。"按镕，音玉，此指铜钱因久用摩擦而光滑。疑应为镕，制钱的模子。

集工匠十余万人，劳动天下，自山东起，数千里转输供给，所耗又数十百三万，而府库渐虚。关东频年水患，河工耗费巨大，无所底止；而迁被灾之民七十余万于边郡，臣记得大农郑当时陈奏库藏经耗，天下之赋税已不足以奉战士，故朝廷议定出售军功爵、制白金皮币，收山泽之利，盐铁专卖，乃至算缗、告缗，自施行以来，人心浮动，私铸遍地，罪徒相望于道，长此以往，匡将危矣……"

罪徒相望于道？这简直是在拿暴秦来比拟当下了！刘彻的面色愈来愈难看，额头青筋突起，李蔡见状，嗫嚅其辞，停了下来。

刘彻道："怎么不说了？丞相平日寡言少语，一肚子话都憋在心里，难得今日一吐为快，说呀，说下去，朕决不会怪罪丞相。"他对李蔡笑了笑，笑得很难看，很勉强。

是福不是祸，是祸躲不过，李蔡硬起头皮，继续陈奏："陛下驱逐胡虏以雪国耻，自马邑至今，大小数十战，战绩骄人，天下无人不赞陛下之雄才大略。可一张一弛，文武之道，轻重缓急当因时制宜。此番卫、霍二将军远征漠北，随征马匹辗转死于途中十余万，数十年繁殖所得，一旦而尽，还未计入用兵与粮秣转输之费；而赏赐将士，仅黄金一项即二十余万斤，河西内附之胡虏数万，人皆厚赏，衣食皆仰给于官库。现今张汤一味怂恿陛下经营河西，却不言钱、粮从何着落，蒙蔽天子，坐观成败，其居心诚不可测！"

一口气道出心中所想，不免气喘咻咻，他略作停息，伏身于地，顿首道："臣……臣甘冒斧钺，昧死陈奏，所为陛下能够体恤时艰，与民休息，则百姓幸甚，国家幸甚。"

刘彻愈听，头脑愈冷静，压下了原有的不快。李蔡所言确为不争的事实，官库空虚，币制淆乱，罪徒遍地，都是必须应对的当务之急，他曾就此征询过很多大臣的意见，歧见纷呈，莫衷一是，但也渐渐理出了头绪。今日李蔡的谏言再次触动了他，决意将考虑成熟的措置，尽快付诸实施。

"陛下，丞相……"刘彻摆了摆手，制止了张汤，向在旁侍候的郭彤问道："卫青的病怎样了？你去到他府上，若无大恙，接他进宫，朕要与三公会议朝政。"

郭彤去后，刘彻对李蔡道："爱卿平日唯唯诺诺，唯今日所言，可说无负于朕。丞相掌丞天子，助理万机，朕望汝今后好自为之，真正当起'丞相'的责任。"

李蔡释然，揖手称是。刘彻又对张骞、张汤道："河西的事情还是要办，非如此不能断匈奴右臂。怎么办，待卫青到后再议。子高出使绝国，劳苦功高，你的那些副使何时能够返朝？"

"各国远近不一，总要数月半年方能陆续赶回吧。"

"那好，朕就拜你为大行①，专司接待四夷各国的来使。这趟同来的乌孙报聘专使，你要好好招待他们，领他们在京师、三辅各地走走，见识一下我大汉的广大富足。"

"谢陛下……"张骞伏地顿首拜谢，一时激动，欲语凝噎。

"朕听说乌孙此番进贡了西极的天马，是养在上林苑的马监吗？"

"是的。与陛下得自敦煌的那匹马养在一处。"

"好，朕要去看看。"刘彻来了兴致，临时起意，传谕奉车都尉安排车驾，又命传妃嫔宫人十数人同行，一行人浩浩荡荡，在羽林骑士护卫下，直奔上林苑而去。

约一个时辰后，车驾一行抵达御苑，苑内均为土路，车驭放慢了速度，缓缓前行，正要拐向通向马监的路口，但见一大群肥羊，约摸百余只，自道口蜂拥而出，车驭急勒马缰，险些相撞。领头的是只硕大的公羊，颈上系着只叮当作响的铃铛，其后三五成群，均极肥硕，一路咩咩鸣叫，此起彼伏，相跟着前行。跟在后面的羊倌，是位鬓发花白的布衣老者，边吆喝，边甩动长鞭，而羊群颇为驯顺，有条不紊地随着头羊转向另一条岔路。

随侍的卫士暴喝道："圣驾在此，还不快些让开！"

一声吆喝，羊群停了下来，老者扔下长鞭，退到一旁，伏地顿首为礼。刘彻止住侍卫，径自下车，走到羊群旁，摸摸羊只，个个肥硕，不觉欣喜不置，回身对那老者道："卜式，你这羊养得好么，难怪你官不做来养羊，原来真

---

① 大行，西汉时九卿之一，主持四夷之邦交、封贡、报聘等相关接待、礼仪等事宜。

是个好把式！"

后面辎车中随驾的大臣们也纷纷凑了过来，见到如此肥硕的羊群，也不由得啧啧称羡。

卜式站起身，拾起长鞭，淡然一笑道："老本行，这算不得什么，以时起居，存优汰劣而已。非但羊，就是治理百姓亦不过如是，莠民必除，不让他成为害群之马就是了。"

"哦，听听，都听听，这老人家不简单！"刘彻闻言，不觉刮目相看，这卜式或真有做官的本事。

"你既然这么说，朕倒要试试你的本事。丞相，你看看地方上哪里的官守有空缺，即以卜式补缺。"

李蔡略作思忖道："河南缑氏①，前不久县令出缺，尚未补任。"

"好，就缑氏。卜式，朕就简任汝为缑氏县令，把这里的事情交卸后，你即去丞相处领取关防印信，一年以后，朕可是要察看你的治绩，汝好自为之。"

卜式淡淡一笑，揖手称诺，追赶羊群去了。

刘彻一行亦起驾，又过了一刻，枝木扶疏中，豁然出现了一大片草场，草场一侧是长长的数排马厩，这就是上林苑的马监了。

上林苑令、丞及左右尉等官吏皆已等候在此，随侍宫人与诸臣坐定后，刘彻令将乌孙进献的马匹逐一牵出过目。

役卒牵着马匹，鱼贯而出。这些来自西域的马匹颜色不一，皆身材高大，四腿颀长，而辗转数千里，一路风尘，看上去都有些掉膘。刘彻有些失望，向于身旁侍候的张骞问道："这西域马除去身高腿长，耐力如何，可否比得过匈奴之马？"

"西域牧人亦骑此放牧，臣以为应该可以。将来或可与中国、匈奴之马交配，所产儿马，各马之长可兼而有之。"

看到皇帝有些扫兴的样子，张骞道："臣在大宛时，偶然遇到过当地的一种良马，人称汗血，据说是西域最好的马匹，大宛王视为国宝，轻易不肯

---

① 缑氏，汉代河南郡属县，地望在今河南偃师一带。

示人。"

"那马叫什么？"

"汗血。当地人称此马日行千里，沁出的汗水，色红如血，故称汗血。"

"哦，竟有这等事，尔等何不买回几匹与朕看看？"

"大宛王不肯以之示人，又何肯售卖？其实，彼等也是言过其实，我见到的那匹，汗非血色，而是浅粉色。"

一个刚刚牵马上场的少年，引起了皇帝身后的宫嫔们窃窃私语，刘彻看过去，但见那人身高足有八尺，高鼻深目，相貌英俊，一望而知是个胡人。宫嫔们粉黛金钗，衣装华美，莺莺燕燕，绚丽夺目，役卒们牵马走过时，莫不偷眼窥视，唯独此人目不斜视，仪态沉着。

"这大个子是匈奴人吗？甚来历？"刘彻指着那少年，问道。

"这人是匈奴休屠王的长子，前年骠骑将军横扫河西，休屠王被杀，他的阏氏和一双儿子被掳，发配到马苑从役。"应答的是侍卫在旁的上林左尉。

"唤他过来。"

胡儿闻命，牵着马走到近前，伏地顿首请安："奴才敬请大皇帝安。"言毕，俯首不语。

刘彻再看那匹马，膘肥体健，毛皮乌亮，远胜过乌孙进献的那些马匹。他拍了拍马臀，肌肉结实而富有弹性。

"这匹马如此出色，是你饲喂的吗？"

"是由奴才饲喂。"

"同样的马匹，饲喂的草料也相同，何以你喂的就比他人的好？"

"奴才自幼随部落放牧，熟知马儿的脾性，一点儿也不敢马虎。"

"你叫什么名字？"

"奴才日磾。"

"日磾，日磾，磾字何义？"

"磾字义为黑石。阿公说，当年生我时，天上曾落下一块黑色的石头，故以之为名。"

"那么姓呢？"

"家父姓须卜氏。"

"朕赐你个汉姓吧。你父王曾有个祭天用的金人，是吧？"

"是。"

"朕就赐你姓金，金人的金，以后你就叫金日磾。"

"谢陛下赐姓，陛下的恩德，日磾永志不忘。"胡儿再拜顿首。

胡儿相貌英俊，老成敬业，应对得体，刘彻大起好感，决意收为己用。

"朕记得古书上说，马八尺为龙，此监专养西域天马，就赐名龙马厩。全日磾既善养马，当尽汝一技之长，朕即拜汝为此厩马监……"看到胡儿吃惊的样子，刘彻笑道，"朕用人亦不拘一格，做得好，就擢以不次之位，这些乌孙天马匹就交汝喂养，你当尽心悉力，好自为之。"

又见胡儿所着衣衫甚旧，汗渍斑斑，于是谕令苑丞取一套郎官衣装，送他去沐浴更衣。

看过马匹，已近晡时，上林苑令与太官令①正待安排酒食，但见一辆疾驰而来的辂车，停在了马苑门前。谒者令郭彤跳下车，一路小跑，直奔刘彻而来。

"陛下，大将军受了伤，暂不能与议朝政了。"郭彤附在刘彻耳边，声音很小，可还是让他吃了一惊。

"怎么，卫青因何而伤？"

"大将军进宫，在东司马门遇见了当值的李敢，李敢拦住大将军，责问其父的死因，言词争讲中，被李敢一拳打中面门，颜面与左眼肿起老高，不得不回府就医了。"

---

① 太官令，秦汉时少府属官，掌宫廷膳食、酒果、饮宴等。

九十二

匈奴涿邪山北，匈河①河畔，散落着百十帐毡房。居中一座大帐中，就是自窴颜山败逃到这里的伊稚斜。伊稚斜担忧汉军的追捕，昼夜兼程，马不停蹄地狂奔了数日，跟随的侍卫于途中散失甚多。惊魂甫定的他派人四出召集流散，不久，赵信闻讯赶了过来，二人相见，悲喜交集。匈河一带尚无汉军的踪迹，于是赵信建议在此屯驻休息，派使联络各部落的名王统领，以尽速掌控大局。

伊稚斜下落不明时近半月，自战场逃出的胡骑纷传其已死于乱军之中，而后又传来左贤王乌维大败、踪迹不明的消息，一时间，匈奴各部群龙无首，皆惶惶不安。同样突围出来的右谷蠡王庞勒，以为单于与王储②都已战殁，于是自立为单于，而其他有王号者，多有不服，各自纠集部众，欲与庞勒争雄。好在不久后就有了伊稚斜的消息，庞勒于是自去其号，宣称拥戴单于，草原上的扰攘才渐渐平息了下来。

"我想月末蹛林③大会时，清点一下各部人马，乘秋高马肥之际，分头南下突袭汉边，以雪前战之耻，赵相国以为如何？"

---

① 蒙古高原上之内陆河，发源于逐邪山北麓，一说为今蒙古国满达勒戈壁（阿尔泰山）中部。

② 按，匈奴一般以左贤王为王储。

③《史记·匈奴传》：秋，马肥，大会蹛林，课校人畜计。按蹛音带，颜师古注云：蹛者，绕林木而祭也。鲜卑之俗，自古相传，秋祭无林木者，尚竖柳枝，众骑驰绕三周乃止，此其遗法也。

赵信皱了皱眉，伊稚斜凶狠有余，谋略不足，匈奴总人口不过百余万，除去老幼妇孺，能作战的壮丁总计五十余万，此番漠北两次大败，折损人马十万有余，五分已去其一，这种消耗战绝非匈奴所能承受。可伊稚斜复仇心切，当面谏止或触雷霆之怒，况且伊稚斜采用他的谋略，却不料败得如此之惨，脸面上虽无表现，可有慊于心是肯定的。

而新败之师，疲累不堪且士气低落，非经长时间休整不堪再战，为了保存元气，赵信不得不去触这个霉头。

"我军此役损失颇重，休养生息乃当务之急，况且吾河南、河西两地尽失，国力大亏，勉强作战，难期必胜，在下以为南下之事，还是从长计议为好。大单于当下要考虑的，应该是重提和亲。"

"和亲？"

"对，和亲。"

伊稚斜绕帐踱步，连连摇头道："我军新败，此时提和亲，岂非示弱？不可行！"

伊稚斜是个好胜心与报复心都极强之人，可匈奴的人力、国力均不足以支撑起长期的战争，硬来只会输得更惨，那时候单于的声望一定会大跌。他的大位是强夺而来，得靠一次次胜利凝聚人心。而一败再败，只会使诸王蠢蠢欲动，起取而代之之心，届时危及的就不光是胡汉势力的消长，而是单于的性命了。一念至此，赵信决意不避嫌疑，力劝伊稚斜改变心意。

正思索如何说动伊稚斜，忽然一个哨探掀帘而入，报告说巡哨的游骑于涿邪山口北面的戈壁上，抓到了两拨汉人。

伊稚斜一惊，难道汉军发现了自己的踪迹？

"汉人，甚样的汉人？"

哨探报告说，百夫长巡哨匈河以南青仑泽一带，发现十数骑汉军正在追踪数骑平民穿戴的汉人，于是迂回包抄，将两拨人分别抓获，送来大帐待审。

"先把汉军的头目带进来。"

一个身着绛衣、披挂皮铠甲的小个子男人被押进大帐，匈奴侍卫猛踹一脚，小个子男人扑通一下跪倒在地上。

伊稚斜久久地凝视着他，小个子看上去很紧张，两颊涂墨，额头汗津津的，他偷觑了一眼面前的几个人，随即埋下头，沉默不语。

赵信凑到伊稚斜耳边，悄声道："看他的穿戴，像是长安城的缇骑，看来他们追捕的是重要人物。"

伊稚斜点了点头，示意他问话。

"你姓甚名谁？在缇骑任何职，为何越境到此？"

胡人知道自己的身份，使小个子吃了一惊。"下走华成，职任中尉府掾史，奉长官之命抓捕逃犯，追出边塞数日，越境情非得已，望大人宽谅，交还人犯，容吾等回去复命。"

"逃犯是甚人，尔等如此穷追？"

"逃犯姓朱，长官交代，他是谋逆要犯，藏身于窳浑，吾等赶到时，彼等已先一步出塞逃亡，吾等穷追不舍，故误入贵境，望大人们涵容。"

"姓朱名甚？"

"朱安世，是我朝皇帝钦点的要犯。"

"朱安世？"伊稚斜、赵信猛然一振，面面相觑，难道竟是当年那个带信的马贩子？元朔六年，伊稚斜曾让在塞外行商的朱安世给赵信带过信，嘱其择机反水。

"他如何谋逆？"赵信问。

"听长官说，是参与了淮南王的谋反。"

赵信对伊稚斜使了个眼色，吩咐将华成押下去。

"这家伙是京师中尉府的缇骑，正好用他作信使，传信给汉朝皇帝。"

"信使？有甚信可传？"

"和亲哪，可派使赴长安重提和亲。"

伊稚斜哼了一声，怒视着赵信："我说过了，此时和亲形同示弱，不啻自取其辱，不可行。"

赵信淡淡一笑，颔首道："大单于不愿，那就先放一放。这个姓朱的往来于胡汉两地，见多识广，吾等听听他的说法。"

"那个给你带信的马贩子？"

"对，就是汉军要抓的那个人，他是个很精明的驵侩①，应能为我所用。"

朱安世亦被黥面②，走进大帐，首先看到的是盘腿坐在一张驼皮上的伊稚斜，高鼻深目，目如鹰隼，紧盯着自己。当年要自己带信的正是此人，于是单膝跪地，长揖道："在下朱安世，参见天所生大单于，敬请大单于安好。"

"嗯。"伊稚斜颔首，示意他坐下说话。这个瘦削精干的马贩子，沉着稳重，不卑不亢，坦然对视，使伊稚斜不自觉地生出几分好感。

两月前，朱安世与袁苋自茂陵逃脱后，追上车队，一路赶回窳浑，筹划赴西域购马，可没几天，就传来京师缇骑寻踪而来的消息，他与袁苋、钟三将筹得的巨资转移至安全之处，三人连夜逸出鸡鹿塞，与缉捕他们的缇骑只差了半个时辰，原以为可以摆脱追捕，不想这伙儿人紧追不舍，周旋多日，怎么也甩不掉。所以看到匈奴的游骑时，朱安世反而松了口气，他往来胡地贩鬻多年，胡人中不乏相熟的朋友，反而比汉地更安全。

"朱先生别来无恙！还认得我吗？"

朱安世循声望去，但见伊稚斜左侧站着个小个子，正笑眯眯地看着自己。他细细端详着小个子，忽然叫道："赵将军，是你吗？"

赵信点点头。

朱安世揖手见礼，笑道："得与二位贵人不期而遇，这真是太巧了！"

伊稚斜吩咐侍从看茶。良久，貌似不经意地问道："看你一脸憔悴，奔波了很久的样子，是打哪儿来啊？"

朱安世呷了口茶，揖手谢道："谢大单于赐茶。敝人自长安来，吾等自被缇骑盯上后，衣不解带已十余日，不免狼狈。"

"缇骑为何抓你，以至冒险深入大漠？你犯了甚罪？"

"在下行商走南闯北，路过寿春③时，曾受淮南王之托，照拂他的女儿，不想淮南谋逆被诛，敝人亦受牵累，不得不越境亡命，谢大单于相救之恩。"

---

① 驵侩，马匹掮客。

② 黥面，黥，音晴，双颊涂墨，当时匈奴一种仪节，入单于穹庐（大帐）之异国使节人等，不黥面不得入。

③ 寿春，汉初淮南国的国都，在今安徽寿县。

言罢，朱安世伏地稽颡①，以大礼致谢。

"你不必客气。长安现今如何，汉家皇帝又怎样呢？"

朱安世略作思忖，摇摇头道："在下一介草民，皇帝高高在上，难得一瞻颜色。至于长安，吾等离开时，听说朝廷已派两路大军出征塞北。后事如何，余等出塞亡命多日，汉地情形全然不晓了。"

"汉军敢来大漠，难道忘记了当年白登之辱②，不怕有来无回吗？"朱安世所说，当是指不久前那场大战，伊稚斜虽作若无其事状，可想起前不久的那场惨败，脸色一下子难看起来。

"自白登迄今已八十年，时移势易，今非昔比，不知大单于可容朱某直言？"

"大单于，不妨听他讲讲现下汉军有何不同。"赵信抢前一步，附在伊稚斜耳边道。朱安世或能说动单于，使他放弃报复的冲动。

"你说。"伊稚斜点了点头。

"我朝上一位皇帝在位时，朝廷上有位叫作晁错的谋臣，大单于知道这个人吗？"

伊稚斜摇摇头，望了望赵信，赵信也是一脸的茫然。

"也是，这个人死去三十余年了，难怪二位不知。此人智谋韬略皆强，有智囊之称。他曾向皇帝上疏③，论汉匈较力之短长。此疏后来流出，朝野均许为知言，数十年来，用为制敌之圭臬。可以说，汉军教练，上上下下以此为蓝本，可说是烂熟于胸，并由此琢磨出了对付胡骑的办法。所以如今两军

---

① 稽颡，以头触地的大礼。

② 汉初，高祖刘邦率大军三十万亲征韩信，被匈奴冒顿单于困于白登七日，后贿阏氏得脱。

③ 晁错《上兵事疏》（见《史记·晁错传》）原文："今匈奴地形技艺与中国异。上下山阪，出入溪涧，中国之马弗与也；险道倾仄，且骑且射，中国之骑弗与也；风雨疲劳，饥渴不困，中国之人弗与也；此匈奴之长技也。

"若夫平原易地，轻车突骑，则匈奴之众易扰乱也；劲弩长戟，射疏及远，则匈奴之弓弗能格也；坚甲利刃，长短相杂，游弩往来，什伍俱前，则匈奴之兵弗能当也；材官驺发，矢道同的，则匈奴之革笥木荐弗能支也；下马地斗，剑戟相接，去就相薄，则匈奴之足弗能给也；此中国之长技也。"

对垒，胜负很难说的。"

"哦，是么。他是怎么说的？"伊稚斜来了兴趣，双目灼灼盯着朱安世。

朱安世略作思忖道："他认为匈奴之长技有三：马匹比中国马耐劳；胡人马术强，人马合一，且骑且射；再就是一骑数马，进退自如，无辎重之困。"

"那么汉军呢，汉军有何长技？"

"汉军之长技有五：一是平原作战，以车骑突阵，千军辟易；二是匈奴的长弓，比不上汉军的长戟劲弩，射疏及远；三是以各种兵器短兵相接，胡骑不是对手；四是汉军的弩矢的力道，非匈奴的木盾所能抵挡；五是胡骑弃马步战，论耐力不如汉军。"

伊稚斜冷笑道："按他说汉军有这么多长处，为何窝在塞内，不敢出塞一较短长呢？"

"汉军从前取守势，在于马匹少，辎重千里转输，耗费过甚。现今则不同，塞内数十年饲马不下百十万匹，一骑数马，可配备骑兵十余万，至于辎重，以步兵押解殿后，骑兵不虞供给，则汉军已有能力决战于塞外，大单于切不可轻敌！"

"那依你之见，吾等该如何与汉军作战呢？"

朱安世略作思忖："兵法上有'避其锋锐，击其惰归'之说，贵军熟悉大漠地理，可诱敌深入，与之周旋，骚扰游击，待汉军疲敝，士气低落，辎重将尽时，自可收功。可敝人还是要劝大单于一句，兵凶战危，还是不战为好。"

"哦，此话怎讲？"

"贵国人口仅相当于汉一大郡，就人力而言，贵国耗不起。贵国以牧猎为生，风霜雨雪，年成丰歉取决于天，就物力言，同样耗不起。"

"不战又当如何？"

"和亲、互市。布帛稻粟，贵地所无；牛羊马匹，汉地所缺。以所有易所无，各取所需，互通有无，比起互动刀兵，两败俱伤，不是要好得多吗？"

朱安世条分缕析，侃侃而谈，伊稚斜暗暗称是。他说得不错，寘颜山一役之所以战败，错在于以己之短对敌所长，焉能不败？至于和亲互市，在新败之际，无异于示弱服软，作为几十年来一直强势的一方，他绝不愿由自己开这个头。

"汉人夺吾河南、河西膏腴之地，除非退还与我，方可停战，你以为汉朝的皇帝肯么？"

朱安世摇摇头，苦笑道："当然不肯。"

伊稚斜冷笑道："所以胡汉不两立，还要打下去，直到打得他肯为止。"

朱安世无语。单于既不知己，又不知彼，徒逞口舌之快，难于理喻。

而在伊稚斜眼中，这个汉人确如赵信所言，是个可用之才。

伊稚斜指着赵信道："汉朝的叛逆，我这里当作朋友。你若归顺我匈奴，可以放心大胆地在这里住下，我会重用你，你可以与自次王一起，做本大单于的智囊，怎样？"

朱安世心里一紧，这是要自己做中行说①了。塞北苦寒之地，他是绝不愿与青灯毡帐、膻肉酪浆长伴为生的。于是貌似不胜荣宠，伏地顿首道："谢大单于不弃，可敝人实为一商贾，识见短浅，方才所言种种，无非拾人牙慧，自己的斤两，断不足以承受大任。"

伊稚斜脸色沉了下来："怎么，在我帐下从事，委屈了你么！"

"当然不是。敝人是说，在下长于经商，短于谋国，大单于用人当避其所短，用其所长。"

"怎么讲？"

"匈奴与汉交兵，汉军必于边塞严防死守，关闭互市，则大单于与诸王、贵人所需汉地之缯絮②、食物、美酒从何而来？安世虽不才，可人脉甚广，若以胡马入内地交易，所得丝帛美食足以供大单于等所用。"

确实，自与汉交战以来，关市萧条，掳无可掳，匈奴王侯贵戚所嗜的华衣美食渐形匮乏。

赵信道："汉军既严关防，你一个逃犯，又何能出入关塞，把这些东西运出来呢？"

---

① 中行说，汉初燕人，为宫中宦者。文帝初年，遣宗室女与老上单于和亲，命中行随行，中行不愿，强之。中行怀恨，遂投匈奴，为之出谋划策，专与汉廷作对。

② 缯絮，汉代对丝绸棉布的称呼，其时在匈奴，以此制作的服装是单于诸王贵族专享的奢侈品与身份高贵的象征。

“敝人行商多年，江湖上有的是朋友，阑入阑出轻车熟路，加点儿小心没问题的。大单于若能允我出入胡地贩鬻，我必能将贵地所需物品不时运过来，使大单于无虞匮乏。”

确实，数十年来通过和亲、互市、掳掠，匈奴贵族已经形成了对汉地物产的依赖，而今两国交兵，鲜衣美食忽然断了来源，颇感不适。

伊稚斜看了眼赵信，赵信肯定地点了点头，于是他从身后的小柜子中摸出一块铜制腰牌，由赵信交到朱安世手中。

“有我这块腰牌，塞北、西域可任你通行，遇有拦阻，出示腰牌都会放行的。”

朱安世看着腰牌，不觉喜出望外。关传与腰牌都有了，塞内塞外任由进出，日后的生意可望大成，聂壹、桥姚①不足道也。一念至此，再拜顿首道：

“谢大单于相助，朱某定不负所托。”

伊稚斜颔首，示意他起身说话，又指了指赵信，问道：“自次王也建议我与汉和亲，你以为如何？”

朱安世摇摇头道：“汉军数年来屡挫贵军，势盛的一方，要价会很高。不过不妨一试。大单于当下需要的是休养生息，恢复国力，隐忍一时，也是好的。”

“你以为汉军会否得寸进尺，如在河南、河西所为，设郡立县，鲸吞蚕食我匈奴疆土？”赵信问道。

朱安世想了想，摇摇头，很肯定地说道：“不会。塞北苦寒之地，不宜耕作，汉军即使深入，也不可能久踞……”他脑中灵光一现，忽然有了个主意，揖手道，“大单于切忌与汉军硬拼，不如坚壁清野，远飏漠北，待元气恢复后，再南下一较短长。还有，单凭一己不免势单力孤，大单于可联络西羌、南越，远交近攻，遥相牵制，分散汉廷的注意，赢得喘息的时间。”

伊稚斜叹道：“我早有此想，西羌好办，可南越途程万里，难通消息。”

长安的皇帝睚眦必报，多年来盯住自己不放，务得而甘心，主动和解既

---

① 聂壹，汉初雁门马邑大驵；桥姚，边塞戍卒。二人均以走私塞外马匹、牛羊而致巨富。

不可得，那也就别怪我以牙还牙，以直报怨了。一念至此，朱安世下了决心，揖手道：

"很快就到冬季了，大单于尽管放心北去，安世愿效犬马之劳，这件事就交给我来办好了，在下定不负所托。"

"你要去南越？"

朱安世摇了摇头道："不用。我只要修书一封，差人送至南越的朋友处，她们自会代吾游说南越王的。"

九十三

数日后，刘彻于宣室殿召集三公会议朝政，三公而外，代颜异主持大农的孔仅、廷尉司马安也奉诏与会。孔仅奏报了实行白金一年多来，民间盗铸成风的现状。司马安则奏报了目下盗铸者查处情况。

"自施用白金以来，盗铸被抓者不下数十万，因自首赦出者逾百万，而实际估算，这些尚不及半，可以说，现下凡有聚落人家处，大抵皆私铸白金，屡禁不止，抓不胜抓了。"

刘彻也风闻民间盗铸成风，但没想到如此厉害，他颇为不解，何以严刑峻法，仍不能遏止此风。

"孔仅，你是行家，依你看，原因何在？"

孔仅看了看丞相李蔡与御史大夫张汤，面有难色，欲言又止。

李蔡道："大农日前尚振振有词，今日当着陛下的面，反而畏怯了吗？"

张汤道："还不是莠民贪心，利之所在，趋之若鹜……"

刘彻白了张汤一眼，问道："大农有甚顾虑吗？朕恕尔无罪，但讲无妨。"

"是。臣以为，当初白金定价过高，譬如龙币，重八两，值三千钱，每两折合三百余钱，而银价一两不过一百余钱，相差甚多，名实相悖，又无成色规定。而白金掺锡，银贵锡贱，私铸皆以锡为主，银则十不及一，滥竽充数，遂成暴利渊薮，故奸民皆铤而走险，冒死犯难。"皮币白金币值不称，而提议出自张汤，前任大农颜异即因有异议而遭张汤构陷，以"腹诽"而罹死罪。若非皇帝有话在先，孔仅是绝不敢道出真相的。

对刘彻而言，币值相悖无所谓，制皮币白金，原本为的就是逼那些不肯与国休戚的王侯割肉出血的。而引发举国贪欲，致私铸成烈火燎原之势，则大悖其初衷。

事前没有料到不为过，可恨的是，流弊至此，张汤非但没有及时奏报，反而刻意掩饰，致使私铸泛滥成灾，难以收拾。刘彻此前对张汤十分倚重，一段时间以来，可以说是言听计从，若非李蔡直谏，还不知道自己会蒙在鼓中多久。臣下报喜不报忧，必致下情壅滞，难以上达，一念至此，他开始心生警惕。至于白金，当断不断，反受其乱，他决意快刀斩乱麻，废弃白金，改行五铢钱。

"白金流弊如此，弃去不用就是了。朕看就改用五铢钱，铸造时要有外郭，打磨精细，使寻常人等难以仿制，即便能仿制出来，也得不偿失。若还是遏止不住，那就索性将铸币之权收归朝廷，由上林三官①总其成，各郡国不再允许铸钱，诸卿以为如何？"

李蔡道："陛下圣明，臣以为可行。张大夫，你以为呢？"

作为首倡白金者，张汤颇为尴尬，他沉吟片刻，揖手道："臣以为白金原本就是专备诸侯朝觐献祭之用，不宜全废，至于民间，禁用就是了。"

刘彻颔首，转问孔仅道："大农以为如何？"

孔仅揖手道："臣亦以为，陛下以五铢一统天下，实为治本之大计。朝廷精细铸币，加高成本，则民间即便私铸，也会赔本，没人会去做赔本的生意，久之，私铸之风必息，正所谓扬汤止沸，莫如釜底抽薪。"

张汤道："已经流通在郡国的旧币又当如何？若良莠并行，怕是会劣币逐良币，好钱反而难以流通。"

孔仅不以为然，可仍然赔笑道："当然不能良莠并行。朝廷推行新币时，可作价以一当五，也就是新钱一枚抵旧钱五枚，敕令郡国以旧兑新，旧钱回收后皆送三官，用作铸造新钱的材料。假以时日，五铢当可独步天下。"

"好，废白金，行五铢，就这么定了。至于五铢的分量、成色与样式，

---

① 上林三官，即钟官、技巧、辨铜三官，后来主持五铢钱铸造与发行的官署。

诸卿与大农详细会议后，与钟官造出的样钱，一并报朕允准后颁行天下。"

众人称诺。

"至于兼并、私铸之风，必得狠刹。地方惩治不力，则朝廷当以雷霆之势扫除之。朕思忖多日，拟设直指使，着绣衣，持节，赋予专杀之权。所谓直指，意为直接对朕负责。火烈民畏，不信那些刁民恶吏不怕！如此方可收标本兼治之效。在直指使人选出来之前，朕拟先派博士褚大、徐偃等巡视郡国，访查舆情，查办郡国守相营私牟利、放任私铸者。经商有市籍者，连同眷属，一概不得购置名田。有犯者，家产与所购田产，俱没入官。"

皇帝欲出重手整顿天下，而法不责众，私铸者天下滔滔，又怎么杀得过来，抓得过来呢？李蔡等皆不以为然，但皇帝决心已定，众人亦只能唯唯称是了。

于是转到下一个议题，刘彻道："此番我军北征，战马折损甚大，如何尽快弥补，是个问题。卫青，你以为如何？"

卫青的左颊与左眼虽已消肿，而因瘀血仍呈青紫色。铸币之事他外行，故未参一言。

"陛下所言甚是。与匈奴较胜于大漠，非骑兵不可。这次北征，重创胡虏，本可以再接再厉，横扫漠北，可受制于马匹不足，只能班师。我问过太仆，此番我与骠骑两军折损马匹计十一万，都是儿马，存活下来的也都疲累不堪。现下各马苑所存多为骒马 ①，交配、生养都得时间，短期内恐怕恢复不易。"

"光指望官苑饲养当然不行，朕看可以将官苑现有的骒马放出二十万匹，由郡国各县敕令亭长派放，每亭 ② 十匹，每匹以二十万钱赊给有能力的百姓家饲喂，以所生儿马偿息，一岁一课，这样用不几年，朝廷用马当不再是难题。"

自从决意与匈奴开战，马的繁殖就受到刘彻的持续关注，马匹不足，会严重制约汉军的作战，如何尽快弥补此番北征的损失，几乎成了他的心头之病。一日，在听桑弘羊细述放贷收息的道理时，刘彻触类旁通，脑中灵光一现，有了这个主意。

---

① 儿马，公马，又称牡马；骒马，母马，又称牝马。

② 亭，秦汉时地方的行政单位。《汉书·百官公卿表上》：大率十里一亭，亭有长。十亭一乡，乡有三老、有秩、啬夫、游徼。

几位大臣一怔，随即恍然，皆曰可行。卫青敛容长揖道："圣上英明天纵，臣等愚陋，所见皆不及此。但民间养马，有个草场问题，草场不足处难于饲喂，臣以为新秦中过去乃匈奴南下牧马之处，臣在那里作过战，亲见牧草高茂丰美，正是饲马的好去处。"

　　李蔡道："大将军所言极是，新秦中地广人稀，朝廷正愁如何安排，若用以放牧，可将关东水患难民与私铸入罪之商民，迁移到这里安置，屯垦戍边，设立亭徼 ①，官派牝马，任人畜牧，以马驹抵充利息。数年后，田土尽开，马羊繁殖，可以一举数得。"

　　刘彻捋须颔首，心情不由豁然开朗："丞相所言关东难民与罪徒，有多少人？"

　　"确切的数字尚待统计，总不下六七十万人吧。"

　　"好！"刘彻面带喜色，伸出四指道，"推行五铢钱；设置直指使；赊官马与民饲养，以马驹偿息；移民实边，开发新秦中，这四件大政就这么定了。丞相会同有司，拟出细则后，交朕过目，颁诏施行。"

　　说到养马，刘彻又想到张骞说过的汗血马，他一心引入西域良马，宫廷自用而外，就是用以改良汉地马种，而财用、人力的匮乏，颇令他有力不从心之感。

　　"卫青，以汝之见，匈奴此番惨败之后，还有力量扰我边塞么？"

　　卫青略作沉吟，答道："小股的劫掠不会断，可臣敢肯定，大的战事三两年内不会发生，胡虏经此惨败，元气大伤，想要恢复过来得一阵子。"

　　胡虏如此，汉家不也是如此，刘彻摇摇头，叹了口气，对李蔡、张汤等道："既然如此，就依丞相所言，河西的经营先放一放，先忙当务之急，待四件大事落实，将来行有余力，再经营河西，也还来得及。"

　　众臣揖手称诺，刘彻示意他们退下，单独留下了卫青。

　　"爱卿的伤好些了么？"刘彻起身走到卫青身旁，细视卫青的伤处，很

---

　　① 亭徼，亭，汉代基层组织，行人停留食宿处所，汉代十里一亭，设有亭长；十亭一乡，设有三老等乡官。徼，边地要塞。

关切地问道。

"谢圣上，肿胀已消，不甚痛了。罪臣损军折将，负圣上之望，愧赧难当……"卫青伏倒在刘彻脚下，辞气哽咽，不觉泣下。

"大将军请起身，莫作小儿女态。朕已吩咐郭彤把李敢召来，你二人当着朕的面和解。"刘彻拍了拍卫青的肩头，递给他一条汗巾。李广已死，无从挽回，而卫青乃国之干城，汉家的江山还须他拱卫，不能不假以颜色。

卫青拭去泪水，心情渐渐平静下来。李敢之女是太子刘据的爱妃，其子李禹则是太子宫的舍人，论起来两人还是姻亲呢。李广之死，他既没办法说出真相，又得给李敢一个交代，不然芥蒂难消。

"请圣上示下，激使李将军自刭者是罪臣幕府的长史，要不要置之以法，给李敢一个交代？"

"哦，这长史叫甚，做了甚？"

"这长史叫成安。受命赴李将军、赵将军帐下劳军，顺带问明他们迷路失期的缘由，以便上奏。不想他逼迫过甚，恶言相向，激出事端。出事后，我已将他拘押在营内，以候圣裁。"

"执军法者不是军正么？长史为何越俎代庖？"

卫青凛然，皇帝果然不是好蒙蔽的，好在他早有准备。"军正有伤行走不便，故由长史代为察问。"

"既然如此，长史何罪之有？你身为大将军，节制大军靠的是甚，你不知道吗？无规矩不成方圆，无论何人，在法度面前要一视同仁，军法无情。失期按律是死罪，贻误军机，李广、赵食其难辞其咎，就如当年张骞一样，可以赎死嘛。李广自杀，是他自己想不开，干成安甚事？"

"臣……当时闻报，心里一团乱麻，李将军是我朝名将，出了这样事情，臣不知如何交代，一时间乱了方寸……"卫青嗫嚅难言，额头上已经冒了汗。

"军法一视同仁，不可违；至于死罪之执行，则可以变通，可以将功折罪，也可以爵赎死嘛。那个成安以军律按问没错，属下执法以严是好事，以之卸责，非但众心不服，日后谁敢再严格执法？杀一人小事，军纪废弛大事，孰轻孰重，你要明白！"

卫青敛容称是："臣谨记教诲，散朝后马上释放成安。"

"岂止释放，还该奖掖他，作一个全军的表率。"

"是，臣准定办，马上办。"

刘彻颔首道："你明白就好。"远远看到郭彤与李敢走入殿门，刘彻与卫青各归其位，坐了下来。

见到卫青，李敢的脸色一下子难看起来，但在皇帝面前，他不好发作，于是伏地俯首请安。

"大将军在此，你以下犯上，知罪吗？"

李敢低头不语，一副负气的样子。

"你打伤大将军，一句道歉的话都没有吗？"刘彻摇摇头，加重了语气。

李敢不情愿，但慑于皇帝之威，不得不从："末将一时激愤，伤了大将军，大将军位高望重，不与下走一般见识，望大将军海涵。"

李氏三兄弟自少时起，即在宫中为郎，与刘彻是自小玩到大的伙伴，他深知李敢生性倔强，能做到这个地步已经不容易，于是不再勉强他，息事宁人地说道：

"好，有李敢这番话，误会就算解开了。今日当着朕的面，二位就算和解了，卫青，你说呢？"

"圣上明辨，臣无话可说，李将军的事，臣也有责任，李敢一时激愤，臣不计较。"

刘彻使了个眼色，郭彤于是引李敢下殿，直送到未央宫东门，正待出宫，却见霍去病走了进来。

李敢在霍去病麾下带过兵，于是揖手致礼道："大司马，末将请安。"

霍去病哼了一声，并不回礼，径直走到二人面前，望着李敢，似笑非笑地问道："请我的安？不敢当。"

李敢的面色慢慢涨红了，负气道："怎么，我哪里得罪了大司马吗？"

"你以下犯上，连大将军都敢打。大将军是我娘舅，他涵养好，不与你计较，换了我，绝放不过你！"

李敢闻言，猛然心头火起，冷笑道："好啊，我就在这里，有本事就放马过来，我倒要看看你能把我怎样。"

霍去病皇亲贵戚，少年得志，年轻轻就做了大军统帅，养成了颐指气使的性子，哪里听得下这些，上前一步，挥拳向李敢打去。

李氏兄弟，自小都练就的一身功夫，李敢顺势一让，躲过了一拳。

霍去病略一侧身，双拳紧握，左右开弓，直击李敢面门。李敢躲闪腾挪，让过几拳后，一把攥住了霍去病的手腕，他身高力大，霍去病被攥住的双腕竟然动弹不得。霍去病怒目圆睁，气急败坏地叫道：

"你马上把手放开，不然要你好看！"

"是吗？"李敢嘿嘿一笑，手上加了力气，霍去病额上青筋暴起，脸上有了痛苦的表情。他猛然跃起，抢腿横扫李敢的下盘，李敢闪躲的同时，放开了对手的手腕，向后跳出一步，摆出一个再战的架势。

两人动手时，郭彤与宫门侍卫都怔在一旁，到这时方如梦初醒，一拥而上，将二人隔开。二人则仍不依不饶，隔空戟指怒骂。

郭彤扯住李敢的衣袖，小声呵斥道："将军刚在御前认错，又在这里与骠骑将军启衅，喧闹宫禁，就不怕皇上震怒吗。"

李敢掰开郭彤的手，恨声道："郭公公，谁先启的衅，你老要看好了！"言罢又指着被侍卫们挡着的霍去病道，"你们甥舅即便是皇亲贵戚，也莫欺人太甚，别以为你在北军做甚无人知晓，惹毛了，老子上变到天子处，跟尔们鱼死网破！"

北军，什么事？郭彤一头雾水，不解地看着李敢。再看霍去病，脸色煞白，停止了詈骂，夺过侍卫手中的长戟，再奔李敢而来。

"去病，不得无礼，你给我住手！"

随着一声断喝，不知何时跟过来的卫青，快步拦住霍去病，一把夺过长戟，交还给侍卫。转身向郭彤与李敢揖手致意。

"去病年少躁急，触犯了二位，我代他赔礼了。"言罢拉起霍去病，匆匆而去。

郭彤将李敢送出宫门，临别之际，看看四周无人，很小心地问道："方才将军说起北军，北军怎么了？将军可有话带给皇上？"

李敢乘坐的是一辆单马轺车，他望着郭彤，笑了笑，却顾左右而言他。

"劳公公远送，李敢就此别过，彼此保重了。"言罢一抖缰绳，轺车缓缓而去，留下郭彤在宫门前发怔。

九十四

　　日上三竿，张汤方才起身盥洗，今日是休沐之日，不上朝，通常这是朝官每周与家人游宴的日子，可他却独处一室，不许家人打扰。直到门人通报鲁谒居来访，他才打起精神，吩咐中厅见客。

　　鲁谒居是跟从他二十余年的老属下。张汤还是茂陵尉时，他是手下的掾史；张汤出任廷尉，用他为右监；张汤升任御史大夫，提拔他为御史中丞，鲁谒居是他的腹心之臣，无话不谈，相互间可以做到心领神会。官场上，他们是长官与下属；私底下，他们却更像是一对相知的密友。

　　"大人身子不舒服吗，要不要在下请个大夫看看？"仆人看茶后，见到张汤怏怏不快的样子，鲁谒居问道。

　　张汤勉强笑笑，指指胸口道："心病。"

　　"哦，病由何生，大人说出来，下走久病成医，或可想出个管用的方子呢。"鲁谒居早年得过消渴病，近些年来时好时坏，身材虽瘦了下来，颜面、腿脚都有些浮肿，他四下里寻医访药，常有些经验之谈。

　　张汤叹了口气道："跟你说了是心病。丞相平日唯唯诺诺，不想忽然有了骨头，在皇上面前大谈白金盗铸成风，暗喻这都是我的不是。皇上称赞他敢言，还赐了他几十亩冢地①。他风光了，而皇上由此疑我文过饰非。这不，

---

　　① 冢地，即用于埋葬死者的墓地。

皇帝往常出游，皆要我随驾，以便随时顾问，唯独今年不再带我，谒居你说，这是不是有意疏远？看来，我这个官要做到头了。"

"大人莫灰心，总会有办法的。大人说，皇帝赐给李蔡的冢地在哪里？"

"在阳陵，先帝的陵墓旁边。你问这个做甚？"

"没什么，问问而已。"

张汤郁闷多日，面对老友，大诉委屈。

"皇上一心想要降服匈奴，连年用兵，把前朝攒下来的家底用光了。有个叫卜式的老儿捐献家产以供军用，皇上大喜，表彰天下，期望诸侯富人们也都像他一样，捐助家资，报效国家，不想这些人一毛不拔，全作壁上观。做大臣的，当然要急朝廷之所急，变着法子于源节流，我给皇上出主意，举荐人才，帮了皇上的大忙，却惹得朝野侧目。凡事有利必有弊，事前谁能逆料？兴利除弊就得啦！结果账都算到我头上，谒居，你说我图的个甚！"

看到张汤颓丧的样子，鲁谒居心里涌起了一股要为朋友分忧解难的冲动。

"大人要小心，最近御史台各郡国来的文报中颇有攻讦朝廷币制的，尤其是赵国与中山国，夹枪带棒，虽未指名，字里行间可都是冲着大人来的。"

"你是说刘彭祖？诸王里最为险诐①的就是他，就凭他的所作所为，早就该办他了，可那厮是今上的兄长，投鼠忌器啊。"疏不间亲，张汤无奈地摇了摇头。

"未必。我听到一个信儿，赵王宫里的一个幸臣逃来长安，赴宫门上变②，举报赵太子逆伦无道，据说皇帝已经传谕召见。"

"哦，甚人？怎么回事？"张汤双眼一亮，一下子来了精神。

"此人名叫江齐，邯郸人，其女弟善于鼓琴歌舞，被太子丹看上，嫁入宫中，江齐亦缘此入宫，成为赵王的座上宾。不想那刘丹生性淫邪，渔色无餍，乃至与其姊妹相奸，风声走漏后，太子疑心是江齐兄妹告的密，于是派人抓捕他，他得信逃脱，而其父兄女弟皆连坐弃世。杀父破家之仇，不共戴天，这江齐

---

① 险诐，险，阴险；诐，诡辩。

② 上变，向朝廷告发谋反大逆等罪行。

算是与赵王父子结下了死仇，他们的斑斑劣迹，必会假江某之口上达圣听。大人，你说这是不是天意？"

"这是甚时候的事，我怎么不知道？"

"四五天前吧。未央宫司马门接状后，以事关皇亲隐私，未转御史台，而是直接呈报给了皇帝。"

皇帝会怎样处置？会不会看在先帝遗嗣的分儿上又放他们一马？若是那样，皇帝会将呈状留中，也不会召见告变者，显然，皇帝不打算放过这对父子。一念至此，张汤脸上有了笑意："对，是天意，自作孽，不可活！"

鲁谒居一喜，随即又担心地问道："大人，你看皇上这次会办赵王父子吗？"

张汤想了想，颔首道："会吧，不然不会召见举报人。"

"好，等诏命下来，大人一定派我办这个案子，好……好收拾收拾这两父子，为……为大人……出口气。"鲁谒居好像被什么噎了一下，结巴起来，面色苍白，额上冷汗淋漓。

"谒居，怎么了，哪里不适？"张汤吃惊地望着他。

鲁谒居抹了一把额头上的冷汗，喘息道："老……老毛病犯了，心……心里……慌得厉害。大人这里可……可有吃食，我……我垫巴一下就好了。"

张汤立时传令庖厨上食。鲁谒居拣了块甜饼放入口中，细细地咀嚼了一阵，神色渐渐恢复了过来。

张汤舒了口气，关切地望着他，摇摇头道："你这病是重了呢，可不能大意，我会找太医令，派个御医帮你看看。"

"老毛病了，只能维持，大夫讲去不了根的。"他摆了摆手，呷了口茶，淡然一笑道，"想想这日子真是不抗过，在下跟从大人二十年，想起来还像是昨日的事情。我早想开了，人哪，都免不了一死，迟或早而已。"

两人相对无言，神情中各有几分悲戚与无奈。

"不说这个了。皇帝疏远大人，在下觉得不光是丞相的事情，还应该有人在暗中使坏，大人不可不防。"

"谁？你是指李文，他如何使坏？"

张汤闻言，几乎立刻就断定，使坏者是李文。他在任二百石的茂陵尉时，李文已是千石的县令，是他的顶头上司。后来张汤巴结上了田蚡，被擢为丞相府的长史，之后一路高升，由侍御史而廷尉而御史大夫，做到了三公的高位，而李文则沉沦下僚，直到去年才升任御史中丞，成了张汤的属下。公堂上见面，从前的属下成了自己的上司，尴尬而外，还得毕恭毕敬地侍候，李文心里那分不甘与嫉恨，如虫子一般时时啮咬着他的心。张汤也能感觉到恭顺后面的不忿，于是常有意无意地挑他的毛病，给他难堪，使其不安于位。

各郡国与三辅呈报到朝廷的上计公文，除去直达御前的密件，通常都由御史台初阅摘要上报，李文是侍御史，能接触兰台秘籍，受理呈文奏事，就中有不少由他摘要上报。文书报到御前，皇帝都是先看摘要，觉得要紧才看原件。故摘要的作用潜移默化，往往会造成皇帝的先入之见。张汤常在御前，李文则利用这个机会，单拣不利于张汤处摘要，而地方上对于新币制引发的伪币泛滥的众多文报，他都会不加讳饰地直接送报，给朝廷造成舆情一片恶评的印象。

鲁谒居颔首道："对，就是他。前几日趁他休沐，我看了几份尚未报送的摘要，又比对了原件，这一看，就看出了毛病，这个人唯恐天下不乱，处处曲笔，将私铸泛滥之事，借机渲染，为的是甚？还不是想把大人诬为祸首。"

张汤恨声道："我能觉出他的嫉恨，可没想到他窝里反，居然在背后搞我！看来这个祸害，不除是不行了。"

"大人只要有这个心，其他的事情交给在下好了。"

张汤点点头，前席相就，两人造膝密谈。良久，他拍着鲁谒居的手，嘱咐道："这件案子，办，就要滴水不漏，办成铁案。"

几乎是在同时，上林苑犬台宫内，刘彻召见了匈奴派来的使臣。伊稚斜想要和亲，显然漠北之战打痛了他，可作为战败者，刘彻以为单于已没有资格再提这种要求，他想要的是单于的内附，像河西匈奴一样，成为大汉的属国。乘着对手的颓势，趁热打铁，诱其归顺，或许正是时候。以往和亲出使，朝廷派出的都是宗正、大行这类九卿秩次的大臣，以符敌体，但刘彻如今已视匈奴为外藩，则使臣的秩次也要相应降低，到底派谁出使，完成说动伊稚斜内附的使命呢？

"陛下是在考虑派人出使匈奴吗？"

刘彻循声望去，却是随侍在旁的谒者①终军，这个十八岁就被选为博士弟子的青年，非但学识渊博，且有股生气勃勃、一往无前的劲头，很得刘彻的喜爱与器重，故每每带他在身旁，以资顾问。

"怎么？子云有甚建议么？"

终军上前一步，伏地顿首道："军身无寸功，得列宿卫，食禄五年，本应像那些郎官一样，被坚执锐，矢石前行。可惜驽下不习金革之事，但愿凭三寸之舌辅佐明使，游说匈奴，擘画吉凶于单于之前，晓以大义，促其来归。"

"你年岁尚轻，单于见我派个娃娃去，会误会朕轻视他，反倒误事。你少安毋躁，早晚有你出头的机会。"刘彻看着他，笑着摇了摇头。私心里，他认为以终军出使，未免大材小用，万一给匈奴扣住了，不划算，不如留待以备大用。

"陛下，那个告变的赵国人，已奉召在宫门候见。他称来京仓促，衣装无备，自请以日常冠服见驾，可否允准？"谒者令郭彤，送使臣出宫就馆，正遇奉诏前来的江齐，嘱其宫门候见，自己先一步进宫禀报。

刘彻颔首。他已看过了江齐的上书，书中对赵王父子恶行的揭露，淋漓尽致而又具体而微，令人动容，这勾起了刘彻的好奇，于是传谕召见，若果如所料，就留为己用。

伴随着宦者们由远及近的传唤声，殿门外走进来一位男子。男子身材高挑伟岸，脸型轮廓分明，身着黑色深衣，曲裾后垂，交输有如燕尾，外罩着件半透明的绢丝禅衣，头戴帛制的步摇冠，以翠羽为缨，远远望去，飘飘然似神仙中人。

从第一眼起，这形象就令刘彻大起好感，他看了看随侍在旁的郭彤与终军，赞道："难怪都说燕赵多奇士，看他这样子，此言不虚！"

"罪臣江齐敬颂陛下长乐未央，顿首顿首，死罪死罪。"男人走近御前，伏地顿首请安。

刘彻指指身前的蒲席，示意他坐下说话。

---

① 谒者，郎中令属员，掌宾赞受事，秩比县令，六百石。

"汝任赵王宫内何职？何以知晓太子丹那么多阴私，又为何告变长安？"

江齐再拜顿首，略作沉吟后，缓缓道出了他的遭遇。

"罪臣之女弟善鼓琴歌舞，为太子丹看中，嫁入宫中，罪臣亦夤缘入宫，初任舍人，后得赵王识拔为上客，颇倚任，忽忽不觉已十年矣。

"不想那太子丹淫邪成癖，悖逆伦常，与同产姊妹奸宿，又交通郡国豪猾，椎埋攻剽，无恶不作，秽声四扬。罪臣虽知其劣迹，皆因女弟而隐忍不发。不知赵王何以风闻，怒斥太子，而太子以为吾兄妹所为，欲加害之，罪臣不得已逃亡，而赵王袒护其子，收吾父兄于狱，追比折磨至死，且杀吾妹。孟子说过，君视民若草芥，民视君如寇仇。罪臣家破人亡，命悬一线，只剩告变一途，唯望圣明天子解臣所蒙覆盆之冤……"说到沉痛处，江齐唏嘘泣下，大放悲声，闻者动容。刘彻示意郭彤，递给江齐一条汗巾。

"汝上书中所言，可有人证？否则以下犯上，可是重罪。"

"当然有，邯郸城内的豪猾恶少、太子宫中的男女宫人都是人证，可赵王手眼通天，朝廷任用的官吏都惧其三分，在赵国绝难取证，除非将人犯异地拘审，这些人证方敢开口。"

刘彭祖巧言令色，精研律法，尤善以诡辩陷人于罪，得知有朝廷大员派赴邯郸，他都会布帛单衣，亲赴驿馆扫除迎接，设宴款待，每每趁席间酒意醺然之际，百般试探，诱其失言，日后以此胁迫，不从者则告讦之，以是，朝廷所派任的官员无不视赵国为畏途。这江齐说得不错，案子不能在赵国办。

"终军，你传朕谕与张汤，要他选个得力的御史做专使，调集周边几郡的吏卒，赴邯郸围捕太子丹，押解魏郡①审办。"

话音刚落，江齐感激涕零，顿首连连，大颂圣明。

"圣上英明天纵，小臣沉冤得雪，恩同再造，齐愿生生世世做狗马以供驱策……"

刘彻打断他，问道："你名字中这个齐字作何讲？"

"听家父讲，孔子说过见贤思齐，所以用了这个'齐'字作名。"

---

① 魏郡，地望在今河南北部，与赵国相邻，郡治为邺城（今河北临漳县西南）。

"朕看你一表人才，也赐你一个字作名，出自孟子：'充实之谓美，充实而有光辉之谓大。'朕就取这个'充'字赐汝为名，今后你就叫江充，望汝人如其名，不负朕望。"

江充闻言，喜动颜色：

"圣上为小臣洗雪沉冤，恩同再造，又赐名于我，幸何如之！昨日那个江齐已死，今日之江充犹如再生，臣誓不负圣上所望，愿为狗马以供驱策。"

"赵王看得起的人不多，既奉汝为上客，想必本事不小。既愿为朕做事，就将汝的本事，说来听听。"

"本事不敢当，小臣少时曾熟读申韩商君之书，赵王亦好此术，时常命臣等与之辩难，无非帮闲而已。"

"朕外事四夷，内改币制，耗费繁巨，朝野啧有烦言。这件事，以你所奉之术作何譬解？"

"商鞅变法，秦人不悦，秦孝公责问，他的回答是：'民不可与虑始，而可与乐成，至德者不和于俗，成大功者不谋于众，是以圣人苟可以强国，不法其故。'秦用其法，果致富强而一统六国，是为先例。圣上英明天纵，深谋远虑，自当独断乾纲。臣民拘于故常，只看得到眼前那点儿利害，待到大功告成那一日，朝野都会心悦诚服的。"

江充侃侃而谈，刘彻不由得刮目相看，就在那一刻，他决心将此人收为己用。

"说得好，很多大臣都还赶不上江君的见识，朕先派你个差事，做得好，当重用汝。"

"陛下拘审太子丹，小臣愿做证人……"

"证人用不着汝做，朕要派给你的，是作为副贰，出使匈奴，向单于阐明利害，促其归顺。"

江充一怔，随即憬然，顿首谢恩。

"陛下为何派这么个人与胡人交涉？正使又派何人呢？"终军颇觉失落，江充退下后，忍不住追问。

"伊稚斜狡诈非常，对付他，江充的长短之术更好用。"

"那么正使选派何人，陛下有了人选吗？"终军跃跃欲试地问道。

"当然有，就是丞相府的长史任敞。郭彤，你马上传谕给丞相，命其速来行在觐见。再命大行招募随员，调集车马粮秣，一俟齐备，尽早出塞赶赴蹛林。"

看到终军失落的样子，刘彻笑道："朕说过，早晚会有用汝之日，汝少安毋躁，随朕去狗监走走，看看他们新配出的狗儿们。"

九十五

元狩五年三月的长安，春寒料峭，随风飘落着淅淅沥沥的小雪，将城内八街九陌点染得一片迷蒙。尚冠里丞相府前院的厢房，是相府属员办公事的所在，时近隅中①，屋内两名当值的中年官吏正围坐在炭火盆旁向火闲话。

"边君，昨日赵王的上书你看过没？依你之见，皇帝会答应他的请求吗？"个子矮胖者名王朝，齐人，以术数干谒入仕，发达很早，曾任秩二千石的右内史之职，几年前因事降职，降秩为千石的丞相府长史。他边用火钳将火头拨旺，边向对面的瘦高个儿发问。

被称作"边君"者也是齐人，名边通，以短长之术入仕，官也做到二千石的济南国相，同样因为公事上的挂误降秩为千石的长史。既有乡谊，仕途又同遇蹉跌，两人惺惺相惜，相识不久就成了无话不谈的密友。

边通摇摇头道："我昨日不当值，没看到。上书里说些甚？"

"当然是为儿子辩诬，说是愿意自费招募国内勇敢之士，编伍成军，交给朝廷去打匈奴，只求放回刘丹，复太子之位。看来，这回这老家伙是真的怕了。"

边通哼了一声，不屑地笑笑："办案子的是张汤的爱将鲁谒居，儿子落到这个狠人手里，赵王当然得怕。"

---

① 隅中，汉代计时单位，时将近午。

去年秋，御史台奉诏查办赵太子一案，张汤交由鲁谒居主持。鲁谒居一到赵国，先将王宫围了个水泄不通，宫门卫士全数缴械，敕令赵王即日交出太子，否则时限一过，将直接入宫抓人。赵王无奈，只得交人，鲁谒居又于太子宫暨邯郸城内大索三日，将刘丹与一干人证押至邺城，昼夜熬审，很快就坐实了罪状，刘丹被废黜圈禁，以死罪待决。赵王气焰尽失，一时间朝野称快。

"老家伙以为皇帝志在降服匈奴，想投其所好，殊不知朝廷眼下力有未逮，他那点儿人派不上用场。只可惜子开兄滞留于漠北，反倒成就了江某人。"

边通口中的子开就是丞相府的另一同事——长史任敞，字子开。去年秋皇帝钦点任敞为出使匈奴的正使，其时，匈奴各部大会于蹛林，使团抵达后，伊稚斜以为汉帝答应了他的和亲请求，亲自接见，不料任敞开口就要求匈奴内附，以外臣朝请于边塞，之后才能谈互市与和亲之事。伊稚斜则坚持两国关系一仍其旧，对等相交，任敞答称贵国连遭重挫，国力大衰，与其强撑，莫如归顺，朝廷宽仁为怀，定会善待之。伊稚斜恼羞成怒，竟将任敞扣押，将副使江充一干人等驱逐出境。

王朝将髯微笑道："哈哈，老兄不平了么！同是学长短之术，江某干进有术，老兄又气得个甚？不过说起来，这个江充倒真是个厉害角色，险狠如赵王者，吃了他的大亏不说，长安的贵戚子弟多年来横行街市、声色犬马、骄奢无度的痼疾，遇上了他，硬是一针见血，药到病除，难怪皇帝器重他。"

原来江充狼狈返朝后，刘彻非但没有怪罪他，反而任用为直指绣衣使者，命其督捕三辅盗贼，纠察京师违禁逾制之事。江充抖擞精神，一心想做出成绩以报君恩。他每日带同手下，游走于八街九陌，终于寻到了打开局面的办法。

原来，长安周边数条大道，中间皆为皇帝专用的驰道，驰道宽五十步，道侧每隔三丈植以青松，自秦及今近百年，皆已长成郁郁葱葱的大树，绿荫华盖，冬夏常青。汉代行道各有制度，驰道两侧皆筑有旁道，是为国人通行者；中央三丈，是为皇帝车驾专行之路，非经特许，即使皇亲国戚、诸侯百官亦不得践越，不如令者，皆没入其车马。

其时，驰道制度日渐废弛，飞车走马，招摇于驰道的王公贵戚，日甚一日。于是江充于驰道连日蹲守，将违规逾制者一一记录在案，上报御前，并请将这些违规之车马没收充公，违规之人则责令赴北军报到备案，从军击胡。得到皇帝认可后，江充调集宫内禁卫将那些犯事的王孙公子尽数押解到北军，命门卫严加看管。众贵戚阖门惶惶，纷纷进宫觐见，请以钱赎人，经皇帝允准，数日内北军收到的赎金高达几千万。

又一日，江充蹲守在树荫之中，但见驰道上一队车骑自长门宫方向逶迤而来，待到近前，江充手下一干人跃出阻拦，高声呵斥停车。车驭不以为意，傲慢地呵斥拦路的差役，直到身着绣衣的江充现身，方大惊失色，停车交涉。车骑是馆陶大长公主家的，长公主去长门宫探望女儿，多少年来走的都是驰道，这是太皇太后当年特许的。江充闻言，下令先放大长公主的座车过去，其余数辆全数扣押充公。交涉再三，江充咬定太皇太后特许的只是长公主个人，而非其家仆随从，除非再有今上的特许，随行车骑绝不放行，最后，尊贵如刘嫖者竟也无可奈何，只能单车返城，随行车骑经奏劾后全部罚没入官。这几件事声震三辅，王公贵戚大为收敛，驰道上几乎再见不到违规的车骑了。

对江充之所为，皇帝大加赞赏，称其奉法不阿，忠直可嘉，一时间他几乎成了皇帝身边的第一红人。

边通点了点头，叹息道："你说的也是。这厮真是不管不顾，全身心投入，把自己当作了皇帝的一只忠犬，咱家比不了。不过，有道是'人无远虑，必有近忧'，似这般不留余地，四面树敌，他也就回不了头了，他选的是条不归之路。"

两人注视着明灭不一的炭火，相与嗟叹，良久，方各归其位，翻阅几案上的公牍。

"子乾，你快来看看，李文出事了！"边通指着铺开在几案上的简牍，惊叫起来。李文是他俩的老友，前两日的朝会上，彼此还打过招呼，不想再得消息，斯人已在狱中。

"甚事？"王朝抬起头，不解地问。

"这御史台奏报的公事里，称他交结诸侯，暗通赵王。"

"暗通赵王？御史台……"王朝蹙额思索了良久，恍然道，"这就对了，李君对咱们说过他与张汤的恩怨，定是张汤所为。"

边通摇摇头道："未必，案卷称赵国有人飞书上变，指称他与赵王暗通书信，窥探朝廷消息。"

"甚人上变？怎么知道不是诬告？有证据吗？"

"赵王府的宫人，名许超，与诸多人证一起押在邺城，告变为的是将功赎罪。"

王朝冷笑道："这张汤竟是一石两鸟，既办了太子丹，也顺手拔去了眼中钉。咱们该建议丞相，提许超来京勘证，我敢说这是张汤与鲁谒居合谋下的套。"

说到丞相，两人不约而同地望了望院中设立的日晷。时近晡时，天色转晴，按常规，李蔡早该退朝回府了。

丞相府有长史四人，除去被扣在匈奴的任敞，其余三人，王朝、边通、朱买臣，皆曾位至二千石，其时张汤不过是个籍籍无名的小吏，后得田蚡识拔，先后出任千石的长史、侍御史与太中大夫，奔走趋奉于朝堂，于买臣等恭敬如仪。而后三人先后遭遇贬黜，沉沦下僚。而张汤则由廷尉而御史大夫，又数度代行丞相事，权势炙手可热。三长史皆以学术进身，又都曾跻身高位，对于出身于刀笔小吏的张汤，不免心存藐视，而张亦心知肚明，每每在公事上吹毛求疵，颐指气使，羞辱三人。尤其是，张汤治淮南狱，诛杀有恩于朱买臣的严助，买臣衔恨甚深，双方遂成积不相能之势。

李文之狱背后有着张汤的影子，其人熟谙刀笔，玩弄律法于股掌之上，又身居高位，可以轻易陷人于罪，之前的严助、颜异、李文等皆可谓前车之鉴。一念至此，边通、王朝面面相觑，都觉出了彼此眼中那彻骨的寒意。

直至薄暮时分，大门外方传来车马的嘶鸣，王朝与边通以为丞相回来了，相与去门前迎接，不料进来的，却是随李蔡上朝的朱买臣。

"翁子，丞相呢？"

"进屋说，进屋说。"朱买臣脸色十分难看，径直向屋内走去。落座后，他用火钳拨了拨炭火，蹙额叹息道："丞相家出了大事，退朝后径直回了私邸。"

迎着同僚们吃惊的目光，朱买臣搓搓手，细细讲述了事情的经过。今日的朝会，皇帝正式颁布了去年议定的三道诏令：以匈奴扣押汉使，关系再度恶化，战事随时可能爆发，为加快马匹的繁育，再平巢牡马二十万匹与民间；正式推行五铢钱；徙天下奸猾吏民于边郡。正待散朝之际，阳陵令送来上变简牍，未具名，事关重大，于是上送。卷牍告丞相李蔡借赐地之机滥行贪占盗卖，实际圈地三顷①，转卖得钱四十余万，而其亲属却并未葬在所赐冢地之中，而是葬在了阳陵享堂外神道外侧的空地上，实属欺君罔上，大逆不道。

皇帝阅罢，询问其事真假，李蔡与掌管宗庙礼仪与各陵县的太常、戚侯李信成皆茫然不知。李蔡分辨称李氏世居陇西，庐墓均在家乡。从兄李广死事，皇帝念其为先帝功臣，归葬不易，特赐阳陵冢地，以陪葬阳陵，所占仅只一亩而已，其余冢地的丈量圈占，自己委托家丞办理，并未亲自到场。于是皇帝敕令太常派人速去阳陵勘察李氏冢地实际亩数，这一等就是几个时辰。结果查实果然多占数倍之地，李家人也确实将多余的地亩卖给了一个富商，契约上买主名鱼翁叔，人已离家外出，家人称月前就已出关贩鬻去了。

王朝叹息道："这可是坐实了欺君罔上了，丞相看来凶多吉少。那个圈地卖地的家丞呢？没有查查事情的原委吗？"

"当然抓了，已经押到中尉府看管了。皇帝怒甚，责备丞相与太常玩忽职守，以致属下上下其手，当廷罢了李信成的职，又责令丞相闭门思过，听候处置。"李蔡罹罪，朱买臣最担心的是，一旦丞相去职，张汤会顺理成章地继任丞相，那么他们几个长史就落入了对头的掌握，搞不好会像李文，被张汤一个个收拾掉。

"城门失火，殃及池鱼，用不了许久，咱们几个怕也会是张汤俎上的鱼肉了！"王朝叫道，显然他与朱买臣想到了一处。

得尽快想个应对的办法出来。朱买臣、王朝对望了一眼，彼此已了然于心。而边通却默不作声，仿佛神游物外，在蹙眉苦思着什么。

"仲达，仲达！"朱买臣见状，大声招呼，边通一怔，猛然回过神来，觍然一笑道：

"抱歉，我走神了。"

朱买臣道："丞相罹罪，继任者当是张汤，吾等何以自处，仲达怎么想？"

"当然最好的是皇帝拜他人为相……"

---

① 汉代一顷五十亩，三顷一百五十亩，而刘彻赐予李蔡的冢地为仅二十亩，参见《汉书·李广苏建传》。

王朝嗔笑道："说了等于没说，以资历、秩次论，循例都该张汤接任丞相，皇帝又怎么会拜他人为相！"

"可若皇帝对他起了疑心，就一定会拜他人为相。"

"起疑心，怎么会？"

"你们想想，那个买地的富商前脚刚走，后脚就有人告变？这么巧，难道不可疑吗？"

"依你之见，是有人做了手脚，陷害丞相？"

"是否有人设套，我不敢肯定，不过前朝的临江王，也是栽在这样一宗无头案上。"

朱买臣与王朝对视了一眼，恍然而悟，当年临江王含冤自杀一案，举国震惊，案情也真的很相近。

"仲达如此说，可有证据？"

边通摇了摇头道："证据没有，可有的是疑点。"

王朝问道："疑点何在？"

边通没有理会王朝，径直追问朱买臣："今日朝会，张汤也在吧？"

"在。"

"皇帝询问此事时，张大人甚反应？"

朱买臣略作思忖，摇摇头道："冷眼旁观，一副事不关己高高挂起的样子。"

边通看定朱买臣，问道："翁子兄，你方才说过，那个买地的贾人名字叫鱼翁叔？"

朱买臣颔首："不错，买卖文书上有这个名字，怎么？"

"我听说过，长安城有几位与张大人交好的富商，此人是其中的一个。"

王朝不以为然："单凭这一条不足以为证……"

边通打断了他："当然不足以为证，可咱们以当年临江王一案之相似，再加上鱼翁叔蹊跷匿踪一事上书皇帝，足以引皇帝起疑，有了这点疑心，足可阻其上位。"

"对头。事不宜迟，咱们说干就干，我来执笔，你俩补充润色，连夜递进宫去。"朱买臣连连点头，边通所言甚是，今上乃雄猜之主，有临江王的前车，皇帝肯定会注意到此案的蹊跷之处。

几乎与此同时，张汤也在私邸宴请自邺城归来的鲁谒居。

"谒居，你这趟差事办得好，一石两鸟，快哉。来，你我满饮此杯，权当洗尘，我先干为敬了。"张汤一饮而尽，照照杯，红光满面，心情极为畅快。

"弟病消渴，不胜酒力，只能意思意思了。"鲁谒居皱皱眉头，就着杯缘抿了一口，就放下了。

"那就以茶代酒……"张汤命家人上茶，亲手为他斟了一盏，之后为他布菜。

"大人，李文在狱中如何？"

"还是不服罪，日日大呼冤枉。"

"打蛇不死，须防反噬，大人不可大意，还是早些送他上路为好。"

张汤面有难色，摇摇头道："眼下的廷尉司马安，是汲黯的外甥，行事圆滑，而居心深不可测，人在他的手里，不好办。"

"廷尉那班人，多是大人旧部，在下以为最好不循常规，找个靠得住的人做掉他，报称瘐死狱中，永绝后患为好。赵王宫里那个许超，已然瘐死，李文再闹，也只能自证清白了。"

张汤满意地笑了："老弟办事，最让人放心。谒居，李蔡罹罪，也是老弟的手笔吧。"

鲁谒居摇摇头："很多事情，大人不知道为好。那个鱼翁叔最好走得远远的，没有他，这不过是个贪占贿买的案子，他若被找到，万事休矣。"

"放心，此刻他应该已到岭南，不在我大汉的治下了。"

张汤夹起一箸菜，放入鲁谒居的食盘："谒居，尝尝这个菜，吾家庖厨新进了个厨子，烹饪甚精，不要辜负了他的手艺。"

鲁谒居细细咀嚼着菜品，连声赞好。"我这一向吃起东西来不知饥饱，总觉得饿，或许就是医家所说的'消谷善饥'吧。"

张汤摇摇头，好整以暇地笑了笑："人生苦短，以吾之见，咱们该吃吃，该喝喝，顺其自然。"

"大人以为我看不开？死生顺逆皆由天数，人生百年，亦不过白驹过隙。我早就想通了。可在下还有一愿未了，望大人成全。"

"谒居你说，只要我办得到。"

"这个病，我心里有数，是治不了的了。"鲁谒居拍拍腿，叹道，"在魏郡熬审人犯，近来老病又犯了，这两条腿一直肿胀不消，一按一个坑，脚趾发乌，有如针刺，又痛又麻。我不惧死，放不下的是我那兄弟。"鲁谒居父母早死，只留下他兄弟二人，幼弟名谒川，小他十几岁，由他一手带大。鲁谒居妻子前年故去，没有留下子息，家中只有兄弟二人，形影相吊。

张汤点点头道："你是说谒川，想怎样安排，你说。"

"我这兄弟性情躁急冲动，不是做官的材料。这些年我也略有积蓄，打算留给他，成个家，做些小生意，可以无虞冻馁。只是我不在了，怕他受人欺侮，望大人念及旧谊，在他遇到难处时，看顾一下他，下走黄泉之下，也会祷祝大人阖家安顺的。"言毕，鲁谒居眼圈红红的，强忍着不让眼泪流下来。

张汤闻此，亦不觉鼻酸，嗔怪道："谒居何出此不吉之言！你在与不在，我都会拿谒川当自己兄弟看顾的。"

"大人此话当真？"

"当真。"

"击掌为誓？"

"击掌为誓。"

张汤肯定地点点头，伸出一掌，与鲁谒居相击。鲁谒居整个人放松下来，容光焕发，笑意盈盈，举起食案上的酒杯：

"有大人这句话，不枉我之所为，今晚我当与大人尽兴，舍命奉陪，不醉不归！"

厅外人声嘈杂，张汤正待发问，家人推开门，进来的是御史台派来报信的侍御史。

"大人，出大事了。丞相已于晡时自杀，李府上下已在素服举哀了。"

两人默然相视，莫逆于心，在侍御史退出后，鲁谒居笑逐颜开，敛衣顿首道："一人之下，万人之上，大人做到了！谒居恭祝大人即将荣升丞相，公侯万代。"

两人喜气洋洋，觥筹交错，这顿酒一直喝到人定①时分，仆佣将醺醺大醉

---

① 人定，汉代计时单位，夜深将息之际，近于子时。

的鲁谒居扶上轺车，张汤送至大门之外，并吩咐家丞亲自驾车送鲁谒居到家。

谁也没有注意到，停在街角凹处的一辆轺车中，一个黑衣人静静地注视着这一切。

九十六

　　李蔡自杀的翌晨，三长史的条陈也递了上来，力陈事出蹊跷，并举出临江王的旧案为证，吁请抓捕相关人犯，厘清事实，以祛众疑，以正视听。

　　可圈占阳陵祭地三顷为实，售卖多余冢地牟利亦为实，李蔡起码有失察的大过。事情若真有黑幕，主谋又是何人呢？三长史虽未实指，可拎出那个与张汤有旧的富商鱼翁叔，不啻欲盖弥彰，而理据很有力量——丞相出缺，谁是最大的受益者？当然是作为丞相副贰的御史大夫。果真如此，这个张汤的心机也就太深，也太黑了。

　　刘彻心里种下了深深的怀疑，他有些伤感地看着御案上的遗书，遗书是昨晚李家人呈递上来的，写在一方白色的缣帛上。

　　罪臣蔡再拜顿首，死罪死罪。陛下念臣僻乡之人，归葬不易，特赐冢地，家丞蒙蔽，罪涉簠簋①，臣纵容于前，失察于后，负陛下厚待老臣之意，罪无可绾。人无廉耻不立，唯愿一死以报君恩，是以免冠跣足，盘水加剑，造请室而自裁，与上永诀矣。②

---

　　① 簠簋，祭祀所用之礼器，簠簋不饰，比喻为官不廉。

　　② 汉贾谊《治安策》云：故古者礼不及庶人，刑不上大夫，所以宠励臣节也。又（大臣）闻谴何则白冠氂缨，盘水加剑，造请室而请罪耳。意思是受到君王的谴责与质问的大臣应自着丧服，闭门请罪，自行了断，而不必如囚徒般下狱受辱，为的是顾全大臣的体面与廉耻。

人死长已矣，而丞相承上启下，大位不可空缺，张汤原当顺位接任，现在看来，未可轻任。刘彻掂量再三，一时却想不到合适的人选。委决不下之际，谒者来报，卧病在家的汲黯，已应召来到殿外候见。正好可以听听师傅对人选的意见，刘彻起身换了正式的朝服，正了正发冠，吩咐传见。

汲黯年近七旬，发白如雪，而精神尚好。见到刘彻，想要伏地跪拜行礼，刘彻赶紧示意侍从扶他踞坐于蒲团之上。

刘彻望着汲黯，微笑道："师傅精神矍铄，身子看上去也大好了，可喜可贺。"

"呵呵，托陛下之福，老臣风烛残年，拖得一时是一时喽。陛下不忘老臣，是有什么事情了吧？"汲黯容颜颇见苍老，双目依然炯炯有神。

刘彻颔首："这些年老成凋零，人才不敷足用，朕有一事，还须借重师傅。"

汲黯摇摇头，哂笑道："陛下招延士大夫，常如不足，人才何以不敷足用？"

看来师傅又要倚老卖老，刘彻不悦道："以师傅看，人才何以不足？"

"陛下性格严峻，群臣虽素来所爱信者，或小有过错，或涉欺罔，辄按诛之，无所宽假，如颜异、义纵、严助、徐偃者。以是求贤甚诚，未尽其用即杀之，以有限之士恣无已之诛，臣恐天下贤才将尽，陛下谁与共为治乎？"汲黯动了感情，脸色渐红，气息咻咻了。

刘彻昂首大笑起来："以天下之广，何患无才？患人主不能识拔而已！苟能识之，又何患无才？是所谓千里马常有，而伯乐不常有。对吧？"

他拿起案上的一只玉杯，随手把玩起来。"朕所说的人才，犹如器物，无非量才器使。有才而不肯尽用者，如颜异，与无才同。或有才不仅不肯尽用，反而阻挠朕之大政，其才适足为害，如义纵者，当然得除掉，留之为患，贻害无穷！"

言毕，刘彻将玉杯猛然掷出，触地应声碎裂成数块。汲黯见状，摇摇头，叹了口气，不再言语。

良久，刘彻苦笑道："好了，不扯远的，师傅也听说了吧，丞相因过自杀，由谁接替李蔡，朕委决不下，还请师傅为朕贡献点儿意见。"

"丞相出缺，理应副贰接替，自然轮到张汤喽。"

"汲师傅也这样看？"刘彻不觉有些失望。

"哪里，是循例轮到张汤！若依我之见，最不宜用其为相。"

"为甚？"

"理由有两个。李丞相事出蹊跷，他的死，谁受益最大？张汤啊！所以他有嫌疑，此其一。"汲黯伸出了一个指头。

"陛下乃雄才大略之主，我自小看到大，错不了。由此丞相不宜太强，太强了相互抵牾，是所谓一山不容二虎。要用，就用个老成忠厚的人。张汤出身刀笔吏，智足以拒谏，诈足以饰非，狐假虎威，权移主上，不可用。此其二。"

汲黯伸出第二个指头时，刘彻已经决意另用他人了。对于张汤，他要再观察一段时间，是忠是奸，要看其落空后的表现。汲黯历来看不起张汤．评语未免过苛，刘彻看中的恰恰是张汤的头脑，也就是汲黯所不屑的"智"，尤其是他不惧树敌，一心为君上分忧的忠荩。

"那依师傅之见，丞相当用何人？"

"太子少傅庄青翟人品厚重，资历也够．可任丞相。"

庄青翟功臣之后，博士弟子出身，饱览群书，为人谨慎小心，做事中规中矩，建元年间曾任御史大夫，所以刘彻选他辅佐太子。按汲黯的标准，倒也适合做个弱势的丞相。

"谢谢师傅的举荐。还有件借重师傅的差事，方才跑了题，把正事忘了。"

"甚差事？陛下请讲。"

"淮阳①太守出缺，朕欲请师傅偏劳。"

淮阳地处中原，原为楚地，郡治陈县，距京师二千里之遥。以古稀之年出任外郡，形同放逐。一念至此，汲黯悲从中来，不觉泣下，非但不接印绶，反而伏地请辞。

"臣自卧病，自以为将埋骨于沟壑，不复能再见陛下，没想到陛下还惦记着老臣。臣虽风烛残年，常怀犬马恋主之心，外郡的公事，力所不任，黯愿为中郎，出入禁闼，拾遗补阙，献替于御前，此黯之所愿矣……"言及此，汲黯已唏嘘不已，语不成声了。

---

① 淮阳，汉郡，地望在今河南周口一带，郡治陈县。

刘彻心里虽不好受，可汲黯与朝廷现今推行的大政无一不抵牾，留他在身边，每日必聒噪不休，师生之谊难于保全，与其君臣反目于将来，莫如防患于未然。于是硬下心肠，板脸道：

"君以淮阳无足轻重乎？淮阳地处要冲，吏民不相得，私铸泛滥，非重臣坐镇不足以安定，吾所借重的，就是师傅的威重。像当年在东海一样，师傅可卧而治之，不是么？"

所谓卧而治之，原来多年前，刘彻嫌其直言切谏，曾外放汲黯出长东海郡。汲黯学宗黄老，以清静无为为治，慎择丞史，循名责实，政简刑清，岁余，而东海大治。于今，刘彻欲行大有为之政，师傅不合时宜，反倒是放到地方上可以得行素志，两不相妨。

看到皇帝执意外放，再争无益，汲黯再拜顿首，想要起身，试了两次仍起不来，郭彤赶忙上前扶他站起，汲黯长叹一声，接过印绶，揖手道："此去山高水远，老臣风烛残年，相见无期，就此别过了。寄望陛下与民休戚，亲净臣，远小人，以祖宗天下为重！"

望着师傅步履蹒跚的背影，刘彻心头像翻倒了五味瓶，犹豫、难过、不舍、如释重负……有一刻他几乎想要召唤师傅回来，但终究还是没有开口。

四月，车驾去了甘泉，皇帝外出期间，由张汤代行丞相职权，主持日常公务。

李蔡自杀逾月，新丞相任命的诏书却迟迟不见发布，本以为顺理成章的事情没有了下文，而此番皇帝外出，又没有要他随驾，这里面肯定有什么不对劲，个中的原因，张汤琢磨不透，他内心的忐忑、焦躁，使得他格外敏感，而三长史貌似恭顺，实则皮里阳秋，似乎在等着看他的笑话。为此他呼来喝去，把三人指使得团团转，又百般挑剔，故意难为三人，以发泄内心的戾气。

一日，田信来访，告知鲁谒居病重。张汤闻讯，放下公事，驾车登门探视。

"大人……"鲁谒居仰卧于榻上，见到张汤，强撑起身子，灰败的面色泛起一丝红晕。

"你莫动，好好躺着。"张汤握住鲁谒居的臂膀，扶他慢慢躺下。

"月来公事繁剧，也没倒出工夫看你，若非田信相告……嗐，还是说说老弟你的病情吧，又重了吗？"

"脚肿得下不了地了，看样子老天要收我去了。"鲁谒居苦笑着指了指脚的部位。

张汤掀开被盖，但见鲁谒居自小腿直至脚趾，肿起老高，皮肤泛着亮光，仿佛就要胀破的样子。张汤坐下，将鲁谒居的腿架于膝上，自内及外，自上而下地揉、捏、按摩，他手法轻柔，但额头很快就沁出了汗珠，看得出用力颇深。很快，鲁谒居的小腿和脚有了酸胀感，趾尖虽依然麻木，整个人感觉轻松了许多。

"想不到大人还有这一手，不比医家差啊。"鲁谒居要弟弟谒川拿两只靠枕垫在腰上，倚坐了起来。

"吾少时家父亦患此症，汤侍奉汤药无暇日，从那时起跟医家学会了这些手法。"

鲁谒居吩咐弟弟烹茶待客，两人闲话，看茶后，谒居屏退家人，与张汤闭门密谈。

"丞相的位置还空着，不会出甚差池吧？"鲁谒居问道，忧形于色。

"谁知道今上做何打算，等着瞧吧。"张汤摇摇头，三长史的条陈被皇帝留了中，他并不知道有人告了他。

"是不是有人在皇帝面前进了大人的谗言？"

"为皇上办事，免不得会内外树敌，得罪的人多了，难说。"

鲁谒居面色一下子严重了起来："木秀于林，风必摧之；行高于众，人必非之。大人，看来我们想简单了，得马上亡羊补牢。"

"亡羊补牢？你指甚？"张汤有些摸不着头脑，怔怔地望着鲁谒居。

"李文。"

李文下在廷尉大牢，为避嫌疑，张汤不便直接过问此案，况且现任廷尉正是老对头汲黯的外甥，心机颇深，令他心存忌惮，一时竟想不出什么好的办法。

"李文现在司马安手里，我不便出面，不好办。"

"大人当然不能出面，可有个人可办此事。"

"谁？"

"杜周。当年在廷尉，由义纵举荐与六人，用为尉史，后擢为中丞，大人于他有识拔之恩。"

"杜周，他不是一直在边郡缉查逃卒吗？"

"回来了，前两天还来我这里探过病。此人头脑精明，知恩图报，又是个杀伐决断的狠角色，李文的事情交代给他，当可消弭于无形。"

张汤心里一喜。杜周与他一样，都是出身刀笔小吏，故相互间有种天然的亲近感。张汤不仅在公事上格外看顾他，且不时耳提面命，传授办案的经验之谈，以致杜周私下称其为"老师"，自认为私淑弟子。张汤任廷尉时，可以视为心腹的，鲁谒居而外，就是杜周了，既然回来了，由他下手，最为稳妥。

主客在室内密谈，鲁谒川则与门前候命的车夫高谈阔论。身居高位的御史大夫来访，令他倍感荣耀，于是绘声绘色，大谈两家交情，尤其是大人亲为乃兄摩足的情形，引得巷中路人驻足倾听，啧啧称叹。

张汤告辞时，日已黄昏，遂直接打道回府。次日再赴相府，却见门前停着两辆辎车，进得府来，但见众多员役交头接耳，窃窃私语。尤其是三长史，恭敬如常的后面，散发着掩饰不住的快意。

"张大人，有中使自甘泉来，正在中厅等候大人。"见到张汤进来，朱买臣笑着迎上前去，揖手为礼。

张汤视若不见，昂然走入中厅，一眼看到正中坐着的人，却是皇帝身边的谒者所忠，旁边坐着的一个中年人，看着眼熟，好像是太子宫的师傅。张汤抢前一步，很恭敬地向所忠揖手为礼：

"公公安好，是从甘泉过来么？皇上……"

所忠也站了起来，不等张汤讲完，高声向张汤与三长史宣读敕谕："皇帝诏曰：以武强侯、太子少傅庄青翟为相。钦此。"

看到张汤瞠目结舌的样子，所忠堆下一副笑脸，揖手还礼道："皇上的口谕我带到了，张大人，过来见见新丞相，庄青翟庄大人。"

庄青翟也站起身来，煕煕和易，微笑着向张汤揖手为礼。

"张大人，久仰大名，今后共事，少不得要借重大人，请大人受我一拜。"

张汤尴尬地笑了笑，还礼道："哪里的话，君侯掌承天子，助理万机，张汤唯丞相马首是瞻，请多关照。"

所忠办完差，要回甘泉复命，张汤本该将经手的公事向新丞相交代，可他有满腹的疑窦要求解，于是将一切推给三长史，自己亦步亦趋地跟了出来。

"所公公慢走，我有一事不明，想问个究竟。"

"甚事？大人请讲。"所忠停下脚步，妤整以暇地望着他。

"这庄青翟什么来头，皇上何以用他为相？"

"他祖上是高祖皇帝的沛县老乡，相跟着打天下的功臣，几代下来传到他手里。庄丞相学问不小，博士弟子出身，斫以皇上用他做太子的师傅。为甚用他为相吗，不详细，听说是汲师傅举荐了他。"

难怪！张汤恨得牙痒痒，本来汲黯外放，去了自己一块心病，却不料临了还是被这老儿算计了一把！

半月后，阴暗潮湿的诏狱中，李文正倚在一堆稻草上假寐，远远传来的嘈杂人声将他惊醒。他自下狱已逾数月，每逢有狱吏巡视，他都会大声呼冤，但巡狱者大多无动于衷，无人认真理会。直至日前廷尉复审时，才认真听了他的自辩，并要他把自称的冤情写成文字上呈。回到牢房，虽然给了他笔墨、竹简，可一灯如豆，诉状写到一半时，灯油耗尽，徒呼奈何。

脚步声愈来愈近，灯光后面人影幢幢，停在了李文的囚室前。高举的提灯，晃得他眯起眼睛。两名狱卒在前，一人提灯，一人开锁，后面的阴影中，还有一人，个子不高，盯视着这个蓬头垢面的犯人。

"你就是李文？"阴影中的人面目不清，但阴恻恻的目光，令李文畏怯。

"是我，大人是……"话音未落，身前的狱卒迎面一掌，将李文打了个趔趄。

"在这个地界你个贼囚还不老实？好生回大人的话！"

那人又问："听说你不闲着鸣冤叫屈，是吗？"

"在下确实冤屈，廷尉大人听了我的申诉，命我落成文字。"

"哦，你写出来了？拿来看看。"那人双臂环抱于胸前，向旁边的狱卒点了点头。

狱卒走进囚室，拿起小几上的散简，交到那人手里。

就着提灯，那人看着竹简，光亮中，岀现的是一张似曾相识的面容，可李文一时仍记不起他是谁。

"你这诉状有头无尾……"

"实在是灯油不够用，写到一半就没了。"

"邺城那边的人犯指证你为赵王做卧底，窥探今上与朝臣们的消息。你说冤枉，口说无凭，证据呢？"

李文入狱后，苦苦思索自己入罪的原因，唯一可能与之相关的，是有次他在一家店里独酌，微醺之际，与邻座一伙赵国来京上计的小吏接谈，似乎曾经有过丑诋张汤的言语。至于勾结赵王，窥伺朝廷，是绝对没有过的事情。

"你在御史台摘要奏疏，与赵王合谋，屡屡构陷张大人，这是事实吧！"

犹如暗夜中的一道闪电，李文一下子明白了入罪的原委。太子丹一案的主审是张汤的心腹，所谓邺城的人证，无非是张汤、鲁谒居欲置自己于死地而作的局。一念至此，李文怒形于色，冷笑道：

"大人也是与张汤、鲁谒居一伙的吧？深文周纳，罗织成罪，不就是为了要我的命吗！"

那人冷冷地凝视着李文，吩咐道：

"这贼囚胡言乱语，脑袋烧得不轻，你们帮他凉快凉快！"言毕，径自离去。一个狱卒将李文手脚缚住，另一个狱卒不知从哪里提来一桶冰水，兜头倒在他身上。李文一激灵，浑身的关节开始不由自主地战抖，就在那一瞬间，他记起了那人的名字，大声詈骂道：

"杜周，你为虎作伥，不得好死！"

两名狱卒剥下李文的衣裳，紧紧缚住他的手脚后，扬长而去。半夜，李文发起了高热，谵妄不断，在曙色熹微时断了气。

九十七

甘泉宫是在秦代林光宫基础上扩建而成，规模宏大，周回近百里，是汉代皇家避暑的离宫。甘泉宫西面有片广阔的苑囿，饲养着大量的奇珍异兽，以鹿为最，亦名上林，人称甘泉上林，是供皇帝游艺与行猎的场所。苑中林木葱茏，草场繁茂，往年例于九月秋猎，但近年鹿群繁殖过盛，苑令奏报需要扩充草场，刘彻则决定将多余的雄鹿尽数放出，提前行猎，就在本月杀一围。

五月的甘泉，虽已是初夏，但早晚两头仍然凉爽。刘彻策马登上一处高地，随行的有大司马霍去病、谒者令郭彤、郎中令李敢及数十名羽林与期门卫士。高坡下有片很大的草场，数里开外则是一大片树林，隐约可见雄鹿的身影。

骑士们散开，成一字排列，随着号角响起，受惊的鹿开始向林子深处逃去，猎手们策马小跑，大声呼喊以驱赶鹿群，李敢一马当先地冲在前面，猎手们亦成数路纵队，分头扑向猎物。霍去病策马踟蹰，像是在找什么人，刘彻斜睨了他一眼，问道："去病征战、出猎向来身先士卒，今日是怎么啦？"

霍去病脸一红，不好意思地笑笑，目光却一直追随着驰骋在前方的猎手，仿佛在寻找着目标。猛然，他夹紧马肚，断喝一声，马儿如箭离弦，直追了出去。郭彤朝着他的去向看过去，但见李敢已脱离了大队，紧盯住一只向斜刺里飞奔的巨大雄鹿，转瞬间已经追进了林子。看到霍去病紧追其后，郭彤忽然有了种不祥的预感。

李敢深入林中，却不见了鹿的踪影，猎犬与骑士们的喧嚣声渐行渐弱，林子安静下来，偶尔能听到枝叶扰动的窸窣声。他跳下马，蹑手蹑脚，循声而进，前行了数百步，终于又看到了那头雄鹿，雄鹿警惕地四下张望，李敢闪到一棵大树后面，良久，雄鹿觉得安全，开始进食林木上新生的嫩叶。李敢屏住呼吸，慢慢张弓搭箭，觑准公鹿的脖颈……

长箭离弦，铮钅从有声，雄鹿惊觉，四目相对之际，箭已中的，雄鹿一声嘶鸣，扬蹄飞奔，趔趄数丈之后，轰然倒下，压倒了身旁的一丛灌木。李敢丢下长弓，快步赶到猎物身旁，雄鹿四肢抽搐着，目光暗淡、无助，箭创处鲜血汨汨而出，失血与窒息，使生命渐渐离它而去。雄鹿身型巨大，足有二千多斤，头上那副鹿角尤为可观。看着这庞然巨兽，李敢欣喜不置，他生平头一遭猎到这么大的鹿，思量着如何请人将鹿首制成一副墙饰，以为纪念。

正当摩挲着那对巨大的鹿角，李敢听到身后的蹄声，他以为是麾下的骑士们，头也不回地问道："谁带着刀或剑，拿过来我用用。"

"刀剑没有，弩箭倒是现成的。"

李敢猛然回头，却见骑在马上的原来是霍去病，手中的连弩已是箭在弦上，稳稳地瞄向自己。

"原来是大司马，你这是做甚？"显然，霍去病来意不善，李敢转过身，脸色略显苍白，但并未示弱。

"将军健忘么，上个月在未央宫司马门前，你以北军之事要挟我，北军何事？还要鱼死网破，说来听听。"霍去病眼中透着一股恨意，连弩一直对着李敢的胸口。

李敢以目相慑，全无怯意，冷笑道："你用不着装傻充愣，大丈夫敢作敢为，自己做下的事情不敢面对，大司马也不怕天下的人笑话？"

"笑话，怕你是看不到了！"霍去病策马转向，侧身将弩弦扣至弩机的牙上，恶狠狠地盯着李敢。

"你竟敢在御前杀朝廷大臣，会是甚下场你想过吗？"李敢的脸色更白了，他稍稍挪动了一下，试图靠近自己那张弓。

"你闭嘴，再动一下要你的命！"霍去病压低的声音，透着股狠劲儿。

"哈，你怕啦？有种你跟我刀对刀，枪对枪地较量，偷袭算他娘的基本事……"

李敢怒目圆睁，话音未落，弩箭已洞穿其前胸，他紧紧握住箭杆，血流如注，踉跄着倒在雄鹿的头前，抽搐了几下，就不动了。

"大司马，这是怎么了？"几名循声赶来的期门郎目睹此状，皆瞠目结舌。霍去病脑中一片空白，要做的事情已经做下了，他忽然有种解脱后的轻松感，良久，方才吩咐道：

"去报知皇上，就说是我射鹿时，不慎误中了郎中令。"

很快刘彻就赶了过来，他望着倒毙在地上的李敢，摇摇头，挥起手中的马鞭，劈头盖脸地抽向霍去病，霍去病并不躲闪，低着头一声不吭。

"误中，在朕面前你也敢扯谎？你老实给我说，你做甚要射他！"

"实在是李敢他打了大将军，末将愤懑难平，故报之以弩箭，臣擅杀朝廷大臣，是死罪，愿以性命相抵！"

事已至此，无可挽回，刘彻当然不打算以自己的爱将抵罪，而是要留着他打匈奴。于是下令将尸身上的箭杆截断，取出箭镞，用布包裹好，连夜送至长安李府殡葬。

刘彻扫视着所有在场的侍从与卫士，吩咐道："这件事你们都把它埋到肚子里，对外就说郎中令猎鹿时不慎为鹿角所触，意外身亡。消息由谁嘴中走漏出去，朕唯谁是问，记下了？"

众人皆揖手称诺。

皇帝不欲真相外泄，出之意外，这使霍去病于茫然中又生出了几分希冀。

刘彻瞟了眼身旁的霍去病，心里虽然已经放过了他，却仍是一脸严霜，不见一丝开化的影子。良久，斜睨着霍去病，恨声道：

"你二人都是我大汉的猛将，朝廷倚为干城，不想沙场余生，竟殇于自相残杀。霍去病你个混账东西，还振振有词！朕命你马上滚回长安，待罪家中，闭门思过。来人哪，送大司马回府。"

霍去病走后，刘彻跳下马，绕着那头巨鹿走了几转，吩咐侍从抬走。回程中一路无语，直至进了寝殿，方对郭彤叹息道：

"朕看那鹿颈上的箭支，乃李敢所射，李敢下马视鹿，不想却被霍去病背后偷袭，这小子睚眦必报，仗着朕的宠信，是愈发胆大妄为了，卫、李两家的怨恨，怕是解不开的了！"

"依奴才看，霍去病暗算李敢，怕不只是卫、李两家的嫌怨那么简单。"刘彻的话，引发了郭彤久已压在心里的疑窦，如鲠在喉，不吐不快。

"哦？这件事你怎么看？讲来！"刘彻斜睨着郭彤，颇不以为然。

"陛下还记得上个月在未央宫为卫、李二人劝和的事情吧。"

"嗯，两人当我的面释怨，言犹在耳，怎么？"

"事后奴才送郎中令大人出宫，在司马门遇到大司马，一言不合，两个人动起了手，奴才与门卫们劝阻之际，大将军赶来，拉走了大司马。"

"这又如何？霍去病骄狂惯了，又是睚眦必报的性子，你们早该告与朕，警告在先，就不会有今日的惨剧。"

"可对骂之际，李敢威胁要将北军之事告变于皇上，霍将军闻言勃然变色，欲与李敢性命相搏，可见霍将军是为此，才动了杀心。"

"哦，北军何事？"

"事后奴才问过郎中令，可他讳莫如深，笑而不答。"

臣下有事情瞒着自己，自古是国君最放心不下的，李敢讳莫如深，而霍去病为此杀人，这里面有什么不可告人之秘？刘彻起了疑，决意一查到底。

"这件事情你怎么看，但说无妨。"

"北军的事，奴才实在不敢妄言，但这件事情一定是发生在陛下不在京师之时。陛下若在京，没有甚事情能瞒得过去的。"

刘彻领首，思忖良久，猛然憬悟道："是了，一定是朕卧病鼎湖时候的事，郭彤，你要给我细细地查明此事。"

"奴才从何查起呢？"郭彤面露难色。

"北军平时归中尉府节制，当然要找王温舒，问问他朕在鼎湖时，北军有何异动。此事先不要声张，须暗中进行。"

郭彤顿首辞行："奴才奉诏，马上就回长安。"

刘彻领首，又叮嘱道："李广父子一生征战，于朝于民功劳甚大，你回到长安后，要代朕亲赴李府吊唁，厚赠赙赗，以见朝廷厚待功臣之意。李家孙辈，除已在宫内的李禹，还有什么人，一并报给朕，录用为羽林孤儿，俾使将门有后，长成后服事国家，再振家声。"

霍去病被押回长安后的第三日，椒房殿派人召卫青入宫，说是皇后有事情找他。卫青为了避嫌，平时除去朝会，轻易不会入宫向皇后请安，怕的就是引起朝野的闲话，说他夤缘椒房，靠着女人上位。卫子夫也很谨慎，从不主动找他，但这次指名要他进宫，说是正在椒房殿等他，有要事商量。

卫青不敢怠慢，相跟上宦者，直奔后宫，有宫人相接，直接引他进了寝殿。见到卫青，卫子夫招呼他坐下，屏去侍女，亲手为其布茶。卫青平时，算上节祭朝会，一年中也见不到几次皇后，就是能见到，也只是远处的一个身影。卫青呷了口茶，偷觑了眼坐在对面的皇后。卫子夫身着常服，妆容一丝不苟，可丰容盛鬋之下，眼角已有明显的鱼尾纹，皮肉也略显松弛了，再也不是十八年前那个令他心仪与自傲的三姐了。

"去病闯大祸了，你知道了吗？"卫子夫看着卫青，满腹心事。

卫青吃了一惊，失声道："不知道。去病出了甚事？"

"他在甘泉杀了人，就是那个殴打过你的李敢。"

"真的么？殿下的消息从何而来？"卫青心里一紧，霍去病的性子，冲动起来谁也拦不住，可他还是希望这不是真的。

"昨天被押回来的，你二姐去他府中探视，被缇骑挡住，说是皇上要他闭门思过，在家待罪。"

卫少儿是去病的亲娘，她听到消息后，径赴霍府，门卫没敢硬拦，被她冲了进去，但随即又被架了出来。随后她便进宫，呼天抢地，求皇后想办法救儿子一命。好不容易安抚与送走二姐，卫子夫夜不能寐，绕室彷徨，她所想的，更深，也更远。

李敢身任郎中令，位在九卿，是朝廷大臣，也是皇帝信任的近臣，再大的嫌怨，擅杀大臣，都是死罪。可处分却是在家闭门思过，看来，皇帝会放霍去病一条生路。

一念至此，卫青悬着的心放了下来。"皇后放心，皇帝爱惜将才，不会杀自己的爱将，否则去病也回不了长安的。"

"这里没外人，我们还是姐弟相称。"卫子夫端起壶，向卫青杯中续了些茶水，再抬起头时，却是一脸的严峻。

"去病的死活我不担心，我担心的是，这事情还没有完。仲卿，你觉没觉得，我们卫家危矣！"

"去病是霍家之人，他的事儿他自己担着，与我卫家何干？何况皇帝并未将他下狱，三姐未免过虑了。"卫青不以为然，又呷了口茶。

"霍家人？他也是你我的外甥，与李家结怨也为的是仲卿你，这层瓜葛我们抹不掉的。何况，行在那边并没有放下，还在查。"

"查？查甚？谁在查？"卫子夫眼中深深的恐惧，感染了卫青，他也觉得事情严重了。

"你大姐夫今早要你大姐来我这里报信，说是昨天去北军遛马，看到了郭彤。郭彤从小跟着今上，是他身边最受信任的奴才，不待在甘泉侍候，回长安做甚？去北军又做甚？肯定是皇帝派他回来，有事情要问王温舒。"

北军？卫青心里一阵燥热，额头涔涔汗出。他忽然明白了霍去病为何要杀李敢。那日司马门斗殴后，卫青曾苦苦劝说他不要再与李敢寻仇，霍去病闷声不语，离开时却撂下句话：他以北军之事要挟我，一旦事发，吾等家无噍类矣！看来杀李敢绝非个人嫌怨，而是有意灭口。

皇帝卧病鼎湖时，霍去病夜访卫府，两人间的夜话没人知道，可天知道他之前在北军做过些什么！他肯定做过说过些甚，不然李敢何能以此要挟？卫青眉头紧锁，细细搜索记忆中相关的每一点细节。

见到卫青神色大变，卫子夫亦心似悬旌，失口叫道："仲卿，去病在北军做下甚事？我们大祸临头了吗？"

"没有……阿姐少安毋躁，事缓则圆，我们还是静观其变为好。"

"不对，我记得皇帝卧病鼎湖那会儿，你曾入宫，亟劝吾遣使赴鼎湖问安。你和去病肯定谋划过什么，到了这个肯綮上，你还有甚好瞒的，说给为姐听，我们也好有个商量！"

霍去病是否曾策动北军入城戒严，卫青并不知情，可李敢之死，使他宁可信其有。如果有，真相结果或迟或早一定会水落石出，谋划宫变罪属大逆不道，那时候卫氏连带旁支亲族都会有灭顶之灾，卫青一时间乱了方寸，汗如雨下，好一阵子说不出话来。

见到这情景，卫子夫反倒冷静下来，她抓起一条锦帕，为卫青拭汗，拍拍他的胳膊，示意他冷静下来。

"是福不是祸，是祸躲不过，仲卿你把知道的事情说出来，我们一道想办法。"

卫青于是将那晚霍去病如何夜访，如何劝说他一同起兵入宫拥立太子，他又如何反对，反复辩难，最终不欢而散，而宫变的想法也就此搁置之事，一一详述与卫子夫。

"去病这孩子，天生就是匹戴不住笼头的野马！"卫子夫柳眉倒竖，双目含泪，爱恨交加。她既感激这个外甥对太子的一片忠荩，又恨他行事莽撞不计后果，为卫氏惹下了天大的祸事。

"我们卫家，出身卑微，到现在阖门亲贵，举朝无匹。古话说'日中则昃，月盈则食'，我身为中宫，早就战战兢兢，如履薄冰，怕的就是有这一天。可老天不从人愿，怕什么什么还是来了。好在仲卿你劝阻了他，搅黄了这件事，留给我们卫氏一线生机……"

"生机何在？"卫青不解地望着卫子夫，北军的事一坐实，卫氏阖门连坐，如霍去病所言，会落个家无噍类的下场，又何来生机呢？

"断臂求生，唯此一法。"卫子夫语声坚毅，眉头微蹙，肯定地点了点头。

"断臂求生？阿姐的意思是……"

皇后之言如电光火石，卫青已了然于心，霍去病是至亲，对他这个舅舅可谓维护备至，可这个外甥也是个强劲的竞争者，自漠北一战，霍去病的地位、声望与皇帝之宠信都压过了他，大将军府的门客，十有八九弃他而去，投奔了霍去病。他为外甥的大用高兴，也明白人往高处走的道理，可心里仍不免落寞。

"去病自作孽，一意孤行，不计后果，惹下这天大的祸事，我们顾不上他了。仲卿你要将此事上变，将你们夜谈之事，你如何劝阻乃至最后打消了他的念头，原原本本讲出来。"

"可即便讲出来，皇帝未必相信，会责备我当时为何不举报，律法上见知故纵，知情不举也是死罪。"

"现在甚时候，容得你瞻顾踟蹰！我入宫侍奉皇帝十八年，给他养了四个儿女，没人比我更知道他的脾性。皇帝是雄猜之主，最恨臣子有事相瞒，他若对谁起了疑心，再怎么坦白解释都晚了；对自己信任的人，只要忠诚坦白，即便有过，他也不会深究。眼下还没有怀疑到你头上，你先一步举报，就是卫氏的生机。"

卫青摇摇头，不觉悲从中来："可早不讲，晚不讲，单单去病出了事，吾等这样做，皇帝、朝野和舆情会怎么看？我们岂不成了背亲弃义、落井下石的小人？"

"皇帝独尊儒术，朝廷以孝治天下，儒术讲什么？为亲者讳！你不早讲，是你已打消了他的念头，宫变无疾而终，作为舅舅，也想给他个弃恶为善的机会，不想他怙恶不悛，再蹈罪衍，你才不得不大义灭亲。"

其实，卫青心里早已认同了皇后的主张，挽救卫氏，及早告变是唯一的出路，他之迟回瞻顾，任由皇后说服他，为的是尽可能减少良心的不安。而大事临头，卫子夫不让须眉，其沉着决断，处事缜密令他刮目相看。

卫子夫招呼重新沏茶，侍女退下后，她望着卫青，叮嘱道："还有，你不要上赶着去甘泉上变，而是要坐在家里等，一旦郭彤上门，提及北军，仲卿你再坦诚相对，将事情的始末原原本本地告诉他，托他转告皇帝。"

卫青点头称是，姐弟俩正待推敲告变的细节，侍女通报，太仆夫人有事求见。太仆公孙贺，其夫人乃卫子夫与卫青的大姐卫君孺，早间才来过，又来求见，必有要事相告。

卫君孺顾不上与二人见礼，满面喜色地道："去病有救了。我家老爷怕皇后着急，特为要我再来知会一声。"

原来朝廷一众大臣今早赴李府吊唁李敢，郭彤也去了，代皇上厚赠赙赠，说李敢是事出意外，围猎中遭雄鹿顶撞意外身亡。朝臣与李家疑窦虽多，亦只能唯唯称是。

"你们听这说辞，是不是皇上要保去病？死于意外，当然就没有去病什么事儿，你们二姐今儿个再去霍府，门禁也松了，让进了。"

卫青与卫子夫互望了一眼，皇后眼中的忧虑更深了，天知道李敢生前对皇帝说过什么，皇帝为何刻意隐瞒真相，他要郭彤查的又是什么呢？

九十八

元狩五年冬十月的一个下午，长安天气肃杀，草木摇落。一辆辎车疾驰而来，停在戚里隆虑侯府门前，车上跳下来一位公子，高鼻深目，面相英俊，一望而知有胡人血统。他招呼从人将一件沉重的包裹取下，监押着走入侯府大门。此人是长安城有名的贵戚子弟公孙敬声，其父为当朝太仆、位列九卿的公孙贺，母亲是卫皇后的长姐卫君孺。敬声少年入宫为郎，前不久又被加衔为侍中，得以隔日侍从御前，京师的贵戚子弟们多赋闲在家，很少有能入宫任职御前者，故颇为众人所艳羡。

得到门人通报，从内院中厅出来两个中年男子，一高一矮，忙不迭地叫道："老弟，何来之迟，令吾人空等了几个时辰？"

"还晚，这点儿钱搞来容易吗？不说谢谢，还说三道四，嫌晚今儿个就别玩了。"言罢挥挥手，示意从人将包裹扛出去。

高个子一把攥住公孙敬声的胳膊，赔笑道："别，别，子璧早早备下嘉旨①，静候老弟与吾等尽兴一博，作长夜之饮，老弟登堂而不入，主人家颜面何存？"

于是半嗔半哄，将公孙敬声拉进中厅。

高个儿胖子名金仲，母亲修成君，是当今皇帝的异父姐姐，故又称修成

---

① 嘉旨，美酒佳肴之谓。

子仲，这个当年京师出了名的纨绔，于今已是中年发福的模样。太皇太后王娡与他娘舅田蚡在世时，金家的权势在众外戚中一时无二，而今庇护者云亡，已不复当年风光。

矮个子名陈珏，也是皇帝的外甥，祖母是大长公主刘嫖，父陈蟜加封隆虑侯，母亲则是皇帝的亲妹隆虑公主，陈珏以门荫封为昭平君。陈家一门贵盛，比金家有过之而无不及。陈珏自小与金仲沆瀣一气，也是个有名的纨绔。隆虑侯在朝无职任，依制，夫妇俩长年住在封邑。陈珏是他们的独子，在娶了夷安公主①后，将家安在了京师的侯府。近年来隆虑公主多病，夷安多在封邑侍奉汤药，陈珏遂成脱缰野马，侯府也成了京师贵戚子弟常川聚首之处。

至于公孙敬声，风头还要盖过他们。皇后卫子夫是他亲姨，太子刘据、骠骑将军霍去病与他同为两姨兄弟，舅舅卫青战功卓著，拜封大将军，且结褵于帝姊平阳公主，与霍去病同为朝廷之柱石重臣。由是，与卫氏沾亲者皆随之而发达，尤其公孙敬声年纪轻轻就入侍宫中，成为天子身边的近臣，后来居上，于贵戚子弟中风头最健。每逢休沐日或不在宫中当值之际，他们都会呼朋引类，长安八街九陌的街头巷尾，不时可以听到看到这伙人纵马飞驰、呼卢喝雉、斗鸡走狗的身影。

皇帝拜江充为直指绣衣使者，主持三辅道路纠察以来，贵戚子弟们的好日子也到了头。江充连续抓扣了多起违规通行驰道者，金仲与陈珏都曾被他连车带人扣在北军，两家入巨资方被释出，否则受训后会派往边郡从军，以为教惩。从此纨绔们大为收敛，不敢再于驰道上纵马驰骋，横行街里。找乐子，最保险还是在自家宅邸的高墙之内，而陈珏的家长妻室皆在外郡，偌大一个侯府自然成了纨绔们聚会的首选。

今日的聚会，酒肴而外的主要目的是赌博，以六博设局，以箸为筹，说好了要赌把大的。三人的私蓄都投给了朱安世，不想朱某忽遭朝廷通缉，

---

① 案，汉代皇室多结姑舅亲。如景帝与其姐馆陶长公主刘嫖、武帝与其妹隆虑公主之子女均如此。夷安公主庶出，应为武帝某位嫔妃之女。

一年多不见踪影，搞不好这笔钱会血本无归。各家虽都是富家翁，可财权掌握在长辈手里，尤其是金家家道中落，修成君把家财攥得牢牢的，金仲不务正业，坐吃山空。近些年来，靠着自己的赌技，时不时挣些浮财，拮据度日。

公孙敬声虽在朝任官，可那份俸禄远不够他挥霍，时时要靠父母掜注，好在家门权势熏灼，不乏上门送礼请托者。没有公孙敬声，今日的博弈便没了赌资，只能是四目相对，寡淡无味的棋局了，这是金仲与陈珏对他低首下心的主要原因。

中厅间壁成三间，中堂设有食案，一大两小，大食案鸡鸭鱼肉，水陆杂陈，尚待烹饪；两张小食案上，则食具酒具、酱醢调料、杯盘刀箸等一应俱全。

"老弟是上宾，先用酒饭，还是先玩六博，你说了算。"金仲笑吟吟地看着公孙敬声，说道。

三人中金仲最长，陈珏居中，公孙敬声比金、陈小十余岁，平时皆以兄弟相称。

"当然先对弈，不然都喝醉了怎么玩！赢家包酒食，输家罚酒，记下账，用饭时一起算。"公孙敬声的心思全在赌局上，前些日子他输给金仲不少，此番想要回本。

"好。二位请进。"陈珏撩开门帘，将二人让进东侧一间，但见一张被漆成黑色的梓木棋桌置于蔺席之上，蔺席青色，锦绣包缘，棋桌周边设有四只供人踞坐的蒲团。棋桌上刻有一尺半见方的博局，居于中央的方框与标识曲道的┐、┌、┬、┴、┝等规矩纹均以阴刻而成，刻槽内再嵌鎏金铜线，熠熠生辉，倍添华贵。中间的方框中亦有阴刻嵌铜之水纹，内置一白一黑两条阴阳鱼。棋盒中则有玉石所制的或青或白之长方形棋子各六枚，再就是掷骰用的茕①，与一束六支象牙所制的算筹。汉代以前，掷采多用竹箸，自从有了骰子，箸演变为计算输赢的算筹，略同于后世之筹码。

---

① 茕，音琼，汉代六博对弈时掷采所用的骰子，为十八面体，面上刻有一、二、三、四等行棋步数，相对应的正反两面分别刻有"骄"与"妻畏"字样。掷骰得"骄"，可再投；得"妻畏"，则暂失行棋权。

公孙敬声解开包裹，里面是一贯贯五铢钱，还有一些白金，他将之一分为三，每人一份。

"怎么算，每筹多少？"他望着金仲，问道。

"一贯千钱，一筹一贯，如何？"分到每人手中约有十贯，约合万钱。

"好，就一筹一贯。不过话说在前头，这些钱是向我爹府里那些门客借的，要还的。"

"当然得还，不会让老弟你为难的。"金仲颔首，之后骂道，"姓朱的拿了钱跑路，害得咱们爷们儿没了赌资，让我逮着他，非双倍返还不能算完。"

陈珏冷笑道："你也就敢背后牢骚，当着师傅，你还不是得草鸡。"

公孙敬声不觉莞尔，他并不觉得师傅是拐钱跑路，摊上这种事不躲起来，难道自投罗网不成？他对朱安世有信心，觉得江湖上的大侠已诺必诚，说过的就一定会兑现，时间早晚而已。

六博两人对弈，一人观战，首局由公孙敬声执黑开局，金仲应战，陈珏观战。随着一声大叫，公孙敬声扬手掷采，那只牙茕滚了几滚，果然停在了"骄"字一面。他拾骰再掷，这次停在"四"，他拿起一支黑棋，沿曲道逆行四步，再掷再行，一直行到"水"中，将棋子竖起，将白鱼翻个，由是赢得两筹。

第二局他运气逆转，头一掷就得了个"妻畏"，行棋权转到金仲手中，金仲老于此道，连投连中，很快也行进到水中，将黑鱼翻个，赢回两筹。

第三局运气仍在金仲一边，屡投屡中，公孙敬声根本没有上手的机会，很快再胜一局。如此对战，公孙敬声输多胜少，不到一个时辰，十万赌资所剩无几。看着他恼恨无助的样子，金仲将赢下的钱推向对手，笑道：

"老弟莫急，这些钱你可用来接着赌，不过你我两不相欠了，如何？"

公孙敬声无奈，硬着头皮再赌，接下来几局略有斩获，先手以四：二，四：一扳回两局。但很快形势再度逆转，金仲一路领先，连投连有，很快又将公孙敬声的赌资收入囊中。这样里外里，金仲已赢下了两万钱。

陈珏看看将近晡时，提议暂歇用饭，公孙敬声一心回本，哪里肯停，于是借用主家的赌资再试身手。又战了半个时辰，运气奇好，连掷皆有，到了最后一掷时，他兴奋地连声大呼"五白"①，只待投中，就可翻本，不想那骰急转几过，停下后，却又是"妻畏"，行棋权又回归对方，金仲再次通吃，将三万钱席卷而空，而陈珏借出的一万则转为敬声的负债。

金仲将钱用包裹装好，嘿嘿一笑道："运气今日不在老弟一边，再战无益，麻烦主家预备笔墨绢帛，让敬声给我写个欠据。"

"赢钱想走？没门儿，接着来……"公孙敬声一肚子无名火，说话开始难听起来。

"话可不是这么说的，愿赌服输不是？况且运气在我这儿，老弟你不服也得服，对不？歇几日转转运，咱们再接着来。按你定的规矩，酒席的钱归我会账，咱们别辜负了主家预备下的嘉旨。"金仲笑吟吟地来扶公孙敬声，不想公孙扬臂猛地将他推开，他一个趔趄，险些跌倒。

金仲瞪着公孙敬声，沉下脸，语气也不对了："你小子年少，看在皇后太子的面上，咱爷们儿敬着你，你可别不识抬举。"

"既是愿赌服输，我今日就跟你赌到底，想走，没门儿！"

"好啊，接着赌，钱呢？你马上拍出钱来，我就跟你玩。没钱，想着空手套白狼？你当我是甚！"金仲将包裹撂在地上，斜睨着公孙，一脸不吝的劲头儿。

"那包里不是钱吗？就用它接着来。"公孙敬声俯身欲拾那包裹，金仲起脚将包裹踢到一边。

"这钱已姓了金，要用，你得管我借，借不借，得看爷的心情。"

公孙敬声气得满面通红，戟指怒骂道："放你娘了个狗臭屁，若不是我张罗，你个穷酸有得玩吗？"

"敢骂我，你个输不起的小杂种！"金仲怒从心起，上前一步，一拳直奔公孙敬声的面门而去。陈珏见势不好，忙将公孙拦在身后，自己左肩却中

---

①《楚辞·招魂》中有形容六博对弈时的场面："成枭（骁）而牟，呼五白些。"六博骁棋而外，其余五枚皆掷得黑子曰"卢"，掷得全白曰"雉"，故后世以"呼卢喝雉"形容掷采赌博。

了一拳。

正僵持间，家仆进来，俯在陈珏耳边说了些什么。陈珏喜笑颜开，摆手道："二位少安毋躁，有贵客到了。"

九十九

门帘掀起处，走进来两个人，公孙敬声双眼一亮，叫道："师傅，怎么是你！"

金仲也笑道："刚才还说起过师傅，看来师傅还真是不经念叨，一念叨就给念叨来了。师傅别来无恙，一向可好？"

来人是朱安世与钟三。他离开漠北后，与秦苨、钟三在朔方、五原、云中三郡的边塞上从事走私皮张的生意。匈奴有的是皮张，通过他在边塞集市上换得各种日用百货，很受欢迎，价钱也很好，赚了些钱，此番来长安，为的是偿付合作者们的利钱，打探京师的情势。朱安世知道陈珏父母妻子皆在封邑，故每到京师，都是在陈家打尖。

朱安世淡淡一笑，揖手为礼道："朝廷追缉得紧，这一向一直在塞上跑生意，还算好吧。今天是甚日子，几位公子都聚在这里？"

陈珏笑道："长安新来了个恶吏，街市上风声也紧，大伙都宅在家里，闲来无事，哥几个聚在一处博戏，打发时光而已。"

朱安世眉头一挑，问道："甚恶吏，能让你们几个不敢上街？"

陈珏道："是个叫江充的家伙，专跟豪门贵戚过不去。不提他了。边塞到长安千里之遥，师傅仆仆风尘，一路辛苦，还没用过饭吧。我这里刚好备有酒筵，师傅难得一见，就此好好聚聚，如何？"

朱安世指了指身后的汉子道："这是我生意上的朋友，你们叫他钟哥即可。"又对几人揖揖手，笑道，"也好，我们就叨扰陈公子了。"

众人分宾主入席，酒过数巡，互道契阔，都不免有了几分酒意。

"你刚才说的那个江充怎么个厉害法，能叫汝等不敢上街？"朱安世旧话重提，他要摸清长安现下的情势，以决定去留。

陈珏道："行法不避贵戚，谁犯到了，他都敢抓。譬如馆陶大长公主，皇上姑妈家的车马，当今皇太子家的车马，都被他抓扣罚没，有今上宠着他，也只能自认倒霉。"

"这家伙一肚子坏水，专在有钱有势人家身上打主意。谁犯到他手里，车马罚没不说，人还被扣在北军受训，说是以后送到边塞充军打匈奴，王孙公子没人不怕，都忙不迭地交钱赎人。这家伙给皇上开了条财路，备受宠信，谁也拿他没办法。"公孙敬声指了指陈珏和金仲，哂笑道，"这二位都尝到过被拘北军的滋味，花了大钱才出来，那江充的人日日在驰道上盯着，谁还敢找这份不自在。"

"呵呵，想不到二位小爷还受过这个……"想起当年金仲与陈珏横行长安街头的样子，如今受此窘辱，不得不龟缩于私宅，朱安世不由得忍俊不禁，扑哧笑出了声。

金仲的脸色却沉了下来，公孙敬声与朱安世一唱一和，明摆着是要他难堪，于是冷笑道："师傅说要倒腾西域良马，一去经年，杳无音信，想必赚到了大钱，应许下的丰厚回报，我们可一直等着呢。"

朱安世闻言，淡淡一笑道："如公子所知，朝廷对我一直严加缉拿，这桩买卖暂未做成，不过各位放心，公子们的母钱①都藏在安全的地方。大买卖没有，小买卖倒是赚了些钱，公子们的子钱，敝人会按时奉上的。"

言罢，他向那被称作钟哥的汉子使了个眼色，汉子拎出一条沉甸甸的袋子，交给了朱安世。他解开袋子，里面全是捆扎成束的五铢钱。

"按当初议定的息钱，年息什一，我先付头年的息钱，钱我带过来了，第二年的年息到期后我也会按时付给各位的。"

金仲佯笑道："朝廷的文告我们都看到过，以亡命之身做大生意谈何容易。弟子不才，也知道师傅处境艰窘，就不必勉为其难，为我们挣大钱了，师傅

---

① 母钱，即用以增值的本钱；子钱，以钱生钱，即高利贷之利息。

将本金退还与我，还差那几个月的息钱作罢，可好？"

朱安世一怔，没想到金仲会打退堂鼓，略作沉吟后，他看着公孙敬声与陈珏，点点头道："二位亦作此想吗？"

陈珏摇了摇头，公孙敬声则吃惊于金仲的无情，愤然道："我相信师傅的承诺。君子成人之美，不乘人之危，这种不仁不义的事情，我是做不来的。"

金仲闻言，怒目相向道："你输钱输急了眼，这会儿装他娘的甚仁义？老子要回自己的钱，有错吗！？"

朱安世摆摆手，止住二人，向陈珏与公孙敬声揖手道："我朱安世江湖一世，已诺必诚，二位公子的厚意我领了，容后图报。"他转过脸，看定金仲，笑道，"金公子，先收下息钱，本金嘛，等我下次来京师带给你，如何？"

金仲大摇其头，笑道："下次是甚时候？你不露面，我上哪儿找你？师傅人脉广，区区三万本金，用不几日即可筹得，还是请您费心把我这事儿了了吧。"

朱安世面有难色，蹙额道："我们明日就要离开长安，哪有时间筹借，公子家不缺钱用，刚才又赢下不少钱，就不能缓一缓，待我下次到长安与你清账吗？"

金仲笑道："师傅开玩笑，这点钱能难住你？我不像他俩，我老娘、二舅过世后，家道远不比从前了。况且谁知道你何时再来长安，我是真的等不起，对不起了，师傅，这钱你这回就得给我结清了。"

这小子刻薄如此，几近刁难，朱安世压住心里的火，淡然一笑道：

"你我相识多年，且有师弟之谊，如此相逼，所为何来？"他又指指那袋息钱，"我眼下就这些钱，你说怎么办？"

"好办。"金仲笑笑，指着陈珏与公孙敬声道："守着富家翁，还怕筹不到钱？他们两位也是你的弟子，向他们借就是了。"

老账未清，再借新债，明摆着是要给自己难堪。朱安世皱了下眉头，看定金仲："好，到这个份儿上，我也没甚好说的了，两条路由你选，听说尔博术了得，手气正顺，我就以息钱为本，咱们赌几局，输了，我会豁上这副面皮，向他们借钱，砸锅卖铁，我也会与你清账。再一条，息钱你先收下。本钱以后与你清。"

金仲家道败落以来，平日花销全靠博戏，京师少有对手，颇睥睨自雄。自相识以来，还从未见过师傅赌博，自信他不是对手，朱安世的提议，正中他的下怀，可趁此再赢下笔大钱。于是笑道：

"赌几局？可以，可丑话说在前头，赌场无父子，师傅莫怪我无情。师傅赢了，我认头，若是输了，我的本息又当如何，我可是不允拖后的！"

"陈公子，我若输，可能借我三万金？公孙公子，可能代我作保？"

这是前所未见的大赌，二人既兴奋，又紧张，齐齐点头首肯。

金仲面见朱安世真赌，却又不免心下忐忑，可脸上仍是副好整以暇的神情。他望着朱安世，点了点头，笑道："好，我倒要见识一下师傅的博技，怎么个玩法，六博，还是五木①？"

"五木。天色已晚，我们就来个痛快的，不用棋枰，以掷采定输赢，一掷胜者万钱，如何？"

"好。师傅先请！"

五木，又称樗蒲，是当时新兴的一种博戏，以掷采行棋，每方掷具（又称骰子）五枚，以樗木制成，呈两面扁平之杏核状，一面涂黑，一面涂白。黑者刻二为犊，称卢；白者刻二为雉，称雉。每掷一次，骰子翻滚转跃后都会形成不同的排列组合：五枚皆黑，是为贵采，称"卢"，其采十六；二雉三黑，是仅次于"卢"的贵采，称"雉"，其采十四。余下的组合，如二黑三白、三白两黑、四白一黑乃至五采全白，依次列等，皆为杂采。行棋的玩法，以掷采胜负决定行棋的先后，类同于六博，决胜负的时间较长，故一般赌徒皆喜以掷采决胜负，赌博遂有了"呼卢喝雉"的别称。

陈珏拿出一副骰子，朱安世握在手里转了几转，扬手一掷，三黑两白。金仲拾起骰子，掂量了一下，随掷随喝道："卢！"骰子落定后，果然五枚皆黑，再战再掷，金仲又接连胜出，不一会儿，那袋子息钱已输去了大半。再看朱安世，仍气定神闲，不以为意。

"手气顺了，真是不得了，我这里还剩有三万钱，我们来一把大的，

---

① 五木，古代博戏之一种，又称樗蒲。

三万一局，如何？"

金仲利令智昏，早已得意忘形，笑道："师傅输急眼了，想翻本？好说，全依你！"说罢，扬手一掷，骰子落定后是个"雉"，他得意洋洋地望着朱安世道，"师傅请。"

朱安世抓起骰子，气运丹田，大喝一声"卢"，掷出的骰子齐齐旋转于席上，倒下后五枚皆黑，果然是卢。继续博下去，连掷连有，呼卢得卢，喝雉得雉，如有神助。观战的陈珏和公孙敬声，起初还连声喊好，之后则面面相觑，瞠目结舌，吃惊得说不出话来。不一会儿，先前输掉的钱，连同公孙敬声输掉的赌资，全都被朱安世赢了回来。

金仲满头是汗，面色铁青，恨声道："你这里头有门道，我不服！"

"不服？不服可以再来啊，"朱安世冷笑着指了指席上的骰子，"这些都是陈公子的物件，你们常玩的，何以今日就有了门道？"

他抓起一袋钱，扔给公孙敬声："小赌怡情，大赌伤身，你是官身，聚众赌博的事情要是传到宫里去，前程堪忧，公子好自为之。"

"阿珏，借我些本钱。"金仲又急又恨，满心想的只是回本。

陈珏摇头道："手气不在你一边，再赌无益，借多少也是个输。老兄还是暂且放下，改日再战吧。"

输掉的钱，数逾百万，足够自己一年的花销，金仲心有不甘，决意孤注一掷了。他斜睨着朱安世，问道："我在你那里的本金，有三万吧？"

"不错，是三万金。"

"我即以此为资，咱们接着赌三局，万金一局，如何？"

朱安世呵呵一笑："公子才是输急了眼，把老本也拿来赌？我与尔有师徒之谊，息钱我一文不少地给你，本金容后再还，我已是仁至义尽，公子还是收手吧。"

"甚师徒之谊，今儿个也是到头了，你既不肯赌下去，欠我的本息，自当立马还清！"

"你输了还不认头，言而无信！也好，既已恩断义绝，我也就不客气了。不过丑话说在头里，愿赌服输，公子可能做到？"

"当然，可你输了，就得加倍返还我本金，六万金，对吧？"

朱安世点点头道："不错，赢了本金归我，输了还你六万。请吧。"

金仲屏气凝神，将手中的骰子摩挲了很久，方才掷出，落定后五木全黑，是个卢，他喜不自胜地问道："朱先生，还掷吗？"

"当然掷，不掷如何定输赢？"朱安世抓起骰子，在掌中掂了掂，扬腕一掷，骰子落定后也是个卢。

平局再掷，这次金仲是三黑两白，而朱安世得雉。第三局金仲掷出雉，而朱安世仍得卢胜出。金仲满头是汗，眼里像是要冒出火来，他抓起骰子，反复掂量，轻重一致，不像有甚机关。

朱安世淡淡一笑道："公子以为咱家耍老千？赌完这局，你可以砸开看看，里面若有水银，算我输。"

金仲咬咬牙再掷，二黑三白，而朱安世得雉。他将一袋五铢扔给金仲，笑道："论博术，公子道行还浅，我玩这东西的时候还没有你呢。本金我赢下了，可之前压在我那儿一年多，息钱还是要算的。"

他又从食案上拿起割肉的短刀，递与金仲。由他一一将骰子破开，全是实心的樗木，并无机关。

金仲嗒然若丧，拿起那袋钱，拂袖而去。出门前恶狠狠地丢下一句："姓朱的，你够狠，我们走着瞧！"

钟三拽了拽朱安世的衣襟，轻声道："这小子怀恨而去，会不会上变？"

朱安世冷笑道："知情不举，反与亡命之人饮宴赌博，有首匿①之罪，谅他也不敢。况且禁夜时分，里门②已经下钥③，他去哪里上变？"

于是对陈珏、公孙敬声点点头，举杯道："他走他的，咱们接着喝，二位的义气，安世感荷于心，我敬公子们一杯，先干为敬了。"

朱安世从公孙敬声口中得知，西园罚没入官，袁广汉也早已瘐死于狱中，王温舒在长安城内派有细作，查找他的踪迹，四塞关津都下了海捕文书。看

---

① 首匿，汉代刑律罪名之一，意为容留、藏匿逃亡有罪之人。

② 秦汉城市社区之称，百户上下，四周筑有墙垣，每日宵禁时，垣门落锁，禁止出入。

③ 下钥，落锁。

来关中非久留之地。翌晨，里门甫开，二人早早便出了城。

一路疾驰，过了灞桥，转往通往蓝田的大路，方按辔徐行。太阳升起，驱散了晨雾，道旁的树丛中，不时传来鸟儿的啁啾声。

"老三，此番南越之行，找到阿陵她们后，把匈奴欲与南越结盟抗汉之事告诉她们，要她们设法游说南越王室和朝廷，结盟，则能牵制汉廷，使之备多力分，难以各个击破。再有，穷家富路，这些钱你带着，快去快回。"

言罢，朱安世将马背上一只布袋递给钟三，钟三一怔，边接袋子边问道："怎么，大哥不一同去么？"

"前面有峣关、武关两道关口，朝廷给我下了海捕文书，插翅难越。你不一样，没人知道你，单独走，过关容易。"

钟三有些失望，闷声不语。朱安世拍拍他的臂膀："振作点，兄弟，做大买卖的日子还在后头呢。"

于是将自己打算在长安东市开家货栈，专营塞外的皮张，并以此作为在长安的落脚地的想法告诉了钟三。

"长安那些纨绔，朝廷盯得紧，也靠不住，尤其是那个金仲，这回翻了脸，这小子阴狠贪鄙，得提防他报复。"

正说话间，忽闻身后声响，两人勒马回首，但见一人一骑，疾驰而来，两人退到路旁，放他过去，不料那人勒转马头，去而复来。钟三正欲拍刀，被朱安世按住手臂，示意他别动。那人策马小跑着，来到近前，却是个八尺昂藏的中年汉子，四目交会，那人揖手道："敢问足下可是朱安世朱大侠？"

朱安世不置可否，亦揖手还礼道："阁下是……"

"在下韩毋辟。家兄韩孺，当年在东市，是与大侠相熟的朋友。"

"哦，原来是千秋的兄弟，失敬了。你我从未谋面，怎地认得我？"

"当年在东市行商者，哪一个不识朱安世的大名，大侠不认得敝人，敝人却认得大侠。"

朱安世苦笑道："朱某如今四海为家，不过是个亡命之徒罢了，让韩兄弟笑话了！"

韩毋辟淡淡一笑道："有甚可笑话的，二十年前，毋辟亦一负案在逃之身，此一时彼一时罢了。"

朱安世忌讳这个话题，转而言他："千秋兄可好，现在做甚，韩兄弟这是要去哪儿？"

"家兄现在长安，朝廷派他去济北国公干，这几日就要赴任，我回家接大嫂一家进京团聚。从这儿再往前十余里，即到昆吾亭，吾兄弟的家就在那里。"

于是邀他们一同到家一叙，用餐打尖后再赶路。朱安世则以韩家有事，不便叨扰婉拒，韩毋辟亦不勉强，三人一路闲话，同行至昆吾亭，长揖作别。

又前行数十里，远远已可望见崤关的望楼。朱安世从怀中抽出两支关传，交与钟三。

"前面就是崤关，我们就此作别。这传收好了，一去一来，通关就凭这两支传。此去南服①，数千里山重水复，兄弟你一路多保重，快去快回，老哥在塞北等你。"

当日，谒者令郭彤也到了戚里的大将军府。

两人于中堂分席对坐，看茶后，卫青屏去侍者，很恭敬地冲郭彤笑了笑：

"公公难得来我这里坐坐，是有重要的事情吧？"

郭彤颔首，好整以暇地呷了口茶，面色凝重地问道："皇上有事情要查问，下走自甘泉回来，为的就是这个。该问的人都问过了，到大将军这里，是最后一个，望大将军能够坦诚相对。"

"当然，当然。眼见得天气越来越冷了，皇帝该从甘泉返驾了吧？"郭彤到长安数月，迟至今日才来找他，为的是甚？卫青心里忐忑，边为郭彤续茶，边察言观色。

"是呀，昨日启程，路上不耽搁，应该今儿个到吧。"

郭彤品着茶，笑吟吟地看着卫青。

"公公要问的是甚事呢？还望明示。"卫青心里一阵犹豫，既然皇帝就要回銮，何不直接告变？可郭彤也决不可得罪，这种人整日围着皇帝转，对上意有着潜移默化的影响。

"对下走说是怎么个情况，到皇上跟前说又是怎么个情况，大将军不明

———————

① 古代中央王朝邦畿之外，依远近亲疏分为五服，南服即对南方邦国的统称。

白？"郭彤心里不屑，可神情依旧煦煦和易。他入宫近五十年，世事沧桑，白云苍狗，盛极而衰的达官贵戚，他见得多了。栗姬、王娡、陈阿娇、王夫人……哪一个得宠时，其外家不是颐指气使，权势熏灼，可到头来还不是一场空。

卫青心里一紧，瞬间记起卫子夫那句话："他若对谁起了疑心，再怎么坦白解释都晚了。"他打消了向皇帝面陈的念头，决定将事情和盘托出。

"明白，当然明白。对公公讲，还是对皇帝讲，都是一样的。事关君臣大义，卫青再不能为亲者讳，那我就竹筒倒豆子，直说了。"

于是将霍去病夜访卫府，提议以北军入宫拥立太子嗣位，两人如何辩难，最后无果而终，霍去病拂袖而去的经过，详详细细地复述了一遍，把个郭彤也听得心惊胆落，边听，边与之前查到的种种一一比对，若合符契，整件事情的过程清晰复现。郭彤大为满意，临别时给了卫青一颗定心丸：

"识时务者为俊杰，大将军坦白得对，下走会如实呈报，大将军放心。"

当晚，刚刚返回未央宫的刘彻，就在宣世殿听取了郭彤的奏报。刘彻心情极为阴郁，刚到京城，就得到大行令张骞病故的消息，河西乃至西域的经营不得不暂时放弃。而霍去病于自己卧病之际，竟欲起兵拥立太子为帝，朝政几乎一夕失控，自己竟长时间一无所知。他眉头紧锁，在殿中来回踱步，良久，方问侍立在旁的郭彤道：

"朝廷差点就发生宫变，而一众大臣竟也知情不举，郭彤，你查了几个月，整件事情你最清楚，说说你怎么看。"

"皇后与太子都是皇上的家人，卫、霍不仅与椒房沾亲，更为陛下所倚重，没人想得到他们会危及皇室，即便有疑心，没有足够的证据，谁又敢冒险犯难？"

是呀，卫、霍位高权重，他们的后面则是帝、后、太子这一家人。谁敢得罪有如此背景的人呢？刘彻忽然记起了父皇当年要他精读的《陈政事疏》，"天下之势方病大瘇。一胫之大几如腰，一指之大几如股"，权移主上，太阿倒持，这不正是贾谊所言可为痛哭的局面吗？看来是时候分卫、霍之势，以防权臣尾大不掉了。

"你接着讲。"

"是。皇上带闳儿出游上林，意外卧病鼎湖，京师消息不通，以致人心惶惑……"郭彤忽然停了下来，嘴唇翕张，嗫嚅难言的样子。

刘彻狐疑地望着他："怎么不讲了，讲啊，朕要你讲你怕个甚！"

"大司马……大司马的初衷也为的是太子，情有可恕，且经大将军力阻，他也放弃了……"

刘彻狠狠瞪着郭彤，眼中满含着杀气："你想为他缓颊？糊涂！是朕，还是太子用他做大臣？他该像江充他们一样只忠诚于朕，而不是甚太子皇亲！他不明白这个道理，那就还会有下次，这种人能力愈大，祸害愈大。"

郭彤凛然，知道卫、霍，至少霍去病已经失去了皇帝的信任。"是，老奴糊涂。可老奴并非为霍将军讲情，老奴想说的是，陛下既已立了太子，也该像先帝当年一样，将年龄渐长的皇子及早封王就国，以固储位，以全亲情。"

刘彻的脸色和缓下来，颔首道："你说得对。朕爱屋及乌，却忘记了爱之适足以害之的道理，闳儿那孩子，朕会很快安排的。"

"皇上圣明。霍去病待罪在家已逾四月，这一段有关他的种种流言暗中流传，人言可畏，望皇上斟酌。"

"嗯。流言嘛，好办。你明日即去霍家传朕的口谕，要他像从前一样出席朝会，朕还要用他办件大事。"

果然，霍去病重新露面后，皇帝待他一仍其旧，谣言随即止息，只有郭彤心里知道，死亡如影随形，很快就会落在他身上。

一〇〇

　　元狩六年九月初，长安内外植被依然茂盛，而叶片则已七彩缤纷，霍去病登上未央宫北阙，前面不远就是宣室殿，放眼望去，晴空一碧如洗，枝叶扶疏中，一座座巍峨的宫室隐约可见，他长吁了一口气，向天使劲摆了摆双拳，露出了踌躇满志的笑容。就在今年夏天，他挑头干成了一桩大事，历经大臣们多次陈情劝进，终于得到了皇帝的首肯，并于四月末在高庙正式册封诸皇子为王。

　　这个念头起于他待罪于家、闭门思过的那几个月，解禁后他曾第一时间找卫青商量，建议由二人共同会衔上奏，在他看来，这是个一举两得的好办法：一可以博皇帝之欢心，再可以固太子之位，将夺嫡之隐患消弭于无形。不想卫青听后，只是淡淡地抛下一句："这是皇帝的家事，外人不便置喙。"之后无论他怎样劝说，卫青或默然相对，或顾左右而言他，就是不肯会衔，一气之下，霍去病决定单干。他先是于朝会时口头陈情，皇帝久久盯着他，未置可否，这鼓励了他，于是请精于文学之门客笔之于书，作为正式的奏疏，交由堂弟，时任御史兼尚书令的霍光，呈递于御前。

　　呈递的当天，皇帝将他的奏疏交给大臣们讨论，这下子群臣似乎嗅到了什么，齐声赞同他的提议。而皇帝则以海内未洽，诸子教养未成推辞，即使要封也以列侯为宜。大臣们则颂扬皇帝的文治武功，反对以皇子为列侯，称会淆乱体制尊卑，不能垂统于后世。

　　皇帝再以康叔、周公作譬，称儿子们德望不够，长成之前不宜封王。诸臣复上疏辩难，举出高祖鉴秦亡之弊，拨乱反正，皇子即使身在襁褓，亦封王以为屏藩，而今旁支为诸侯，亲子若位置以列侯，尊卑失序，恐天下失望，以种种理由，再次吁请皇帝俯顺舆情。

疏上留中，前后一个多月，三请三让，直至四月中，皇帝方认可此事，并以四月二十八日乙巳为吉日，即日成礼，以丞相之副贰、御史大夫张汤为专使，册封次子刘闳为齐王、三子刘旦为燕王、四子刘胥为广陵王。

霍去病以首倡建策，声名大震，朝会时大臣们纷纷致意示好，唯独卫青，避之唯恐不及，朝会而外，平时绝不相往来，比一般的朝臣还显得生分。霍去病很纳闷，不知自己什么地方得罪了舅舅，后来与门客们闲谈时，有人揣摩是他的风头盖过了大将军，举的例子就是卫府的门人大都投奔了他，卫青不能不忌惮有加。想想似有道理，可又觉得不像卫青的为人。也许这次建策成功，舅舅后悔没有参与首倡，被我独占鳌头？不搭理就算了，咱家铁铮铮一个汉子，靠自己本事打出来一片天地，所作所为还不是为了太子和你们卫家？假以时日，舅舅早晚会想通的。

汉代皇室的规矩，皇子自幼养成于宫内，一旦封王，都要就国，也就是住到自己的封国中去。刘闳与其他两位皇子一旦封王就国，他们与太子之间君臣的分际就算定下了，刘据储位既定，登基后就是皇帝，而卫家、霍家的福荫至少会延续数十载，福佑子孙的好事情，卫青怎么就想不通呢？

皇子封王典礼之后，皇帝赴甘泉避暑，一去三个月，这期间长安又出了件朝野轰动的事情。太子派赴甘泉请安的家使，回程走了驰道，被江充逮了个正着，车马没收，家使被送官。太子得知此事的当晚，便纡尊降贵，托人前往缓颊，恳请江充网开一面，不要将此事报告给皇帝。不是舍不得车马门人，而是不愿让父皇认为他平时对家人管束不力。江充不置可否，可次日便将此事报告给了皇帝。太子恨在心头，却也无可奈何。

霍去病知道后，每逢在宫内见到江充，都大骂他小人得志，不识抬举。江充阴恻恻地看着他，一言不发。霍去病几次想要动手，想起不久前的圈禁，还是忍下了，觉得还是等皇帝回京后，再作理论。

老远见到谒者所忠从宣室殿出来，向掖庭殿方向走去，霍去病大呼一声：

"所公公，请留步。"

所忠一怔，见是霍去病，停下脚步，揖手笑问道："将军安好，老没见了，进宫有事儿？"

霍去病亦揖手还礼，颔首道："公公也好。我有事面君，皇帝在吗？烦公公通报一下。"

"皇帝没在宣室，在掖庭李夫人处，将军随我来。"

掖庭离寝宫不远，原来名永巷，是皇宫后妃的住处，刘彻更名为掖庭。掖庭殿是择其中一处很大的院落扩建而成，内有云光、九华、鸣鸾三殿，另有丹景台、开襟阁、临池观等，内中奇石嶙峋，曲榭通幽，盛集女乐，是皇帝宠妃的居所。最早住于此殿的是王夫人，王夫人死后，空置了一段时间，后李嫣宠擅专房，取而代之。李嫣出身乐户，与其长兄李延年俱精歌舞，刘彻为讨爱妃欢心，将宫廷女乐安置于此，拜李延年为协律都尉，常川演练乐府歌诗舞蹈，或以降神迎神，或以供宫廷宴乐，极声色之娱。今夏在甘泉，李夫人有妊，太医卜算所孕为男，刘彻壮年得子，大喜，晋李嫣以婕妤之位，在后宫中仅次于皇后。每日朝会一散，刘彻必往掖庭，笙歌宴乐，不离李夫人左右，而李家亦由是炙手可热，隐然直追卫氏，成为京师最为显赫的贵戚家族之一。

进入掖庭，丝竹管弦之声隐然入耳，二人循声而去，但见丹景台上女乐盛陈，刘彻与李嫣坐北朝南，正踞坐在一条长案之后，注目于高台中央。那里数十名歌舞伎排列成行，随着李延年的手势载歌载舞，进退有序，为皇帝演练乐府新曲——《西门行》。

歌诗共六解，每解为一章节，初解称艳，婉转抒情，一歌伎引吭而歌，舒缓中略带沉郁，似如自问。

出西门，步念之。今日不作乐，当待何时？

众歌伎因声起舞，步态舒缓，舞姿娉婷，且歌且舞，同声作答：

夫为乐，为乐当及时，何能坐愁怫郁，当复待来兹？

饮醉酒，炙肥牛；请呼心所欢，可用解愁忧。

独舞者则作困惑状，舞姿迟回瞻顾，似意乱情迷，难以摆脱内心的挣扎，忽而又豁然醒悟，自嘲似的唱道：

人生不满百，常怀千岁忧；昼短苦夜长，何不秉烛游？

众伎皆欢然跃如，舞姿随乐曲亦一转而奔放、热烈，齐声叠唱应和：

自非仙人王子乔，计会寿命难与期。自非仙人王子乔，计会寿命难与期……

曲终为乱，急管繁弦，歌舞随之进入高潮，众伎齐声放歌：

人寿非金石，年命安可期？贪财爱惜费，但为后世嗤。

余音袅袅，良久不绝。

"《关雎》之乱，洋洋乎盈耳哉。此曲差似之！"刘彻接过李嬿递给他的酒杯，一饮而尽，笑吟吟地望着李延年，颔首鼓掌为赞。自李延年接管乐府以来，新声迭出，大得刘彻的欢心与肯定。

此歌诗改编自古诗，讽咏人生苦短，为欢几何，但当及时行乐，不负当下。歌诗中所咏的王子乔，是周灵王的太子，名晋，喜吹笙作凤凰鸣，而为浮丘公接引上嵩高①，是传说中极少数得道成仙之人。原诗"仙人王子乔，难可与等期"，意谓像王子乔那样成仙的事，可望而不可期。

而刘彻心有不甘。李少翁虽死，可长生不老的念头在他心中已长成了大树，王子乔、李少君可以成仙，他为甚不能！每每对镜梳头，都会发现新生的白发，起初一根两根，他还会揪掉，到后来揪不胜揪，使他倍感岁月的无声催迫：这

① 嵩高，即今中岳嵩山。

煌煌宫室，如花美眷，一呼百诺、众星拱月般的尊荣，喜怒瞬间决人生死的权势，山海无边的财富与自己不羁的雄心，最终都将随着似水流年而一去不返。岁月无情，时不我待，他坚信神仙存在，长生不老可行，只是还未寻到一个可靠的如李少君那样的得道者，导引自己与神交通，得道成仙。他有些后悔杀了李少翁，文成虽有欺君之嫌，可终究与李少君同出一个师门，留着他，与神仙交通总有路可寻，如今就是找这样的人，也难了。

"陛下，霍去病求见。"郭彤看到立于台下的所忠与霍去病，打断了刘彻的沉思。

进见安排在了临池观，观前有一石台，台上设有木枰①，可以供人临池观鱼。池中放养着大量锦鲤，五色缤纷，大者长可数尺。刘彻屏退侍从，只留下郭彤侍候茶点。

"去病有甚急事，连朝会都等不及，说吧。"后宫的游艺被打断，刘彻不惬，可脸上仍是煦煦和易的样子。

"臣请治江充以不敬之罪。"

"江充？江充怎的了，他如何不敬，又对何人不敬？"刘彻有点摸不着头脑。

于是霍去病将江充如何截扣太子家使与车马，太子如何求情，而江充虚与委蛇，实则告讦一事讲了一遍。

"看来，你倒真是太子的忠臣！"刘彻的面色渐渐严肃起来，吩咐郭彤传江充并霍光来见。之后顾左右而言他，携霍去病观鱼，直至江充到来。

"江充，你为何查扣太子家的使者与车马，说给大司马听听。"

江充瞟了眼霍去病，揖手道："汉法：驰道非经天子特许，诸侯、百官乃至皇亲贵戚皆不可行。太子家使，奴也，以奴而经行驰道是欺君犯上。天子以下官为直指使，纠察驰道，下官自当秉公执法，自大夫、卿相将军以至皇亲国戚有干律法者，皆当治之以肃官箴。大司马为国重臣，这个道理无待

————————
① 枰，汉代坐具，可供一人独坐的板床。

下官解释，自该懂得的。"

霍去病不屑道："你少来这个，拿律法做盾牌，实则沽名卖直，请陛下明鉴。"

霍光看在眼中，急在心里，连连示以眼色，可霍去病偏偏视若无睹。他随侍甘泉，江充将此事上报时，他正在近旁，亲耳听到过皇帝的赞许。难怪江充有恃无恐，兄长为此发难，会触大霉头。

"那你不接受太子的关说，又是为何呢？"刘彻面色严冷峻，不睬霍去病，接着问江充。

"小臣愚昧，只知道天无二日，国无二主，率土之滨，莫非王臣，即太子虽为国之储君，可于陛下仍是臣子，小臣既受命于天子，自当忠于职守，若受人私下关说纵放，是为不忠，蒙蔽，臣宁冒斧钺之诛，亦不肯欺君罔上，耿耿此心，天子明鉴。"

刘彻露出满意的笑容，颔首道："你做得对，为人臣者当如是。朕想大司马应该听明白了，你下去吧。"

霍光欲随之退下，被刘彻叫住："你做甚？"

"事涉家兄，臣当避嫌。"

"避甚嫌？朕要你来，就是要你在场做个见证，给我好好听着就是了。"

霍光揖手称是，站到了一旁。

"江充的话你听到了，违法必究，没有人能够例外。"

霍去病大窘，脸涨得通红，可眼中仍有倔强之色。"我是为了太子好……"

"是呀，你是太子的忠臣，但对朕，江充才算得上是忠臣，而你，不过是个逆臣！"刘彻粗暴地打断了他。看着这个自己一手栽培起来的青年将军，他愈发意识到岁月无情，时不我待，是时候解决这件事了。

"陛下何出此言？臣不明白！"霍去病吃惊于皇帝的发作，但更不服皇帝对他的评价，声调也高了起来。

"不明白？还是揣着明白装糊涂？北军怎么回事，你射杀李敢敢说不是为了灭口？你挑头奏请分封诸皇子为的是甚，以为朕看不出来？看来你是不见棺材不掉泪，也好，朕今日就与你清清账，你个不长记性的东西！"刘彻怒从心起，语气愈加严厉。

"北军，北军甚事……与李敢何干？"霍去病心里一惊，脸上的慌乱已被刘彻看在眼里。

射杀李敢为的是灭口？霍光也吃惊不小。

"朕在鼎湖之时，你在禁夜时分跑去卫青家做甚？"

看来王温舒举报了此事，北军中的知情者早晚也会漏风，瞒是瞒不住了。霍去病心跳得厉害，时值秋凉，额头还是沁出了细细的汗珠。

"陛下卧病鼎湖，京师人心惶惶，臣亦寝食不安，故而夜访大将军，想一起商量出一个安定人心的法子。"

"哦，甚法子？先下手为强，调北军入城拥戴太子登基夺位？"看着霍去病嗒然若丧的样子，刘彻冷笑了。

"'当断不断，反受其乱，舅舅不怕沙丘之变再现于今日乎！'这是你的原话吧，齐王随朕出游，你怕朕爱屋及乌，才想尽办法把他支到封国去，你居心很深哪。"

卫青出卖了我，卫青出卖了我……霍去病脑中一片混乱，只有这个念头萦回不去。良久，霍去病扑通一声跪伏在地，稽颡①请罪道：

"臣一时糊涂，罪在不赦，望陛下念我为朝廷征战有年、驱逐胡虏的微功，允臣将功赎罪，为国宣力……"

"你岂是一时糊涂？你是恃宠而骄，僭越不臣。你擅自于狼居胥封禅，朕不以为意，念你立有大功，还表彰了你；你射杀朝廷大臣，是朕枉法为你遮掩，给你机会，望你能闭门思过，勿蹈前衍；而今你又欲谗杀江充，强为太子出头。一而再，再而三，朕还没死，你就挟太子而自重，起了拥兵夺位的念头，朕千秋万岁之后，你又会怎样，我真是不敢想。"

刘彻愈说愈怒，站起身，绕着石台踱步。良久，他下了最后的决心，吩咐郭彤去他的寝宫取一样东西回来。之后看了看面色如土，呆立在旁的霍光，问道：

"霍光，你看到了也听到了，你说他的罪成不成立？"

兄长欲起兵拥立太子，即便没有实施，也是大逆不道，罪无可赦，一念至此，

---

① 稽颡，以额触地，即后世所称之五体投地，以示极度的虔诚与悔恨。

霍光不由得觳觫战栗，伏地顿首道：

"臣兄罪无可绾，望陛下念他有功于国，全其名节，恕其一死……"言毕涕泪交流，泣不成声。

"你二人都起来坐下，看着我。"刘彻招呼霍去病兄弟起身，坐到与之相对的另两张枰上。

刘彻看了眼霍光，又盯住霍去病，话音斩钉截铁，掷地有声："骄纵不臣如此，你是活罪可免，死罪难逃。朕再不能姑息养奸，全汝名节可以，恕你一死不成。"

"念你于国家有大功，若将你明正典刑，腰斩于东市，你一世功名会毁于一旦。汉家待大臣自有制度，所谓刑不上大夫，所以厉宠臣之节也①。如前丞相李蔡有罪，盘水加剑，造请室而自裁。我的话，你明白了吗？"

"陛下欲施恩于罪臣，让我走得体面，死得有尊严。"霍去病顿首再拜，不觉哽咽。

刘彻亦不觉鼻酸，颔首道："非但如此，我还要保全你一世的功名，使之传扬千古，让你的家人继续安享尊荣富贵，如此你可以安心地去了吧？"

"陛下天恩高厚，罪臣敢不从命！若有来世，去病仍愿为犬马，为陛下前驱……"霍去病泪如雨下，霍光亦泣不成声。

"听说你收养了一个儿子，他叫什么名字，年岁几何？"

"罪臣婚后无子，去年过继我大哥一个孩子为嗣，名嬗，霍嬗，字子侯。今年十二岁了。"

"霍嬗，嬗者，传也，传霍家之脉；子侯，有子封侯，这个名字取得好。就这么定了，由他承继你冠军侯的爵位。"

身后事既已安排妥帖，霍去病心安了，渐渐冷静下来，话题也转到了匈

---

① 贾谊《陈政事疏》建议对有罪大臣不宜加刑而宜赐死，使之死得有尊严："夫尝已在贵宠之位，天子改容而体貌之矣，吏民尝俯伏以敬畏之矣，今而有过，帝令废之可也，退之可也，赐之死可也，灭之可也；若夫束缚之，系紲之，输之司寇，编之徒官，司寇小吏詈骂而榜笞之，殆非所以令众庶见也。夫卑贱者习知尊贵者之一旦，吾亦乃可以加此也，非所以习天下也，非尊尊贵贵之化也。"

奴头上，闲话中，霍去病流露出更愿意为国尽忠，赴死于沙场之念，刘彻全不为动，冷然相对，说没有你与卫青，匈奴也照打不误。

郭彤回来后，刘彻吩咐摆酒，将一些药粉倒入酒杯，搅动多时后，递给了霍去病，霍一饮而尽。

刘彻颔首道："视死如归，去病不愧好男儿。朕会以盛大的军阵葬汝于茂陵，以马踏匈奴的石雕彰显你的战功，以霍嬗承袭冠军侯爵，入宫造就成才，有霍光看顾他，你就放心地去吧。"

霍去病离去后，刘彻久久端详着霍光，嘱咐道："你兄长的名节保不保得住，全在你的嘴上，你今日没到过这里，无所见亦无所闻，记住了！"

霍光连声称诺，出殿时已是冷汗浃背。

当夜子时，霍去病猝发急病，牙关紧咬，浑身抽搐，很快进入谵妄状态，忽而哭笑，忽而詈骂，如见鬼状，等到家人请来的医生赶到时，人已角弓反张，二便失禁，不到天明，就咽气了。

—○—

　　霍去病的移柩与安葬仪式，几乎进行了一整天，边通与王朝直至晡时才回到相府。

　　王朝踏进公事房，对仍在伏案于公文的朱买臣叫道："翁子，你没去，是亏大了。"

　　"怎么？"朱买臣抬眼看着二人，问道。

　　边通颔首道："我长这么大，除去皇帝奉安，这么大场面的出殡，还真是头一次见到。"

　　霍去病死后，依礼制"诸侯五月而葬"的惯例，本该于翌年二月安葬，而关中冬季地冻天寒，施工不易，工期延误了一个多月，直至前天，朝廷才通知各衙门长官与长吏送葬的具体日期。丞相府三长史中，年长的朱买臣自愿留衙当值，错过了今日的场面。

　　于是二人绘声绘色地讲起了仪典所见。自长安至茂陵八十余里的驰道两侧，自各属国都尉调来的胡骑，皆身着玄甲，执兵肃立，夹道目送。而其冢墓封土工程尤其浩大，巍峨如山，据说是皇帝要求做成祁连山的样子，以表彰霍去病力克匈奴，将河西收归大汉的功勋。尤为可观的是，墓冢前竖立着的数十尊石人石兽，其中一尊马踏匈奴，尤夺人眼目，不足者因工期仓促，石雕皆以巨大块石粗凿成型，再以线雕勾勒出人兽轮廓，但看上去质朴天成，别有一番雄浑之美。

　　边通叹道："大司马虽然早殇，这一世生为俊杰，死亦备极荣哀，也算值得了。"

"二十三岁，正是气血方刚、邪气难侵的年纪，死得太蹊跷了。霍大司马的家人应该在场，你们没问问吗？"朱买臣不以为然，头天在朝会上人还好好的，何以一夜之间暴疾而亡？

王朝道："詹事陈夫人①、霍家那一坡子亲戚、大司马夫人与其继子都在场。陈夫人哭得死去活来，小孩子刚满十岁，已承袭了冠军侯爵位。我问过霍光，他支支吾吾，说也是事后得知，大司马死于急病不治。"

"是啊，我见到大将军也在送葬的百官之中，极伤心的样子。大司马英年早逝，我朝克制胡虏之柱石，两去其一，痛哉！"边通亦不由叹息。

"丞相怎么没回来？"朱买臣问。

王朝道："丞相代表朝廷致祭，之后就回城去了大内，说是要向皇上报告霸陵园瘗钱②遭盗之事。"

霸陵，是皇帝祖父孝文皇帝的陵墓，昨日园吏在例行巡视中，在陵园内发现了一处盗洞，地面上还散落十几枚生了铜锈的半两钱，显然是有人在夜间盗掘瘗钱。得知此事后，庄青翟片刻不敢耽搁，亲携一众高官查勘现场，限期破案。汉代丞相"掌丞天子，助理万机"，朝廷的公事，军事、监察而外，事无巨细，皆在其责任范围。有规定丞相须四时巡视陵园，所以瘗钱被盗，他也有一份脱卸不了的责任。

边通叹息道："几十年都好好的，偏偏在他任上出了事，庄丞相也真够倒霉的！"

庄青翟做学问出身，为人谦和，于政务甚少经验，事事离不开三长史，故极尽礼遇，大得三人好感，故皆愿鼎力相助。

王朝不以为然："之前的丞相，有几个依规巡陵？庄丞相应该不会遭蒙严谴的。"多年以来，巡陵这种例行公事，早已成为具文，历任丞相对此多虚应故事。可没有事，一切都好说，一旦出事，则为失职。处分可大可小，

---

① 即霍去病生母卫少儿，后嫁詹事陈掌，故有是称。

② 瘗钱，随葬的铜钱，瘗，音亦。

取决于事故的严重程度。

"可这次是盗墓，霸陵园的令丞与郎官们罪无可绾，可若较起真来，有人把护卫的松懈与丞相疏于巡视捏合到一起，就难说了。"

王朝一怔，与边通对望了一眼，问道："翁子话里有话，依你看，谁会是这种落井下石的小人？"

"还有谁？张汤呗！丞相挡了他的路，他能甘心？我敢断言他必会伺机媒蘖，陷丞相于罪。"

"张汤？不会吧。昨日在霸陵，丞相约他一起到皇帝面前谢罪，他答应得很痛快，我亲耳所闻，不会错的。"

"边大人未免天真了，答应了还得践行才算，官场上心口不一的人太多了。当年汲黯大人曾与公孙弘约定一起劝谏皇上，汲大人先发，而公孙弘每每变卦，专拣皇帝爱听的说。我敢断定张汤必会食言。"

正说话间，屋外传来杂沓不一的脚步声，远远能听到门卫的招呼声："丞相大人回府！"三人赶忙起身迎了出去。

庄青翟一言不发，面色铁青，直入正堂坐定后，才长长舒了口气，叹息道："想不到这世间还有如此无信无义、居心险恶的小人！"

"是张汤？"三长史面面相觑，随即憬然有悟，齐齐脱口而出。

"你们怎么知道？"庄青翟吃惊地看着他们，满脸狐疑。

朱买臣揖手道："君侯坐了本该他坐的位子，挡了他的道，他又怎肯与君侯同担责任呢。"

"我诚心待他，处处让他几分，本指望戮力同心，把朝廷的事情做好。不肯担责明说就是了，偏偏答应得好，事到临头出尔反尔，不帮忙也罢，还欲图反噬，这种小人，太可怕了。"

庄青翟面色惨白，愤懑不能自已，双手握拳，猛捶书案。

朱买臣道："君侯息怒，你说的反噬是怎么回事？"

"霍大司马葬仪过后，我们去温室殿向皇帝报告葬礼情况，而后又报告了霸陵瘗钱被盗之事，皇帝很生气，要严办霸陵园令丞守卫，这当口张汤原应与老夫一同顿首请罪，引咎自责，不想他非但不肯担责，还添油加醋，说甚陵园令丞的懈怠，源自大员视朝廷规制如具文，上行下效，致有此失，非严查严办不能以儆效尤。他这是要做甚？虽然没点名，摆明了要把罪名栽到老夫头上。是可忍，孰不可忍！"

"皇帝怎么个态度？"

"皇帝在气头上，当然首肯了张汤的建议，口谕他派御史专职查办。那些御史都是张汤的下属，唯其马首是瞻，能查出甚结果，不问可知。"庄青翟摇摇头，一脸的颓丧。

三长史面色严峻，看来张汤是铁了心要借此扳倒庄青翟，以取而代之。一旦得逞，他们三人必遭池鱼之殃，轻则贬黜罢职，重则罗织构陷，如李文般瘐死狱中。一荣俱荣，一损俱损，必须帮丞相，他们已经没有退路了。

朱买臣道："君侯作何打算？"

庄青翟进退失据，嗫嚅难言，一副神不守舍的样子。

边通摇摇头道："先发制人，后发制于人，若无所作为，以张汤之阴毒，君侯可真就在劫难逃了。"

庄青翟忧惶无计，摊开双手道："吾待君等不薄，你们要帮老夫，你们说说，我该怎么办？"

朱买臣道："君侯莫慌，吾有一策，但要君侯点头。"

"甚策？你说。"

"我们先从他身边的人下手。张汤在长安关系最深的人有两个，一个是鲁谒居，打从茂陵时就是其下属，两人上下其手，害了不少人。譬如前不久突然瘐死狱中的李文……"

"李文何人？"庄青翟问道。

"张汤任茂陵尉时的老对头，被鲁谒居诬陷入罪。"

王朝摇摇头，叹道："可鲁谒居前不久病亡，死无对证了。"

朱买臣道："他死了还有他兄弟在，把他下狱拷问，当可得知内中的隐情，也就有了张、鲁二人合谋陷害李文的罪证。"

"你说两个人，另一个是谁？"

"张汤为小吏时，交下了几个做生意的朋友，几十年情好无间，其中一个叫田甲的，李丞相的事发之后，与那个鱼翁叔一样，隐匿无踪。可他还有个在家的弟弟，名田信，我想鱼、田二人一定会通过他与张汤联络。捉到他，查出鱼翁叔等的下落，他们构陷李丞相的阴谋当可大白于天下，张某必被绳之以法，再没办法害人了。"

庄青翟沉吟不语。没有确凿证据就抓人，万一惊动了张汤，告到御前，自己决辩不过他那张利口。庄青翟心存畏怯，迟迟做不了决断。而丞相不点头，没办法抓人，朱买臣有些沉不住气了。

"张汤出尔反尔，摆明是要借此事扳倒丞相，取而代之。丞相放过他，他能放过丞相吗？李丞相前车可鉴，当断不断，反受其乱，等他动起手来，君侯悔之晚矣。"

"我不是下不了决断，这两个人被抓，若不能很快获取证据，一旦走漏了风声，张汤必会反噬，那时候麻烦就大了。"

于是三长史轮番敦劝，保证秘密从事，一定拿到罪证云云，庄青翟终于下了决心，首肯了朱买臣的法子，并授三人予全权，秘密抓捕鲁谒川与田信，坐实张汤的罪证。

当晚，边通找到了御史台的老乡减宣，减宣时任侍御史，是张汤的下属，也是知名的酷吏，同时又是边通河东郡杨县的同乡，平时常常走动，关系极好。

"老兄来得正好，淮南的朋友捎来了好茶，我们一起品尝品尝。"减宣招呼家人烹茶，自己与边通对坐闲话。

他们两人都是少小离乡，边通习长短之术，仕途早达，三十岁上就做到秩二千石的郡国大员。而减宣自小吏做起，升至侍御史后即蹉跎不进，虽然办过主父偃与淮南王这类大案子，可十几年来，仍不过是秩禄六百石的侍御史。边通仕途蹉跌，减宣沉沦下僚，二人同病相怜，牢骚不断，渐成无话不谈的朋友。

"公疏，你我知交，我就不绕弯子了。霸陵瘗钱被盗的案子，御史台派你去查吗？"

减宣摇摇头道："不是，派的别人。"他知道此事牵扯到丞相，边通来访，定为此事，于是亲手为朋友布茶，屏人密谈。

边通又问："这案子你怎么看，会牵连到丞相吗？后果严重吗？"

减宣笑道："这类事可大可小，单看办案子的人的居心了，你懂的。"

"公疏，有两事相求，你务必答应，不可推辞。"边通面色严肃，很郑重。

减宣敛容道："你说，只是得是我能办了的。"

"这案子有何进展，你一定要知会我，这也是丞相所托，丞相是忠厚人，你帮了他，他不会忘记的。"

"当然，有消息我会先告诉你。另一件甚事？"

"抓捕鲁谒川和田信，找家靠得住的牢狱关起来。"

减宣有点吃惊，思忖良久，问道："鲁谒川，不是鲁谒居的兄弟吗？"

边通肯定地点了点头："就是他。"

"为甚抓他？"

"鲁谒居与你们那位上司合谋陷害李文与前丞相，鲁谒居虽死，可他弟弟还在，抓他为的是找到证据。"

减宣似有所悟："巧了，昨晚刚收到一封告变，就是告张汤与鲁谒居的。"

边通猛然一振，兴奋之情溢于言表："谁告变，告些甚？"

"赵王。说是张汤身为大臣，属下鲁谒居卧病，汤亲侍汤药，乃至为之摩足，关系如此暧昧，定有不可告人之大奸。总之，他们把赵王的儿子办了死罪，赵王恨之入骨，意图报复，可多是些望风捕影之事，没甚过硬的证据，被我压下了。"

"不能压，报，报上去。"

"这种查无实据的东西，报上去也没用，若被张大人知道是我报的，搞不好咱家就是第二个李文了。"减宣不以为然，贸然上报，若被张汤知晓，非但御史台待不住了，或者更惨，会像李文一样死得不明不白。

"怎么，怕了？"

"不是怕，没把握的事我是不干的，张汤是能轻易得罪的人么！"

边通冷笑道："公疏以为吾等肯做无把握之事吗？张某欲以霸陵盗案构陷丞相，取而代之，毋乃欺人太甚。不瞒你说，这是丞相交代下来的事情，三长史皆参与其事。"

减宣摇摇头道："丞相是个厚道人，未必是张某人的对手。"

"这你就错了。你想想看，两次丞相之位空缺，张汤都未能循例上位，说明皇帝不看好他，他圣眷已衰，扳倒他，此其时也！"

减宣有些心动，可还是下不了决心。"你说，像摩足这么私密的事情，赵王从何得知？若查无此事，就是诬陷大臣，要反坐的，不值得为赵王蹚这趟浑水。"

"那你可小看了刘彭祖，此人阴柔险狠，睚眦必报，更何况他们要了他儿子的命。我当年听说，赵王要恨上一个人，会广撒眼线，窥伺、蒐集其隐私，往往一击收功。既敢实名告变，他于此事必有把握，信是他写的，天塌下来有长个子顶着，怕甚！"

看到减宣还在犹豫，边通道："你在御史台十几年，案子办得那么出色，可御史中丞的位子总也轮不到你。李文出缺，杜周顶上，鲁谒居出缺，还是轮不到你，为甚？能上位的都是张汤的人，我说得没错吧。张汤就是你头上的大山，不扳倒他，公疏你永无出头之日。"

减宣终于下了决心："那好，我答应你，不过要以我自己的方式办。告变信我会择时上呈，难在抓捕鲁、田二人，若押在廷尉，张某的旧部很多，很难不走风。"

"我知道个地方，在城北，关押的都是些轻罪犯，地方也偏僻。"

"你说的是导官狱？"

"对，就是导官，那里背静，我回去会用相府的公文知会缇骑抓人，押过去后，你可在那里突审。"

"以甚罪名？"

"就用赵王告变的'奸谋不轨'，坐实他们罗织罪名、诬陷大臣的罪证，就算大功告成。"

当晚禁夜之后，缇骑以相府密令，抓捕了鲁谒川与田信，分别关入导官狱。牢房中人满为患，栅门上方，一灯如豆，用稻草铺成的大通铺上，影影绰绰睡着二十几个犯人，作为后来者，鲁谒川被安置在墙角，近旁有只净桶，臊臭熏人。

"看你的穿戴不似黔首，没到过这地界吧？新来者都得过这关，将就几日就习惯了。"看到鲁谒川惊悚不安的样子，相邻的老者嘿嘿一笑，往里挪了挪，示意他坐下。

鲁谒川坐下，捂住鼻子，埋首于膝，脑中一片空白。

老者拍了拍他的肩道："老弟，不管你甚身份，到了这里就都一样了，狱吏不会拿你当人看的，端架子你就踹等着吃亏吧。"

鲁谒川抬起头，不屑地扫了他一眼，问道："怎么能同外边联系上，我想他们肯定是抓错人了。"

老者斜睨着他，摇了摇头道："进了鬼门关还想出去？你就踏实待着吧，这地界有错抓没错放，不从你身上榨出几两油来，想出去门儿都没有！"

"我家朝廷里有人，张大人是我哥过命的朋友，要知道我被抓到这里，放我出去就是他一句话的事儿。"

"张大人，哪个张大人？"老者另一侧满脸虬髯的汉子，接语道。

鲁谒川傲然道："张汤张大人，当朝御史大夫。"

汉子一怔，紧接着哂笑道："哟嗬，导官今儿个来了贵人了，你当咱家都没见过世面，话专拣大的说？"

另一个瘦子站起来，走到近前打量着他："张汤在京师可是掷地有声的人物，有他罩着，你怎么会来这儿？等会儿狱吏来了，你跟他们说你识得张汤，看他们可鸟你。"

"伙计，咱家跟你打个赌，张大人要是认得你，算我输，我睡净桶边上，把铺腾给你。若是不认得你，嘿嘿，你趴我跟前儿叫爹，以后咱罩着你。"

一众囚犯哄然大笑，鲁谒川恼羞成怒，喝道："赌就赌，不过输赢都没你好日子过，你充其量就是一牢头狱霸，我会叫张大人好好收拾你的。"

"嘿嘿，这小子还挺横，不给点颜色看看，你他娘的还真不知道马王爷几只眼！"虬髯汉冷笑着起身，活动着手腕，把骨节捏得咔咔作响。

老者也站起身，劝道："是真是假，用不多久就知道了，犯不着跟他动手，把官家人招来，都没好果子吃。"

眼见几条大汉围拢过来，鲁谒川大喊救命，虬髯汉猛然一跃，将他压在身下，一只手捂住鲁谒川的嘴巴，另一只手攥住他的头发，向地上猛磕。

"干甚，干甚！"几个狱卒闻声赶来，几条汉子迅速归位，鲁谒川被丢在地上，灰头土脸，狼狈不堪。可看到狱吏，他还是勉强爬起来，几步冲到木栅旁，叫道：

"公爷，拜托帮我给张汤张大人传个话，就说鲁谒居的兄弟被错抓在此，只要消息传到，事后定有厚报……"

几个狱吏盯着他，目光凶狠，一个像是小头目的胖子，双手抱臂，似笑非笑地说：

"鲁谒居不是死了吗？你既是他兄弟，狱里的规矩你应该听说过。你新来的，我就再告诉你一遍，甭管甚皇亲国戚、卿相大人，到了这里就只一个身份——犯人。错抓？怎么不错抓别人，单抓你？你给我老实点儿，免得皮肉受苦。有事没事要等大人们审过才作数。"

胖子又转向牢房里的犯人，恶狠狠地说道："都给我老实点儿，谁再他娘的闹腾，别怪咱家不客气！"

当晚鲁谒川又怕又恨，辗转反侧，夜不能寐，直至鸡鸣时分，才沉沉睡去。

一〇二

　　之后一连十日，并无官员提审鲁谒川，他如同被忘却了的物件，在一堆垃圾中腐烂。牢中污浊的气味，其他囚犯的嘲讽与辱骂，糟糕的伙食，令他生不如死，度日如年。

　　第十一日，新进来一批犯人，听同室的囚犯们议论，说是霸陵的守卫，因渎职遭盗入狱。当晚，终于来了位大官，将他提至一间空着的班房中审讯。

　　问话者坐在暗处，个子不高，中等身材，神情和易，双目炯炯有神。鲁谒川张口就喊冤，那人并不问他的案情，而是顺着他话头，细细询问张汤与他家的关系，看着对方似信非信的表情，鲁谒川恨不能长出十张嘴，让他相信两家有通家之好，于是举出了张汤于兄长病重时，为之摩足的例证。那人满意地笑了，安慰他不必心急，张大人近一两日就会来此提讯犯人，若真是像他说的那样的关系，放他出去，就是张大人一句话的事情。那一晚，是鲁谒川在牢中第一次睡了个踏实沉稳的觉。

　　又过了两日，导官狱的狱卒们，一早就驱赶着犯人打扫通道与囚室，平日总是闲置的灯台被纷纷点亮，照得过道一片通亮。老者与鲁谒川相帮着点灯，老者向在一旁看管他们的矮胖狱吏赔笑问道：

　　"敢问公爷，今儿个要来的是甚人，这么大阵仗？"

　　胖子斜睨着鲁谒川，撇撇嘴道："张汤张大人，你不是要带信儿吗？今儿个有啥冤屈，当面跟张大人说吧。"

　　"张大人……甚时能过来？"鲁谒川脸涨红了，觉得气血上涌，心跳得不行。

"你还真是说咳嗽就喘，别找不自在，老实给我干活儿。"胖子不屑地看着他们，皮笑肉不笑地哼了一声。

囚室落锁后，干了一上午活儿的囚犯们四仰八叉地倒在通铺上，鲁谒川则紧倚着囚栅，一颗心早已飞扬狱外，期待着与张汤相见的那一刻。那些作践他的人也不似平日那般嚣张，相互窃窃私语，看他的目光中也有了几分畏怯之色。

一刻、二刻……鲁谒川默数着漏壶的滴水声，时间过得好慢，仿佛被无限拉长，疑虑与亢奋的情绪交替而来，若无即将得救信念的支撑，身心俱疲的他真想去铺上躺躺。

终于，伴随着杂沓的脚步与嘈杂的人声，张汤终于到了。狱卒们纷纷列队于通道两侧，张汤在一群御史簇拥下走来，他要亲审霸陵令、丞，诱导他们的供述，以尽可能牵连到丞相。

张汤边走，边侧耳听陪同的狱监说着什么，行经一间囚室时，忽听到有人大喊："张大人，救救我，我是谒川哪！"

一行人同时转过头，望着手握隔栅，狂呼不止的鲁谒川。张汤略蹙眉头，视如不见地继续向前走，诸人相跟而行，眼见一行人将要拐入另一条岔道，鲁谒川情急不顾，连连高叫，声音里已然带着哭腔：

"张大人，我是鲁谒居的弟弟谒川啊，你要救救我啊！"

一个狱卒打开锁，几个狱吏冲入囚室，猛地扑倒鲁谒川，将他反剪双手，五花大绑地拎起来。那个矮胖的狱吏脸涨得通红，鲁谒川此举很可能给他带来狱管不严的处分，他恶狠狠地瞪着鲁谒川："你胡诌八扯，还敢在张大人面前咆哮，真他娘的吃了豹子胆，来呀，把他的嘴巴塞住！"

两名身高马大的狱卒将鲁谒川牢牢把住，另一个分开他的口，将一团麻布塞入他口中，之后那个矮胖子抡开手臂，左右开弓，连续抽了他十几个耳光，片刻工夫，他鼻口淌血，脸已肿得不成人样。

他被押到另一间囚室单独关押，囚室在地下，很小，是专门用来惩戒违规者的。囚室里没点灯，漆黑一片，弥漫着一股潮湿而呛人的霉味。鲁谒川仍被捆着，嘴也仍被塞着，脸上火辣辣地疼，脑中一片混沌。

怎么会这样？怎么会这样！他喊出第一声时，张汤明明看到了他，他清楚记得四目相对的那一刻，张汤的双眸一闪，肯定是认出了他，然而那目光转瞬即逝，代之而来的是漠然无视，这是为甚？两家有通家之好，熟得不能再熟，为什么看到身陷囹圄的自己，张汤竟佯作不识，扬长而去？兄长病重时，曾亲口对他说过，身后已托付张大人看顾自己，人才死了几个月，张大人怎么就没有一点儿故人之思，翻脸无情，视自己如路人？

沮丧、失望、恐惧的情绪交替而来，一度使他感觉不到身体上的痛楚，他翻滚到墙边，用肩膀蹭着墙壁，一点点坐起来。想到自己的遭遇，不由得涕泗滂沱，不久，身心俱疲的他昏睡了过去。

有人踢了他几脚，鲁谒川睁开眼，光亮中，但见两名狱卒站在身前，一人手执提灯，另一人为他松开缧绁。

"起来，相跟上走。"

他浑身发麻，勉强站起身，掏出嘴中的麻布，在狱卒一前一后的挟持下，踉跄前行，被带到曾经到过的那间班房中。

"怎么，听说今日张大人来此录囚，没有搭理你？"

还是那天问他话的那个人，不过今天戴上了獬豸冠，表明了自己御史的身份。

"用得着的时候亲如家人，用不着的时候弃如敝屣，官场不都是这样子嘛，可恨我瞎了眼，看不透。"鲁谒川恨声道。幻想破灭后，没了指望的他反而冷静了下来，从心底滋生出一股恨意，满脑子都是报复的想法。

"你总算明白了，想回家么？"那人注意地看着他，好整以暇地问道。

"无日不想，做梦都想，大人救我。"

"有件案子牵涉到张大人与令兄，你若能助官家厘清内情，我会帮你免罪。"

"张汤吗？大人若帮我，我愿尽我所知以报大人。"鲁谒川一下子扑倒在地，连连顿首。一丝报复的快意在心头泛过。你不仁，我亦不义，兄长卧病时，张汤曾几次去他家谋议公事，个中机密他听到不少，这些事兄长固然参与其中，但他人已经死了，暴露出来，倒霉的只能是张汤。

"好。不急，你先喝口水，吃些东西，慢慢讲。"那人颔首示意，狱卒很快端来了食物与水。一狱吏将笔墨简牍铜削铺排于案上，那提讯的御史则笑吟吟地望着鲁谒川狼吞虎咽。

几乎是在同时，未央宫中的御史台的中堂灯火通明，张汤只在休沐日回家，平日都住在台内。此刻，他绕室彷徨，心里有种莫名的不安，像是在等什么人。约莫半个时辰后，掾史通报，御史中丞杜周求见，张汤将其迎入内室，忙不迭地问道：

"长孺，查明白了吗？"

杜周面色严重，点点头道："鲁谒川十几日前被缇骑逮入导官，据说是丞相府的长史持手令命中尉府抓人，罪名不详。我查问了导官的狱监，说谒川被关进来十几日，日日喊冤，说他与大人熟识，可今日大人去录囚时，看样子根本不认得他，狱里以他咆哮闹事，干扰大人的公事，已将他收押于地牢。"

"我当然认得他，这孩子不识好歹，当那么多人大呼小叫，要我救他。我当然会放他出来，可不是在那种场合，更不能给僚属们留下因私卖放的印象。"张汤颇为尴尬，好在灯光下看不出来。

杜周颇费踌躇，想了想还是说道："还有件事，去导官提讯鲁谒川的那个人是谁，大人绝想不到。"

"谁？丞相府的人？"

"是咱衙门里的人，减宣。"

"减宣？"

杜周很肯定地点了点头："是，是减宣，看来御史台里有人吃里扒外，大人要小心。"

张汤略作思忖，颔首道："长孺，还得劳你明早去一趟导官，把谒川提出来安置好，只要人在我们手里，他们搞不出甚名堂来。"

次日早朝，减宣等在司马门等到了边通。

"昨日张汤去导官录囚，就我所知，霸陵的盗案已经审结，他们打算以'见知故纵'①的罪名构陷丞相，你要知会丞相小心。"

---

①"见知故纵"，张汤、赵禹修律所定法条，指下属有罪，长官知情未报，是谓见知故纵，与罪者同罪。

边通一怔，心里叫了声好狠毒，下属失职或有过，知情不举是为"见知故纵"，犯者与罪人同罪。霸陵因护卫夜间醉酒而失盗，张汤以丞相没有依规巡视为由，诬以见知故纵的罪名，这是存心要丞相的命了。

"鲁谒川、田信那里如何，审出他的罪证了吗？"

"那姓田的是他的死党，坚不吐实，不过无所谓了，姓鲁的已被拿下，证据足够了。"减宣拍了拍边通的手臂，很沉稳地说，"今日张汤轮休，欲先声夺人，今日发动最好。"

朝会散后，刘彻眉头紧锁，心情如同冬月的天气一般，灰暗而压抑。先是，秋九月，馆陶大长公主刘嫖病逝，这是他最后一位至亲长辈离世，感念姑母从前对他种种的好，刘彻很伤感，接踵而来的就是三姐隆虑公主因操持丧礼①，劳累过度，遽尔病故，同胞姊妹三去其二，令他倍感生命之无常。更令他愤恨的是姑母尸骨未寒，两位堂兄弟②为分家产，打得不可开交，在京师贵戚中传为笑谈。不久后又传来这两人竟于热孝期间亲近女色，母丧未除而行奸，是忤逆不孝，于法为禽兽行，于律为死罪。为免付审后秽声四扬，刘彻饬令二人自我了断，并褫夺了陈蟜的封爵封邑，公告于朝廷，以为警诫。为了弥补对姑母与三姐的愧疚，他饬令将姑母与姐夫家遗留的亿万家财判归隆虑公主的独子、自己的女婿昭平君陈珏，希望他能够一改纨绔习气，老老实实地做个富家翁。

而朝政方面，也令他不快。赵王刘彭祖上书，称张汤与鲁谒居狼狈为奸，惑乱朝廷。谁都知道，前不久这两个人将太子丹逮捕归案，刘彭祖显然是挟怨报复，本打算置之不理。不料朝会上，丞相庄青翟突然发难，奏称张、鲁上下其手，陷害李文。朝廷大臣们不和，对自己并非什么坏事，令他不快的是这种不和公开化，成为不择手段与相互攻讦的帮派之争。

他原想要庄青翟与张汤面折廷争，于是派专骑赴杜县张家召张汤入朝，

---

① 按，刘嫖与王娡结过两门姑舅亲，一为刘彻与陈阿娇，一为隆虑侯陈蟜与隆虑公主。隆虑公主是刘嫖的儿媳，故有操持丧礼之事。

② 刘嫖为刘彻之姑母，其子为刘彻之（姑舅）堂兄，陈蟜更因隆虑公主而成为其姐夫。

不料家人称其并未回家。于是再派谒者赴御史台寻找，当值侍御史们却称他一早就离开了，都以为他是休沐回家了。

刘彻起了疑心，自霍去病事发，他对朝廷大臣们愈加警惕了。张汤或者真的在背后搞甚名堂，他想当丞相而一直没当上，有上位之心不足为怪，男人谁不想拜相封侯？刘彻鼓励甚至有点欣赏臣下们的竞争，唯独不能容忍的是臣下的欺谩，这些人拿他当甚，一个可以玩弄于股掌，被牵着鼻子走的傻瓜？

他传召了呈递赵王告变书的减宣，此人在以往的几件大案中，办案得力，给他的印象深刻。他指点着公事缄封的日期，问道：

"这封告变应该早已递送到御史台，为甚这么晚才呈报？"

"事涉主官，臣下不敢造次。赵王数次告讼朝廷派驻赵国的铁官，都被张大人驳回，后来张大人又主持了赵太子一案，赵王挟怨甚深，臣下恐其构陷，不查证属实而贸然呈递，恐渎圣听。"

"哦，那么说你查证属实了？"

"是。"

"赵王告变，你是张汤的属下，为甚不向他通报？"

"张大人是当事人，理当避嫌，故臣下未曾向张大人通报。"

"你都向谁查问，查到些甚？"

"告变事涉张大人与御史中丞鲁谒居，鲁谒居不久前病故，臣提讯了他兄弟鲁谒川与京师富商田信。据鲁谒川交代，其兄与张大人交情很深，过从甚密，在公事上其兄不仅得力，且为张大人倚为智囊，以赵王宫人牵连李文，就是他哥的主意。"

"连亲兄长都出卖，这种人的话可信吗？"

"赵王告变中所提张大人为鲁大人摩足一事，除去看过告变书的我，当时无任何人知晓，我也没有问到他，而他却自己说了出来，故臣以为可信。"

"那他为何要揭破这些阴私呢，他与其兄长不睦吗？"

"为了张大人不肯救他。他说，鲁谒居死前曾将他托付与张大人，张大人保证会好好帮他，可他入狱落难，张大人明明认识他，却视若路人，不肯一施援手。鲁谒川绝望之下，起心报复。"

"他怎么下的狱？"

"是臣因欲核实赵王告变事情真伪，报请丞相府饬令缇骑传他入狱问话，以便查证。"皇帝问得仔细，不能有任何破绽，减宣心里一紧，于是实话实说。

"这个鲁……什么的押在哪里？"

"鲁谒川，原押在导官狱，为方便陛下提讯，臣已于昨日将他提押到内官狱①候审。"

"内官？为甚不押在廷尉诏狱？"

"廷尉诏狱常有瘐毙人犯之失，譬如不久前死于诏狱的李文，臣不想再出那样的纰漏，致使死无对证。"

"瘐毙？怎么回事？"

"简而言之就是虐待致死，譬如不给吃喝，不让睡觉，唆使同牢人犯围殴，有病不予医治，酷刑种种，熬不过去的人很多。"

"杀人灭口，是吧？"刘彻的眼中已有了恨意。

"不全是，可有些肯定是。"

刘彻思忖良久，颔首道："你做得对。你速将姓鲁的供词拿来我看。"

"供词已在赵王告变之案卷中，陛下翻翻，可以找得到的。"

"你说还抓了个什么人，他交代了些甚？"

"张大人早年在京师交下了两个经商的朋友，一名鱼翁叔，一名田甲，这两个人据称都去了关东做买卖，行踪不定。不过姓田的家里还有个叫田信的兄弟，相府的长史们说，朝廷议决的很多事情，还没公告前，这个田信就知道了，几人以此囤积货物，赚了大钱。他们怀疑消息是张大人有意透露，朋比分肥，所以也抓了他。我也曾提讯过此人，可这人骨头很硬，坚不吐实。"

"甚消息可以赚大钱？你举个事情说说。"

"听长史们说，前些年朝廷决定收山泽之利，鱼、田二人提前从关东购入囤积大量盐斤，盐铁官卖后，利市翻倍，他们借机贩鬻，二三年间，获利百万。张大人主理新政，而他们都是张大人多年的好友，由不得人不起疑。"

谒者来报，已找到张汤，在殿外候见。刘彻吩咐传见，又对减宣点点头，

---

① 内官狱，由少府管辖的一所牢狱。

示意他退下。进出之际，四目相对，减宣揖手叫了声张大人，张汤则哼了一声，视若无睹，傲然前行。这些刘彻看在眼里，对张汤的疑忌更深，但他仍打算给他一次机会，看他肯不肯实话实说。

"休沐日你不回家，在长安做甚？"刘彻翻开案卷，找出鲁谒川的供状，看了一会儿，抬眼问道。

"臣去录囚了，霸陵盗案有些尾子没结。"张汤敛容揖手道。

刚才见到减宣，他貌似不屑，心里其实很紧张。早间他启程回家时，被候在司马门外的杜周拦住，告知他鲁谒川昨晚已被减宣提走，去向不明。他有些慌神，顾不上返身，带着杜周在长安城内逐狱查找。长安牢狱二十余座，查过几座，觉得不是办法，于是回到御史台找减宣要人，不想减宣先已被皇帝叫去问话，当值的御史还告知，皇帝也在找他。

皇帝越过主官直接召见下属，并不鲜见。问题在于减宣背着自己提讯鲁谒川，谒川对他说过些什么，他又在皇帝面前说了些什么，他不知道，但肯定不利于自己。走入大殿那一刻，张汤就已决定，无论何事，都尽可能往后拖，不管减宣给自己下了什么套，都得要时间查证，事缓则圆。

"现在结了？"

"结了，还没来得及做成爰书。"

"丞相疏于管训，于律该当如何？"

"臣等合议，适用'见知故纵'，与罪人同罪。"

"那些个护陵吏卒日常所为，丞相又怎么能知道呢？"刘彻冷冷地看着张汤，看来他想丞相的位子想疯了，必欲除之而后快。

"诸陵管训，丞相有责，庄青翟未能以时巡视，致使霸陵盗案发生，责任重大，难以推卸。"张汤回答得很肯定。涉案者均已定谳画押，他不怕查证。

刘彻扬了扬手中的简牍，问道："赵王说他根本不认识李文，告你与鲁谒居合谋陷害他，你怎么说？"

"赵王？我陷他于罪？"张汤一怔，随即莞尔。

"赵王睚眦必报的脾性，没人比圣上更清楚，臣等奉诏处置了太子丹，早知道他必有报复的一日，不想来得这么快。"

"朕说的是李文，李文自入仕起，一直在关中为官，他从何勾结赵王，窥伺朝廷？你们共事多年，最清楚他的为人，你说说看，他为甚要勾结声名狼藉的赵王，这告变者又是何人？"

当事人均已瘦死狱中，鲁谒居也已故去，张汤并不担心，他佯作吃惊道："陛下圣明，也许有人挟怨报复？臣也说不准。"

从鲁谒川的供词中，刘彻已明了张汤与乃兄阴谋构陷李文的经过，发问，是看看张汤肯不肯袒露实情。看到他装傻充愣，以为人证皆殁无从查证，殊不知更凸显他做贼心虚。他会再问一次，若仍敢当面欺谩，这个人就不能留了。

"还有件事，有个叫田信的你认识吧？"

张汤颔首："认得，认得，他兄长田甲，是臣相识多年的布衣之交。"

"这些年，朕所推行的很多事情，这个姓田的总能占得先机，囤积居奇，看来是有人故意将消息泄露给了他，让他发财，你说呢？"刘彻言罢，双目灼灼地注视着张汤，仿佛要看到他心里去。

张汤全无惭意，佯作惊奇道："不能吧。不过生意人走南闯北，得风气之先，又多财善贾，发财固宜有之……"

几乎挑明了的事情，他还在那里装糊涂，是可忍，孰不可忍。刘彻勃然大怒，他敕令张汤住口，即时押赴诏狱待罪候审。

当晚，皇帝身边的尚书，接连八次赴御史台簿责张汤，就李文案、李蔡案、霸陵失盗案、泄密案等，逐一审问，张汤不服，竟也强项不屈，逐案辩驳，坚不认罪。

夜半，昏昏欲睡的张汤被人唤醒，抬眼一看，来的是少府赵禹。两人皆出身刀笔吏，又共事多年，曾同任中大夫，一同奉诏修法，相知甚深。

"赵兄，弟……弟为奸人所害，救我！"张汤一直兄事赵禹，相见之下，不觉泣下。

赵禹摇摇头，叹道："你真的不明白？没有切实的证据，能把你下狱？你和鲁谒居密谋于私室，却不避着他兄弟，此人现就在少府关着，有他在，你百口莫辩！"

张汤语塞，良久争辩道："李文构陷在先，我收拾他不过是自卫，赵王阴贼险狠，公报私仇，皇上怎么能相信他！"

皇帝在气头上，张汤所有的解释，都会被视作狡辩，当局者迷，是时候点醒他了。

"老弟是朝廷大臣，何以不识轻重？想想多年来在你手上破家灭族的有多少人？指不胜屈了吧。君四面树敌，有多少人怀恨于你，如今你栽了，自然一拥而上，群起而攻，喊冤有甚用？"

张汤负气道："弟四面树敌，还不是为了朝廷好，耿耿此心，今上最清楚，忠奸不辨，以至于此，我还有甚话好说！"

"你住口，甚忠奸不辨！你的事件件有证据。你我共事多年，情同兄弟，我就实话告诉你吧！你那些事本来可轻可重，错就错在你自以为得计，今上比你聪明得多，又岂能容你巧舌如簧，欺君罔上？皇帝没将你下狱拷问，是想你自我了断，给你多留点体面，你还辩个什么劲儿呢！"

张汤默然，继而泪如雨下，良久，方对赵禹点点头，要了笔墨与一方白帛，运笔如飞，赵禹接过一看，数行汉隶遒劲有力：

　　汤无尺寸功，起家刀笔吏，陛下幸用臣以三公高位，尸位素餐，无以塞责。然谋陷汤罪者，三长史也！

一〇三

元鼎四年春三月，长安戚里乐成侯府正堂内，两个人正在屏人密谈。一人是这里的主人，乐成侯丁义，他更为显赫的身份是鄂邑长公主的夫婿。皇家公主择偶讲究的是门当户对，诸侯王最好，列侯次之，鄂邑公主庶出，及笄之后一直没有适合的夫家，拖到二十，不得已降格以求，这才下嫁给了乐成侯。得力于这门婚事，丁义成了皇家的女婿，也得以长住长安。另一人身材高大，容颜俊秀，看上去不过二十多岁的样子。他名栾大，是胶东王内廷的尚方①。

胶东王刘寄的母亲儿姁，是刘彻的亲姨妈，刘彻立为太子后，其胶东王的王位即改封刘寄。在五个中表兄弟中，与皇帝最为亲近的也是刘寄。元朔二年，刘寄薨逝，王后无出，身后只留下两个庶子，刘彻感伤之余，立其长子刘贤为胶东王，次子刘庆亦加封为六安王。

庶出的王子皆由王后抚养成人，王后偏爱刘庆，讨厌刘贤，曾几次撺掇刘寄废长立幼，可碍于制度，一直没敢向皇帝提出。刘寄死后，予谥康，史称胶东康王，新王嗣位后，王后亦加封为太后，而备受冷遇，而向所亲近的刘庆又就国于六安，自此孑然一身，形影相吊。这位胶东国的王太后，就是乐成侯家的女儿，丁义的姐姐。栾大来京师，就是受命于太后，向丁义送交

---

① 尚方，古代掌管宫廷器物制作的官署，属少府。

一封密信。

"你真与李少翁同一师门？"

丁义看过密信，上下打量着栾大。王太后信中盛称栾大通神仙之术，与李少翁同学，要他引荐给皇帝，如此，有知近的人在皇帝身边，丁家在宫内就多了一份靠得住的关系。

看到丁义满腹狐疑的样子，栾大微微一笑，颇为自傲地说道："侯爷看我不像？小臣自幼学辟谷，故可养生延寿，华颜永驻。"

"哪里，哪里。"

丁义尴尬地笑了笑，在心中衡量这件事的利害。他是开国功臣之后，几年前承袭了爵位，并与长公主结缡而成为皇亲，得以不时进宫宴乐或随驾巡游，对皇帝之好恶了如指掌。长生之道，这是皇帝近年来朝思暮想的事情。年初汾阴①有宝鼎出土，众臣皆称祥瑞，祝祠官吕宽舒力陈关中既有五畤以祀太一，亦应立祠以祀后土，以皇天后土并为宜。于是车驾渡河东巡，以宝鼎出土的脽上立后土之祠，皇帝以时致祭，立为制度。

车驾东巡时，丁义以子婿侍驾随行，彼时情景还历历在目，皇帝憧憬神仙，向往长生的心态，可谓纤毫毕露。尤其是回程时，泛舟汾河，皇帝大宴群臣，丁义身任侍酒。酒酣耳热之际，群臣上寿，齐呼万岁，皇帝醺然之际，诗兴大发，即席赋诗吟唱，唱至结尾两句"欢乐极兮哀情多，少壮几时兮奈老何"时，目含泪光，被在旁斟酒的他，看得清清楚楚。

"皇上对神仙之事倒很是热衷，不过你晚来了一步，已有人捷足先登了。"

栾大一怔，急问道："哦。甚人，本事如何？"

"是个齐国来的方士，叫公孙卿，你听说过吗？"

栾大颔首道："公孙卿，是他？我知道这个人，巧舌如簧，他是如何说动皇帝的呢？"

自从李少翁死后，方士们消停了一阵，很快又卷土重来。汾阴出土宝鼎后，被运置于甘泉宫。公孙卿得到消息，写了份书札，想托谒者所忠呈递给皇帝。

---

① 汾阴，今山西万荣县，汉时河东郡属县，与夏阳（今陕西韩城）隔（黄）河相望，建有后土祠。

书札说，宝鼎出土的季候与当年黄帝时相当，都是在冬季，是前所未有的祥瑞。黄帝得鼎后曾向臣子鬼臾区讨教，鬼臾区号大鸿，称得鼎时值冬至，乃得天之纪，周而复始，以二十岁一推，凡二十推三百八十年，而黄帝登仙。所忠看后，以为荒诞不经，推托道："宝鼎之事已了，我帮不上你。"公孙卿不死心，又厚贿内侍，将书札递到了御前。孰知皇帝念兹在兹的就是长生不老，即刻召见，接谈之下，公孙卿称此说受自同乡申公，而申公又受之于安期生，申公已死，只留下这部书，书中称汉兴复当黄帝之时，汉之圣者则在高祖曾孙，现今宝鼎出于冬至，与黄帝时相合，皇帝的辈分亦合，是天命而绝非巧合。往古圣君皆封禅，唯独黄帝封禅泰山后得以登仙。申公曾亲口对他说过，汉主亦当封禅于泰山，封禅后亦能登仙。但这件事不能急，而是要巡狩天下名山，交通鬼神，功到自然成。所以他听到宝鼎出土的消息就赶来长安，进献书札，以应天命，效力于圣主云云。刘彻半信半疑，他正为李少翁之后没有了与鬼神交通的途径而犯愁，自然不肯放过这个机会，于是拜公孙卿为郎，专赴各大名山寻找得道成仙之人。

听完公孙卿干进的故事，栾大不屑地笑了："费了恁大口舌，不过得了个郎官，这公孙卿的说功，我只给差评。"

丁义摇了摇头，不以为然道："皇帝自李少翁后对谈神弄鬼之事警惕心很强，总觉得大多方士都是新垣平一类的骗子，欲借此以谋富贵，故言行稍露破绽，或被认为是大话忽悠，必当场诛杀，这碗饭不是那么好吃的。"

看着丁义似信非信的神情，栾大顿首道："小臣定不负太后所托与侯爷的信任，侯爷只须让我见到天子，取富贵不过指顾间事。"

"你说得太容易了，皇帝乃雄猜之主，用人不拘出身，唯才是举不假，可一旦生疑，诛杀赐死，亦毫无吝惜之情。"

栾大神情殷切，揖手道："小臣正想请教侯爷，皇帝是个怎样的人，最爱甚，又最恨甚，望侯爷有以教我，最好能举个实例。"

"用人不拘出身，举个现成的例子，大将军卫青，原是平阳公主家的马夫，以其姐得宠而得以入宫为郎，塞北几战成名，立擢为大将军，位列三公，反过来娶了从前的主子，数子皆少小封侯，贵极人臣。再如霍去病，一个私生子，亦能以军功拜将封侯，只可惜年轻轻就死了，不然成就还要超过卫青。

今上用人，但看才能，有才能，则布衣可以为卿相，富贵自不待言。朝廷里由此晋身者，所在皆是，所谓英雄不问出身，大汉之盛，盛在群英荟萃，盛在今上用人不拘一格。

"至于翻脸无情，最近的一个当数张汤。前几年此人最得今上信任，炙手可热，他为朝廷罗掘财用，无所不用其极，四处树敌，朝野侧目。可平心而论，他这么做，都是为了皇帝，是代皇帝做了恶人。"

栾大道："我在胶东时，听到他被皇帝赐死的消息，举凡王室贵戚，无不拍手称快。皇帝为甚这样做，这不是自隳干城吗？"

"这就是最重要的了，你要记住，皇帝最容不得的就是欺谩，若犯有过错，实话实说，处罚反而不会很重；反之，即便是素所信用的大臣，尽管你有大功于国，必诛无疑。皇帝视欺谩为不忠，不忠之人，才能愈大，危害愈大。张汤不说真话，在今上看来，就不是甚干城，而是心腹之患，不除不行了。"

"可我听说事后皇帝又后悔了，反过来诛杀了举发张汤的三长史，还赐死了丞相，这又是怎么回事？"

"还是出在三长史所言不实上。他们举报张汤将朝廷新政透露给经商的朋友，朋比分肥，于是皇帝派人去张家查抄，发现其家产不足五百金，还多是皇帝赏赐之物，反而证实了他的清廉。三长史坐诬罔按诛，庄丞相亦牵连下狱自杀。诛杀这些大臣，皇帝有惋惜而无后悔，杀了就杀了，天下人才有的是。不同的反倒是你那位师兄，就我所知，诛杀文成，是皇帝唯一后悔之事。"

"哦，为甚？"

"我想还是物以稀为贵吧。没了文成，今上交通神仙的路就断了。所以，你若真能通神，富贵指日可期；若无把握，现在收手还来得及，皇帝虽热衷于此，警惕心亦高，忽悠他会死得很惨。"

栾大毫无惧色，呵呵一笑道："人言富贵险中求，这些人事败身死咎由自取，不足为怪。不过我与他们不同，得的是神仙的真传。侯爷放心，我若本事不够，能提着头来长安找死吗？"

"那倒是。"

栾大所言所行，自信满满，绝无丝毫瞻顾犹豫，这使得丁义心中的天平倒向了他。阿姐信中称其能够通神，言之凿凿，这一宝若押对了，丁家的富贵荣华当更上层楼，而阿姐亦会在朝中增一奥援，于是颔首道：

"太后信得过你，我也没话说，吾等把你引荐给皇帝，是押上了身家性命！也罢，如君所言，富贵险中求，你我一荣俱荣，一损俱损，成败利钝，全系于君之才能，望好自为之。"

此时的刘彻，却并不在未央宫，而是去了城北的太子宫。太子刘据，去年由皇后与进京奉朝请的鲁王王后撮合，纳王后之妹为良娣①。良娣姓鲁名可儿，鲁人，自幼伶俐手巧，善编织，人皆称有宜男之相。果不其然，十个月后即产下一男。有了长孙，刘彻大喜，不时去太子宫探视，抱在怀中，爱不释手。

郭彤急匆匆赶到太子宫，但见皇帝、皇后、太子一家人正围坐在皇孙周围闲话家常，其乐融融。在郭彤的记忆中，这种场面真是久违了。太子降生不久，皇帝就移爱于王夫人，王夫人死后，李夫人继之，宠擅专房，皇后只能每五日侍候皇帝进餐一次，再无床笫之欢，虽有领袖后宫的名义，但卫子夫处事谨慎，非但不过问那些宠妃女御之事，反而事事礼敬，竟也相安无事。远远看过去，卫子夫丰容盛鬌依旧，可走到近前，眼睑皱纹细密，若不戴假发，亦可见有丝丝白发了。

芳华不再，斯人永逝，联想到废后，郭彤不觉悯然，趑趄踌躇之际，却被刘彻看到，摆手示意他近前。

"朝廷来了重要的封事，亟待圣上回宫……处置。"皇帝正在兴头上，郭彤不想惹其不快，可事情又须尽快知会他，为难之际，言语不免嗫嚅。

"是吗？甚要紧事，说来听听。"刘彻抱着皇孙，边问边逗弄。

"中山王薨逝，中山太子遣其弟刘屈氂赴朝廷告哀并呈递封事，今日到京，正在未央宫候见。"

"生老病死之事，无日不有，也不差这一日。"刘彻皱着眉头，有些不情愿地将皇孙交还史良娣。

---

① 良娣，西汉太子配偶分三等：太子妃、良娣、孺子。

趁众人不注意，郭彤向刘彻使了个眼色，再奏道："朝廷还有重要公事，请圣上起驾还宫。"

"甚重要公事，说吧。"刘彻倚着肩舆，沿复道回宫，他看了看跟在一旁的郭彤，示意他靠近点儿。

"长门宫宦者来报，废后已于今日平旦薨逝，如何善后，少府及掖庭在等圣上示下。"管理后宫的衙署原名永巷，刘彻不久前更名为掖庭。

刘彻一怔，刚才的好心情一扫而空，取代而来的是深深的悲情。巫蛊事发于元光五年，阿娇被废黜后禁锢于长门宫，迄今已十八年。她的生活想必生趣全无，度日如年吧。他知道近几年阿娇开始酗酒，醉后以骂詈发泄戾气，状似疯癫。而十八年前，这同一个女子，还被视若拱璧，是集万千宠爱于一身的皇后，在她身上，刘彻真正体会到了天道无常、造化弄人的悲哀。一路默然，直到落舆宣室殿前，刘彻才吩咐随侍的谒者，传令掖庭，将阿娇以公主之礼附葬于霸陵郎官亭。

进殿后再看中山国的封事，原来是刘胜的遗书。遗书称自己沉疴不起，将不久于人世，恳求皇帝施恩，仅只传国于长子。刘彻不觉莞尔，早知如此，何必当初！刘胜于诸侯王中是出了名的乐酒好内之徒，就国之后，广置姬妾，据说光儿子就有一百二十余人。按推恩令，除长子继承王位外，余子皆可封侯食邑，偌大个中山国，若分为一百几十份食邑，则一代之后，分不胜分，至孙辈皆将沦落。诸王就国后，刘彻与他们仅在五年一次的朝觐与会宴时才能见上几面，日渐生疏。他脑海中浮现起与堂兄弟们少小同窗时的记忆，同刘胜、刘彭祖斗殴的场景，如同一张陈年褪色的旧画，反而带给他一丝亲切感。

不过刘胜好酒乐内，也好过刘彭祖插手郡国行政，更无论那些违法犯禁、行同禽兽的宗亲们。思忖良久后，刘彻传谕，以嫡长子刘昌嗣位中山王，嫡子封侯，庶子封君，而中山国的岁入，以半数奉养王太后窦绾与王室，另一半则为诸子奉养。可以想见，用不了几代人，刘胜的孙辈们所得就不过中人之产，与黔首为伍，可这也是没办法的事，他已尽可能做到公平了。

他吩咐传见中山国的告哀使，这个血缘上是他叔伯侄子的少年进殿后，便一头扑在大案之前，连连顿首，亟称自愿放弃食邑，进宫侍卫，效力于朝廷。刘彻要他起身，细问之下，得知其名刘屈氂，乃刘胜庶出之子，少时丧母，时年十八，无所牵挂，故愿投效朝廷。刘彻当然明白这背后的意图，封君不过是鸡肋，而投效朝廷，或能另开蹊径，搏得一个更好的前程。刘屈氂少年英挺，颇得他的好感，而王室子弟不靠余荫，愿凭自家努力吃饭，太难得了。于是欣然接纳，敕令他去郎中令处报到，入宫为郎，刘屈氂连声谢恩，喜不自胜地去了。

下一件封事来自朔方，据边郡探马呈报，他的老对头、匈奴大单于伊稚斜已于去年岁末病逝于漠北，单于廷秘不发丧，直至蹛林大会公推其子乌维为新一任单于后，才敢肯定这个消息是真的。封事还说，漠北连年荒旱，牛羊疬疫不断，已经很长时间不见胡人南下劫掠了。这又是个令他喜忧交集的消息。喜的是，匈奴国力大衰，已难以威胁大汉，见证了自己外攘四夷的成功，与伊稚斜较力多年，是他笑到了最后。忧的是，他也四十四岁了，虽自觉年富力强，可相比于生年皆不满半百的父、祖，自己会不会同样来日无多了呢？一念至此，喜悦转瞬成空，刘彻的心情再度沉闷下来。

"陛下，乐成侯有封事呈阅。"郭彤小心地将卷牍放置于案头，退到一边。

刘彻闷闷不乐地掰开封泥，展读之下，顿觉眼前一亮，喜上眉头。

臣乐成侯义昧死以闻，臣姐胶东康王后荐其宫人于陛下，言能通神，臣试为接谈，乃与文成同师安期生者，自称常往来海中，与安期、羡门之属游，其师言黄金可成，河决可塞，不死之药可得，而仙人可致也。以是冒死渎陈……

如大旱而忽现云霓，这就是天命了，时不我待，这次机会再不能放过了。刘彻激动得不能自已，传谕召见时，声音听上去都在发颤。

看到栾大第一眼时，刘彻就感觉到了一种气场，这个年轻男人身材高挺，相貌英俊，尤其难得的是，在面对皇帝时全无怯色，要言不烦，侃侃而谈，那种沉着自信，全不像他这种年纪的人所能有的。

"你师傅是安期生？他住在哪里，是传言的蓬莱三山么？"

"是的。"

"你师傅说黄金可成，河决可塞，不死之药可得，仙人可致，是这样吗？"

"是这样。"

"怎样才能做到呢，你师傅没教给你么？"

栾大面现忧色，摇摇头道："没有。仙人以弟子出身微贱，信不过我，不肯授以秘方，我提康王，师傅也以诸侯不足以受方为由，拒不传授。我揣测，师傅的那番话，其实指的是天子，非天子无以承受天命，享此福祉。只是眼下方士们都害怕落到文成的下场，即便习得此术，亦只能缄口不言了。"

"文成误食马肝，死没死没人知道，有人在关东遇到过他，都传他尸遁升仙了呢。"刘彻赧然，看来，得提振一下这些人的勇气。

"若真能为朕修得长生之秘方，朕必厚报无遗。你可以传话给你师傅，这天下中没有甚是朕舍不得的。"

栾大微微一笑道："陛下贵为天子，可也有管不到的地方。陛下得明白，非吾师有求于陛下，而是陛下有求于吾师，若真心与吾师交通，则栾大愿为使者，但先要做几件事以表陛下的诚意。"

"诚意？"刘彻略现怒色，目不转睛地瞪着栾大，而栾大亦不闪避，分毫不为所动。丁义、郭彤及殿内的一众侍从，皆为他捏了一把汗。

而刘彻并不以此为忤，他的心思全在如何拿到仙方上，于是放缓脸色，问道："哪几件事？你说说看。"

"陛下既以我为通神使者，最好给我以皇亲的身份，待之以客礼，而不是当作臣子看待，如此，吾师才会认可陛下的诚意，将仙方授予使者。"

刘彻真的吃惊了，对这个人的信心却有增无减，若无真本事，甚人敢放恁大的话？他略作思忖，颔首道：

"好。你既从汝师学艺，当有所表现，让朕先睹为快。"

栾大知道这是要试他一试，他自少习艺，颇有些炫人耳目之技巧，于是领刘彻及众人走到殿外，指着台下广场中矗立着的百余杆旌旗，吐纳运气，两臂回缩后猛然推出，但见那些旌旗格格作声，齐齐拔地而起，浮于空中。他再舞动手臂，那些旗子竟如有了生命一般，往来翻飞，良久，随着栾大一声长啸，那些旗帜竟又各自归位，齐齐立于原来的位置上。从皇帝到一众侍从、宫人，无不惊呼连连，目瞪口呆。再看栾大，则傲然兀立，竟如玉树临风，飘飘然似神仙中人。刘彻大喜，称其为先生，请其进殿深谈，恭谨之意，现于颜色。

当晚传出来的消息是，皇帝即席拜栾大为五利将军，加封乐通侯，食邑二千户，赐长安甲第，僮仆千人，并赐车马帷帐、器物玩好以充其家。一个月后，皇帝嫁卫长公主于栾大，陪嫁十万金，亲至其家，置酒欢宴。之后宫中使者往来，存问供给，相属于道，而群臣则风行景从，自皇室贵戚至公卿大臣，无不置酒高会，轮番宴请栾大与丁义，馈赠无虚日。

一日，酒阑人散，栾大醉眼蒙眬，望着同样酒力不支的丁义，笑道："丁君，富贵险中求，吾言不虚乎？"

"不虚，当然不虚。但不知何时能为今上引见神仙？"自引见栾大，皇帝对丁义颇加以青眼，指名他陪侍栾大，这一宝算是押对了，可每逢夜阑人静之际，心头仍会掠过一丝不安，终究是要让皇帝见到神仙与仙方，承诺方算四脚落地，二人也才能长享富贵尊荣。

栾大不以为意道："见神仙，那还早着呢！得先造接神的亭台楼阁不是？凡间宫殿浊气太重，招不来神仙。就算不计繁费，倾力而为，没个三年两载，建得起来吗？你我及时行乐，尽享人间富贵，将来的事情，走一步看一步，总有办法的。"

两人哈哈大笑，栾大吩咐掌灯添酒，再作长夜之饮。

一〇四

　　樛瑛踞坐① 于妆台前，手执铜镜，端详着自己的面容，一个侍女很仔细地将梳直的长发挽至她的头顶，结了个高髻。

　　"殿下既梳高髻，若在髻前簪只华胜②，就更美了。"

　　"是么？"樛瑛从镜中瞟了眼身后的陈菁，从妆奁盒中挑出一只贴翠的华胜，在额前比了比，交由侍女为她簪好，再看镜中，果然贵气逼人。

　　"阿菁，你是富贵人家的女儿吧，眼光、品位与常人不同，看得出从小教养差不了。"

　　刘陵踞坐于樛瑛身后，自到南越后，凭借自己的聪明讨巧，她很快就为王后所垂青，更以精明能干被王后倚为亲信，对她几乎无话不谈。

　　"小时候随家母进宫服役，见过些大场面。"刘陵赧然一笑，随即岔开话头道，"还是殿下的头发生得好，乌光水滑，稍作点缀，就能艳压群芳，不像那几位夫人，满头珠翠，累赘不说，反失了自来的本色。"

　　话中的"夫人"，是指越王婴齐即位后，另纳的嫔妃。这就触到了樛瑛的心病。婴齐回到南越，当年那个在汉宫中循规蹈矩的王子就像变了个人，随心所欲，恣意而行。使酒好色而外，尤喜铺排场面，踵事增华。近几年，

---

　　① 踞坐，双膝着地，上身挺直地跪坐，此风仍可见于当今之日本与韩国。

　　② 古代贵妇的头饰，以金箔制成，镂空为花枝错杂样式，上贴翠羽，以示华贵。

几乎年年纳妃，个个年轻貌美，是王后的劲敌，令她岌岌可危。好在她们尚无子息，但樛瑛已经感到了夫君的疏远。

"哼，一个以断发文身为美的化外之地，能指望甚好品位？蛮夷女人，就认得穿金戴银，恨不得把值钱东西都搭在身上，好像不这样显不出身份，其实就是一个字——俗！"

樛瑛想到那几个女人，就恨得牙痒痒，愈加怀念在关中时的生活。那时候，朝会散后，婴齐都是早早回府，她会烧几样拿手的小菜，侍奉夫君小酌一番，与两个儿子共享天伦，其乐融融。那时候，夫君心无外骛，身与心都为她一人所有，甚至对她此前的一段感情还有些小嫉妒，把她看得很紧，作为女人的她，真的觉得很幸福。

而做了王的婴齐，却在一点点地疏离她，两人在一起的时间越来越少，这两年，作为王后的她，非但没有领袖后宫的权力，连侍寝的机会都不再有了。她才三十几，一头青丝，红颜犹在，漫漫长夜，却只能独对孤灯，顾影自怜。午夜梦回之际，安国君的身影每每浮现，霸陵道别时，他轻声吟诵给自己的那些诗句又似回响在耳边：

> 昔我往矣，杨柳依依。今我来思，雨雪霏霏。
> 行道迟迟，载渴载饥。我心伤悲，莫知我哀。

在南越，因言语不通，除了宫中的小天地，一切在她都是陌生的，难以了解的。南国多风雨，炎夏之季，潮热难挨。她曾力劝婴齐如期赴长安朝觐，循规蹈矩才会得到朝廷的信任，而她亦可借此省亲关中，与亲友们团聚。婴齐自然不肯，他故技重施，托病不朝，把他们的次子次公派往长安，说是充任皇帝的宿卫，其实不过是南越派去的人质而已。

"殿下，时候不早了，是不是该赴大王的寿宴了？"陈菁的提醒打断了樛瑛的思绪。

"昨晚和那几个贱人宴乐终宵，他能起那么早？"樛瑛恨恨地说道，但还是由女侍们服侍着穿上礼服，曲裾深衣，环佩叮当，缓步向前殿走去。正行进间，但见一名宦者自寝宫方向飞奔而来，到得面前，已是气喘吁吁，大张着口，前言不搭后语地奏报：

"启禀王后殿下，大……大王他……他中风，说不出话了，殿下……殿下快过去看看吧。"

樛瑛脑中嗡的一声，随即气上心头，怒道："劝过他多少回，酒色伤身，就是不听，就是不听，这下好，自作自受，我才不去看他那个死鬼样子！"

她觉得有人把住了她的手臂，随即听到陈菁附在耳边的低语："殿下，这个时候万万不可任性，消息传到宫外，大局就由不得你了！"

她猛然清醒过来，她在朝野孤立无援，最要紧的就是把控住婴齐，使儿子顺利嗣位，才可能立住脚。于是赶到寝宫，而平躺在床榻上的婴齐，双目圆睁，面色潮红，嘴角流涎，已经说不出话了。与陈菁屏人密议后，她敕令宫内戒严，以越王不豫取消寿宴，传太医视病，并密召丞相连夜入宫。

翌日晨，婴齐于昏迷中死去，丞相吕嘉与诸太医皆为见证。吕嘉心虽不愿，可赵兴是越王生前立下的太子，名正言顺，他不得不陈请太子枢前继位，并为樛瑛上尊号为王太后。之后举哀，布告朝野，并飞使驰报长安。这一切过后，当议及丧事时，樛瑛借儿子之口提出，父王中风，责在当晚陪侍的嫔妃，无子息者皆加恩殉葬，以陪伴先王于地下。于是除去婴齐赴汉前的越裔夫人橙氏，后宫嫔妃都做了人殉，无一幸免。

朝局底定后，陈菁出宫回家。可以在家居住，这是王后的特许。刘陵等陪护太子家眷抵达后，解约领钱，就在南越国的国都番禺住了下来。初来乍到，人地两生，刘陵用父王留给她的金钱开了家客栈，以容留南来北往的逋客与豪杰，积蓄反汉的力量。可海隅偏僻，殊少人气，生意维艰，不久就停了业。于是又改为货栈，借收购、贩鬻岭南的土特产，以游走四方，刺探消息，联络志士，而惨淡经营有年，仍无起色。一筹莫展之际，刘陵憬悟到，人单力薄，决难成事，非凭借王室不能高屋建瓴，促成反汉大业。于是她以收购到的合浦南珠为介，再入越宫，讨得了王后的欢心，王后一度要封她为随侍的女官，刘陵则以看顾兄姐与生意为名婉拒，但应许随召随到。宫中的女人可以说都是王的女人，而她不是，王后的庇护使她免于婴齐的纠缠，王后正是发觉越王觊觎其美色后，才特许她挂名门籍，回家居住。

吕嘉的不情愿，凸显了南越朝野对汉裔的王后与有汉人血统的太子的猜嫌，这种猜嫌利用得好，或能成为反汉的力量。刘陵眼下最大的困惑，就是失去了与朱安世的联系。几年前朱曾遣钟三来此，告知匈奴欲与西羌、南越联合反汉的大计，要他们待时而动，一旦北方开战，他们应策动南越起事响应。可匈奴迟迟未动，后来才传来单于病重的消息，钟三一去亦渺无踪迹，仅凭南越，反汉不啻以卵击石，自取覆亡。

"阿荃，你得回北边一趟。"刘陵猛然从张次公的怀中挣起身来，叫道。自到南越后，两人兄妹相称，实则同居，张次公数次请婚，刘陵皆以大仇未报，不能以身许人为辞。

"为甚，不一起去么？"

"目下消息全无，我们在这里苦等无益，你去找到朱叔，问清他的打算，北边还干不干，要干，怎么干，何时干。你去探消息，阿苗坐家看摊，新王年少，太后辅政，要我帮她，走不开。"

"几时走？你们两个留下行么？"张次公恋恋于家，满脸的不情愿，但他深知刘陵的脾性，从不敢违拗。

"明日一早，越国报聘的使者会前往长安，我已请王太后为你申请了关传，说要你顺路探家，随报聘使同行，一路上不会有麻烦。"

"可茫茫人海，又去哪里找朱安世呢？"

刘陵蹙额沉思，随即舒展眉头道："朱叔做马的生意，踪迹当不离塞上。还有，东市的河洛酒家出入的多是江湖上人物，你去那里打听，应能问出他的下落。"

告哀的快马抵达长安，已在半个月后，刘彻闻讯后，有了个想法，召对众臣，指名要安国少季与终军到场。

刘彻望着终军，示意他到近前，含笑道："终军，你说过愿凭三寸之舌辅佐明使，出使绝国，如今机会来了。"

"是么，去哪里？"终军很兴奋，他自少就羡慕先秦的那些辩士，穿梭于六国，纵横捭阖，立功建业。

"南越王薨逝，现在的王后与太子都亲汉，是游说南越内附，比内诸侯的好时机，朕应许过给你机会，派你去怎样？"

终军激动得不能自已，顿首道："臣愿受长缨，必羁南越王以至阙下。"

刘彻又指了指安国少季："中大夫安国君与南越王后少小同乡，关系不一般，朕此番即命安国大夫持节，子云为副，出使南越，凭借汝二人之关系、口舌，说赵越来归，如何？"

安国少季与终军顿首再拜，两人皆踌躇满志，自信马到功成。

丞相赵周道："南越自外于朝廷已逾九十年，几代越王皆托病不肯一朝长安，顽狡异常。化外蛮夷，或难于理喻，老臣觉得还是应作两手准备。内附则皆大欢喜，拒之则慑以兵威，这样把握更大一些。"

刘彻颔首道："丞相说得对，不怕一万，就怕万一，是得有两手准备。"

他略作思忖，欣然道："汝二人皆书生，朕会派勇士魏臣随汝同行，以资保护；另敕卫尉路博德屯兵桂阳，接应使团。南越报聘的使者快要到了，诸事毕，尔等与之共赴南服①，朕能否早闻佳音，这就要看爱卿你们的了。"

自伊稚斜死后，塞上胡虏敛迹，西域从风，西南夷争相归顺。五服之内，只剩两越②尚未内附，此番若能说服南越归顺，东越独木难支，臣服亦势所必至，如此则六合同风，九州共贯，大一统焕然可成，之后则封禅以成千古圣王伟业，继而得道登仙，永享富贵。刘彻踌躇满志，捋髯微笑，似乎看到了报捷的使者正向长安飞驰而来。

漠北的夏日，晴空一碧万顷，不时飘过的白云，与地上的羊群交相映衬，湖泊清澈，野草芬芳，望不到边的草原上散落着大小不一的毡帐，不时有成群的胡骑张弓搭箭，呼啸而过，看得出是在校射。

一座巨大毡帐中，几人席地而坐，除一人着汉服外，余者皆胡人穿戴，正在议论着什么。

"相国，这几年蛰居漠北，休养生息，恢复得差不多了，我想是时候动动了，不然汉人还以为我们怕了他们。"言者高鼻深目，眉眼酷似伊稚斜，他就是

---

① 南服，古者王畿之外的诸邦，依远近亲疏分为五服，故称南方为南服。

② 两越，南越与东越。

伊稚斜之子，现任匈奴单于乌维，几年来他一直想要奔袭塞内，以纾父王未遂之志。

被称作相国的小个子，鬓发皆白，面容枯槁，看得出身体不好，可眉宇间仍不失精悍之气。他看了眼那个汉人，不紧不慢地说道："要动，可不能盲动，知己知彼，方有把握。朱先生这几年来往于塞内，依你之见闻，汉人现在强了，还是弱了？"

"怎么看呢？"被称作"朱先生"的正是朱安世，近几年一直游走于边塞内外，做些阑入阑出的生意。汉地风声紧，就出塞避避；形势松缓，就进塞贩鬻。没有他，匈奴贵族对汉地丝绸酒食等奢侈品的需求，会难乎为继。

"看表面，还是歌舞升平，但这只是金玉其外而已。这个皇帝好大喜功而外，更迷上了神仙。长安道上，方士络绎于途，这几年虽无战事，可花销之浩繁，为秦始皇后所仅见。所造柏梁台，高二十丈，梁柱皆用整根柏木构架，粗可数围，香闻十里。另铸铜柱，上置承露盘，说是仙人餐英饮露，不食人间烟火，要接上天降下的露水供仙人饮用。仅此一项所费以亿万计，还不算在甘泉宫大兴土木的费用。"

"想不到汉帝有钱，一至于此！"乌维瞠目结舌，大声感叹着。

"皇帝收山泽之利，霸占了天下的资源，还要与民争利，算缗告缗，盘剥富人不够，前些年又布告天下，谁告缗，予其查抄家财之半，此令一出，刁民蜂起，告讦之风大行，中产以上，莫不战战兢兢，如临深渊。朝廷有了钱，按理说应该说是强了。可民怨载道，也可以说是弱了。"

"汉地真有神仙，真的可以让人长生不老？"乌维双目灼灼，很感兴趣地看着朱安世。

"都说有，可谁也没见着过真人。依我看不过是方士投其所好，猎取功名的伎俩。"

"汉人的神仙与我强胡两路，庇佑的是汉人。朱先生是说汉帝敛财无数，挥霍无度，失了民心，是吗？"赵信打断二人，继续追询。

朱安世略作思忖，摇摇头道："失民心？不敢说，反正富人商贾之心是失了。不过这皇帝很精明，三十税一没变，务农的还过得下去。"

"汉地的马怎样？"

"马？上次卫青、霍去病在漠北折损了不少，元气大伤，所以这几年汉军没办法深入草原。不过朝廷历来把马政看得很重，将马苑的二十万母马放给民间散养，这样要不了几年，马的数量当会很可观。"

"将才如何，那些功臣宿将还在吗？"

"李广自杀，霍去病暴亡，剩下出名的大将还有卫青，总之是大不如前了。"

赵信的眼中有了笑意，转向乌维："现今汉人马匹不足，名将凋谢，如大单于所言，是可以动动了。"

乌维大喜，捋髯笑道："好！相国说说，怎么干？"

"还是按先大单于定下的，与西羌、南越同时发动，让汉人猝不及防为好。知会他们，没有几个月不成，我看还是待到秋高马肥之季出动，不动则已，动则必胜。"

"好，就这么定了！不动则已，动则必胜。"乌维喜动颜色，两手交握，把骨节捏得咔咔直响，一副跃跃欲试的样子。伊稚斜死前，曾向他交代，要向对待他一样礼敬赵信，与汉人打交道，无论和战，尤其要征询相国的意见。这些年蛰伏漠北，休养生息，积蓄力量，以谋恢复，就是赵信提出的方略。

出敌不意，攻敌不备，一雪前耻，伊稚斜地下有知，亦当可以瞑目了。但赵信深知，胡汉国力悬殊，与汉人全面持久开战，匈奴力有不逮，早晚会被拖垮。他想要谋取的，是和亲时代的局面，两国敌体相待，通过和亲与关市交易，从汉地获取源源不断的财富，壮大国力，称霸北边，而西域重归掌控，使天下引弓之民唯匈奴马首是瞻，如此，匈奴方可立于不败之地。

"我记得朱先生说过，在南越有朋友帮得上忙，于今大计既定，还烦先生入塞一行，把消息告知给那些朋友，策动南越如期起事。"

朱安世揖手道："大单于与相国放心，安世定会将消息带到，只不过吾等皆为行走江湖的买卖人，为取信南越，最好有大单于授权的书面文书。"

因伊稚斜卧病，匈奴迟迟未能实施既定的攻势。钟三回来后，告诉他，南越王室既不愿内附，更不愿公然对抗汉廷，但王室而外的南越高官，大都惧汉仇汉，刘陵等一时难有作为。朱安世将钟三夫妇安置于东市，作为生意上的一个据点，自己则与袁苋游走于边塞内外。数年转瞬而逝，他正想回长安看看，如果风声还是紧，他打算亲赴南越一行，看看那些曾经患难与共的朋友。

　　乌维看了眼赵信，赵信颔首示意可行，于是击掌道："没问题，来人那，取我的印信来！"

一〇五

　　钟三在东市租了间货棚，左右皆为商贾们存放物品的货栈，很不起眼，他专做牛羊皮张生意，一年多半时间都大锁把门，只在春夏几个月做些批发。内地的各类杂货，很受胡人欢迎，用之交换牧人们的皮张，很合算。每年冬春之季，朱安世都会把换得的皮张运至东市，由钟三夫妇批发给三辅或关东的商贩。

　　昨天到的这批货量不小，是老板亲自押运过来的，为了赶在宵禁前进城，车队日夜兼程，货物卸下后，朱安世又困又累，匆匆吃了些东西，倒头便睡，直至翌日日上三竿。

　　"老三，河洛酒家还开着么？"朱安世眯着眼，用力伸了个懒腰，肚子咕噜咕噜作响。

　　钟三肯定地点了点头："还开着。不过店老板换了韩孺的堂弟，叫韩毋辟。"韩孺从军后，仕途颇顺，把河洛酒家的生意交给堂弟打理。

　　"趁还未开市，人少，我们去那里吃点东西。"

　　河洛酒家靠近东市南门，两人走到时，见到店家的酒保正在下卸窗板，准备开张。见到钟三，笑道：

　　"钟老板，怎的今日恁早？"

　　钟三点点头道："有个生意上的朋友，到贵处整点酒喝，老板在吗？"

　　酒保看了眼朱安世，有些眼熟，可记不起是谁，于是扬扬手道：

　　"老板前两日回家有事，应该要回来了，不过不碍的，钟老板是熟客，二位先进去，我忙乎完这儿，就让灶上安排酒食，二位就赔好吧！"

进得店来，两人拣了个背静的座席坐下。朱安世前后打量着，店内的装潢陈设均显陈旧，已不复当年模样，曾经在这里欢聚的故友知交，多已零落，抚今追昔，倍感悲凉。良久，他收回目光，问道：

"老三，昨晚太疲惫，没能叙谈，京师这阵子有甚要紧消息吗？"

"南越王死了，路传告哀聘使前日已到京师，据说朝廷也会派使前往致祭。"

"长安治安如何，还是那个姓王的主事吗？"

钟三点点头道："还是他，拢了一班恶少年充当细作暗探，满城撒网，咱们得小心。"

"这里如何，安全吗？"朱安世用两指点了点食案，问道。

"老板原来也是江湖中人，这里还好，若有生客出入注意点儿就是了。"

"二位久等了，来点儿甚？昨日店里进了头野猪，很美味。"说话间，酒保已端来杯盘和酒具，边笑边问。

"怎么个做法？"

"后腿肉去骨褪毛，文火炖，凉透后连皮细切成脍，肥瘦相间，辅以豉酱蒜齑蘸食，下酒最妙。"

塞外牛羊肉不稀罕，倒是猪肉久违了，酒保连说带比画，把朱安世说得食指大动，于是颔首道:"就请店家先上两大盘脍肉，再来盘生拌葱韭，酒两壶。"

酒保连声应承，正待离去，朱安世又叫住了他。

"公孙太仆的公子家你可知道？"

"知道，在戚里，敝店常为太仆家送菜，很熟的。"

"那好，烦贵店派人送个信给公孙公子，就说有朋友在这儿等他，请他过来喝酒。辛苦了。"言罢，朱安世将十几枚铜钱塞入酒保袖中。

"好嘞，二位先喝着，小的一准送到。"酒保揣起钱，欢天喜地地去了。河洛酒家讲的是江湖规矩，从不问客人来历，但能称太仆公子为朋友的人，绝非普通人，这是有豪客到了。

听到开市的鼓声，张次公勒转马头，向东市驰去。虽离开多年，但他仍怕被人认出，为了尽可能少地在长安城内露面，他昨天去了霸陵，将太后的赐品送去穆家，主家设宴款待，当晚就留宿于霸陵。

走到河洛酒家门前，他犹豫了好一会儿，当年还是北军校尉的时候，常与军中同僚在此买醉，虽是南越装束，会不会被熟人认出来呢？推门进去，只一席上有人，细看去，不由得喜出望外，叫道：

"朱叔，果然在此！"

张次公推门伊始，朱安世就盯住了他，可张一身越人衣冠，一时没敢相认，于是冲张招招手，示意他过来。

"次公？"

张次公点点头，笑道："钟兄也在？原以为得去塞上找你们，不想巧遇于此，老天庇佑，真是太好了！"

钟三招呼伙计添酒加菜，三人推杯换盏，互道契阔，喜悦之情，溢于言表。张次公将婴齐中风暴毙，其子赵兴继位，穆氏上尊号为王太后等事细细陈述一遍后，问道："阿陵要我问问，北边还干不干？要干，怎么干？"

朱安世颔首道："我才从北边过来，大计不变，当然干。南越现况怎样，王与太后意向如何，肯抗拒汉廷吗？"

张次公摇摇头道："指着新王与太后，决无可能。阿陵说，要真干，须说动越相吕嘉，此人三朝元老，朝野上下人望极高，有他参与，大事方可有成。"

朱安世若有所思，看来最好还是由南越发动，北边联动策应为好。西羌近塞，匈奴快马数日可至。而岭南山高水远，耗时经月，亦难通消息。

"你随南越报聘告哀使团来的吗？甚时候回去？"

张次公颔首道："快了。等拿到皇帝册封越王与王太后的制书和颁赐物品就将启行。皇帝还派了正副专使赴越吊唁致祭。可这么一来，我反倒不便随行，得独自回去了。"

"为甚？"

"朝廷派的专使安国少季，当年同在宫中为郎，会被他认出来。"

钟三双眼一亮，问道："是当年与越太子妃有旧的那个人吗？"

张次公颔首道："对，就是他。朝廷想利用这层关系，说服南越内附。"

"可能吗？"朱安世追问道。

“可能。太子年少，大事都是太后拿主意。太后原本就是汉人，娘家就在霸陵，我昨晚还去过。在太后眼里，大汉要远亲过化外蛮夷，她一心想的都是归附中土。”

“内附，那个吕嘉能从吗？”

“难说。王室与南越朝廷表面一家，内里不和。王后不信任他们，他们更不信任王后，可话说回来，太子终究会听太后的，挟天子可令诸侯，不从又能怎么办！”

朱安世蹙额沉思。看来，南越的事情难办。蛇无头不行，刘陵一介女子，游说吕嘉多所不便。事关成败，不赶去帮她，怕还真是不行。

“事不宜迟，我们得赶在汉使前面，次公，我们一起走。”

“甚时走？”张次公不由喜动颜色，有朱安世在，他们就都有了主心骨，更何况他的一颗心全在刘陵身上。

戚里的长街上，金仲自驾着轺车，踽踽独行，一腔的戾气，无从发泄。自皇太后宾天后，金家就失了势。母亲修成君只知守财，食邑的进项被她牢牢把着，除去日用之外，绝不肯多掏一文钱。姐姐退婚再嫁不成，怨天怨地怨家人，活脱脱一个怨妇。妻子则怪他非赌即嫖，不务正业，顶不起门梁。三个女人一台戏，整日里数叨他，难得片刻清净。自从与公孙敬声等因赌交恶后，原来那些势族豪门也渐渐疏远了他。他一度想要振作，托母亲请皇帝允他进宫宿卫，皇帝笑笑，传话给他，说他不是那块料，要他老老实实过日子，切勿为非作歹以蹈罪衍。

他憋着一股气，公孙敬声有何能为，如今已经做到了千石的太仆丞，无非借了爹娘的势。他更羡慕的是陈珏，没了爹娘管束，继承的大笔家财，几辈子都花不完。他数夜难眠，思来想去，决意做番让亲友刮目相看的大事。这件大事，就是找到朱安世藏身之所，把舅舅念念于心的这个家伙抓到，置之于法。皇帝会看到自己的价值，仕路也必会向他敞开大门。

为此，他去找了王温舒，王温舒知道他的身份，对他很客气，甚至还有点诌媚。他还是从王温舒那里得知朱安世与舅舅有个几十年解不开的结，他恨不早知道此事，那样他有的是机会帮官府抓到朱安世。朱安世眼下背负重案，音声渺茫，很可能躲在塞外。可他知道朱安世搞到好马，就一定会卖到长安，来长安就免不了在几个弟子家下榻，他悔恨自己一时财迷心窍，与师傅绝交，与朋友疏远。但亡羊可以补牢，他只要盯住公孙敬声与陈珏两人，早晚可以捕捉到朱安世的行踪。当然，这是独得之秘，不可泄露。他告诉王温舒，朱某早年曾指教他功夫，很熟，一旦发觉其踪迹，就会通知中尉府抓捕其到案。王似信非信，但同他撒出去的众多眼线一样，许给他每日千钱，作为辛苦费。这样，每日他都会驾车游走于长安街头，寄望能有一天遇到朱安世。

日已过午，他觉得有点饿，将车停在里门一侧，正欲回家，却见公孙敬声驾车而出，车侧站着个人，穿着像是店家的伙计。出里门时，公孙看到了他，冷漠地点了下头，随即一抖缰绳，朝东市方向扬长而去。抖得个甚威风，十年前还不是人前人后地跟着老子混！金仲愤愤于心，好一会儿才意识到公孙敬声的去向不对，他不是去上朝，车上那个伙计模样的家伙一定是来传口信的，他会去见谁呢？

河洛酒家，对，肯定是河洛酒家，那里是南来北往的游侠们必到之处，公孙敬声要是去那里，约他见面的人十有八九会是朱安世。他心里涌过一阵狂喜，如果朱某真在那里，他的愿望就将大功告成，锦绣般的前程仿佛正向自己招手。他跳上轺车，向中尉府的方向跑了几步，又调转车头向东市而去，他要拿到确证，再报官抓人。

“这是公子和昭成君去年的利钱，你点点收好。”朱安世将一袋重物扔到公孙敬声脚下。

公孙敬声摇摇头，笑道：“有大侠之称的，哪个不是一诺千金，我们信得过才入伙，点甚点，师傅见外了不是！”于是招呼酒保，拣最好的菜式上，连带先前的酒食统统由自己会账。

朱安世并不推托，额首道：“这几年艰困，西域的生意一直未成，不过二位放心，钱亏不了，大财早晚有得发。”

他又指了指钟三：“这几年占了你们的本钱，我心里也不踏实，这次来京师，带了两匹好马，你和昭成君一人一匹，一会儿跟你钟叔去牵走，权作答谢吧。”

时已过午，食客渐多，酒家内落座的食客有八九席。公孙敬声偶一回首，正与在门边窥视者四目相对。公孙敬声面色惨白，轻声叫道："不好，咱们被盯梢了。"

"盯梢，是谁？"朱安世脸色一沉，轻声问道。

"是修成子仲。"

朱安世等齐向门口望去，门西头有两席客人，并无金仲踪影。

"你没看错？"

"绝对没错。刚才赴约时，我还在里门遇到他，他与你我熟识，悄悄跟过来，也不打招呼，肯定没好事。"

"哦，怎么见得？"

"我听说他做了中尉府的探子！"王温舒为官，最擅夤缘权门势要，外戚豪门首推卫氏一门，故王奔走往来无虚日。金仲甘充密探，就是他对太仆公孙贺当作笑话说的。

金仲若去报官，连累店家朋友不说，还会坏了自己的大事。

朱安世的目光黯淡下来，站起身对钟三使了个眼色，钟三会意，起身而去。看着满脸焦虑的公孙敬声，朱安世拍拍他的肩头道：

"谢谢公子告诉我这些，以后有工夫再聚，你放心回府，余下的事由我们来办。"

出得门来，钟三已将两匹快马牵来，朱安世附在张次公耳边说了些什么，张次公点点头，径自离去。两人跃上坐骑，向北军方向疾驰而去。

绕过华阳街向北，有条窄巷，穿过这条窄巷，就是香室街，香室街的北头，就是中尉府。金仲将轺车拐进窄巷，心情才放松下来，再过一会儿，他就要大功告成。他已确认了席中有朱安世，但愿没有惊动他们，半个时辰后，就可一举成擒。

舅舅赞许的笑容，母亲与妻子喜悦的目光，邻里羡慕的神情，公孙敬声、朱安世颓丧绝望的眼神，一一浮现于面前，成功在即的喜悦充溢着他的全身，他深深地吸了口气，抖起缰绳，直奔巷口而去。

但见巷口拐进一人一骑，横在巷中，挡住了去路，随即听到了一个熟悉的声音：

"金公子，见熟人招呼不打一个就走，这么急，你这是要去哪啊？"

金仲脸色煞白，抬眼看着面前之人，下意识地将手按在了剑柄上。

"怎么，想动家伙？"朱安世翻身下马，向金仲走来。

"你别过来！"

金仲跳下马车，抽出长剑，边挥边叫，转身朝巷子另一头跑去。只要跑到华阳街，遇到巡街的缇骑，就有机会脱身。将到巷口时，他回过头看看，朱安世已落下老远，正牵转辎车的马头，慢慢跟在他后面。

正待出巷，巷口却又闪出一骑挡住了去路。来人面色黧黑，扬手抛出一团绳索，不待金仲反应过来，双臂及腰部已被牢牢缚住，动弹不得。金仲一面大呼救命，一面试图用剑挑割绳索，那人纵身一跃，将他扑倒在地，用臂弯勒住他的脖颈，片刻之后，金仲便昏死过去。

在通往峣关官道旁的一处荒僻的灌木丛旁，三个人坐在一处矮丘上，望着脚下深可及丈的矩形土坑。

"老板，这可是皇亲贵胄，这么干，你想清楚了？"

张次公挖完了坑，忽然觉得后怕，他看着正在沉思的朱安世，觉得不能不提醒一下他。

朱安世抬起眼，点点头道："这混账东西知道的太多，若被他告了变，你我不说，老三的货栈、河洛酒家、公孙公子都会被牵累，吾等日后在京师将无立锥之地，两害相权取其轻，我们这是不得已。"

钟三不屑地朝地上啐了一口："皇亲贵胄？多半都是他娘的坏种，尤其这个姓金的，恶名昭彰，咱们这是为民除害。"

朱安世抬头看天，起身道："日头快要落了，办事情吧。"

三人走到不远处，将一只扎着的布袋解开，把绑缚着的金仲拖了出来。朱安世扯出他口中的破布，解开他的束缚。

金仲扑通一声跪倒在地，涕泪交流道：

"上次樗蒲时弟子输急了眼，得罪了师傅。今日见到师傅，本想当面致歉，可忽觉无颜相对，故而……"

朱安世面色蔼然，可声音很冷："不用说了，带你来这儿，为的是跟你结账的。"

"结账？"

"对，结账。我们三个人中，一对一，你随便选一个，胜了，咱们两清，你可以回家。"言罢，朱安世将金仲的剑扔到了他脚下。

"我剑术不精，必输无疑，我不比。"

"这是给你个机会，让你死，也死得有尊严，不比剑，自我了断也成。"朱安世冷笑道。

"我即便得罪过师傅，也罪不至死，凭甚要我死！"

"得罪我？我会跟你一般见识？你真是太小看我朱安世了。自作孽，不可活。也好，事不过三，我把账跟你算算清，让你死个明白。

"头一次，你跑到河洛酒家逞凶闹事，韩千秋要结果你，是我到场缓颊，你逃过一劫，还记得吧？

"第二次，在羊肠坂，郭翁伯为他小弟出头，要取你性命，是义纵把你救下，没错吧？

"今日你跟踪公孙公子到河洛，看到吾等，反身即去中尉府告变，想把吾等一网打尽，可惜未能得逞。江湖中人，最恨的就是告密的，你犯下了，就得死。"

"谁说我要告变？"金仲边叫，边挥剑乱刺，借三人躲闪之机，慌不择路地向矮丘跑去。钟三抽出腰间的匕首，应手一掷，正中其后腰，金仲惨叫一声，一脚踏空，跌进了土坑中。

一〇六

元鼎四年的一个秋日，时近黄昏，番禺城南越国相府邸前警卫森严，一驾疾驰而来的轺车，在府门前停下，自车上下来一男一女，自称有要事求见国相吕嘉。

吕嘉字子美，年逾七十，满头银发，美髯苍苍，作为三朝元老，自王室宗亲至普通百姓，都视他为本国的柱石重臣。吕氏宗亲在朝出仕为长吏者多达七十余人，男子尽尚王女，女子皆嫁王子宗亲，吕嘉本人与苍梧王赵光为姻亲，其弟吕祥总领都城禁卫，阖门贵盛，为王室倚为国之干城。然而自婴齐暴毙之后，吕氏与王室的关系急转直下，积不相能，几乎到了水火不容的地步。

起因还是王太后一心想要内附，而他侍候的三代越王，对汉廷都是佯作臣服，实为自主，老王赵佗、赵胡甚至自称皇帝，绝无附庸中原之意。汉廷借新王初立，派来专使，名义上是吊唁婴齐，册封新王，实际上是趁此主少国疑之际，策动内附，把南越纳入汉朝的版图。南越立国九十年，一枝独秀于岭南，它的独立自主绝不能失于己手！吕嘉自认肩负先帝遗志与百越民望于一身，内政自主是他心中最后的底线，为此他会与汉使巧为周旋，甚至不惜一战。令他痛苦与郁闷的是，王室不站在他一边，尤其王太后，能以亲娘身份左右新王。而与王室作对，会使他落下欺君甚至篡夺的恶名，名不正则言不顺，言不顺则事不成。作为大臣，他尚无充分的理据，去动员朝野跟从他抗拒君主的意志。

他曾数次上书新王，谏止内附，但不被接受。现在看来，王室内附之意已决，所差的就是以他为首的百官的附从，为说服他，汉使曾数度来访，吕嘉皆称病不见，他知道不可能这样长期拖下去，他必须尽早做出决断，而昨日发生的事，更使决断迫在眉睫。

昨日凌晨是明王①的奉安大典，作为丞相的他必须到场。仪典之后，朝廷举行酒筵，答谢汉使，大宴群臣。主席布于正殿之内，王太后南向，新王赵兴北向，汉使东向，吕嘉等几位重臣西向，百官则皆设席于殿前之广场。席间酒过数巡，王太后对他说，南越内属，于国家有大利，丞相却视之为洪水猛兽，为的是甚？他揖手作答，自称愚昧，不知大利何在。之后那个年轻的副使，巧舌如簧，大谈内附的好处，说什么六合同风，九州共贯，天下一家，正是春秋大一统之宗旨，边鄙如南越，亦可同享中原文化，共臻繁荣云云。他则反驳称边鄙之人，更愿意过自己习以为常的日子，中原的富庶，非蛮夷所能消受。邦畿之外，是为五服②，南越地处边裔，百越断发文身之族，是为荒服，九十年安定平和，屏藩大汉，继续这样下去，是越人一致的愿望。

两人愈辩愈烈，渐渐红了脸，那副使冷笑道，南越能有今日之规模，还不是有赖中原人的开发，百年前秦皇帝以屠睢为将，伏尸流血几十万，将岭南收入中国版图；大汉承天之赐，取而代之，南越三郡乃秦之遗产，自当由大汉接收，难道丞相想要螳臂当车，使南越百姓生灵涂炭，重陷于水火刀兵之中么！他则针锋相对，寸步不让，称南越一向恭顺大汉，从不惹事，可也不怕事，你口出狂言，我却不信你能做得了天子的主，有本事你就放马过来！

王太后怒容满面，高声呵斥他无礼，他环视四周，见殿内外的侍卫皆是生面孔，意识到这是场鸿门宴，于是托言如厕，起身而去，径自回府。有了这场冲突，双方势同水火，都没有了转圜的余地。吕嘉当日便令吕祥于都城警戒，另派重兵拱卫相府。一时间，番禺城内，风声鹤唳，人人感觉将有大事发生，路上几乎见不到行人，只有全副武装的骑兵巡逻于街头。

---

① 明，是南越王婴齐的谥号，亦称明王。

② 五服，西周时兴起的一种封建制度理论与实践，即周天子所居邦畿之外，以亲疏远近与文化发达程度而分封的众多邦国，为周王朝起到层层屏藩的作用。

侍卫将那两人带入中堂时，吕嘉正斜倚于卧榻之上，与吕祥等亲信议事。那男人六十左右，须发苍苍，气场很强，一望而知是个阅历很深的江湖中人。女人年约三旬，面容姣好，穿着则如寻常富贵人家的女眷，但他仍一眼认出，这女人是王太后身边的女官。

吕嘉盯着刘陵，冷冷地问道："你是太后的人，来此做甚？"

"我来告诉国相，大祸即将临头，请早作准备，一旦事发，吕氏阖门恐无噍类。"

"你好大的胆，敢对国相危言耸听……"吕祥闻言大怒，拔剑直指刘陵。

朱安世一把将刘陵拽至身后，双目圆睁，怒喝道："大汉王室翁主在此，谁敢无礼！"

王室翁主？吕嘉等人一时蒙了，良久，吕嘉望着刘陵，问道："你明明是太后身边的女官，何时又成了翁主，你到底是什么人，从实讲来。"

"我实为淮南王刘安之女，家门罹难后化名陈菁，避祸于贵地，侍从王太后，是以宫廷暂作栖身之地。"

"你既是淮南之后，想必也是汉廷缉拿的要犯，就不怕我们将你捉拿归案吗？"

刘陵全无惧色，冷冷地说："不怕。越国境遇与当年的淮南没甚不同，也已大祸临头。昨日酒筵上，若非新王一把抱住太后，汉使逡巡不决，国相早已血溅朝堂，头悬东市了。"

"血溅朝堂？怎么说？"吕嘉狐疑满腹，昨日虽是场鸿门宴，但他决不相信那对孤儿寡母敢加害于他。

朱安世道："国相昨日起身离开，刚下阶几步，太后就抓过卫士的长矛，欲从后纵杀之，若非新王与大臣们拦阻，你早没命了。翁主当时就在现场，乃亲眼所见。"

刘陵又道："再者，太后已通过汉使上书朝廷以求内附，国相即便不同意，一旦汉帝允准，生米做成熟饭，悔之晚矣。"

吕嘉一怔，追问道："有这等事？上书内说些什么？"

"我听太后说，书中陈请比内诸侯，三岁一朝，废弃边关，往来自由，实行汉法，国相、太傅、内史、中尉以下之长吏，可以自置。太后与王，已饬令少府置办行装、贡物，看来不久后就将入汉朝觐了。"

吕嘉感觉到了后怕，更愤懑于心，凛然道："你我素昧平生，吾之死活，与汝何干，告我此事，所为何来？"

"贵国为汉使所逼，归顺或抗拒，已到了不得不抉择的关头，国相昨日与汉使舌战，不落下风，长越人志气，我从心里佩服。为报淮南之大仇，小女子卧薪尝胆十余年，总算遇到了可与结盟之人，愿与贵国联手发难，对抗大汉。"

刘陵侃侃而谈，带着股巾帼英气，吕嘉不由得刮目而看。但随即摇头道："结盟抗汉？我南越地兼三郡，民人百万，尚不敢挑战大汉，你一亡命孤女，又有何能为，说这等大话！"

刘陵莞尔："国相误会了。我所言结盟者，非个人，乃国与国之盟。请容我介绍匈奴专使，朱安世朱大侠。"

吕嘉兄弟面面相觑，打量着面前这位老者，看装束明明是个汉人，又怎么会是匈奴的使者呢？

朱安世则不慌不忙地从怀中掏出一卷羊皮纸，解开捆扎着的丝带，递给侍卫道："这是加盖了大单于乌维印信的亲笔的文书，请国相过目。"

吕嘉接过文书，文书附有汉字译文，展读之下，他眉头舒展，喜色盈然。"这么说，不仅匈奴，连那西羌也欲结盟抗汉？"

"是的。"

"大单于寄望于南越的又是什么呢？"

"自然是三方结盟，同时发难，使汉军首尾难以相顾，文书上写得很明白。"

吕嘉摇头道："结这个盟，得过王、王太后这关，尔等也知道王太后是汉人，自来就亲汉，一国之君不点头，这个盟怎么结，请专使指教。"

"南越兵权握于国相之手，只要国相点头，可以瞒着王室，秘密结盟。"

"王终究是王，背王结盟，不啻悖逆作乱，名不正则言不顺，言不顺则事不成，在国人心中，吾等若被视为犯上作乱的叛贼，有多少人敢跟着老夫干，实无把握。"

刘陵抢前一步，敛衽为礼道："国相大人昨日酒宴上与汉使唇枪舌剑，几致决裂，已没有了退路。至于王太后更无廉耻，汉使安国少季，是太后少时之男友，此番出使，二人重续旧缘，宣淫后宫，污辱先王与国家体面，越人若知道了真相，王室声名会扫地而尽，届时国相可以会同朝廷，废黜太后母子，改立新王的！"

吕嘉兄弟瞠目结舌，他之前也听说过，王太后三天两头召汉使入宫议事，以为是她投汉心切，全未料尚有苟且之私。刘陵揭破此事，于南越的宫廷政争中，给了他极大的信心与助力。

"翁主此话可真，也是汝亲眼所见？"

"我不在宫里住，但我知道太后曾于夜阑更深之际，单独召见安国少季叙旧，我求证于太后女侍，都说这样的私会已不下五次之多。你说真不真？"

吕嘉气得发抖，从榻上一跃而起，怒骂道："好个淫恶的女人，吾岂能容你毁我越国！"

他慢慢走到刘陵身前，问道："翁主说的改立新王，又是怎么回事？"

"我服侍宫中时，尝听说明王入汉宫宿卫前已有妻子，生有一子，对吧？"

吕嘉憬然而悟，颔首道："不错，明王赴汉前，文王①为她娶了个越裔妃子橙氏，生有一子，名建德。明王立赵兴为太子后，他避地苍梧，没在番禺。"

朱安世揖手道："敢问国相大人，现在可以下决心了吧？"

"决心？当然。可兹事体大，还要容老夫与群臣从长计议。"

"敝人要回报大单于，不能久留南越，请大人把心里的决断告诉我，也好对单于有个交代。"

"这个嘛，请专使代吾知会大单于，吾等绝不容王太后卖国求荣的。吕祥，宫中的侍卫有多少？"

吕祥道："忠于王室的，两千人总有了。"

"好，自明日起在番禺暨周边戒严，以非常时期，严密监视王宫与驿馆的汉使团，任何文书，未经查验不得出入宫禁，之后派人分请各位大臣，明日一早来相府议事。"吕祥应诺而去。

于是又告诉朱安世，番禺城内外驻军三万，皆在吕祥掌握之中，完全可

---

① 文王，即南越第二代王，太子婴齐之父赵胡，薨后谥文，史称南越文帝。

以控制住都城的局面，这以后他会将太后的丑闻散播出去，与地方各郡长官互通声气，动员全国之力反对内附，届时朝廷集议，废黜太后，改立新王，待举国一致后，南越方可正式与盟。

"请大单于放心，南越绝非俎上鱼肉，可任汉人宰割。"

朱安世未得要领，追问道："请国相大人告诉我一个准信儿，南越何时起兵，有了这个准信儿，北边方可起兵策应。"

"起兵？专使误会了。汉军不来犯，南越为何冒险犯难，主动启衅？"吕嘉狡黠地笑了。

朱安世的目光黯淡下来，哂笑道："大人未免天真了，废了王与太后，等于打了皇帝的脸，你以为他不会为此大动刀兵吗？"

吕嘉不悦，傲然道："他动刀兵，我们也就动刀兵，一句话：人不犯我，我不犯人；人若犯我，我亦犯人！"

朱安世摇摇头道："除非四方联动，方可起到牵制作用，不然汉军大军压境，各个击破，国相悔之晚矣。"

吕嘉极为不悦，开始怀疑朱安世力促南越发难，是匈奴为了减轻自身压力，把祸水引向南方，以乘虚蹈隙，入塞抢掠。

"我南越虽僻处南荒，可也见过大阵仗。秦皇帝以五十万大军，耗时数年拿不下南越。吕太后时，汉军亦曾大军压境，终以暑湿瘴气、士卒大疫而不能越南岭一步。"

"那是百年前，南岭只有鸟兽之道，进兵当然不易，可如今五岭皆有路可通岭南，灵渠水道更便于军辎输送，大人勇气可嘉，但今非昔比，独木难支广厦，望大人三思。"

吕嘉伸出三指，颇为自负地说道："老夫三朝为相，与汉人周旋多年，汉硬，我便软些，汉使走了，我朝依然故我，只要不撕破脸皮，皇帝就难下大张挞伐的决心。兵凶战危，数千里征伐，那么容易？光粮草辎重没个半年一载的备不齐，边塞的驻军不能动用，从各郡国征发凑集，没个半年一载的也难以成军。所以我才说不可轻启衅端，我南越不启衅，汉廷亦不会轻动刀兵。而只要南越自立，汉廷就不能不有几分顾忌。你回去把这层意思知会大单于。"

"可当今的皇帝乃雄猜之主，睚眦必报，决不会容贵国偏安一隅，卧榻之旁，岂容他人酣睡？他想要的是真正的大一统！"

话不投机，多说无益，朱安世拉着刘陵辞出相府，刘陵心有不甘，一路责怪他没有耐心，只有说服了吕嘉，南越方能起兵抗汉。朱安世闷不作声，直至回到住所，方将张次公、阿苗叫到一起，很严肃地对刘陵说道：

"我在江湖上扑腾了一辈子，阅人多矣，这个吕嘉是个老狐狸，决不会为他人作嫁。吾人愈劝其起兵，他的疑心愈大，过犹不及，就是这个道理。"

"这么多年的努力，难道就这样算了！"

看着刘陵沮丧的样子，朱安世笑道："哪能算了，吕氏在朝势大根深，与国休戚，这决定了吕嘉绝对会阻止内附，你们会问这是为甚，汉历朝为强干弱枝，都会将地方世家大族迁往长安，南越一旦内附，他吕氏亦难逃此等命运，你说他们肯吗？不肯，他吕氏就成了大汉与王太后必欲除之而后快的眼中钉、肉中刺，再加上阿陵知会他的那几件事，足以成事了。"

张次公问道："甚事？"

"阿陵告诉吕嘉王太后要杀他，吕氏与亲汉的王室势成水火，再难转圜。他又得知了王太后的秽事，抓到了对手致命的短处。我敢说，或迟或早，内乱必起，王太后必被杀，越汉必会兵戎相对。"

言罢，朱安世拍了拍刘陵的肩头，吩咐张次公、阿苗马上打点行装，即刻离开这个是非之地。

三人一惊，不明所以，目光齐齐盯在他身上。

"阿陵与我的身份已经暴露，吕嘉那老狐狸杀了王太后，为了平息天子之怒，难保不首鼠两端，拿我们顶罪。番禺明日即将戒严，此时不走，我们再脱身就难了。"

张次公道："我们去哪儿呢？"

"我要回匈奴复命，当然回塞北，眼下那里最安全，你们可随我同去。"

刘陵道："十年了，阿陵不孝，未能赴父王坟前一哭，戚戚于心久矣。我要去淮南一行，阿苗、次公随我同行。拜祭完父王的陵墓，我们会去投奔朱叔你的。"

朱安世点点头，从行囊中取出几支空白的关传，交给张次公。

"也好，一路关山阻隔，路途艰险，你们多保重！来北边先去长安东市找钟三，他会想办法送你们出塞的。"

　　翌日，通过曾出使过大汉的南越官员，吕嘉查明了朱安世与刘陵的根底，确认他们是负案在逃的钦犯时，吕嘉登时有了种奇货可居的喜悦，决定将二人扣作人质，迫其效力于自己。但当吕祥带着大批军卒赶到刘陵住处时，却早已是人去屋空，满目狼藉了。

一〇七

　　元鼎四年秋九月，历时三年的柏梁台终于竣工了，工程之浩大令人叹为观止，材料皆用香柏原木，有风天气，香闻数十里。台高可数十丈，直矗云天，与未央宫北阙遥遥相望。台上立有一巨大的铜凤，以示群仙毕至，凤凰来仪，故又名凤阙。台旁又立有铜柱，粗可七围，高二十丈，上托仙人承露盘，皆以精铜铸作，金光耀目，不可方物。自国初萧何营建未央宫以来，长安城再无如此宏伟的景观，远近五陵百姓蜂拥而至，摩肩接踵，争睹为快，长安道路为之壅塞。

　　落成后，刘彻命少府再制玉印一枚，上刻"天道将军"，于夜间在柏梁台行拜赐仪式。是夜台上遍竖白茅，天子之使郭彤与通神之使栾大，皆身着少府绣女以鹤羽精工缝制的羽衣，立于白茅之上，行授受之礼。栾大一再强调神仙不与身份低贱者交通，故作如此布置，以示他不臣，而是神人之间的信使。

　　之后，栾大治装东行，入海找寻其师安期生，行前向皇帝辞行，亟称柏梁既成，仙人当欣然来会，皇帝长生有望。刘彻粗算其途程，去来半年可期，于是日日悬望，心心念念的都是栾大与神仙，直至南越王室的告急文书摆到案头，他才从自己的神仙梦中清醒过来。

　　上次王室的文书，是请求内附的奏章，刘彻大喜，大度地答应了南越的要求，并已命少府刻制南越国相、太傅、内史与中尉的印信。不想半月后风云突变，王太后欲杀吕嘉不果，反而被吕嘉控制的军队围困在王宫中动弹不得。

　　看过告急文书，刘彻悔怒交加。悔的是自己轻信了终军的大言，竟以为可以凭借口辩拿下一个国家；怒的是吕嘉作梗，致使南越内附生变，而汉使优柔寡断，没能抓住仅有的机会，助太后诛杀吕嘉。

好在吕嘉没敢公然作乱，王室仍心向大汉，现在需要的，就是派去一支可供使用军队，拱卫王室，威慑吕嘉。经过数日斟酌，刘彻召见了北军校尉庄参，他曾在霍去病麾下为将，以多谋善断知名。另一名被召见的，则是刚刚卸任不久的济北相韩孺，刘彻拟以二人为将，带兵二千，赴南越搞定内附之事。

不想庄参听过，面露难色，顿首陈情："区区二千士卒不敷足用，得出动大军。"

"怎么说？"刘彻不悦，脸一下子沉了下来。

"若宗藩交聘，数人足矣，如陛下派安国少季、终军赴越，说动王室内附。可风云丕变，眼下非临以兵威不能迫其妥协归顺，而吕嘉三世为相，势大根深，南越军权尽握于吕氏之手，制服吕氏，非大动刀兵不可。"

"韩孺，你以为如何？"刘彻压住了内心的不快，但已认定庄参未战先怯，成事不足。

"庄将军未免过虑了。王室既然心向大汉，区区吕氏一族，不啻螳臂当车。臣愿得勇士二百人，定斩吕嘉以徇！"韩孺长头大鼻，状貌甚伟，言谈铿锵，一望而知是条有血性的汉子。

庄参不屑地笑笑，反唇相讥道："兵法善战者，先为不可胜，以待敌之可胜。大话谁不会说，千秋豪气干云，可你未带过兵，未免轻敌了。"

"你倒是带过兵，可未战先怯，沮我士气，不配为将，当年霍去病可不是你这样子！"

庄参的态度激怒了刘彻，于是立时免去了他的校尉，敕令其赶赴陇西，协助骑郎将李陵校练新军。

至于韩孺，则被任命为主将，另委郎官樛乐为副将。樛乐是南越王太后的兄弟，派他随军，为的是便于与王室沟通联络。

两个月后，一路舟车劳顿，汉军抵达汉越交界处的梅岭①，梅岭横蒲关，

————

① 梅岭，即今之大庾岭，为赣江与珠江（北江）之分水岭，古称塞上，秦时改称横蒲关。

有越军驻守，但未作抵抗，放汉军过岭。过岭后汉军顺浈水南下，途中连克两座小城，越人非但未作抵抗，沿途甚至供给汉军粮秣。韩孺、樛乐更认定越人不敢抗拒，此行定可不辱使命。

孰料这完全是吕嘉预设的圈套。接到汉军越岭，人数不过二千的消息，吕嘉即于当日公告全越，以王太后淫乱宫闱、勾结汉使、卖国求荣为名，发动政变，立明王长子赵建德为新王，并连夜以大军攻破宫门，诛杀王、王太后与诸汉使，之后封锁消息，并在番禺北面埋伏下大军，静待汉军入彀。而韩孺等亦风闻有变，派樛乐率八百骑驰赴番禺，增援王室，自己则率一千二百步卒继后，两军相继在距番禺四十里处，遭到数万越军围攻。众寡悬殊，不到半天，汉军全军覆没，越人将韩孺、樛乐、安国少季与终军的首级封入木函，连同汉使牦节，送至屯驻于桂阳的卫尉路博德处，谩辞①谢罪，声言王太后与汉使淫乱，招引汉军无故内犯，消息传出，越人愤怒，群起而攻之，汉使暨汉将皆不幸罹难，实出之于无奈，望朝廷谅解。现新王已立，南越愿偿以巨资，继续为汉屏藩云云。

看过路博德的奏报后，刘彻脸涨得通红，握拳猛击御案，满腔的怒火久久不能平息。自登基以来，他还从未遭遇过此种难堪，可这个吕嘉做下了，这是对大汉的挑衅与嘲弄，是可忍，孰不可忍！天子之怒，伏尸百万，流血千里！他几乎是立刻下了决断，要诛灭南越与吕氏，让这些可恶的蛮夷领略大汉的雷霆之怒。

冷静下来后，他召见卫青等一众将领和大臣，筹划大军征讨南越事宜。时值三月，为了不延误农时，他决定不从民间征集士卒，而是将各郡国牢狱中年富力强之罪犯赦出，统一编练成军。这二十万大军而外，还要遣使分赴东越、夜郎、南越，宣告朝廷即将大张挞伐，诛灭吕氏的决心，以此先声夺人，最大限度地孤立南越。

朝议提出，韩孺的失败，出于轻敌和误判，损害了大汉的声威，应予惩戒。刘彻则力排众议，称其一往无前，勇气可嘉，可为三军表率。由此特加封韩

---

① 谩辞，欺诳的言辞。

孺之子韩延年为成安侯，樛乐之子樛广德为龙亢侯，以为表彰。在以何人出任大军统帅上，朝议均以卫青为最佳人选，奏请以大将军总领师干，以一事权，但刘彻认为，五岭山川隔阻，路途远近、行军迟速不一，难于划一，决定由各路将领因地制宜，自行决策，他相信，如此南越备多力分，既可分散敌方的兵力，又可激发各路争功好胜的心理，提振汉军士气。

岭南山川阻隔，路途遥远，军资转输多倚水道，故春夏两季，汉军除编训新军外，就是大造船舰，对南越的攻心战亦初见成效。先是，东越王馀善上书，愿以八千人从汉军讨伐吕嘉，其后南越桂林郡两名亲王室的将领投奔汉朝，据他们提供的消息，吕嘉的势力集中于越都番禺，各郡长官多为秦人后裔，心向中原，意存观望，只要攻克番禺，吕氏势力将会土崩瓦解，各郡可望风行草偃，不难传檄而定。

转眼入秋，七月，刘彻与诸将多次会议，反复斟酌后，颁布了五路出征的将帅与路线：

第一路，以屯驻桂阳的卫尉路博德为伏波将军，自桂阳、湟水①、溱水②一路进击番禺；

第二路，以主爵都尉杨仆为楼船将军，自豫章③泛舟章水，南下梅岭④，夺横浦关入越，弃陆登舟，循浈水⑤、溱水直抵番禺，与东越士卒会师城下；

第三路，以归义越侯⑥严为下濑将军，率由巴蜀罪人编练成军者自灵渠分水塘入漓水⑦，自漓水南下苍梧⑧；

第四路，以归义越侯范甲为戈船将军，率由巴蜀罪人编练成军者自零陵、

① 湟水，今广东连江。

② 溱水，今广东北江。

③ 预章，今江西南昌，古称豫章；章水，赣江古称。

④ 梅岭，即大庾岭，五岭之一。

⑤ 浈水，今北江上游支流，自韶关汇入北江。

⑥ 归义越侯，武帝封归附的越南将领为侯，故称归义越侯。

⑦ 漓水，今广西漓江，西江支流，自梧州汇入西江。

⑧ 苍梧，南越三郡之一，在今广西梧州。

潇水①，自严关②过岭入越，循贺水、郁水③直下番禺；

第五路，以越降将、驰义侯陈遗率少量巴蜀罪卒，赶赴夜郎国，就地征发士卒后，自牂牁江④泛舟而下，与其余四路大军会师于番禺城下。

五路大军中第二路最精锐，最为捷径，也最先到达越岭后，先破寻陕，再破石门⑤，连挫越军，越军不敌，全线收缩至番禺外围。汉军数万大军顿兵坚城之下，约定会师于城下的东越舟师却不见踪影。原来，徐善所部行至揭阳，就被迎候那里的南越使者拦下，说以唇亡齿寒的道理。徐善于是以风急浪大为借口，将舟师停泊于揭阳海岸，与南越互通声气，阴持两端，坐观成败。好在杨仆先已虏获了越军运粮的船队，粮秣无虞，于是安下心等待其他几路大军的到来。

第一路汉军，大部分由巴蜀罪卒编练而成，加以迂回路远，行进缓慢，为避免失期，路博德率其精锐千余人，扬帆先发，于数日后抵达番禺，与大军会合。

又等了数日，其他三路杳无音信，久拖下去粮秣堪虞，且会影响大军作战士气，两人一商量，决定分兵自东南与西北两面夹攻番禺。

看到朝廷公告大举征伐的檄文，吕嘉就开始在番禺城囤积粮秣，加固城墙，汉军入境后，更是于周边坚壁清野，寄望于汉军久困坚城，粮秣不继，最终知难而退。孰知杨仆早于过岭之际，即留人砍伐巨木，自水路放排而下，半月之后，就造成了数百架投石机与冲车。番禺城内房屋多为土木建筑，杨仆算定，越人很难经得起火攻，一旦城内火起，必将人心大乱，辅以冲车强攻，番禺必破。

路博德兵少，除多设营帐，虚张声势，防止城内人外逃之外，以攻心为上。他派出多路使节，分赴各郡，公布吕氏弑君篡位之罪，传达皇帝的意旨：效

---

① 潇水，湘江上游古称潇水。

② 严关，即越城岭，五岭之一，秦代建有严关。

③ 贺水，今广西贺江；郁水，今两广西江古称。

④ 牂牁江，即今西江上游之北盘江古称，亦称豚水；又一说今贵州乌江。

⑤《史记·南越列传》："元鼎六年冬，楼船将军将精卒先陷寻陕，破石门，得越船粟，因推而前，挫越锋，以数万人待伏波。"寻陕，今址不明；石门，地望在今广东从化。

忠并归顺于大汉者，地方可保平安，反戈立功者天子不吝爵赏，跟从吕氏负隅顽抗者难逃一死。对于番禺城内的投诚者，路博德皆授以印信，命潜回城内，以招揽更多的人反水。

元鼎六年八月末，汉军发起总攻，杨仆所部先以投石器向城内抛掷火球，继之以巨石，再继之以冲车，城内烈焰蔽天，人心恐惧，自暮至旦，汉军几次登城，白刃相接，虽死伤枕藉，而攻势不减。双方战至黎明，越军军心瓦解，杨仆大军自东门攻入，越人大开西门，纷纷向汉军大营请降，吕嘉、赵建德等率数百死士溃围出城，泛舟入海，截至天明，番禺全城沦陷。从归降者口中得知吕嘉逃亡去向后，路博德派出一支精兵，由投诚之越将为向导，由陆路追踪而去。

番禺陷落后，苍梧王赵光、揭阳令阮定、桂林监居翁率先归降，各地越官望风迎降，偌大个南越，不过一月，传檄而定。杨仆从阮定处得知东越顿兵揭阳，首鼠两端后，上书长安，请借南越之胜势，一鼓作气，扫灭东越。但出乎他意料的是，一向好大喜功的皇帝给出的答复却是，士卒劳倦，罢兵休整于豫章、梅岭，以待后命。

原来，就在汉军南征之际，匈奴兵犯五原①，太守战死；而西羌亦与匈奴通使，以十万大军进犯河西，围攻陇西之安故、枹罕②；而西南夷之且兰、夜郎诸国，则抗拒征兵，击杀汉使者与犍为太守，一时间，烽烟四起，警报频传。尤令刘彻头痛的是，迎击匈奴，剿灭叛乱，在在离不开钱，而国库支绌，难于应付，告缗者的奖赏已高至罚没财产的一半，却后继乏力，他又拿什么去抵注军资，筹组大军，摆平这一切呢？

尤其令他愤恨的是，王侯贵戚当国家多事之秋，不肯与国休戚。征伐南越期间，齐相卜式上书，愿率儿子们躬习船弩，效死疆场，刘彻颇为感动，于是赐封卜式关内侯、黄金数百斤、田十顷，以为表彰，并公告天下，希望王侯贵戚风从响应，解国家之急。不想半年过去，冷冷清清，全无反响，这

---

① 五原，汉边郡，地望在今陕西榆林一带。

② 安故，汉陇西郡属县，地望在今甘肃临洮；枹罕，亦汉县，地望在今甘肃临夏。

一场伐越之役，竟如同他个人的独角戏。愤懑至极，刘彻恶向胆边生，你们装聋作哑，我却要给你们一个悔不当初的教训！于是敕令少府，将诸侯当年助祭酎金的数量详加校验。

所谓酎金是朝廷的一项助祭制度。每年元旦，朝廷都要开始酿造醴酒，以备天子四时祭祀所用，数量庞大，为臣民者亦有做贡献的义务。依制，每年秋祭前，诸王列侯须以本封国人口数目，按比例分摊酎金，大致为每千口奉金四两，献交少府，作为来年酿造之资。届时皇帝斋宿，亲率众臣，承祠宗庙。但多年以来，酎金已流为例行公事，丞相、少府验收时多碍于情面，对权贵们睁只眼闭只眼，于是以次充好、缺斤短两时有发生。

这一较真，查出上百名王侯贵戚所献酎金分量短缺或成色不足，刘彻敕令皆以"不敬"罪名处置，丞相赵周以见知故纵遭到严谴，下狱自杀。余者则依酎金律处罚，王者削县，侯者国除，其削县、封国所食租税尽入国库，这样一来，所没入之资财，不仅大大纾缓了国家财政之支绌，也弥补了军资之短缺。有了这笔钱，刘彻以郎中令徐自为、大行李息为统帅，调集陇西骑兵与京师、河内、河南士卒十万，出征河西，又以公孙贺为浮沮将军，赵破奴为匈河将军，各率骑兵，深入塞北二千余里，寻匈奴作战，而匈奴远飏无踪，皆不遇而还。李息等则于月内击败了西羌叛军，于是下令经营河西，以李息为护羌校尉，自武威、酒泉分置张掖、敦煌两郡，徙民实边，设立军屯，以卫边疆。

而东越王馀善，在得知楼船将军奏请诛除东越后，亦先发制人，乘朝廷用兵西北，出兵封锁了所有通往汉地道路，自刻印玺，号称武帝，以越将驺力为"吞汉将军"，发兵突袭白沙、武林①、梅岭，杀驻地汉军三校尉，势焰嚣张。得知东越反叛的消息，刘彻决意一鼓作气，消灭边裔所有反叛势力。元封元年冬，他先敕令将畏懦避战的大农张成、山州侯刘齿于军前处斩，以申军纪。北方边患解除后，再组大军，分从海道陆路，四路进军，围剿东越。

---

① 白沙，据《汉书集解》：白沙在今鄱阳一带；武林，在白沙东南百余里，为东越前往豫章及汉地之要道。

大军压境后，东越震恐，大臣们相与谋议，刺杀越王馀善，向最先抵达的汉军横海将军韩说请降，兵不血刃，东越覆亡。刘彻旋以东越据险凭海，反复无常，下令将其国民全数迁往江淮定居。

对于西南夷，先是，驰义侯陈遗将巴蜀罪卒与在西南夷所征发的士卒，编伍成军，分由八校尉统领开赴南越，行至中途，得知且兰、夜郎等国叛乱，而南越已破，遂奉皇帝之命回师平叛，诛杀且兰、邛君、苲侯等抗拒汉军者。西南夷大恐，各国君主纷纷请降，愿意接受朝廷派官治理，而夜郎国王更是主动入汉觐见，数月间，西南夷尽奉大汉正朔。借此兵威，汉军深入徼外①，连带扫灭了屡犯边境的劳浸、靡莫两个部落，兵锋直抵滇境，滇王慑于西南夷之亡，举国降汉，请朝廷置官治理，自己则与夜郎王一样，入长安朝觐。刘彻见其恭顺，亦仿夜郎，赐滇王印信，仍治理其民。其余上百部落君长，皆拜受抚循，西南底定。

经过近二年的征伐，四裔之蛮夷，除匈奴外皆已归顺，大汉之疆域、人口大增，国力趋于鼎盛。刘彻踌躇满志，自认功业超迈前贤，是时候举办封禅大典，告祭天地，纪功于泰山，继而东临沧海，以会神仙，求取长生不老乃至登仙的方药，估算时日，那个栾大应该已在回来的路上。刘彻翘首以待，念念于心的是，在满足了栾大要求的所有条件后，此番出使，带回给他的将会是何种喜悦。

---

① 徼，边界；徼外，西南夷边界之外。

一〇八

　　元鼎六年秋八月末，自齐鲁赴关中的官道上，自驿亭东望，但见一辆华盖安车正缓缓向西驶来。安车驾四马，翠羽华盖，耀人眼目，四周垂饰流苏，上立三面锦旗，一书"大汉天子驸马乐通侯栾"，一书"奉使求仙天道将军栾"，一书"大汉五利将军栾"。车前有十余骑士导引清道，车后则有数十地方官员、侍卫跟从护卫，一行人马前呼后拥，迤逦而来。天子钦使，地方逢迎唯恐不及，每过一地，地方长官皆率部迎来送往，就这样一路张扬，离长安愈近，行速愈慢，五利将军栾大懒洋洋地倚在车中，漫无目的地扫视着路边的景色，脑子却在紧张地运转，构思面君时的说辞。

　　前方就是缑氏县境，远远地已可望见驿亭外等候的人群与仪仗。栾大打起精神，嘴角流露出一丝笑意。无论吉凶悔吝，他坚信自己是有史以来赌得最成功的那个人。公主娶了，侯封了，天子的宠信得到了，人世的荣华富贵尽享了，前秦迄今的有名方士，如卢生、徐福以迄李少君师兄弟，哪一个有如此成功？而这一切，全凭自己一张利口，他将舌头转了几转，猛然想起张仪不遇时关于舌头的那番对话①，不由得笑出声来。

　　安车停在驿亭之前，侍从递上一沓名刺，他漫不经心地看过，无非是缑

_____

①《史记·张仪列传》："张仪已学而游说诸侯。尝从楚相饮，已而楚相亡璧，门下意张仪，曰：仪贫无行，必此盗相君之璧。共执张仪，掠笞数百，不服，释之。其妻曰：嘻！子毋读书游说，安得此辱乎？张仪谓其妻曰：视吾舌尚在不？其妻笑曰：舌在也。仪曰：足矣。"

氏的县令、丞、尉等一众大小官员，然而其中一支却令他眼前一亮，正面书有：

进 奉使访仙天道将军 栾

再看背面：

未央宫侍中 郎 奉使访仙 公孙卿进谒再拜问起居

这就是丁义说起过的那个公孙卿了，不想竟于此相遇，栾大不由心中暗喜。这半年多来，虽被各地长吏待为上宾，风光无限，可都是些官面上的应酬，除去恭维就是好奇打探，无一人可谈心里话。风光固然风光，可内心里却有种排遣不尽的孤独感。

寒暄过后，众人入亭驿用餐，推杯换盏之际，自不免又是一阵恭维与打探，栾大对此场面早习以为常，谈笑风生，应对裕如。当问到众人最想知道的事情——是否到过蓬莱三山，觅到了仙人时，栾大收起笑容，倨傲地扫视着众人：

"天机岂能泄露，非天子本人不可知也！"

众人唯唯，于是改谈沿途风土人情，山川物产，栾大口若悬河，将他在东莱、泰岳一路所见，绘声绘色，娓娓道来，把一众陪客听得瞠目结舌，如醉如痴，连公孙卿也不得不叹服，这家伙实在是太能说了。

酒阑人散，栾大与众人拱手作别，公孙卿正欲离去，却被栾大叫住，说要留他把酒夜谈，以排遣长夜之无聊。

"在长安就听说过兄台的大名，一直未能谋面，不想相遇于此，可谓有缘。敢问兄台何以在此？"

公孙卿年逾四十，而栾大要小他一轮，两人地位悬殊，以兄弟相称，摆明了引他为同道，一下子拉近了彼此的距离，顾忌也少了许多。

"与大人一样，奉天子之命寻仙访药，缑山、太室①皆为神仙出没之地，故在此等候，一旦有神迹降临，速报天子，免得错过机会。"

---

① 缑山，在缑氏县（今河南偃师）东南三十里，史传为王子晋成仙处；太室，即中岳嵩山，在嵩高县北八里，两山夹峙，东为太室，西为少室，山高二十里，周回一百三十里。

栾大为公孙卿倒了杯酒，哂笑道："那么，兄台见到王子乔了？"王子晋，字子乔，传说是周灵王的太子，自幼聪慧过人，好吹笙作凤凰鸣，被仙人浮丘公接往嵩山修炼。三十年后，遇故人柏良，带话给家里，要家人七月七日在缑山等他相会，届时，果见其骑鹤而来，缓缓落于山头，可望而不可即，数日后挥手作别，冉冉升空而去。

公孙卿摇摇头，他出使已有一年，缑山、太室两头跑，疲累不堪，毛也没见到过一根。

栾大嘿嘿一笑，颔首道："这就对了。你我同道中人，我就直说了。这人世间哪儿来的神仙？即便有，也是活在另一个世界，根本不可能到凡间来。"

这么离经叛道的话竟出自栾大之口，公孙卿惊得目瞪口呆，嗫嚅其言，好一阵才说出口来：

"大人何出此言？史传秦始皇东游，与安期生晤谈三日夜，赐金璧值千万。况且在下听说大人不也出自安期生之门吗？贵同门李少君、李少翁皆师从之，难不成都是假的？！"

栾大呵呵笑道："秦皇与安期生晤谈，谁亲眼见到过？这就是史传之所以为史传啊，其实全是卢生、徐市①者流编的故事。至于少君与文成，与卢生、徐市、你我一样，都是吃方士这碗饭的啊。"

看到公孙卿一脸迷惘，似懂非懂的样子，栾大好为人师的脾性上来了，决定为同道指点迷津。

"天子富有四海，海陆八珍、妖姬美眷应有尽有，恣情任性，喜怒间可决人生死，世所难能的福他都享到了，唯有一事与凡人无异，几十年白驹过隙，等在前面的同样是一抔黄土，你说他们能够甘心吗？"

公孙卿道："当然不甘心，换了我也不会甘心！"

栾大拍案大笑道："这就对了。享过大福的人没有不想长生不老的，为甚？长生不老，才能生生世世永享大福。所以那些个君王才会迷上神仙，他们迷上神仙，就得有方士代他们寻仙求药，这就是咱们兄弟的饭碗哪！"

_____

① 卢生、徐市（音福）皆为秦宫方士。

栾大把话说得如此通透，公孙卿既震惊，又佩服，也有点于心不甘。"以大人之说，方士岂不都成了新垣平一流的骗子，骗术总会穿帮，又怎能取信于人呢？"

栾大敛容，一脸正色道："怎么是骗术呢？神仙有没有，取决于信不信，信则有，不信则无。做方士的，先要自信，自己都不信，怎么说服别人，更何况取信于万乘之君！新垣平之流，是吃了急功近利的亏。"

"那大人这一趟海岱之行可曾见到过神仙？两手空空，又何以复命？"

"神仙，"栾大摇摇头道，"不瞒兄台，这人世凡间哪里去找，自欺欺人而已。至于复命，我自有办法。"

公孙卿闻言大喜，寻仙一年，全无成效，每日里忧心忡忡的就是回去没办法交代。于是放下酒杯，伏地顿首，很恳切地说道：

"在下亦困于此，敢问大人何以复命，望不吝赐教，卿感恩不尽。"

栾大面有得色，扶起公孙卿，笑道："你我同道，该当相互扶持，兄台客气了。"

他端起酒壶，将酒杯注满，一饮而尽，照照杯道："公孙兄不是齐人么？"

公孙卿亦将杯中酒喝干，照照杯道："不错，在下正是齐人。"

"既是齐人，当知有'海市'一说。"

公孙卿憬然而悟，连连点头道："谢大人点拨，在下不仅知道，小时候还在海边见到过。"

所谓海市，即海隅山间大雾将散未散之际，光影幢幢中，偶尔可见有宫室台观、车马冠盖、人物往来，历历如绘，人言蛟蜃之气所成，亦称"海市蜃楼"，在栾大看来，所谓蓬莱仙境，不过尔尔。

"我此番东莱、泰山之行，就没打算找寻甚神仙，而是想一睹海市，找出其生发的地点与时辰。可惜转悠数月，一无所获。不过海岱之间亲见之人所在多有，都看见过，却可望而不可即，不正是神仙所为么！天子好神仙，咱们就带他去看神仙，若能于海岱亲睹海市蜃楼景象，他自会对神仙深信不疑，至于何时得道升仙，全在机缘与个人造化，谁也没办法强人所难不是！"

"可皇帝是个极聪明的人，我听说文成就是穿帮后被杀掉的。"

"那是他一时糊涂，被人抓住了把柄。做方士，有三事你要切记：一是话不怕说得大，越大，越不着边际越有人信；二是隔一段得加点儿料，给上头一个若即若离、似是而非的念想，让他觉着长生有望，成仙有望；三是绝不能以可证伪的物件，用来忽悠。

"宫里头有个叫虞初①的你知道吧？你要找的那个王子晋，就是他编出来的故事，他写了部《周说》，里边净是这类的成仙得道的故事。外行看热闹，内行看门道，皇帝好这一口儿，虞初就喂他这口儿，可他聪明，就不说自己能通神，编故事穿不了帮，这口饭算让他吃定了。"

"是啊，我听缑氏的官员说过，前些年虞初来河南嵩高一带采风，从民间搜罗了不少神怪传说。"

栾大笑笑，不屑道："编故事饭虽吃得安稳，可一辈子富贵难求，皇帝要的不是听故事，而是长生不老，咱们是导引师，飞黄腾达还得看咱们！"

公孙卿满面愁容，摇摇头道："难，太难了，如大人所言，上哪儿给皇帝找仙人去。"

"难？说难也难，说易也易，就看你善不善用脑子。"栾大满脸得色，用手指点了点脑袋，笑道，"还是那句话，富贵险中求！风险愈大，收获愈丰，同样说以得道成仙，君不过博了个郎官，吾人则封侯拜将，娶公主，居华厦，得赐千金……说到底还在自信上，自信则敢大言，自会有令人折服的气场，这里边学问你且得琢磨呢。"

看着栾大得意忘形的样子，公孙卿既羡且恨，哂笑道："文成也拜封过将军，也敢大言，可到头来还不是难逃一死！"

栾大蹙额沉思，面容转为严肃，良久，展颜笑道："我说过，富贵险中求啰！为方士者，一入行即应明于此，何来纠结。我最佩服主父偃那句话，大丈夫生不五鼎食，死当五鼎烹耳②。苟且一世，孰如富贵快意一时，人固有死，迟

---

① 虞初（前140—前87），西汉河南洛阳人，武帝时以方士侍从，号"黄车使者"，撰有《周说》九百余篇，为古代中国最早的小说家。

② 《史记·平津侯主父列传》载，主父偃权倾一时，为自己辩解道："我厄日久矣。且丈夫生不五鼎食，死即五鼎烹耳。吾日暮途远，故倒行而暴施之。"

速而已。凡人想都不敢想的大富大贵，吾已得享，死亦何憾！"

是呀，古今方士，栾大可谓最成功者，公孙卿颔首道："大人一席话，下走茅塞顿开，敢问如此推心置腹，大人就不怕吾等上变天子，告大人以欺诳之罪吗！"

栾大闻言一怔，随即哈哈大笑道："告变？我谅你不敢，为甚？你也是吃这碗饭的，告变不啻砸自己的饭碗。况且天子孜孜以求的长生，被你说成骗局，毁了他的念想，你又会是何下场，想过吗？"

公孙卿哈哈笑道："下走当然不敢，与大人说笑而已，日后回到长安，还望大人提携照应。"

栾大志得意满，含笑答应，两人推杯换盏，一直喝到子时，才各自归寝。

翌日，公孙卿醒来时，已是日上三竿，略作洗漱，但闻室外人喊马嘶，出得门来，栾大一行的车骑早已不见踪影，驿亭前的空地上，却停着一辆不知何时而来的辎车，车驭正为马匹驾辕，准备启行。

公孙卿招呼亭长过来，问起钦使去向，亭长告知，今日郡、县诸大人早早来到官亭，邀钦使赴嵩山游览，已离去多时了。钦使留话给他，要他醒后赶去同游。他又问起那辎车，亭长称是昨夜自洛阳赶来的商贾，留此借宿，听口音像是关中人。

"我验过他们的关传，可怪的是，发传的是少府，兴许做的是皇家的买卖？这俩人寡言少语，傲气十足，咱家也没敢多问。"

正说话间，亭舍中走出一人，向辎车走去，登车之际，那人回头扫了他们一眼，四目交会，公孙卿陡然一惊，此人似曾相识，分明是宫里头的人，思忖之间，但听车驭一声吆喝，随着连声作响的鞭哨，快马疾行，辎车绝尘而去。

蓝田昆吾亭一家庄院房后，立起了一座新坟，一众披麻戴孝的男女，正在坟前焚香烧纸，祭奠死者。死者是韩孺，他奉命南征，出师未捷而殇，尸骨无存，仅余头颅。韩家得天子特许，由东园配制了副木雕的身子，方能以全尸入殓。昨晚其灵柩才由韩延年护送回来，今日一早下葬，父亲战死几近一年，方得入土为安。

蒿里谁家地，聚敛魂魄无贤愚；

鬼伯一何相催促，人命不得少踟蹰。

雇来为出殡吹打的啁调艺人，在笙埙伴奏下，反复吟唱着挽歌《蒿里》，曲声呜呜咽咽，挽歌凄切悲怆，一唱三叹，结尾处转为高亢，声如裂帛，闻者莫不胸闷气短，悲从中来。

约莫一个时辰后，葬仪结束，女眷们安排艺人、乡邻们用饭，直到日暮，吊客散去，家里才静下来，一家人疲惫不堪，围坐用饭。

"娘，天子赐恤甚丰，儿在京师赁了所宅子，权作侯府，食邑所入足用。娘辛苦这么多年，该过过好日子了。过几日，娘和二叔二嫂带永年、昌儿、小薇搬过去，我在外头也安心，二嫂也能腾出手帮二叔打理生意。"

韩孺为国捐躯，皇帝赐封其长子韩延年为成安侯，食邑五百户，并以羽林孤儿入宫为郎。成安在韩孺故乡郏县，地属颍川郡，韩家本拟举族还乡，但成安在函谷关外，距京师甚远，又放不下父母庐墓与京师的生意，故迟迟未作决定。

"我才不去，就在这儿守着你爹。京师除了人多有甚好？晚间还禁夜，门都不能出，金窝银窝不如咱家的草窝，甚侯府，我不稀罕。"说话的是韩孺之妻，得知丈夫战死，她一夜间仿佛老去十岁，鬓发苍然，人也瘦了一圈。

"你娘住惯了乡下，别勉强她。"韩母辟望着侄儿，笑了笑，"你说的在外头，甚意思，给你娘和二叔说说。"

韩延年看了母亲一眼，说道："朝廷有事，我要到河西去一阵子。"

"你好好的不在宫中历练，跑河西做甚？"

"这次朝廷征伐南越，在楚地招募了五千精壮后生，打算练成精兵。皇帝点了李陵的将，要他带赴河西屯驻教练。少卿拉我一起去，已蒙皇帝允准。"

"李陵？是不是陇西李家李当户的遗腹子，你怎地认识？"

"正是。他从前也是羽林孤儿，现在已是骑郎将了。我入宫为郎，大伙吃住都在一处，一来二去的就熟识了。李陵和他爷爷一样，最擅骑射，皇帝爱重非常，夸他有祖上雄风。对了，少卿还托我带话给二叔，说他爷爷当年最器重二叔，若能一起去帮他练兵，就再好不过了。"

韩毋辟担心地看了大嫂一眼，她望着儿子，默然无语，只是脸色略显苍白。

李广死后，韩毋辟愤于卫青之不公，卸职回家，接替兄长打理河洛酒家，兄长战死后，他不时有种冲动，想要重返军旅杀敌以报兄长之仇。但自与窈娘结缡后，聚少离多，与妻儿相守的日子不过数载，他愧疚于心，开不了这个口。可当年，李家于他有救命之恩，现在有求于己，于情于理他都不能推辞。

"爹，我也要随延年哥从军！"正思忖间，坐在一旁的韩昌叫道。他亦年逾弱冠，也已成长为一条健壮英伟的汉子了。

"你哥是吃皇粮的人，身不由己，你跟着凑甚热闹，快吃你的饭！"窈娘呵斥着儿子，一脸的不快。

看看气氛尴尬，韩毋辟改换了话题："李家现在还好吧？"

"嗯。少卿而外，他堂弟李禹亦在宫中为郎，为人倜傥不群，得罪了权贵，差点没命。"

"哦，怎么回事，讲给二叔听听。"

"公孙太仆的儿子也在宫中为郎，仗着与太后的关系，早早升了侍中，以前都是平头伙伴，现在可好，这小子小人得志，颐指气使，好像谁都得让他一头。前不久我们在宫里樗蒲为戏，他路过看到，非要加入，与李禹对赌，连输数局，恼羞成怒，破口詈骂，被李禹抱摔于地，狼狈而去。却恶人先告状，说李禹聚赌，皇帝一怒之下，召他到虎圈，或入圈刺虎，或耐刑①，二者选一，阿禹眉头没皱一下，就选了刺虎。"

耐刑，是自秦传下来的一种刑罚，受刑者要被剃去胡子眉毛，虽是种轻刑，但对人污辱特甚。其时人人认同《孝经》的观念：身体发肤，受之父母，不敢毁伤，孝之始也。所以剃去须眉被视为严重的羞辱，身为将门之后，李禹宁死不辱，断然选择了更危险的刺虎。

虎圈很深，李禹用绳子绑住腰，要人把他吊进去。吊至半途，皇帝动了恻隐之心，吩咐吊他上来，孰知悬在空中的他竟以剑斫绳，跃入虎圈，皇帝

---

① 耐刑，汉代轻刑之一，剃去胡须眉毛，保留头发，但对受刑者是很严重的羞辱。

赶忙令人打开圈门，赦其无罪，放他出来。

韩毋辟摇摇头，问道："那诬人以罪的公子，皇帝又作何处置？"

"皇帝把他召去，训诫一顿了事，皇亲终究是皇亲。"

皇帝爱才惜才不假，可事涉亲贵，终不免有所偏袒。李广父子之冤，可为阴鉴，韩毋辟有种隐隐的不安，李氏孙辈或重蹈祖父的不幸。但李家于己有恩，他不可能置身事外，于是对韩延年颔首道：

"好在你们去河西，远离朝廷未必是件坏事。你带话给李陵，眼下我离不开，束伍操练之事你们自能搞定，将来若有战事，我会助汝等一臂之力的。"

一〇九

八公山的冬天，寒风吹来，草木摇落。山下濒临肥水的一处缓坡上，坐落着一座土坟，坟上宿草枯黄，随风摇曳，瑟瑟悲鸣。坟包左近，搭着一座木棚，三人席地而坐，正在争论着什么。

"阿陵，天气越来越冷，此处不宜越冬，昨日有牧羊人经过，看到了我们，一旦漏风，再脱身就难了。"三人皆白衣素妆，说话的人年纪稍长，眉宇间忧形于色。

"那你说去哪儿？以天地之大，哪儿有我们容身之处？这种颠沛流离的日子，我真是过够了。"另一人面色白皙，眉毛挑起，杏眼圆睁，逼视着年长者。

"去塞北找朱叔，在番禺时不是约好的吗？"

"我不去，胡地那股子膻腥味我受不了，苟且在塞北，我大仇怎么报！"

"要么，去我故乡武陵。"另一个面色黝黑的人接语道。

"蛮夷之乡更不能去，言语不通，非憋闷死我。"

那座坟茔，就是埋放原淮南王刘安与妻子的骨殖之处。三人中的年长者是张次公，面色白皙者是刘陵，面色黝黑者是其女伴阿苗。

离开南越后，他们晓行夜宿，一路辗转来到寿春，打探到淮南王埋骨所在，三人就在近旁搭了座棚子，作为居丧的倚庐，铺了几块席子，以为苦次①。好

---

① 倚庐，守丧者所居之草房；苦次，居丧时所睡之草席，皆喻指居丧之处。

在榛莽荒坡，人迹罕至，平日里张次公、阿苗分头去寿春采买日用，不知不觉几个月就过去了。昨日有一牧羊人由此路过，张次公以行迹已露，提出尽快离开，而刘陵不愿，遂起争议。

没想到那吕嘉如此无能，不过一年，竟至覆亡，而西羌的叛乱也仅延续了数月，匈奴更是得手就跑，远飏于漠北。几国联手，也根本奈何不了朝廷，反而成就了皇帝的雄心，开疆拓土，一下子扩增了十几个郡。风闻皇帝自以为文治武功臻于极盛，思谋着封禅泰山，告功于天地呢。

每日里守着父王的坟墓，却时时忧心走露行迹，既不敢烧纸，又不敢为坟茔添些新土，更不能放声一恸，父母之仇，不共戴天，这种不甘与仇恨时时啮咬着她的心。十年过去了，随着南越覆亡，借助外力复仇终成泡影，她一介弱女子，又从何实现自己的誓愿！她不止一次地在灵前呼唤父王，希望他能托梦给她，告诉她该怎么办，可回应她的只有空山的回音与瑟瑟风声。

自己家破人亡，漂泊无依，而自家仇人却高枕无忧，活得有滋有味，有声有色，每念至此，就有一种刺骨的仇恨溢出，游走于全身的血脉，令她气息促迫，心动加速。她不能就这么等下去，等到老得不能动弹，她有何面目面对父母、先祖！她要行动起来，拼却一死，流血五步，也要取仇人性命，以报父母在天之灵！

"有了，我们去泰山！"刘陵灵明一闪，一下子有了主意。

"去泰山，做甚？"另两人不明所以，连声追问。

"皇帝既要封禅，我们就在泰山等他。"

张次公连连摇头道："我在宫里多年，天子巡狩，出警入跸，卤薄大驾①千乘万骑，守护极严。前有侍卫导引传呼，使行者止步，坐者起立。四骑士持弓快马前驱，违者射之，有乘高窥视者，亦射之。我们根本靠不到近前，狙击不可行！"

刘陵冷笑道："君忘博浪沙乎，张良与东海力士两人刺秦，犹中副车②，

---

① 卤薄大驾，即古代皇帝出行时，最高规格的车驾仪仗。

② 张良为复灭国之仇，以重金募沧海海力士，于始皇帝二十九年（公元前218年）出巡时，在阳武博浪沙以铁锥行刺秦王，误中副车。

况且我们不在路上等。"

"不在路上，难道在山上？"

"不错，正是在山上。济北老王是我二叔，小时候我在那里登过泰山，记得道路狭仄处，仅容二人并行，侍卫再多，在彼处也难得施展，我们就埋伏在山道上，取其性命。"

"阿陵你阅世太浅，哪那么容易？皇帝驾临，必先清道，你往哪里埋伏！"

刘陵脸红了，不屑地看着张次公，嗔怒道："似你这般瞻前顾后，哪还做得成事情，真是枉为须眉丈夫！"

她又看了眼阿苗，问道："你呢？"

阿苗点点头道："阿陵到哪我到哪，祸福与共，死生相依，我言出必诺。"

张次公尴尬地笑道："去就去呗，说甚气话，我无非把事情想在头里，务求周全而已。我原本就是贱命一条，贪得哪门子生？一起这么多年了，这条命早交与你了，你心里也是知道的。"

刘陵转嗔为喜道："那你还等甚，快去备马，我们说走就走。"

栾大回到长安的第三日，刘彻才在未央宫温室殿的暖阁，单独召见了他。

"此去海岱，爱卿可入海去三山觅师？"

皇帝面色如常，全无平时谈及神仙时的那种渴求与好奇，语声低缓，好像在尽力压抑着什么。

"臣甫至东莱，晨起，海雾蒸腾，云气飘渺，三山忽隐忽现，似有若无。臣登舟，以重金贿舟子快划，远望亭台楼阁、奇花异卉及飞禽走兽历历如绘，其宫阙皆以金银筑就，禽兽皆白色，山间采药仙人，隐约可见。及至彼处，欻然风起，再看三山竟在水下，而臣所乘舟转瞬间已为风引至数里外，屡进屡为海风所阻，竟不能至。"

"交通神仙所需，朕尽予所能，均已满足，何以仍见不到神仙，你既是安期生之徒，为甚师傅都难得一见，这太不合常理！"

栾大额上沁出了冷汗，顿首再拜道："圣上莫急，且听吾道来。当夜，吾师托梦于我，说蓬莱、方丈与瀛洲三山乃仙境，凡人不可亦无法登临，约我重阳日相见于泰山之巅，臣遂转赴泰山，于九月重阳登顶，见到了安期师，陛下的话也带到了。"

他偷觑了一眼刘彻，不由得觉汗湿重衣。理应闻讯狂喜的皇帝竟不为所动，目光深不可测，冷冷地回了一句："是吗？你说来听听。"

"臣于重阳前一日登山，宿于天门，破晓之际候于巅顶，日出云散，光影中复见三山景象，正彷徨间，吾师于身后呼我，竟不知何时降临。与安师略道契阔，臣尽告吾师陛下对神之虔信与向往，以京师、甘泉迎神之宫观台阁，均已落成，亟请吾师与众仙赴之一游，以纾圣上思念之苦，以谢陛下敬神之诚。"

"哦，那神仙到底是来，还是不来呢？"

"安师称，心诚则灵，相会有日。又说陛下文治武功超迈前贤，追美黄帝，黄帝功成名就，御龙登天，陛下亦将封禅泰山，告功天地，升仙有望，望好自为之，他日自能神朋仙侣，共游于天界，福寿永年矣。"

"朕要知道的是，他们到底是来，还是不来！"

"来，当然会来。"

"嗯，何时，何地？"

看到皇帝较真，栾大心头撞鹿，咚咚地狂跳个不停，他深吸了口气，强压下内心的恐惧，揖手道：

"别时吾师嘱我，一年之内，圣上当巡狩海岱，登临泰山封禅，届时众仙毕集，当会陛下于巅顶，初识而后，自可常相往还，一切顺其自然，非可强求者矣。"

栾大暗下决心，此番忽悠过去，在穿帮之前，要尽快想办法销声匿迹，或学李少君，一走了之，留给皇帝一副空棺。一念至此，不觉好笑，唇吻间竟隐现笑意。

大言不惭，巧舌如簧，面前这个相貌英俊的男人，若不是自己留了个心眼，派人暗地跟随验看，还真会被他骗过。自栾大东去求仙，刘彻等他回来复命，真正是望眼欲穿，但他按捺住了自己，没有马上召见栾大，为的就是等候一个验证，免蹈从前的覆辙。

昨日所忠回宫，详叙了跟踪栾大一路的所见所闻。栾大以皇家驸马、天子钦使自居，一路前呼后拥，招摇过市。到了东莱海边，徘徊数日，哪见到过甚三山，更未曾登舟探海，而是在地方官陪同下游山玩水，飨宴不断。所忠伪装成小吏，与泰山山虞①员吏陪同其登山，日出是看了，泰山也游了，哪里有半点儿仙人的影子？看来，栾大亦不过少翁者流，自己险些又被一个骗子玩弄于股掌之中，成为天下人口中的笑柄。

刘彻既愤懑，又不甘。愤懑的是，此人竟敢在天子头上行骗，轻易赢得了自己的信任、女儿与荣华富贵；不甘的是，公孙卿、栾大之后，燕、齐、海隅之间，方士络绎于途，人人争言通神，各种方药试了又试，却终归于无效。以中国之大，竟难觅一个真能通神，以遂己长生不老之愿者。看着面前这个骗子，他强按下陡起的杀心，冷冷地问道：

"栾君，朕有一事不明，这世上真有神仙在吗？你真的见到过神仙吗？你给我讲真话，朕恕汝不死，若稍有欺诳，汝命休矣！"

皇帝口风不善，栾大犹豫了片刻，想到败露的后果，决意死扛："当然有，不过居于仙界，很少到人间来就是了。臣敢赌誓，若有欺诳不实之言，不得好死。"

刘彻点点头，拍掌道："好一个信誓旦旦的五利将军！来呀，传所忠上殿。"

所忠身着谒者冠服，栾大但觉眼熟，但第一眼并未认出他来。

所忠微微一笑道："栾将军好忘性，泰山登临，在下陪从累日，将军不记得了吗？"

栾大一怔，脑中如电光火石，瞬间记起了这个人。穿帮了，完了，他叹了口气，腿软软的，一下子跪倒在了地上。

时将正午，一辆辎车驶入长安清明门，甫入城郭，顿闻人声鼎沸，街上路人扰攘，车驭不得不勒住缰绳，避让行人。端坐于车中的是奉召进京的梁国国相褚大。他皱了下眉头，示意车驭去问问发生了什么事情。

路人三五成群，行色匆匆，纷纷向东市方向而去。车驭跳下车，拦住位老者，问答有时，方跑回到车前，亢奋之情溢于言表：

"大人，出大事了，这些人都是赶着去东市看热闹的。"

---

① 山虞，古代管理山林川泽之官署。

"甚大事？"

"说是五利将军欺君罔上，大逆不道，被皇上下令腰斩示众，以儆效尤；举荐他给皇帝的乐成侯连坐，也被处以弃世之罪，正午一到，两人都会在东市行刑。大人，咱们要不要过去看看？"

褚大不屑地哼了一声，正色道："找条清静的路，进宫。"

褚大是设立学官后，最早一批五经博士，二十年后以饱学宿儒身份出长地方。皇帝欲行封禅大典，而典礼仪式，书册语焉不详，丞相石庆、御史大夫卜式，厚重少文，一问三不知，皇帝召问诸儒五十余人，言人人殊，却都说不出个所以然来。皇帝一怒之下，罢黜了卜式，诏书初至时，褚大还以为是要他接手卜式，辅佐封禅。行至洛阳，方知御史大夫已派任了兒宽，失落之余，狂笑不止。论经学，兒宽是后进，多年的前门下弟子，何德何能，竟尔后来居上！对封禅，想必他也是一头雾水，不然皇帝为何召自己入对。

到了未央宫司马门，报上官职姓名，卫士即时放行，告以皇帝早有吩咐，褚大人一到，请即刻赴温室殿面君。褚大略感忐忑，但更多的是兴奋，倒要让皇帝看看甚才是真学问，他抖擞精神，快步向温室殿走去。

"褚君，你与兒宽都读过司马相如的文章，长卿最先提议封禅，其时边衅未靖，天下尚未归于一统，时机不到。压了这么多年，眼下国势如日中天，匈奴远遁，四夷宾服，祥瑞频出，封禅正其时也。可怎么封禅，众说纷纭，莫衷一是。五经博士中数你学问大，兒宽也是饱学之士，这次召二位前来，就是为此贡献意见，助朕早下决断。"

二人皆揖手称诺。兒宽退后一步，与褚大并列，很谦谨向他拱拱手道："老师请。"

御史大夫位列三公，朝会时按规制位列于前，与褚大并列，明显是种礼让。褚大却也当仁不让，侃侃陈词：

"封禅之见于典籍，首推《尚书·舜典》，是所谓'岁二月，东巡守，至于岱宗，柴。望秩于山川，肆觐东后'。时间、地点，封禅之方式方法，都在这几句话里，也就是时当二月，地当泰山，行则巡狩，接受诸侯朝觐，祭则架木为柴，焚以祀天地神祇。

"史传往古封禅人君七十有二，惟三代以上，文献不足徵。迄于春秋，齐桓公九合诸侯，一匡天下，自以为功成治定，问封禅于管仲。管子告以受命于天，天当降以祥瑞，而其时凤凰麒麟不来，嘉谷不生，而蓬蒿藜莠茂，鸱枭数至，是所谓祥瑞不生，灾异频发也，不可封禅，齐桓公因以却步。

"到后来秦嬴政席卷宇内，一统华夏，自以为功侔三皇五帝，受命于天，遂自称始皇帝，强于泰山封禅，登山之际，遭遇骤雨狂风，此天象示警，而后十二年而国亡……"

"朕想要知道的是封禅泰山应行用何种仪典，汝所答非吾所问，扯得太远了。"

刘彻越听越不是滋味，打断了褚大。褚大所言，似是以古喻今，暗示封禅不宜。他嗣位卅载，年届知命，封禅于他已是时不我待。褚大引经据典的泛泛空谈，与那些拘泥于文献章句的儒生，并无二致。

褚大涨红了脸，揖手道："臣愚陋，但据臣所知，高皇帝初入咸阳，萧何曾接收秦宫律令图书，臣以为，从中或可找到秦始皇封禅仪典的相关记录。"

"石渠、天禄、麒麟、兰台……这些地方的藏书，司马太史早已翻查殆遍，能找得到，还会问你吗！"

看到褚大一脸尴尬，兒宽揖手道："臣愚陋，愿就褚君所未及，略述己见。"

刘彻颔首道："说。"

"臣曾问学于董仲舒，夫子尝言，道之大原出于天，天不变，道亦不变。由此推之，天子受命于天，亦同条而共贯，因革损益，取乎一心。古仪无存，难道就不封禅了吗？当然不是。《易》曰：穷则变，变则通，通则久，此即因革损益之原，千古不易之道！陛下圣明睿智，德配天地，瑞兆并出，不可不应。至于封禅典仪，天子自创可也。"

兒宽的话，让刘彻心里很受用，脸色也平和下来，双目灼灼地注视着兒宽，追问道："何以自创？"

"封者，祭天也；禅者，祭地也。圣朝于甘泉祭太一，太一即天也；于汾阴祠后土，后土者，地祇也；所用皆特牢，其礼仪皆我大汉所发明，移用泰山可也。而封禅所需之明堂，有齐人公玉带所献图纸，损益以用之，其他玉牒、祭坛与道路之修整扫除，亦需及早预备，以免临渴掘井，自贻伊戚。"

眼见皇帝频频点头，兒宽大受鼓舞，于是略作思忖，把压在心里很久的一个想法说了出来。

"天人感应，五德终始，循环相胜。周为火德，秦代周而起，是水克火，水德尚黑，建亥，以十月为岁首。秦政暴虐，高皇帝提五尺剑，揭竿而起，讨伐无道，是所谓汤武革命，顺乎天而应乎人。汉代秦，是土克水，应为土德，色尚黄，建寅，当以正月为岁首。本当改过来，无奈国家草创，百废待兴，天子无为而治，与民休息，故暂承秦制以用之。如今国家强盛，四海升平，陛下封禅之际，告功于天，当上承天意，下孚民望，改正朔，易服色，以彰吾大汉之圣德，与民更始，传诸久远。"

"还是兒大夫说得通透！"刘彻赞道，又看着褚大说道，"五经博士如兒宽者，太少了，多是些读死书的书呆子，只知道死抠典籍，卖弄学问，一俟实用，则议论百出，徒乱人意，难怪秦始皇斥其无用。"

退朝出来，两人一前一后，默默而行，快到宫门时，褚大满面惭色，转身揖手道："士别三日，当刮目相视，今日方识兒君学问根底，陛下慧眼识人，鄙人服矣。"

一一〇

元封元年冬十月，酝酿数年的封禅大典终于揭开了序幕。四裔中唯有北边的匈奴尚未臣服，刘彻决意亲赴塞北巡边，大军压境，威慑匈奴，将此作为巡狩的第一站，开启自己的封禅之旅。为此，他颁布了巡边诏书：

南粤、东瓯咸伏其辜，西蛮北夷颇未辑睦，朕将巡边陲，择兵振旅，躬秉武节，置十二部将军，亲率师焉。

十月三日，十部将军各率所部十万骑，自云阳先发。五日晨，大驾卤簿亦自云阳甘泉宫启程，自直道开赴九原①。直道，乃秦始皇命蒙恬率大军修治的一条直通塞北的大道，沿途堑山堙谷，去弯取直，宽阔平展，总长千八百里，自关中驰援边塞，三日夜可到，是秦汉时期最为便捷的军事通道。

大驾出宫，式道侯②三人，张弓搭矢，前驱清道。紧随其后的是身着甲胄，手执长殳的十支骑兵方阵，每阵百骑，旌旗招展，兜鍪③耀日，铠甲鲜明。

跟随在方阵之后，是前导五车，最先一辆为司南车，又名指南车，据说始于黄帝；之后是辟恶车，车上载有桃弓苇矢，意在祓除不详；第三辆是大

---

① 九原，秦汉时的边县，在今内蒙古包头附近。

② 式道侯，大驾出行时，张工搭矢，前驱清道者，为中尉之属官，有左、中、右三侯。

③ 兜鍪，鍪音侔，头盔。

章车，车上二层，皆有木人，每行一里，下层击鼓，行十里，上层击镯，故又名记里鼓车；第四辆为靖室车；最后一辆是象车，载乘黄门鼓吹十三人。

车阵之后便是奉引①方阵的车队，由中尉、内史等公卿大臣的车队组成，驷马安车，皂盖朱镭②，亦由各自的下属为导从。

后面就是天子的大驾，最前面的是由羽林、期门郎官组成的近卫方阵，亦百骑编为一阵，前后十阵，鸾旗飘舞，棨戟高扬，阵列整齐，步伍划一。

禁军之后，就是皇帝的大驾的车队，前导为仪仗车队，分别为武刚、九游、云罕、皮轩、阗戟、鸾旗、建华，皆驷马齐驱，护驾侍中皆以轻车相随，携弩持戟，护卫左右。引导车后是为乘舆，也就是天子专用之车，总计五辆，其中驾六马者名金根车，朱纶重牙，两毂两辖，整个车厢包金覆银，耀人眼目，黄屋左纛，气象恢宏。金根车由太仆执辔，大将军骖乘，是天子正式的座车。

紧随其后的则是副车，其中四驾安车二辆，装饰皆极为华贵，朱纶重牙，龙首鸾衡，车厢两面绘有苍龙白虎的纹饰，有可以开阖的小窗，前设帷帘，内里铺设锦茵，可供坐卧，其中一辆安车由侍中、奉车都尉霍嬗执辔，侍中霍光骖乘；另一辆由侍中金日磾执辔，侍中李禹骖乘，刘彻就坐在这辆车内，透过帷帘观看着眼前的景物。

安车之后，是皇帝用于征伐、籍田和田猎时所乘之车，亦皆华美，由平时随侍皇帝的内侍官员们执辔骖乘，追随其后。在这一核心车队周遭，防护最为严密，除内侍的郎官③外，就是护卫宫廷南军④将士。乘舆方队最后一辆车名为豹尾⑤，标识乘舆⑥之所在，犹如行进中的宫廷，非经宣召，不得擅入。

豹尾之后则是随驾的诸侯公卿大臣们的车队，取九九之数，计八十一乘，

---

① 奉引，在前引导。

② 皂盖朱镭，皂盖，黑色的车盖；朱镭，朱红色的挡板。

③ 内侍的郎官，郎中令所统，为皇帝的贴身侍卫。

④ 南军，为戍守宫廷门户的禁军，由卫尉所统。

⑤ 豹尾车，以豹尾为装饰的车子，为帝王属车，豹尾车标示乘舆所在，是为行在之禁中。

⑥ 乘舆，皇帝所乘之车驾，喻指皇帝。

前后随行的黄门鼓吹①十余部，左右随驾护卫的骑兵过万，史称千乘万骑。直道宽可二十丈，大驾队列仍嫌拥挤，从甘泉宫楼阙北望，旌旗猎猎，车队绵延数十里，竟一眼望不到尽头。

直道沿途，邮亭密布，三十里一驿，大驾浩浩荡荡，分部行进，经上郡、西河、五原三郡，终于在月末抵达了九原②。前锋骑兵斥候报告深入塞北数百里，未见匈奴，略事休整后，刘彻决定亲出塞北，登单于台③阅兵，宣示大汉的军威与德意。

车驾自高阙塞④之山口穿越阴山，三日后，直抵已经废弃多年的单于台。台基以片石垒筑，高约丈许，弃用多年，四隅渐形颓坏，一角坍塌。刘彻拾级而上，极目远眺，展现于前的，是一望无垠的漠南草原，由于胡人多年不敢南下，牧草虽已枯黄，但颇为繁茂，随风摇曳，犹如波涛起伏的黄色海洋。面对如此苍茫壮阔的草原，刘彻心胸如洗；抚今追昔，又不禁感慨万千。

九十年前，高祖皇帝被冒顿单于的四十万铁骑困于白登，巧借一个女人的嫉妒心侥幸脱险，之后数代帝王不得不委曲求全，以和亲输财赎买平安。而今新秦中、阴山、河西已皆为吾有，胡人不敢南下牧马，当年单于点兵的令台，也已经换了主人，匈奴安在哉！现今匈奴人口锐减，国势大衰，龟缩于漠北，攻守异势，和战之主动权已操于己手，百年耻辱扫地而尽，列祖列宗，你们看到了吗！

载戢干戈，载櫜弓矢，我求懿德，肆于时夏……

满溢的豪情使他不觉吟出《大武》之乐章，如今六合同风，四海归一，没有归顺的外夷只剩匈奴了，他将对这些龟缩于漠北的夙敌宽大为怀，伸出

---

① 鼓吹，即乐队之古称，黄门鼓吹，汉代宫廷乐队。

② 九原，县名，为五原郡属县，地望在今内蒙古包头九原区一带。

③ 单于台，古代匈奴单于点兵南下的石台，位于阴山北麓之草原。

④ 高阙塞，阴山南麓的汉军要塞，为北出阴山的重要孔道；地望在今内蒙古巴彦淖尔乌拉特后旗查干沟山口。

和解之手。

于是敕令十二将军，各率其部，列队受阅，即所谓择兵振旅，躬秉武节。一时间鼓声隆隆，旌旗蔽日，十二万骑兵组成的方队与阵列循序而行，依次通过单于台，接受天子的检阅，随大驾而行的十几部鼓吹齐奏《大武》乐章，气势雄浑，刚劲有力。阅毕，再令烹牛宰羊，大飨三军，尽长夜之欢，当晚即搭建军帐，宿营于单于台。

翌日，刘彻派郭吉出使匈奴，传达天子的德意；另派浮沮将军、太仆公孙贺、匈河将军赵破奴各领本部骑兵，深入漠南草原，窥伺匈奴动静，其余各将军各率所部回归驻地，大驾则自朔方、北河，沿直道直奔上郡阳周桥山①，拜祭黄帝陵。

这是践行封禅的第二步，抵达阳周后，车马甫息，刘彻就忙不迭地召见早已等候在此的一干方士，特别是公孙卿，因为公孙卿等为他提供了一个两步走的方案，先求长生，再行登仙，比文成、五利②之流的忽悠似乎更为可行。

南越灭国后，服侍于越王的一批越巫被送至长安，其中一个叫胡勇的告诉刘彻，越俗信鬼，延寿极有效验。如开国越王赵佗，寿数过百，而东瓯王敬鬼礼神，高寿至百六十岁，后来的君王在祭祀鬼神上有所懈怠，人鬼交通渐疏，故衰耗不灵。能先活到一百岁也好，好歹能减慢生命的脚步，延长求仙的时间，于是敕令于长安、甘泉各立越式祝祠，以越人之鸡卜③，祠以越人之天神上帝百鬼。一时间，大得刘彻宠信，越巫颇有后来居上之势，齐鲁海岱的方士们皆惶惶不安，忧心被越巫取而代之。

公孙卿有个名叫丁公的前辈，齐人，自称年届九旬，灵机一动，别辟蹊径，把越巫的长寿说嫁接到了黄帝封禅升仙上，托人传话给正在缑氏候神的公孙卿，要他说动皇帝尽快来泰山封禅，只要皇帝巡狩海岱，封禅泰山，长生求仙的事业就还会在齐鲁方士的掌控之中，越巫的左道旁门就难成气候。

①按秦汉时之桥山黄帝陵在上郡阳周县境，即今子长县高柏山，非今日之所谓黄帝陵所在也。

②文成，即被封为文成将军的李少翁；五利，即被封为五利将军的栾大。二人皆以方士起家，亦皆因骗术败露被武帝处死。

③鸡卜，古代南方各民族以鸡骨预测吉凶祸福的卜筮方法。

于是公孙卿上书天子，称自己在缑氏城候到了神迹，恭请皇帝御驾东巡，临幸缑氏。刘彻是在抵达五原时接到上书的，当即敕令召公孙卿赴阳周候驾。车驾抵达时，公孙卿在这里已等候数日了。

公孙卿觐见时，刘彻令他抬起头，凝视着他，目光中既有期盼，亦有怀疑，良久方发问："缑氏有何神迹？讲来！"

栾大回到长安就被腰斩于市，是皇帝对所有试图蒙骗他的术士的警告。可如栾大所言，既然吃了这碗饭，生死有命，得硬着头皮扛下来。公孙卿心头撞鹿，但面不改色，他已为此作了充分的准备。

"旬月之前，臣于夜间在城楼上候神，夜半之后，凉风骤起，星月无光，见数只白雉飞越城堞，臣等着力捕得一只，但听得近处似有叹息声，臣等循声喝问，而四下阒然。等到浮云散去，在月光下惊见近处有脚印数行，皆大于常人数倍。白雉世所罕见，乃祥瑞之征，而大人足印，不是神仙留下的，又能是甚呢？"

"神仙既已降临，何不现身？"白雉确为世所罕见，刘彻虽满腹狐疑，内心的兴奋却现于颜色。

"在下官卑职微，仙人何肯轻现真容？臣以为上仙感于陛下礼神之虔敬，故而来会，不想陛下并未在彼，故而叹息而去。"

"那白雉、脚印何在？"

"足印已命地方严加保护，白雉则由小臣亲携至行在，以呈御览。"在谒者高声传唤下，一名侍者小心翼翼地捧雉上殿，将包裹的织锦揭开后，一只白雉赫然在目。刘彻欣喜不置，起身看视，白雉双翅及腿均为丝绳所缚，面红、颈腹皆黑，翅羽网纹斑驳，背部及长长的尾羽则雪白一片。他轻轻摩挲着白雉的羽毛，心旌摇荡，天降祥瑞，难道不是升仙有望的征兆？

刘彻敕令将白雉好生收养，以俟封禅时放生，又屏退侍从，留公孙卿细谈，把缑氏遇仙之事从头到尾细细地重叙了一遍，听得他神思飞越，恨不能马上就赶去缑氏，与神仙相会。

"你呈进的申公那部书札上说，往古曾有七十二位君主在泰山封禅，唯黄帝得以升仙，为甚？"

"天下的名山有八，三在蛮夷，五在中国，华山、首山、太室、泰山、东莱，黄帝常游这五山，与神仙交游，百余年方得与神通灵。后来他采铜于首山①，铸鼎于荆山，鼎成，忽然间祥云满天，从中飞下一条龙来……"公孙卿猛然打住，他见皇帝意兴极浓，不由得信口开河，忽觉不妥，可已难于收口。

"一条龙？龙来做甚？"刘彻兴致勃勃，并未注意到他的迟疑。

话不怕说得大，越大越玄越有人信。公孙卿脑海中猛然记起栾大所言，索性冒死一搏。

"当然是来接引黄帝登仙啊。那龙飞落地面，黄帝骑上去后，侍从的宫人与群臣争相跟从，爬上七十余人后，龙升腾而起，没来得及上去的，纷纷抓住龙须不放，哪里抓得住？结果拔落了一根龙须，还把黄帝御用之弓带了下来。其时百姓眼望黄帝腾龙而去，抱着龙须与弓仰天呼号，声震原野。"

刘彻神思飞越，击节叹息道："唉，吾若得如黄帝，亦能弃妻儿子女如敝屦，世间又有何顾恋不舍的呢！"

公孙卿暗暗吁了口气，已是汗湿襟背。皇帝期望甚高，而期望愈高，失望愈大，要当及时收束，为将来预留地步。

"小臣有个名丁公的同乡，曾对我说过，当今皇帝受命于天，封禅后当可长生，黄帝封禅后也须百余年方得道升仙，故而升仙之事难于一蹴而就，圣上不可心急，当先求长生，虔敬礼神，积以年月，则如黄帝那般升仙是一定的。"

"这个丁公也是神仙弟子吗？"

"不是。此人年逾九十，是敝乡饱学之士，小臣学方术时曾多次问学于彼，圣上巡狩海岱，可召他观见。"

刘彻有些失望，不过若能延寿，多搞几次封禅又算得了什么？他忽然又想到了什么，问道：

"黄帝既已登仙，这桥山怎么又会有他的陵墓呢？"

"这是群臣百姓念他的好，将他生前的衣物用品葬于此地，做成的衣冠冢，

---

① 首山，地望在今河南襄城境，传说黄帝曾于此采铜铸鼎。

后人追怀黄帝，就把这里当成了祭拜追思他的陵墓。"

几乎是在刘彻抵达阳周的同时，汉使郭吉也来到了狼居胥山右的单于廷。显然，汉使的到来出乎匈奴人的意料，单于大帐人进人出，忙乱了许久，主持接待外国使节的主客①才来会见郭吉，询问其来意。郭吉态度谦恭，声称奉天子之命前来宣示德意，欲汉匈重修旧好，但天子之言只能当单于之面，方可说出。他还强硬拒绝了墨面晋谒的要求，双方各不相让，最后议定次日单于在大帐外面接见汉使。

乌维单于四十上下，中等个头，虬髯，面相英俊，他打量了郭吉很久，对坐在一旁的瘦小老者说了几句话，老者点点头，用汉语问道："天所立大单于问皇帝无恙，并问所来何事，有甚话要对大单于说？"

郭吉上前一步，揖手道："天子亦问大单于无恙，命臣一字不易地传达天子对贵国的德意。"

听过那老者的翻译，乌维颔首，示意他继续。

郭吉清了下嗓子，高声说出皇帝交代给他，一路上反复默诵，已可倒背如流的那些话：

奉天承运，皇帝诏曰：南越王头已悬于汉之北阙，今单于能前与汉战，天子自将兵待边；单于不能战，即当南面臣服于大汉，何苦迁徙远走，藏匿于漠北苦寒之地，水草皆无，值得吗！

老者一怔，面色极为难看，略作踌躇后，还是一字不易地翻译成了胡语。语音刚落，但见乌维额头青筋暴起，一跃而起，一脚将身旁的主客踹倒，恨声怒骂，随即两个匈奴侍卫将主客押了下去，不过片刻工夫，置于一青铜大盘中主客的头颅，已被捧给单于验视。乌维怒气未消，瞪着郭吉，戟指詈骂。四下的匈奴侍卫皆拔刀在手，白刃相对。郭吉面无惧色，坦然相对。良久，

---

① 主客，匈奴官名，负责外国来使的接待与觐见，与汉代九卿之一大行的职能类似。

在那老者劝说下，乌维方才作罢，径自进了大帐。

老者走近郭吉，冷笑道："你很狡猾，卑礼好辞骗过了主客，当面羞辱了大单于，你可知罪？"

郭吉笑笑，揖手道："我大汉天子之使，受命将天子之言告知单于，何罪之有？敢问老先生是何人？"

老者是匈奴的相国、自次王赵信，他做了个手势，几名匈奴侍卫上前将郭吉放倒捆束，扔上一辆牛车，被几名胡骑押解而去。郭吉的随员想要阻拦，但四面白刃相加，动弹不得。

"带话给你们的皇帝，姓郭的因大不敬，被判流放于北海，回不去了。皇帝想战，大单于在漠北候着他，隔空放话，算甚本事！"

看着汉使团被押送远去，赵信回到单于大帐，乌维怒气未消，询问他可否马上集结一支骑兵，打汉军一个出敌不意。

"不可，时当冬季，我们的人分散在各自的冬季草场，马膘也不行。我问过汉使随员，此番随皇帝巡边的汉军骑兵有十八万，士马饱腾，以逸待劳，勉强凑出几万人马去漠南，不啻自投罗网。"

"汉人向咱们挑战，羞辱于我，难不成就这么认了？是可忍，孰不可忍！"

赵信摇了摇头，很沉静地对乌维说道："咱们的本钱不多了，不能再像从前一样跟汉人硬拼。"

"那怎么办？让人笑话咱们是缩头乌龟？"

赵信笑笑道："缩头乌龟有甚不好，能伸能屈，正是汉人的所谓大丈夫本色。大单于可还记得我给你父王讲过的越国复国的故事？当时记得你也在场。"

"你是说越王勾践？"乌维憬然而悟。

赵信肯定地点点头："对，就是勾践，我们就学他，卧薪尝胆，十年教训，十年生聚。终有一日，我们会叫汉人吃够苦果子，让皇帝为他的自大狂妄付出代价。"

————

　　元封元年二月，通向齐鲁海岱的驰道上，一辆轺车自函谷关方向疾驰而来，乘车人三十余岁，美须髯，一脸忧色，不住地催促车驭加鞭快行。车驭无奈地摇摇头，回首笑道："再快，这马受不了。大人少安毋躁，再有个把时辰，就到洛阳了。"

　　乘车人是未央宫郎中司马迁，半年前，汉军敉平西南夷，皇帝派他出使善后，抚循地方。上月返京复命，皇帝却已赴海岱巡狩，于是追随而来，行至新安，却得到父亲卧病洛阳的消息，他心急如焚，于是连夜启程，马不停蹄地一路赶来。

　　到得洛阳的驿馆，啬夫将他领至后院的一所房间，掀帘而入，一股浓厚的药味扑面而来。司马谈瘦骨嶙峋，面色无华，正裹着棉被瑟缩在卧榻上。看到儿子，司马谈双眼一亮，两颊泛红，挣扎着想要坐起来。司马迁赶前一步，扶住父亲，四目相视，不由得都红了眼圈。

　　"父亲大人恕罪，儿子不孝，未能亲侍汤药于病榻之前……"才说了几句，司马迁已经泣不成声，哽咽难言。

　　"儿啊，来到就好，来到就好，原以为咱父子再也见不上了呢。" 司马谈却是满脸的欣慰之色，他握住儿子的手，示意他扶自己坐起来。

　　司马谈倚着靠枕，费力地喘息着。司马迁拿起炭炉上的药壶，倒出一碗煎好的汤药，晾温后，小心翼翼地用小勺侍奉父亲服药。稍后，见父亲精神好了些，司马迁开始询问病由何起。

原来，祭拜桥山黄陵后，大驾由直道返回甘泉，皇帝一心想赴缑氏观看神迹，不待休整，大驾再次启行东巡，昼夜兼程，一路风尘，终于在正月赶到了缑氏，登城看视过公孙卿认定的神仙足印，大驾又马不停蹄地开赴太室，皇帝于此登临祭拜，群臣随驾。司马谈年逾花甲，一路奔波，疲惫不堪，登山时汗湿重衣，又吹了凉风，寒湿深入腠理，下山后便突发高热，昏厥了过去。皇帝于是派人送他到洛阳驿馆，延医诊治十余日，迁延不愈，病势反倒更重了。

"那我还是送父亲返回长安吧。"

"不可，不可！"司马谈连连摆手，用手指着屋角书案上的一只藤箧，说道，"你把它拿给我。"

藤箧颇重，司马迁将它移至榻旁的小几上，打开盖子，满满地装着的都是卷牍。

司马谈握住儿子的手，示意他坐下，指指那箧简牍，叹息道："这是为父一生的心血，天不假年，看来只能由你接手了。是时候告诉你咱家家世与祖传的志业了，儿呀，你要听好了，记住它。"

这是要向自己托付后事了。司马迁强忍住眼泪，点了点头，屏息静听。

"司马家先世就是周室的太史，世官世禄，以迄周亡。再往前追溯到虞夏时，先祖中还出过功名显赫、主理过天官之职的人物。大汉朝以孝治天下，孝是甚？始于事亲，中于事君，终于立身，扬名于后世，以显父母，这才是孝之大者啊。乱世无道，埋名于草莱，还能说得过去，可当逢盛世，为父碌碌多年，未能重振祖业，光耀家声，愧对列祖列宗！今上接千岁之统，继秦皇之后，封禅泰山，这种旷世盛典，可遇不可求，赶上了，却不能跟从见证，传诸青史，这就是命啊，是为父的命啊！老天，司马家的志业竟要终绝于吾手乎！"

司马谈悲从中来，言下大恸，悲呼不已。司马迁边劝解，亦唏嘘不止。良久，司马谈的情绪才平复下来，他紧握儿子的双手，语声中有种咄咄逼人的力量。

"我死后，汝必为太史，汝为太史，毋忘为父未竟志业，一定要把它完成，记住了？"

"记住了。"

"吾老病残躯，死不足惜，可封禅大典百年不遇，为史官者一定要亲眼见证，记入史册，这是史官的责任，也是为父的未竟之志，你可能代吾做到？"

"能的，儿一定做得到的。"

司马谈面现欣慰之色，拿起一卷简牍，交到儿子手中。司马迁展开卷牍，一行行工整凝重的隶书颇为醒目，而墨色陈旧。

"当年从杨师①学《易》，又与黄生②问难，揣摩有年，小有心得，将先秦各家作一综论，笔于简牍，名之为《论六家要旨》。这是完成了的……"司马谈指了指篑中余下那些卷牍，"那些都是些摘录、札记，大多纲目我都拟出来了，吾儿再接再厉，完成这未竟之业，九泉之下，我也就没甚牵挂了。"

"父亲未竟之业是甚，史记吗？"

"对，是史记。这虽然是史官本职，但作者的用心，关系到一国风俗的良善。秉笔直书，惩恶扬善，是为千秋万代立一准则；文过饰非，歌功颂德，则必致人心浇薄，风俗败坏。天下人至今称颂周公，怀思其制礼作乐，传承文王武王乃至周室列祖之德。而幽厉③之后，王道缺，礼乐衰，孔子修旧起废，论《诗》《书》，作《春秋》，学者至今以之为准则。自获麟④以来四百余岁，诸侯相互兼并，史记废绝，而今大汉复兴，海内一统，而明主贤君忠臣死义之士，作为太史，却没能把他们的事迹纂集成书，传诸后人，我没尽到责任，真的是很怕啊。儿啊，这件事情你要念念于心，不然我这把老骨头，在地下亦不得安宁啊！"

司马迁悚然动容，俯首流涕道："父亲大人放心，迁不敏，可大人的嘱托迁念念在心，儿会细读这篑书牍，完成史记的。"

交托完心事，司马谈的心情平复下来，疲惫地睡去。司马迁则守在一旁，

---

① 杨师，汉初易学大师田何之再传弟子，武帝立五经博士，杨最先入选《易》经博士，司马谈为其门下弟子。

② 黄生，习黄老之术，曾与辕固生在汉景帝与窦太后面前激辩汤武革命之法理，参见《汉宫春梦》相关章节。

③ 幽厉，周幽王与周厉王的合称，两王皆昏乱之君，祸国殃民。

④ 获麟，春秋鲁哀公十四年，西狩获麟，孔子愤而作《春秋》，对春秋时代礼崩乐坏的状况讽以微言大义，树立儒学的价值准则，成为后儒历史批判与评价的准则。

翻阅着父亲手书的那些简册。父亲要作的这部史记，架构相当庞大，上追三皇五帝，下讫先皇景帝朝的纲目都已拟就，一旦写出来，必是前所未有的巨构。他细读了部分本朝人物事迹的摘记，颇为其中的细节所打动。他站起身，悄悄走出屋子，在庭院中踱步，心潮久久难于平复。

他一度想像诸多郎官一样，在朝中历练一番之后，派任地方，有声有色地做番事业，这些年他游历的足迹遍及塞北江南，大大丰富了他的见闻与知识。此番出使西南夷，随汉军深入滇边，牧平邛、筰，收抚昆明，令他很有成就感，而所看到的高山大川、异族殊俗，更有淘洗心胸、拓展眼界的作用，若能把所见所闻与文献故牍合而为一，定能作出一部别具风格的史书来。自己既已答应父亲继承他的志业，立功是没有机会了，而立言，写出垂诸青史的大作之门，却向他敞开了。

天色向晚，他服侍父亲用完饭，又服了些汤药，看到父亲精神不错，于是点上灯，父子于灯下闲谈。

"父亲，何为良史？"

"当然是不虚美，不隐恶，秉笔直书，信而有征，如晋董狐①、齐太史②，又如孔子笔削春秋，微言大义，而乱臣贼子惧，都堪称良史。这些史料吾钞集不少，你要以他们为表率，也作成一部堪称良史的史记来。"

司马迁揖手称诺，犹豫了一下，又问道："事涉天子，又当如何，譬如今上之佞神，铺张扬厉，近乎迷狂，又从何落笔？"

"当然还是要秉笔直书啊。齐崔杼弑君，固然是以下犯上，罪不容诛，可起因却在庄公无人君之德，非但与其妻通奸，且追逐、调戏于崔家，种种无耻，皆被史官一一笔之于书，所以说，非信史不足以昭鉴后世啊。"

"那又从何理解孔子'为尊者讳，为贤者讳，为亲者讳'的春秋笔法呢？"司马迁追问道。

①《左传·宣公二年》：孔子曰：董狐，古之良史也，书法不隐。参见《左传·宣公二年》。

② 春秋时，崔杼弑齐庄公，齐国太史书"崔杼弑庄公"，崔杼怒而杀之；其时世官世禄，太史兄弟四人，前仆后继，杀三人，少弟仍继秉笔直书，崔杼无奈，舍之；而有南史氏闻之，执简以往，闻既书矣，乃还。参见《左传·襄公二十五年》及《史记·齐世家》。

"人有耻而不忍明言，正是孔子将心比心，为人忠厚处，所谓不虚美，不隐恶，唯于落笔时，斟酌字句以示褒贬，即《春秋》微言大义之所在。

　　"至于鬼神之事，谁也不敢说就没有，信则灵，不信则不灵。敬鬼神而远之，孔子如此，为父亦如此。六合之外，存而不论可矣。今上好神仙，想必有他的道理，不可一概论之。譬如这次在缑氏城上，皇帝就对所谓的神仙足印，似信非信，疑窦颇深，当时我在皇帝近旁，亲耳听到皇帝警告公孙卿，'你不是想要效法文成、五利吧！'把公孙卿吓得不轻。可是后来在嵩山，行在登临至半山处，大家都隐约听到了山呼万岁之声。皇帝询问走在肩舆前面的官员，没有人喊过，问肩舆后面的官员，也没人喊过，那这声音哪儿来的？或言为太室神祇显灵，皇帝大喜，以三百户为太室封邑。下山后又传来东莱海隅有仙人现身的消息，大驾于是马不停蹄，直奔东海而去，吾为病所累，留滞周南，再无缘见证封禅旷典，痛哉！"

　　说到伤心之处，司马谈不禁悲从中来，握住儿子的手道："这样的大典百年一遇，没有现场的观感，又怎能将其复现于史册？儿啊，大驾现在海隅，你马上过去泰山还赶得及封禅，我的病也就这样了，你若孝顺，就听爹的话，尽快赶去泰山，亲眼见证、记录下这个盛典，不枉吾司马氏千年执守的志业！"

　　安顿好父亲，司马迁走入庭院，望着满天的繁星，立下了自己一生的誓愿，他要踵伍前贤，子承父业，完成父亲未竟的事业，继《春秋》之后，写一部承前启后、囊括古今的史记。

　　大驾东巡以来，自长安前往齐鲁东莱的驰道上，报送章奏文书的使者络绎于途，常有在驿馆打尖留宿者，司马迁自他们那里得知，皇帝正乐此不疲地在海域寻仙，说是要到四月前后，泰山草木萌发时，大驾才会赴泰山封禅，这样还有时间安排好家事，他托返回长安的使者给家里带信，一俟接老父返家的家人赶到，他将遵父命赶赴泰山，参与这场盛事。

　　"我看就在回马岭上面的盘路上选一处，陡而狭仄，蓦然而出，想躲都躲不开。"

　　泰山南麓蜿蜒山路上，二个人坐在五大夫松右侧的一块巨石上纳凉，他们上山已有数日，上上下下，这条山路他们已反复踏勘过几遍。

张次公看了刘陵一眼，又抬眼望去，山路蜿蜒，时隐时现，犹如羊肠，时近正午，雾气散去，可以看得到天门①。

"问题是登临前，肯定会清道，我们在哪里藏身？再者道旁侍卫必多，怎么靠到皇帝近前而又不惊动侍卫，方可一击中的？"

刘陵一行三人昼伏夜行，辗转两个月，来到济北国，此时的国君刘胡，是她的堂兄，即位已逾四十年，是淮南王刘长这一支仅存的孑遗。相见之后，刘陵称想去泰山一游，刘胡就猜到了她的来意，却之惟恐不及，推说天子欲封禅，泰山周边四邑皆已献给朝廷，自己说了不算。刘陵激以淮南旧怨，发誓为报祖仇，事成与不成，必以一死了之，绝不会贻祸济北。刘胡感于大义，告诉她到泰山可找山虞令，此人是淮南旧人，可以帮到他们。

有了山虞令的照应，他们在奉高②住了下来，数次登山，踏勘道路，最终选中了在盘路上下手。

泰山登临之路，底坡较缓，可骑马，过中关③则为回马岭，路途陡峭狭仄，虽铺有石磴，而宽窄仅可容二人并行，马匹无能为力，故称回马岭，自中关至天门皆为盘道，羊肠一线，蜿蜒曲折，肩舆亦不可行，只能徒步攀登，险要处，尚须前拉后托。反复登临数次后，他们都认为盘路是最好的行刺地点。

刘陵思忖良久，双眼一亮道："想不惊动侍卫不可能，除非自己就是侍卫！"

"你的意思是……"张次公一怔，憬然而悟。

"护路的侍卫会提前到位，我们干掉几个，换上他们的服饰，等在那里，皇帝经过时，猝然一击，任他千军万马，也全无用处。"

"可这么办的前提是，在官军清道时，咱们得有地方藏身，春寒草木未萌，藏身不易，一旦被发现，就功败垂成了。"

刘陵不以为然，蹙眉不悦道："这么大座山，藏几个人有甚难？"

"就是。翁主，就在这旁边，有个大洞，别说几个人，十几二十个人也藏得住。"

---

① 天门，即今泰山之南天门，汉代称作天门。

② 奉高，即今泰安，西汉时原济北国属县，后献与朝廷，为泰山郡郡治所在。

③ 中关，即今中天门，汉时称中关。

两人抬眼一看，原来是阿苗。于是随着阿苗，穿越灌丛，向西北行走不远，果然有个洞口，进去后果然很深，藏身之处有了。

三人回到五大夫松，反复斟酌，最后议定了行刺的细节，刘陵顿首相拜道："我家几世的大仇，得报与否，在此一举，二位仗义相从，请受刘陵一拜。"

"翁主，何出此言？"刘陵从来都是颐指气使，在人前从未低首下心过，阿苗、张次公一怔，赶忙扶起她。

"你们得知道，此番行刺成也罢，败也罢，都是没办法脱身的。我以必死之心报我淮南几世的大仇，求仁得仁，心里很坦然。可你们本不必如此，却一直追随我，甘苦与共，仗义赴死，阿陵感怀于心，不能不说出来。父王在天之灵，也会同样感激你们的。"

言次，刘陵不由泪眼盈盈，辞气哽咽，阿苗眼圈也红了，她递给刘陵一帕汗巾，点点头道："当年陛下将翁主托付于我，我们一起喝过血酒，从那时起，你我就是同生共死的命了，翁主坦然，我亦坦然。"

张次公则笑道："我与翁主情逾兄妹，早已是一家人，一家人当然要同进退，翁主说甚外道话？'风萧萧兮易水寒，壮士一去兮不复还'，荆轲之志，亦次公之志，为报知己，死亦何憾！"

当晚，山虞令来访，告知皇帝大驾已从东莱海隅动身，不日将抵泰山，近几日即将封山，要他们早些规避。三人死志已决，一商量，决定事不宜迟，翌日就上山隐蔽，孤注一掷，以求一逞。

一一二

刘彻返驾泰山，并未驻跸奉高，而是直接去了奉高西南的汶上①，有司奉敕，按照济南方士公玉带的图纸，在这里建起了明堂，以郊祀泰一，辅以五帝。明堂为一两层宫殿，茅草覆顶，圆形，无壁，四周环水，宫垣修有复道，从西南方进入，循复道可至二楼，名之曰昆仑，明堂内安置五帝与高祖牌位，用以陪祀泰一之神。

当日，刘彻将刻有告天祭文的玉牒埋入祭坛，祭坛封广丈二尺，高九尺，玉牒青色朱文，至于写了些什么，除去皇帝与刻工，再无他人知道。瘗玉后，刘彻敕令随驾的侍中、官员、儒者行射牛之礼，以为晚间的燎祭作准备，自己则坐于明堂，冥思默想，以求天启，领悟天道，达到天人合一的境界。

这一场射礼，射杀了十二头牡牛。刘彻敕令当晚于行在举行燎祭，同时大飨群臣。所谓燎祭，就是在搭起的祭坛上架满干柴，摆上祭牲，点火焚柴，以告上苍。来泰山觐见的诸侯、跟随大驾的众臣，当地郡国及属县长吏、三老，以及所有侍卫、侍从与车驾随员万余人，尽数参与，以体现天下大同，与民同乐之义。

酒过三巡，刘彻受不了飨宴上的喧哗，回到明堂中净手，侍中霍嬗报告，济北王刘胡求见。刘胡是淮南王刘长的嫡长孙，父刘勃早死，他继承王位已

———

① 汶上，西汉封禅明堂所在地。

逾四十年，论辈分刘彻私下还要叫他一声堂哥。淮南谋逆案发后，刘胡怕牵连到自己，上书进献泰山及周边县邑，如此，封禅可在朝廷自己的地盘上举行，省心不少。刘彻亦以其他县邑，厚厚地补偿了他。刘胡多年来如履薄冰，恭谨如仪，可说是诸侯王中最为安分的，颇得刘彻的好感，于是吩咐霍嬗传他入内室叙话。

"罪臣胡诚惶诚恐顿首顿首死罪死罪，请陛下治臣一时糊涂，包庇逆犯之罪。"刘胡进到室内，一头扑到刘彻身前，连连叩首。刘彻不明就里，伸手扶起他，问道：

"逆犯是谁，如何包庇，王兄慢慢讲来。"

"逆犯乃刘安之女，淮南国的公主，月前她来我处，说是想赴泰山一游，吾念其为二叔家仅存之孑遗，一时糊涂，未能将其扣交官府，反而给了她一支关传。原以为她会很快离去，不想今日见到泰山山虞令，得知前几日他们还在泰山上转悠，陛下不日就将登临，我担心这妮子居心叵测，打算对陛下不利。"

刘陵一行离开不久，刘胡就后悔了，尽管她信誓旦旦，天生的血缘关系，仍会使他难脱干系。日前来奉高朝觐，得知她仍滞留于泰山，他预感到危险，唯一能够救他的，就是在事发前告变。

"你说的是刘陵？"

"是，正是刘陵。"

淮南灭国迄今已十二年了，这女人念念于心的就是国仇家恨，不达目的，誓不罢休，倒真让刘彻刮目相看了。去年讨平南越后，路博德奏告这妮子曾混入宫廷，参与了吕嘉谋叛之事，事后不知所终，不想却在这里等着自己。

"那她是自投罗网，这次跑不掉了。"

刘彻冷笑道，他略作思忖，忽然有了个主意：

"王兄既肯大义灭亲，朕亦恕汝无罪，你去将山虞令找来，朕有话要问。"

"阿陵，醒醒，天就要亮了。"张次公一身士卒装束，推了一下蜷缩在干草上面的刘陵。刘陵睁开眼，使劲揉了揉，洞内很暗，但洞口已可见到熹微的曙色。

昨日济南都尉属下大批士卒上来清山，当晚就于山上露营。一戍卒离队净手，走到他们的藏身处，不等他明白过来，就被拖进了山洞，从他口中，得知皇帝翌日上山，沿山路一侧都布有侍卫。当晚，他们趁夜又虏获了一名士卒，剥下了他的外衣。两名戍卒布帛塞口，被捆得结结实实，扔在洞子的尽里头。

天虽大亮，晨雾未消，数步之外就难看清人的面目。三人悄悄摸到五大夫松附近，一名戍卒正倚着长殳打瞌睡，被阿苗一箭射倒。三人将他拖到隐蔽处，由张次公伪装成侍卫，刘陵等藏身于附近，静候那一时刻的到来。

又不知过了多久，山下人声嘈杂起来，山路上走来两个年轻校尉，其中一个身材长大，高鼻深目，貌似胡人者走过张次公身边时，很注意地看着他问："你姓甚名谁？"

"小人泰山都尉麾下侍卫陈明义，奉命清道，并于此路段护卫。"张次公早有准备，报出了被抓侍卫的名讳。

"你年岁不小了吧，这把年纪还当兵，不辛苦吗？"

"报告大人，小的四十有五，家穷，代人过更①，没办法。"

那人颔首笑道："打起精神，出了差错，你我都担待不起的。"

"翁叔，别跟他啰嗦了，上面还有那么多路段未查呢！"

那个被称作翁叔的应了一声，跟了上去。

张次公汗湿重衣，长吁了一口气道："好险！"那个走在前面的青年校尉，他依稀认得是李敢之子李禹，幸亏流亡十几年，雨雪风霜，自己形容苍老了不少，没被他认出来。

又过了约半个时辰，远远地传来喝道声，四名侍卫，两前两后，抬着一架肩舆，缓缓上行，行至陡峭处，肩舆难于抬架，进，进不了；退，退不成。张次公轻呼一声，招呼出刘陵与阿苗，指着那肩舆道："那里坐着的应该是皇帝了，成败在此一举。"

"阿苗，你守在这里，勿让人靠近，我与次公去取他的狗命。"

---

① 过更，代人服役。

阿苗点点头。三人皆侍卫装束，刘陵与张次公手执长殳，快步向那肩舆走去。

四名侍卫的心思全在维持肩舆的平衡上，见到两个侍卫模样的人出现，以为是来帮忙，并未在意。不料两人举殳便刺，片刻间就倒下三人，另一人扔下肩舆，边拔剑边大呼："有刺客！"

刘陵挑开肩舆的围帷，喝道："老匹夫，受死吧！"

四目相对之际，刘陵大吃一惊，简直不能相信自己的眼睛，倒在肩舆中的，却是泰山的山虞令。

"怎么是你，皇帝呢？！"

山虞令苦笑道："皇帝在山下，料到你们会于中道狙击，用我做诱饵，引你们现身。"

随着侍卫的呼声，上下的盘路上大批官军向肩舆涌来，但受限于山路的狭仄，不能形成对行刺者的合围。

百密一疏，什么都想到了，唯独忽略了知情者的背叛，这最后的机会也失去了！刘陵涕泪交流，用剑猛刺山虞令，恨声道："汝既为虎作伥，那就代他受死吧！"

阿苗用箭连续射倒几个从上道冲下的士卒，下道上涌来的士卒也愈来愈多，为首一少年校尉，武术精绝，骁勇异常，一把环首刀舞动得飒然有声，几个回合过来，张次公招架不住，与刘陵且战且退，少年的刀锋却紧随左右，竟难以脱身。

张次公猛推了一把刘陵，喝道："快走！"边用长殳死命格挡刀锋，忙乱中脚下一步踏空，跌倒在地，那少年一脚踢开长殳，刀锋已逼住他的喉咙。完了，他闭目受死，却听到嗖的一声，再睁眼时，那少年已避到一旁，身后的一名士卒已中箭倒地。再看刘陵，已与阿苗会合，方才那一箭就是阿苗所放。知道自己再难脱身，张次公大叫道："阿陵，保重，九泉相见了！"纵身一跃，滚入路旁的溪涧中。

"你还有几支箭？"刘陵用长殳刺倒一个逼近的士卒，与阿苗向山洞方向退去。

"还有两支。"

山洞旁边不远处的崖边有株巨松，下面是望不见底的深谷，刘陵与阿苗退至崖边，四目相视，两人都明白，最后的时刻到了。

五大夫松是盘道上一处平台，百余士卒一拥而上，紧追不舍，一夫当先的仍是那个年轻校尉。

他做了个劈刺的动作，喝道："逆贼，还不放下兵器，你们跑不掉了。"

"阿苗，射他。"

刘陵话音未落，阿苗的箭已脱弦而出，不想他反应极快，一个闪避，应弦而倒的是身后的一名侍卫。

刘陵赞道："好身手！你报个姓名，也好让我们知道死在谁手。"

男子睨视着她们，不屑道："吾乃天子之侍中、奉车都尉霍嬗，再不投降，汝等都是我刀下之鬼。"

"霍嬗？霍去病是你什么人？"

"家父的名讳也是汝等逆贼叫得的吗！还不快快投降。"

刘陵冷然一笑："狗皇帝逃得一死，正好用你做个垫背的。阿苗，再射他！"

霍嬗早有防备，一侧身，但觉一缕凉风擦颊而过，一摸，指上沾染了血渍，箭头还是擦到了他的脸颊。

刘陵用长殳指着霍嬗，厉声道："你告诉那狗皇帝，我大仇未报，死也要化为厉鬼，取他性命！"言毕，她拉起阿苗的手，纵身跃入深谷之中。

得知刺客皆已毙命，刘彻才开始登山，自中关、回马岭以上，马、辇、肩舆都难于代步，他索性徒步登临。时已近午，天气晴好，极目回眺，下方的奉高城邑，历历如绘，向上望去，则双峰夹峙，羊肠一线，曲折萦回，若隐若现。每登十几级，都由不得仰胁抚膺，喘息不止，汗湿重衣。好在山泉汩汩，松涛拂面，沁人心脾，走一程，歇一阵。

刘彻拒绝了大臣们陪同的请求，钦点了四名亲信的羽林侍卫随同上山，四名侍卫，两前两后，李陵、霍嬗在前，霍光、李广利在后。走至五大夫松，刘彻一行停脚歇息，霍嬗指着不远处的深谷，说道：

"陛下，这就是刺客跳崖之处了。"

刘陵与阿娇交好，曾长年出入宫中，刘彻曾遇见过几次。当年那个美目盼兮的少女，竟变身为女刺客，他很好奇作为刺客的她会是甚样子，问道：

"刺客甚样子，跳崖前没留下甚话吗？"

"都是男人装束，伪装成侍卫。说是大仇未报，死也要化成厉鬼……都是些悖逆之言，陛下不听也罢。"看到霍嬗嗫嚅其辞，刘彻不再追问，吩咐道：

"要派人下山去搜，活要见人，死要见尸。"

霍光揖手道："已差人下山搜寻，不久当有音信。"

刘彻站起身，围着五大夫松踱步，松树粗可两围，虬枝盘结，古意苍苍，当年不可一世的秦始皇登临至此，曾逢暴雨，济南丁公以此断言，秦始皇的封禅有违天意，故天降暴雨示警；自己登临亦遭遇仇家，这是不是也是种天意呢？天知道还有多少仇家在暗中窥伺着自己，他看着霍嬗，若有所思，心中掠过一丝不安，这孩子是否知道乃父之死的真情呢？

歇过一气，继续上行，山路陡峭，远望羊肠一线，近观石级千叠，两侧巉岩壁立，钉有可供攀援的铁索。行至此处，抬眼所见是前行者之足底，俯首可见后行者的颅顶 ①。刘彻年近半百，步履维艰，前有霍嬗以手牵拉，后由霍光、李广利托举，数级一歇，气喘吁吁，汗出如洗。

李陵在前，霍嬗在后，每至险要处，霍嬗都会略作停顿，看看身后的皇帝是否需要援手。皇帝很好强，不到十分艰难，不会要人帮助，此刻的他，一手抓紧铁索，一手拄着支手杖，正用力在石阶上攀爬。

父亲死前的谵妄之言忽然在耳旁响起：飞鸟尽，良弓藏；狡兔死，走狗烹……那时霍嬗还小，不明白是什么意思，后来读到韩信的故事，他才开始怀疑父亲之死并不简单。那刘陵一介女流，为报父仇，尚敢行刺天子；而自己堂堂七尺男儿，又为父亲做过什么！父亲的死因，他长大后问过母亲与二叔，

---

① 按，秦汉时登泰山之路，远比当今艰险。本书参考东汉马第伯《封禅仪记》所记路况，尚未经历朝历代的扩充与修整，大异于今日："遂至天门之下。仰视天门，窅辽如从穴中视天。直上七里，赖其羊肠逶迤，名曰环道，往往有緪索。可得而登也。两从者扶挟，前人相牵，后人见前人履底，前人见后人顶，如画重累人矣，所谓磨胸（胸）异石，扪天之难也。初上此道，行十余步一休，稍疲，咽屑（唇）燋，五六步一休。"

皆称急病不治，可父亲话中明明含有委屈，他隐隐觉得与皇帝有关，但不敢问。眼下，这个人体力透支，十分脆弱，自己只须轻轻一蹬，万乘之尊瞬间就会跌得粉身碎骨……霍嬗心中一悸，吃惊自己竟会有如此悖逆、大胆的念头。

刘彻抬头，四目相对，霍嬗眼中闪过一丝慌乱，被他看在眼里。他环视四周，两山夹峙，碎石嶙峋，下视雾气缭绕，已看不清来路，人仿佛悬挂在空中。在大山的怀抱中，刘彻第一次感觉到了自己的渺小、无助，他伸出手，向霍嬗喝道："你看甚，搭把手，快拉我上去！"

过了天门，就是泰山之山巅，视野豁然开朗。首入眼帘的，就是一个巨大的石碑。上月途经泰山转赴东莱①之前，刘彻曾命将修治好的碑身立于山巅，以备封禅，不想碑身太重，山路陡峭狭仄，五马之车亦难以拉动②，太常③无奈，只得征用石匠，在山巅取石，以同样尺寸修凿成碑身，数日前，刚刚矗立于天门一侧。先期上山的太常、太祝等一应官员，与李禹、金日磾所率的近千羽林、期门卫士都在天门迎候。山巅东面一里处，山势平缓，搭建有百余帐篷，以供临时歇憩，刘彻略作歇息，即进帐更衣。

再次露面时，刘彻已换上了天子承祀大祭时的全套礼服，衮冕赤舄④，但衣裳服色已易为黄色，而不似之前的玄上缥下⑤，袍服上绣有日月星辰十二华章⑥，组配在身，铮纵有声，以承大祭。刘彻指定由霍嬗一人陪祭，其他

---

① 东莱，西汉郡名，地望在今山东半岛烟台、蓬莱、威海一带，秦皇汉武求仙之处。

② 按《封禅仪记》载，最初那块大碑，因过重难以上山，存于山下山虞："某等七十人先之山虞，观察山坛及故明堂宫郎官等郊肆处，入其幕府，观治石。石二枚，状博平，圆九尺，此坛上石也。其一石，武帝时石也。时用五车不能上也，因置山下为屋，号五车石。"

③ 太常，秦汉九卿之首，主祭祀宗庙礼仪，兼管陵县，下属有太祝、太史等。

④ 衮，袍服；冕，冠带；赤舄，红色且绣有纹饰的鞋子，皆皇帝礼服之简称。

⑤ 玄上，黑色上衣；缥下，浅红色的下裳。

⑥ 华章，古代皇帝与诸侯袍服上所绣的各种华美的纹饰图案。是古代帝王举行重大仪式所穿戴的礼服。玄衣肩部织日、月、龙纹；背部织星辰、山纹；袖部织火、华虫、宗彝纹。纁裳织藻、粉米、黼、黻纹各二。即所谓的"十二纹章"。

人等皆不许靠近登封坛①。于是霍嬗也更换了全套礼服，华虫七章②，武弁大冠③，随侍而行。

两人东行百余步，就到了祭坛，南面是秦始皇的旧坛，北行二十余步，则是新筑的登封坛。祭坛圆形，高九尺，方圆三丈许，有两陛，台上又有坛，方一丈二尺许，上有方石，四维有距石，四面皆有阙。刘彻从东陛上，手捧玉牒，默祷于天：

唯嗣天子臣彻，敢昭告昊天上帝，天命刘氏，运兴土德，一统华夏，解民倒悬，海内升平，迄七十年。彻恭承大宝，三十有余年，宵衣旰食，夙兴夜寐，战战兢兢，不敢懈怠。救平凶顽，四夷来归，六合同风，九州共贯，克成春秋大一统之愿。天降祥瑞，麟芝并出，白雉现世，宝鼎重光，彻踵武前贤，封祀岱宗，告成于天。皇天护佑，天禄永终。尚飨。

默诵一过后，刘彻顿首再拜，之后招呼霍嬗上坛瘗玉，所谓"瘗玉"，就是将刻有告天祭文的玉牒埋入坛中，完成封告仪式。天已向晚，但山巅光照依旧，刘彻踞坐于坛上，久久不发一语，霍嬗也侍坐于不远处，两人闭目凝思，享受着天地之间这一份难得的静谧。良久，刘彻站起身，望着巅下群峰与蜿蜒如带的河流，大声吟诵道：

"使黄河如带，泰山若厉，国以永存，爰及苗裔！"④

他转过身，望着霍嬗，双目熠熠。此时暮色已深，霍嬗看不清他的脸色，但在落日的余晖下，仍可感觉出皇帝心事很重，起伏难平。

"这段话，子侯知道吗？"

---

① 登封坛，疑为今之泰山最高处之玉皇顶，秦汉时为皇帝封禅祭天处。《汉官仪》载："秦篆刻石东北百余步，得始皇封所，汉武在其北二十余步，得北垂圆台。"

② 华虫，古人对礼服上锦鸡绣饰的别称；七章，即以华虫为主的七种纹饰。

③ 武弁大冠，汉代武将所佩戴的帽子。

④ 此为刘邦大封功臣时立下的誓言，意谓哪怕黄河变为衣带般宽窄的小河，泰山变为磨石大小的石头，大汉暨封国都将永存，传诸子孙万代。参见《汉书·高惠高后文功臣表》。

"臣叔霍光给臣讲过，这是高皇帝分封功臣，刑白马为盟时所立的誓言，要君臣一心，有始有终，永享富贵。"

刘彻颔首，言下极为沉痛："不错，是这样。你父亲霍去病，有大功于国家，英年早逝，未能与国同休，长享富贵，可惜了。"

霍嬗有感于心，埋藏已久的疑惑不觉脱口而出：

"陛下，家父是怎么死的？"

"怎么死的，不是病死的吗？"

"臣自懂事起，即对家父之死心存疑窦，臣多次问过娘与二叔，都说是急病不治而亡，可我不信。"

"哦，你不信，为甚？"

"臣记得，家父死前谵妄，昏迷之中有鸟尽弓藏、兔死狗烹之语。小时候我不懂，长大了才知道其中有故事。"

"是有故事，子侯既然很想知道，俟封禅仪典过后，朕会让你知道的。"

一一三

当晚，刘彻即宿于山巅，打算明早观日出后，自北道下山，至肃然山祭地。肃然山，在泰山东北麓，距奉高约七十里，早已筑好禅地的祭坛，随驾的众臣也会赶到那里，会合后祭祀地神，完成封禅大礼。

夜间很凉，间以山风呼啸，难以入眠。刘彻索性不睡，命侍从点起蜡烛，闭目冥思。不知过了多久，仿佛有股风掠入大帐，四面都暗了下来。刘彻睁开眼，黑暗中仅余一支烛光忽闪明灭，正待招呼侍卫，却见对面席上，一老者须发皆白，正笑眯眯地望着自己。

难不成神仙降临？刘彻大喜，起身揖手道："敢问先生，是哪路神仙？"

老者将髯笑道："老臣董仲舒，陛下不记得了？"

再细看，果然是董仲舒，虽垂垂老矣，可精神颇为矍铄，言笑间中气甚足。

"先生何以至此？"刘彻颇为诧异，也有些不快。董仲舒致仕多年，起初他还常派张汤前往其家问讯，尤其是决狱，常咨以春秋大义。张汤死后，这方面的咨询就停止了。此番大驾东巡，刘彻曾专门差人请他随行，而董仲舒以年高体衰辞谢。

"陛下成就封禅大业，老臣身不能至，神游至此，有些心里话想对陛下说说。"

"还记得寡人即位之初，先生曾以春秋大一统说朕，如今三十年过去了，百家已黜，儒术独尊，四海归一，九州共贯，春秋大一统成于朕手，子大夫还有甚话好说？"刘彻踌躇满志，颇为倨傲。

"可大一统也还有王霸之分呢，老臣祈愿陛下行王道，黜霸道，使我大汉之昌盛长治久安。"

"哦，怎么说？请先生为朕譬解。"

"王道以德服人，文、武、周公以德服人，四海归心，国祚八百余年。霸道则以力服人。嬴政并兼六国，囊括八荒，也称得上是大一统，可他用的是霸道，所以不过二世而亡。我朝立国伊始，政清刑简，与民休息，七十余年国家无事，非遇水旱，民则家给人足，都鄙仓廪尽满，而府库余财，京师之钱累巨万，贯朽而不可校，太仓之粟陈陈相因，乃至露积于外，腐败不可食。记得陛下刚即位那会儿，长安城一般的百姓都有肉吃，街巷四野马匹百十成群，一派欣欣向荣的景象。"

刘彻不快道："先生是说今不如昔，朕德不足以服人喽。"

"老朽所言，望陛下体恤民力，量力而行，不可好大喜功，靡费无度而已。古时候，民税不过什一，使民不过三日，一家之财，内足以赡养父母家人，外足以事上供税，所以老百姓安居乐业，和朝廷一条心。至秦则不然，用商鞅之法，改帝王之制，废井田，土地允许买卖，富者田连阡陌，贫者无立锥之地；又专山泽之利，与民争利，而一岁之力役，三十倍于古，田租口赋、盐铁之利，二十倍于古。由此贫富悬殊，民不堪命，常衣牛马之衣，而食犬彘之食，流离失所，逃亡山林，饥寒为盗，刑戮妄加，赭衣半道。是以陈胜、吴广者流，匹夫也，振臂一呼，天下之人皆揭竿而起，所谓土崩瓦解的局面就是这样来的！"

"寡人还不体恤民力？朕外事四夷，内行功利，在老百姓头上加过一分的税吗？先生真是岂有此理！"刘彻颇感委屈，他重用孔仅、东郭咸阳、桑弘羊等理财，盐铁官卖，设立平准，改革币制，允准入粟补吏，买爵赎罪，为的都是充实国家财用，远征匈奴、南越，国家大兴土木的费用皆出于此，而无须增加赋税，大汉百姓至今三十税一，所谓民不益赋而天下用饶，这是他每每引以自豪的。

至于告缗，造白金皮币……所涉及的都是商贾豪门，与百姓何干？无非是抽肥补瘦，这些人发达还不是靠着朝廷的恩赐与宽松，本就应急国家之所急，回馈一下朝廷有何不可！

董仲舒呵呵一笑道："老朽拿秦始皇作个比方，无非是希望陛下不要步那嬴政的后尘。有则改之，无则加勉就是了。陛下当年虚怀若谷，最喜欢听取士大夫们对于国政的意见。可后来信用公孙弘、张汤者流，巧立名目，搞出甚'见知故纵'，甚'腹诽'的罪名，钳制众口，像汲黯这样敢说实话的骨鲠老臣被外放到淮阳，陛下身边耿直之士日少，先意承旨之辈日多，如此则劣币逐良币，久之，朝廷上下皆歌功颂德之辈，陛下再难听到来自民间的真实声音，危矣！"

"正其谊不谋其利，明其道不计其功"，这老儿又来他那套迂阔的说教了。刘彻颇为不耐，反驳道："大道理谁不会讲？世言清谈误国，不虚也。朕北逐匈奴，南兼闽越，扫平西南夷，胡人不敢南下牧马，蛮夷望风归附，开疆拓土，为吾大汉增添数十郡国土人民，秦皇瞠乎后，这是靠王道说教所能做到的吗？若国家财用不足，拿什么养兵养马？没有兵马，又如何与胡虏较力于塞北？朕改革币制，将盐铁收归国有，看似与民争利，实则取之于民，用之于民。而今龙飞九五，我大汉国力如日中天，朕所著意者，治国理政之大经大法，子孙万代长治久安之道，非俗儒斤斤于肉食温饱、小恩小义也。子大夫声言王、霸之道不两立，迂阔而不近于世情，汉家自有制度，王霸杂用之。先皇以清静无为治国，朕则以刚健有为治国，时势不同，治道亦不同，所谓与时俱进是也。"

见到皇帝拒谏饰非，董仲舒摇了摇头，叹息道："春秋之道，大得之则以王，小得之则以霸，无论王、霸，皆本于仁。易经乾卦九三，'君子终日乾乾，夕惕若厉'，为人君者当如是，忠言逆耳，老朽风烛残年，来日无多，恐无再会之日，望陛下好自为之。"

"陛下，陛下……"有人在他耳边轻声呼唤，刘彻猛然睁开眼，摇曳的烛光中，哪里有董仲舒的影子？他懵懂了片刻，才明白方才的种种，都不过是自己假寐中的梦境。可为甚会做这样的梦呢？寤寐思服，境由心生，莫非自己内心对所从事过的一切，也存有质疑？

"陛下，时辰已过鸡鸣，若看日出，好动身了。"

"当值的不是子侯吗？他哪里去了？"刘彻颔首，边由金日磾服侍着披上斗篷，边问。

"霍嬗身子不适，不能随侍陛下了。"

"怎么不适，昨晚还好好的嘛。"

"夜半之前，他突然发病，壮热抽搐，病势危急，请随行御医看视，说是被毒箭擦伤面颊，箭毒渐次深入脏腑后发作，山上没有救急之药，已由霍光连夜送其下山救治去了。"

刘彻记起，白日曾问起过霍嬗脸颊上的血痂，答称为刺客所为，皮肉小创，一两日当可痊愈。看来刺客在箭头上用了毒，是想要置自己于必死之地，一念至此，不由悚然，而阴差阳错，霍嬗挨了这一箭，性命垂危，却于无形间化解了压在他内心深处的一个无解之结，他一下子轻松了。

"山下还有甚消息？"

"丞相差人来报，大队皆已转移至肃然山，等候陛下行禅地大祭。司马太史的公子自西南来归，代父行事，还有就是公孙卿自东莱报告，海边也发现了类似于猴氏的大人足迹。再有泰山都尉奏报搜山时，发现伪装成侍卫的女尸两具，另一刺客的尸体还在找寻之中。"

登封台东侧，有一向上斜出的巨岩，是为观看泰山日出的最好所在。刘彻坐于石上，以虔敬之心，注视着东方的天际，随侍的人群，皆立于登封台四周，静候着那一刻的到来。

连绵的群峰，掩映于淡青色的雾霭之中，天际线上，一抹粉色的晨曦泛起，渐渐转为橘黄，漫天彩霞云蒸霞蔚，绚丽夺目，蓦然间，太阳冒出，若有似无，渐次膨大，红光弥漫，愈发凸显了天际线下的黑暗，随着太阳愈升愈高，精光四射，黑暗中的群峰，慢慢显露出轮廓，犹如漂浮于云海之中的簇簇孤岛，天空渐渐还原成蓝色，阳光映照下，大地、河流、植被一一现身，历历如绘，天地之间，一片光明通透。

刘彻观望着眼前的一切，心胸如洗，神游物外，父皇为他起名为彻，不就是取自这日出时的景象吗？刘彻觉得自己爱上了这个地方，一种前所未有的、充实而光明的感觉满溢周身。

"飞龙在天，自在遨游，寓意陛下身负九五之尊，又有大人相助，伟业大成，无往而不利。"董仲舒当年为他譬解卦辞时的话忽然再现于耳际，大汉的强盛，成于己手，这是天意，天命在兹，其奈我何！踌躇满志的他，望着空中冉冉上升的朝日，面向着苍茫云海中的群山，高声叫道："高皇帝，列祖列宗在上，我做到了！"

这一天，是元封元年四月丙辰二十一日。